ज़िन्दगी 50-50

भगवंत अनमोल

राजपाल

स्थापित 1912
100 वर्षों की
श्रेष्ठ प्रकाशन परम्परा
राजपाल

ISBN : 9789386534132
प्रथम संस्करण : 2017

ZINDGI 50-50 (Novel)
by Bhagwant Anmol
मुद्रक : रेप्रो नॉलेजकास्ट लि, इंडिया

राजपाल एण्ड सन्ज़
1590, मदरसा रोड, कश्मीरी गेट, दिल्ली-110006
फोन : 011-23869812, 23865483, फैक्स : 011-23867791
e-mail : sales@rajpalpublishing.com
www.rajpalpublishing.com
www.facebook.com/rajpalandsons

आभार

हर प्रोजेक्ट की तरह इस किताब को लिखने से लेकर प्रकाशित होने तक कई लोगों का सहयोग प्राप्त हुआ। सर्वप्रथम मैं जयश्रीदोरा का आभार प्रकट करना चाहता हूँ, जिन्होंने एक कबाड़ा किताब को सुधार-सुधार कर एक बेहतरीन उपन्यास में तब्दील कर दिया। ठीक वैसे ही जैसे कई पेड़ों को ढंग से काट कर या फिर रोप कर एक माली बेहतरीन बागीचे का निर्माण कर देता है। जैसे एक सुनार अनगढ़ सोने को सही आकार देकर उसे आभूषण में तब्दील कर देता है।

इसके बाद मैं अपने मित्रों मनीष सिंह, विक्रम पंडित, वरुण मित्तल, पारस सेत्या और अश्विनी का आभार प्रकट करता हूँ कि उन्होंने अपने विचारों से समय-समय पर अवगत कराया।

इस पुस्तक में एक छोटा-सा अंश आकांक्षा पारेजी के एक लेख से प्रभावित है और बीच-बीच में उपयोग की गयी कुछ शायरी हमारे कवि मित्रों के द्वारा दी गयी है। मैं उनका आभार प्रकट करता हूँ।

अंत में मैं राजपाल एण्ड सन्ज़ की प्रकाशक मीरा जौहरी जी का आभार प्रकट करना चाहता हूँ, जिन्होंने मुझ जैसे नवोदित लेखक की किताब को प्रकाशित करने का जोखिम उठाया।

सूर्योदय

(मैं, माँ और आशिका)

मुम्बई

हर माँ–बाप की ख्वाहिश होती है कि उनका बेटा इंजीनियर बने। बगलवाले शर्मा जी के बेटे की तरह उनका भी बेटा खूब पैसे कमाए। द्विवेदी जी के बेटे की तरह अमेरिका जाये। गुप्ता जी के बेटे की शादी से अधिक दहेज़ उनके बेटे को मिले। हाँ, बेटे की शादी में स्विफ्ट डिज़ायर कार तो मिलनी ही चाहिए। छोटे शहर और गाँव में तो विदेश जाने का मतलब अमेरिका जाना ही समझा जाता है। द्विवेदी जी को ही देख लीजिये, उनका बेटा एक बार नाइज़ीरिया क्या गया, उन्होंने पूरे गाँव में ढिंढोरा पीट दिया कि उनका बेटा तेवर अमेरिका में है। खैर, द्विवेदी जी ठहरे शुद्ध शाकाहारी, वे कभी यादव जी के यहाँ खाना नहीं खाते थे, अंडा, मछली की गंध आयी नहीं कि पूरे घर में गंगाजल छिड़क लेते थे पर यह बात बड़े शौक से बताते थे कि उनका बेटा अमेरिका में दो साल से रह रहा है। कभी उनसे कोई यह भी पूछने की ज़हमत नहीं उठाता कि आखिर उनका बेटा अमेरिका में खाता क्या है?

वहीं गुप्ता जी बड़े शौक से हमारे यहाँ आकर बताया करते थे उनके बेटे की शादी में कितना दहेज़ मिला। अगर उनसे कोई यह पूछ बैठे, शादी में मिला कितना पैसा बचा? तो उनका मुँह लटक जाता था। अगर कहीं कार की बात छेड़ दी तो बातचीत के बीच में ही उठकर चले जाते। चले भी क्यों न जायें? शादी के बाद उन्हें कार में बैठने का भी सुख नहीं मिला।

मेरे माँ और बाबू जी के भी बिलकुल यही सपने थे। उनका बेटा इंजीनियर बने, अमेरिका जाये और हाँ गुप्ता जी के बेटे से अधिक दहेज़ मिले। वे मुझे उस नाली में धकेलने के लिए बड़े उत्साहित थे जहाँ हर इन्सान

पैसे के पीछे भागने पर इतना आमादा होता है कि खुशियों में जीना तो सिर्फ़ बचपन के खलिहान में छोड़कर चला आता है। अब उसके पास सिर्फ़ पैसा है। वे इंजीनियरिंग को ऐसी पैसों की नाली समझ रहे थे, जिसमें डूबने के बाद व्यक्ति सिर्फ़ पैसे लेकर ही वापस आता है। पर नाली तो नाली होती है, उसके कीचड़ से कैसे बचा जा सकता है! इस कीचड़ में शामिल होती है, पश्चिमी संस्कृति की कुछ गंदगी, जिसमें से एक है शराब पीना।

मैं भी उन सभी इंजीनियरों से कतई अलग नहीं था। हमारे यहाँ आये दिन पार्टियाँ हुआ करतीं। खासकर शुक्रवार का दिन मेरे लिए खुशियाँ लेकर आता है। काम करने की बजाय मन सारा दिन इसी फिराक में रहता कि किसी तरह यह दिन बीत जाये। इसके दो कारण हैं—पहला यह कि अगले दो दिन छुट्टी होती है और हमें इस बात का सुकून होता है कि अगले दो दिन खूब सोयेंगे। वहीं दूसरी तरफ़—रात में होने वाली पार्टी का इन्तज़ार हम सभी को बेसब्री से रहता है। हाँ वही पार्टी जहाँ, शराब भी होगी और शबाब भी। यह विचार हमें काम न करने के लिए और उत्तेजित करता है। इसीलिए हम सब इस दिन को 'पार्टी डे' के नाम से भी पुकारते हैं।

अक्सर 1 बजे से पेट में खलबली मचने लगती है। वैसे भी आपने सुना ही होगा नौकरीपेशा आदमी सबसे बड़ा समय का पाबन्द होता है। चाहे वह खाना हो या सैलरी, सब समय पर चाहिए होता है, काम छोड़कर। खैर, मैं लंच करने के लिए जाने वाला था। अपना टिफ़िन बैग से निकालकर ऊपर रख लिया था। लैपटॉप बन्द करने ही जा रहा था कि तभी मेरे फ़ोन की घंटी बज उठी। फ़ोन उठाते ही माँ की हड़बड़ाहट भरी आवाज़ सुनाई दी, "बेटा! बहू की तबियत अचानक बिगड़ गयी है...मारे दर्द के बस चिल्लाए जा रही है।"

"क्या?" मैं एकदम से चौंक पड़ा।

किसी अज्ञात आशंका से मेरे हाथ-पैर काँपने लगे, आवाज़ डगमगाने लगी।

"क्या करूँ, कुछ सूझ ही नहीं रहा...बहू की हालत मुझसे देखी ही नहीं जा रही है।" उधर से मम्मी घबराहट में बोले जा रही थीं।

अपनी बीवी के बारे में ऐसा सुनकर किसी की भी बत्ती गुल हो सकती है, मेरी भी हो गयी। मन कुछ देर के लिए सुन्न हो गया, सिर्फ़ सांय-सांय की आवाज़ सुनाई दे रही थी।

तभी मम्मी की आवाज़ कानों में गूँज गयी, ''क्या करूँ? चुप क्यों हो गये?''

मैंने खुद को सँभाला और अपनी काँपती आवाज़ पर काबू रखते हुए उन्हें रास्ता सुझाया, ''फ़िक्र न करें। ऐसा कीजिये, आपको एक कैब बुक कर देता हूँ। वह 10 मिनट में पहुँच जायेगी। आशिका को लेकर घाटकोपर के साहिल नर्सिंग होम में एडमिट करा दीजिये। मैं 45 मिनट में वहाँ पहुँचता हूँ।'' इतना कहकर मैंने झट से फ़ोन काट दिया और ओला ऍप से एक कैब बुक कराने की कोशिश करने लगा। मेरे हाथ-पैर ढंग से काम नहीं कर रहे थे, धड़कनें कुछ तेज़ हो गयी थीं। काँपते हाथों से कभी कैब बुक करने की कोशिश करता और कभी कुछ देर पहले ही बैग से निकाले गये टिफ़िन को फिर से बैग में डालने की कोशिश करता। जल्दबाज़ी में टिफ़िन रखने से पहले लैपटॉप रखना भूल गया। ''ससुरा, देखो जल्दबाज़ी मा लैपटॉपवाए रखयें का भूल गयो।'' मन-ही-मन मैं बुदबुदाया और माथे पर हाथ मारकर अफ़सोस जताया, मानो मुझसे बहुत बड़ी गलती हो गयी हो। तुरन्त टिफ़िन बाहर निकाला और लैपटॉप रखने लगा। वास्तव में मन जल्द-से-जल्द अस्पताल पहुँचना चाहता था पर शरीर मन के अनुसार काम नहीं कर पा रहा था। मन में ही मैं बड़बड़ाये जा रहा था, ''क्या हुआ होगा आशिका को?''

एक तरफ़ हाथ में पकड़े फ़ोन पर नज़रें थीं और दूसरी तरफ़ कंप्यूटर का माउस अपने बैग में डाल रहा था। मेरी भूख कहीं दूर भाग गयी थी। वैसे भी बुज़ुर्गों ने गलत नहीं कहा कि खाली मन में कई तरह के ख़याल आते हैं और जब अनचाहा काम कर रहे हो तो भूख का ख़याल ज़रूर आता है पर किसी संकट के समय में ये सब ख़याल कहीं भाग जाते हैं। फ़ोन पर कैब बुक हो चुकी थी। बिना एक पल गँवाए बैग लेकर बेतहाशा अपनी कार की तरफ़ भागा। भागते हुए बहुत दिनों बाद जवानी के दिनों की याद आ गयी जब मैं जिम जाया करता था और क्रिकेट खेला करता था।

एसी चलने के बावजूद मेरे माथे पर पसीना आने लगा था। माँ को तो समझाने के अन्दाज़ में बोल दिया था पर खुद को कैसे समझाऊँ। दूसरों को समझाना बहुत आसान होता है पर खुद को समझाना बड़ा मुश्किल। आँखों के सामने सब धुँधला लग रहा था। मन में बस बार-बार सिर्फ़ साहिल नर्सिंग

होम ही कौंध रहा था। मुझे आशिका की फ़िक्र सता रही थी। आशिका, हाँ आशिका। उसे मैंने ही तो नाम दिया है आशिका। आशिका को लेकर तरह-तरह के ख़याल मन में आने लगे थे। अचानक क्या हो गया? उसकी तबियत कैसे इतनी खराब हो गयी कि एडमिट कराना पड़ रहा है! सुबह तक तो नॉर्मल लग रही थी। हे भगवान, सब ठीक हो। मैं मन-ही-मन भगवान से प्रार्थना भी कर रहा था। संकट के समय किसी की याद आये न आये, भगवान की याद ज़रूर आती है। मेरे साथ भी बिलकुल वैसा ही हो रहा था। दूसरी तरफ़, लिफ़्ट के भी क्या कहने, मेरा मन हवा की मानिंद अस्पताल पहुँच जाना चाहता था पर लिफ़्ट अपनी गति से ऊपर आ रही थी। अभी वह बिलकुल निचले फ्लोर पर ही थी। जब किसी चीज़ का इन्तज़ार करो तो वह और अधिक देर लगाती है। इस समय मुझे हर एक सेकेंड एक घंटे की तरह भारी लग रहा था। मुझमें अब इतना धैर्य नहीं था कि लिफ़्ट का इन्तज़ार कर सकूँ। भागते हुए तुरन्त सीढ़ियों से उतरने लगा। सोलहवीं मंज़िल से नीचे उतरने में मेरी हालत खस्ता होने वाली थी पर, अब आज अपनी फ़िक्र तो थी ही नहीं। साँसें फूलने लगीं ...हाँफते हुए किसी तरह मैं अपनी कार तक पहुँचा, वही लाल रंग की मर्सिडीज बेंज। जो अभी 6 महीने पहले मैंने खरीदी थी, अभी उसकी किस्तें भी तो नहीं पूरी हुईं।

सीट पर हाँफते हुए बैठ गया और लगभग 15-20 सेकेंड गहरी-गहरी साँस लेने के बाद मम्मी को फ़ोन करके पूछा, "मम्मी, कैब आ गयी?"

"हाँ, बेटा! अब अस्पताल में ही मिलो।" कहते हुए उन्होंने फ़ोन काट दिया।

तुरन्त गाड़ी स्टार्ट कर मैं चल पड़ा अस्पताल की ओर।

गाड़ी ने तेज़ रफ़्तार पकड़ ली। मुझे न किसी गाड़ी का हॉर्न सुनाई दे रहा था और न ही सामने की गाड़ी। बस, ऐसा लग रहा था मानो गाड़ी अपने आप चल रही थी। उससे भी तेज़ रफ़्तार मन ने पकड़ ली। अस्पताल में जल्दी पहुँचने की बेचैनी और तरह-तरह के ख़याल मन में उमड़ने लगे। कुछ ही दूर निकला था कि सामने से एक औरत गुज़री जिसका दायाँ गाल मेरी तरफ़ था। वह मेरी कार के बगल से बैग लिये निकल गयी थी। मैं उसे पलटकर तब तक निहारता रहा, जब तक ओझल न हो गयी। मेरे मन ने तुरन्त पहचान

लिया था कि यह वही लड़की है जो एक समय मेरे दिल के सबसे नज़दीक थी। पर तभी मेरे मन ने ही अपने ख़याल को काट दिया, वह मुम्बई में कहाँ होगी? उसकी शादी साउथ में हुई थी तो वह वहीं कहीं होगी। इस तरह खुद से सवाल-जवाब करता मैं उसके ख़यालों के भँवर में ऐसा फँसा कि पता ही न चला, मैं कब बीते दिनों की यादों में वापस लौट गया।

8 साल पहले-बेंगलुरु

मैं और अनाया

अभी मुझे बेंगलुरु के ऑफ़िस में ज्वाइन किये हुए कुल एक साल भी नहीं हुआ था। यही कोई 24 वर्ष का नौजवान था मैं। यही वह उम्र थी जब मैं आधे नितम्बों से नीचे (लो वेस्ट) जीन्स पहना करता था, जब तक झुकने में जॉकी के अंडरवियर का रंग न दिखे तब तक किसी को ड्यूड नहीं समझा जाता था। बाइक की रफ़्तार 100 होती थी और काम की रफ़्तार शून्य। घरवाले पराये लगते थे और लड़कियाँ सबसे बड़ी हमदर्द। बनियान दिखाने से व्यक्ति माचो बनता था और पूरी शर्ट पहनने में फ़ैशन चला जाता था। बहन को बाज़ार ले जाने में शर्म आती थी, प्रेमिका को वन पीस में घुमाने में शान बढ़ती थी। मम्मी के कहने पर पानी देने में पीठ दर्द का एहसास होने लगता था और बस की बगल में बैठी लड़की के लिए बड़ी ही शान से खिड़की का शीशा खोलने में ताकत का एहसास होने लगता था।

बेंगलुरु का मौसम मुझे कतई पसन्द नहीं। आप सोचेंगे कि बेंगलुरु में कितना अच्छा मौसम रहता है, हमेशा सुहावना-सुहावना। फिर क्यों? जी हाँ, बेंगलुरु में हर समय एक जैसा ही मौसम रहता है। वहाँ का मौसम कुछ इस तरह है—सुबह थोड़ी ठण्ड, दिन चढ़ने के साथ धूप निकलनी शुरू होती है। दिन ढलने से पहले ही मौसम अपने रंग फिर से बदलने को लालायित हो उठता है और धीरे-धीरे बादल छाने लगते हैं, फिर शाम को बरसात। जिस तरह उत्तर भारत में एक साल में ये तीन मौसम अपना रंग बदलते हैं उसी तरह बेंगलुरु एक दिन में ही उतने मौसम दिखा देता है। किसका दिल नहीं करता कि ऐसे सुहाने मौसम में वह अपनी प्रेमिका की गोद में सर रखकर न बतियाये। उसके मखमली हाथों का स्पर्श अपने माथे पर न होने दे। प्रेम में

भीगी उसकी आँखों का पान करना कौन नहीं चाहेगा। उसके हाथों को अपने हाथों में थाम कर मोहब्बत के प्रतीक उन फूलों की झाड़ियों के नीचे कौन नहीं बैठना चाहेगा?

पर मेरे प्रेम और मौसम दोनों का बड़ा गहरा नाता रहा है। जब मैं स्कूल में था तो मेरा साल कुछ यूँ गुज़रता था। पहले साल भर एक डेस्परेट लड़के की तरह किसी लड़की को लाइन मारता। उसके स्कूल से लेकर कोचिंग, खाने से लेकर पीने, दोस्तों से लेकर रिश्तेदारों—सबकी खबर रखता। मेरे मन को आप टेम्परेचर नापने वाली मशीन भी कह सकते हैं। वह इसलिए कि लाइन मारते-मारते जब मेरा मन यह अनुमान लगा लेता कि अब सामने वाली लड़की के दिल का लोहा गरम हो चुका है, तब तक नया साल शुरू हो चुका होता और मैं उसे प्रपोज़ करने के लिए शुभ घड़ी का इन्तज़ार करने लगता। वह शुभ घड़ी, 'प्रेम-चतुर्दशी' यानी वैलेंटाइन डे से बेहतर क्या हो सकता है। बड़ा सज-धज कर जब मैं 'प्रेम-चतुर्दशी' के दिन अपने साल भर के इश्क का इज़हार करने जाता तो इस बात से भी डरा रहता कि कहीं एक वर्ष की मेहनत की अर्थी न निकल जाये। किसी तरह प्रपोज़ करता पर लड़की इन्तज़ार करने के लिए कह देती। यानी वह सोचकर बताएगी। जब गर्मी शुरू होने वाली होती, तो कहीं जाकर मार्च के अंतिम वीक में लड़की 'हाँ' कहती थी। गर्मी में वह या तो कहीं रमणीय स्थल घूमने चली जाती या फिर अपने मामा के यहाँ। वापस आते-आते बारिश का सुहाना मौसम आने लगता और मैं मन-ही-मन कई तरह के सपने बुनने लगता। उस मौसम में अपनी प्रेमिका को घुमाने के सपने देखने लगता। पर जब वह वापस आती तो बारिश में मेरे अरमान भी धुल जाते क्योंकि अपने मामा के यहाँ उसे अरमान नाम का नया लड़का मिल गया होता। इस तरह मेरी मोहब्बत गर्मी के मौसम में परवान चढ़ती और सुहावने मौसम में मैं प्रेमिका विहीन हो जाता। बदकिस्मती से बेंगलुरु का मौसम इतना सुहावना रहता कि मुझे अपनी प्रेमिका मिलने की कोई आस ही नहीं दिखती थी।

पर कहते हैं, घूरे के भी दिन फिरते हैं। मेरे दिन भी बदले। मेरे प्रेम और मौसम ने अपनी दुश्मनी दशहरे के दिन खत्म कर दी। आप सोच रहे होंगे, ऐसा क्यों? दशहरा आपसी द्वेष को भूलकर सद्भाव से मिलने का त्यौहार है।

प्रेम और मौसम में इस दिन से दोस्ती शुरू हो गयी। यह मेरे लिए बिलकुल उसी तरह की स्थिति थी मानो एक राष्ट्रवादी विचारधारा वाला व्यक्ति राम मंदिर छोड़कर समाज कल्याण में वामपंथियों का साथ देने लगे।

मैं अपने ऑफ़िस में बैठा हुआ पन्द्रह इंच की स्क्रीन की दुनिया में खोया हुआ था। वैसे भी इस पन्द्रह इंच की स्क्रीन की अपनी अलग दुनिया है, इसमें नौकरी भी है, छोकरी भी है यहाँ तक कि फ़ेसबुक, ट्विटर नामक कई समाज भी, जिन्होंने देश, जाति, सम्प्रदाय के बन्धन तोड़कर अपनी अलग दुनिया बनाई है। इसमें स्कूल भी है जहाँ ज्ञान मिलता है और लूट-पाट भी होती है। पूरी तरह से एक दूसरी दुनिया। जिस दूसरी दुनिया के बचपन से हम सपने देखते थे, वह किसी और ग्रह पर नहीं, इस पन्द्रह इंच की स्क्रीन में है। तभी तो इसे नाम दे दिया गया है—वर्चुअल वर्ल्ड। खैर, मैं अपने इस वर्चुअल वर्ल्ड में खोया हुआ काम कर रहा था तभी मेरे ठीक दायीं तरफ़ बगलवाली सीट पर एक हमउम्र लड़की आकर बैठ गयी। बिलकुल छरहरी काया, बिलकुल उतना ही वेट, जितना ज़रूरी है, न तनिक ज़्यादा न कम। सही जगह पर सही मांस। इसे आजकल नाम भी दे दिया गया है, 'ज़ीरो फिगर'। उसने नीले रंग का सलवार कमीज़ पहना था, हाथों में बड़े-बड़े कंगन चमक रहे थे और कानों में लटकते हुए बड़े-बड़े बाले। वैसे कॉर्पोरेट वर्ल्ड में ऐसे कपड़े पहनकर लोग कम ही आते हैं, पर वह कोई अलग ही बन्दी थी, बिलकुल अलग। उस पर ये कपड़े ऐसे जँच रहे थे जैसे किसी बेहतरीन किताब का आकर्षक कवर, उसे और भी निखार देता है। मुझे उसका बायीं तरफ़ का गोरा गाल और आँख दिख रही थी, जिस पर हल्का-हल्का काजल लगा हुआ था। पलकों पर हल्के रंग का ऑइ शैडो। कुछ बाल उसके गाल को छूकर हवा में लहरा रहे थे। बिलकुल दूध से धुली काया। मानो कोई परी अचानक उतर आयी हो मेरे बगल में।

मैं उसे निहारे ही जा रहा था, तभी मेरी तरफ़ चेहरा करके वो बोली, "हाय!" मेरे तो मानो होश ही उड़ गये। सन्नाटा छा गया मेरे कानों में। कुछ देर के लिए मेरी पलकें एकटक उसे देखती रहीं। बिलकुल वैसे ही जैसे किसी हैरतअंगेज़ चीज़ को देखने के बाद आँखें हटती नहीं हैं। बिलकुल वैसे ही, जैसे गिफ़्ट पैक का बड़ा-सा डिब्बा खोलने पर एक सस्ता सा पेन निकल आये।

बिलकुल वैसे ही, जैसे बीवी का घूँघट उठाने पर एक लड़का निकल आये!

वास्तविकता यह थी कि जब तक मैंने उसका दायाँ गाल नहीं देखा था, तब तक तो उसके अन्दर हर अच्छाई दिख रही थी पर जैसे ही उसने मुड़कर मेरी तरफ़ देखा, उसका पूरा चेहरा मुझे नज़र आ गया। मैं अवाक्-सा रह गया, मेरी भौंचक्की आँखें उसी को घूरे जा रही थीं। मैंने उसका पूरा चेहरा देखने से पहले ऐसी कल्पना भी नहीं की थी। उसके दायें गाल पर एक बड़ा-सा धब्बा बना हुआ था। जिसने उसके चेहरे को बदसूरत बना के रख दिया था। मेरी नज़रें उससे हटने का नाम नहीं ले रही थीं। मैं अनचाहे ही उसे घूर रहा था। शायद वह भी मेरी भावनाओं को समझ गयी थी क्योंकि मैंने उसके "हाय" का जवाब भी नहीं दिया था और स्तब्ध बैठा निहार रहा था। मेरा मनोभाव समझकर तुरन्त अपना चेहरा मोड़कर वह अपने कंप्यूटर पर काम करने लगी। मेरे मन में विचित्र-सा एहसास हो रहा था। मैंने इससे पहले कभी ऐसा महसूस नहीं किया था। भगवान ने भी कैसे इतने खूबसूरत चेहरे को बिगाड़कर रख दिया था। ऐसा लग रहा था मानो इन्सान को बनाने वाला इंजीनियर इसे बहुत सुन्दर बनाना चाह रहा था, जब सिर्फ़ एक तरफ़ का गाल ही बचा था तब उसे खूब ज़ोर से सूसू लग आयी और दूसरा गाल बनाने की प्रक्रिया बड़ी जल्दबाज़ी में सिर्फ़ खानापूर्ति में ही निभाई हो। ऐसा लग रहा था कि प्रेम करते समय उसके मम्मी-पापा बड़े मन से एक-दूसरे से जुड़े हों लेकिन तभी फूफा के छोटे बच्चे ने दरवाज़े की कुण्डी खटका कर उनकी तन्मयता भंग कर दी हो और उन्हें प्रेम की प्रक्रिया का अन्तिम क्षण जल्दबाज़ी में निपटाना पड़ा हो। उसको काम करता देख, मैंने भी खुद को कंप्यूटर के काम में लगाने की कोशिश की। अब काम में कहाँ मन लगने वाला था? मुझे कुछ समझ ही नहीं आ रहा था क्या प्रतिक्रिया दूँ इस पर...भगवान को कोसूँ या फिर उससे नफ़रत करूँ!

बार-बार न चाहते हुए भी उसके चेहरे की तरफ़ देख लेता। मानो अदृश्य-सा कोई चुम्बक था उसके पास। मैं न चाहते हुए उसके आकर्षण से खुद को मुक्त नहीं कर पा रहा था और अनायास ही नज़रें उसके चेहरे पर टिक ही जातीं। कभी-कभी हमारी आँखें मिलतीं तो वह झेंप जाती। कभी-कभी वह मुझे अपनी ओर देखते हुए पकड़ लेती और फिर अपना चेहरा सीधा करके

असहज होकर कंप्यूटर पर काम करने लगती। वह जान गयी थी कि मैं उसके चेहरे पर बने हुए दाग के कारण उसके साथ ऐसा बर्ताव कर रहा हूँ। पर मैं भी नासमझ था, बार-बार उसे देखे जा रहा था। शायद पहली बार इतनी खूबसूरत लड़की का दूसरा पहलू देख रहा था। इस वजह से मन दुखी भी था। खैर, किसी तरह ऑफ़िस खत्म हुआ, मैं घर पहुँचा, भोजन किया, और लेट गया पर अगले दिन सुबह तक उसका चेहरा मेरे मन में कौंधता रहा। उसका एक तरफ़ का सुन्दर-सा परी जैसा चेहरा और दूसरी तरफ़ वो दाग। कहते हैं चाँद में भी दाग होता है पर यह दाग कुछ ज़्यादा ही डरावना था। जब तक मैंने उसका दायाँ गाल नहीं देखा था, तब तक धूम-2 फ़िल्म के सह नायक अली की तरह मेरे मन ने कई तरह के भविष्य के सपने सँजो लिये थे। पर दूसरा गाल देखते ही मेरे सपने भी अली की तरह तुरन्त टूट भी गये थे।

किसी तरह रात कटी और फिर से दिन भी बीत गया। अब मेरे मन ने उसका वह चेहरा स्वीकार कर लिया था। कुछ समय लगता है अनचाही चीज़ को स्वीकार करने में। अभी उसको आये दो हफ़्ते हुए थे, पर न वह किसी से ज़्यादा बात करती थी, न ही हँसती थी। बस अपनी सीट पर बैठ कर पूरी तन्मयता के साथ अपना काम करती। कभी गाल पर हाथ रखे घंटों किसी ख़याल में खोयी रहती। उसकी आँखों की पुतलियाँ स्थिर रहतीं, टेबल पर पड़ी किसी चीज़ पर...उस समय उसकी स्थिर आँखों में मुझे एक उफनता हुआ समंदर दिखता था। काम करते वक्त भी मैं उसे बार-बार कनखियों से देख ही लेता था। कभी-कभी हम दोनों के बीच औपचारिकतावश कुछ बातचीत भी हो जाती। पर तब भी मेरे कानों से ज़्यादा आँखें ही सक्रिय रहतीं। जब वह इस बात को भाँप लेती तो अचानक ही बीच में बोलना छोड़ कर काम में लग जाती...और शाम को चुपचाप फिर बैग उठाकर चली जाती।

मुझे याद है, उस दिन मैंने फ़्लिपकार्ट से सुधीर मौर्या की किताब *माई लास्ट अफ़ेयर* मँगवाई थी। मुझे उसे लेने के लिए नीचे जाना था। मैं बाहर लिफ़्ट का इन्तज़ार कर रहा था। तभी वह भी आकर मेरे बगल में लिफ़्ट का इन्तज़ार करने लगी और जैसे ही लिफ़्ट आयी हम दोनों उसमें दाखिल हो गये। अन्दर दो लड़के खड़े हुए थे। उन्होंने जैसे ही उसके चेहरे का दाग देखा, वे लोग भी मेरी तरह देखते रह गये और उनमें से एक के मुँह से बेसाख़्ता

निकला, ''कितनी खूबसूरत लड़की है पर भगवान ने...।''

शायद उसने इस वाक्य को सुन लिया था या वो उनकी नज़रों को भाँप गयी थी, तुरन्त उसने अपनी जगह बदल ली, ताकि उसका दायाँ गाल उन लोगों को न दिखे और अपने मायूस चेहरे को बिलकुल नीचे झुका लिया। उसके चेहरे पर ग्लानि और हताशा साफ़ झलक रही थी। ऐसी ग्लानि जिससे वो चाह कर भी छुटकारा नहीं पा सकती थी। सहन करती जा रही थी लोगों की टिप्पणियों को, बिना किसी शिकायत, बिना किसी प्रतिरोध के। देखते-ही-देखते कुछ देर में ही लिफ़्ट ग्राउंड फ्लोर पर आ गयी और हम सब बाहर आ गये। मैं फ़्लिपकार्ट से अपनी किताब लेने चला गया पर मन में कहीं-न-कहीं उसी की छवि घूम रही थी। उसकी झुकी हुई आहत नज़रें, उदास चेहरा, कुछ न कर पाने की विवशता। ...मुझे ध्यान आया, कैसे मैंने पहली बार उसे घूर कर देखा था, उसने मुझे ''हाय'' भी किया था पर मैं उसकी तरफ़ हतप्रभ होकर देखता ही रहा था और बिलकुल ऐसे ही मायूस चेहरा बनाकर वह अपने काम में जुट गयी थी। अब मुझे खुद पर शर्म आने लगी थी। मुझे एहसास हो गया था कि उसके साथ ऐसा व्यवहार रोज़ होता होगा। कोई-न-कोई नया व्यक्ति ज़रूर उसकी तरफ़ इस तरह से घूरता होगा। कोई सहानुभूति दिखाता होगा, कोई उसके बारे में पूछकर उसके जले पर नमक छिड़कता होगा। अब मुझे पूरी कहानी समझ आ गयी थी कि वह क्यों सबसे अधिक नहीं बोलती थी, क्यों उसने अपने आपको मौन के घेरे में कैद किया है। मुझे समझ में आया कि आस-पास के लोगों की इस खास अटेंशन ने उसके मन में संकुचित भाव डाल दिये थे। वह खुद को दूसरों से अलग और बदसूरत समझने लगी होगी। शायद यही वजह थी कि वह ज़्यादा मुझसे भी बात नहीं करती थी। अभी तक मैंने उसका नाम भी नहीं पूछा था। हालाँकि वो मेरी टीम में थी इसलिए उसका नाम दूसरों से पता चल गया था। टीम में हर कोई उसके चेहरे के दाग पर कम-से-कम एक बार तो चर्चा कर ही चुका था। सोते-जागते, चलते-फिरते, खाते-पीते, घूमते-टहलते, उठते-बैठते यहाँ तक कि बात करते हुए भी हम जैसे लोग हमेशा उसे अपनी बॉडी लैंग्वेज से या फिर बोलकर एहसास दिलाते रहते थे कि उसका चेहरा जला हुआ है और उसे हीन भावना का शिकार बनाने में कोई कमी नहीं छोड़ते थे। भले ही हम अनजाने में ऐसा

करते हों पर उसे आहत कर रहे थे। भले ही हम उससे सहानुभूति दिखा रहे हों पर कहीं-न-कहीं यह ज़ाहिर कर रहे थे कि उसके अन्दर एक कमी है जिस वजह से सहानुभूति दिखाई जा रही है।

ऐसे समय में सहानुभूति दिखाना बहुत ज़हरीला साबित होता है पर अक्सर हम विकलांगों या फिर ऐसे लोगों को अलग से सहानुभूति देते हैं और सहायता करते हैं। हमें कभी उनको यह दिखाकर मदद नहीं करनी चाहिए कि वे विकलांग हैं। इससे उनकी विकलांगता मन में अधिक बढ़ती जाती है। वे खुद को आपसे कमज़ोर समझने लगते हैं। वैसे भी शारीरिक विकलांगता से अधिक मन की विकलांगता घातक होती है। ऐसे लोगों को हम मन से विकलांग बनाते जाते हैं। शायद ऐसा ही कुछ इस लड़की के साथ भी हो रहा था।

अब तो मैंने भी कसम खा ली थी कि चाहे जो भी हो जाये, इस लड़की के जीवन को खुशियों से भर दूँगा। उसे कतई यह नहीं लगने दूँगा कि वह दूसरों से अलग है। यह सोचते हुए मैं किताब लेकर अपनी सीट पर आ गया। वह लड़की भी अपनी सीट पर आकर बैठी हुई थी। मैं मन-ही-मन सोच रहा था किस तरह उससे बात करूँ? इतने दिनों से सिर्फ़ "हाय, हैलो" ही किया है। बात कैसे आगे बढ़ाऊँ? जैसे ही मैंने बैठने के लिए सीट हिलाई, उसने मेरी तरफ़ देखा, मैंने तुरन्त मुस्कुराकर इशारों-ही-इशारों में जवाब दिया। वह भी मुस्कुरा दी, शायद पहली बार मैंने उसके चेहरे पर मुस्कुराहट देखी थी और उसकी मायूस आँखों को चमकते हुए...यह मुस्कुराहट मेरी कसम के लिए पहला तोहफ़ा थी, अब तो ऐसी कई मुस्कुराहटों से उसके चेहरे को गुलज़ार होते देखने का मन कर रहा था।

"हेय, डिड यू गो फ़ॉर टी?" मैंने उससे बात शुरू करने का प्रयास किया।

"या" उसने अपनी कजरारी आँखों से मेरी तरफ़ देखा और फिर सर हिलाकर पूछा, "व्हाट यू बॉट फ्रॉम फ़्लिपकार्ट?"

"ए नॉवेल।" मैं फ़्लिपकार्ट का कवर खोल रहा था। "वैसे तुम्हारा नाम क्या है?"

वैसे तो ऑफ़िस में ज़्यादातर अंग्रेज़ी में ही बात होती, पर यहाँ पर उन वाक्यों के हिन्दी अनुवाद आपको बताता हूँ।

"अनाया सुब्रह्मण्यम, प्यार से लोग मुझे स्माइली कहते हैं," नाम के

साथ चाँद जैसी छटा बिखेरती हुई मुस्कान से भी उसने मुझे अवगत करा दिया। स्माइली नाम से तो यही समझ आता है कि उसकी ज़िन्दगी में खुशियाँ ही खुशियाँ होंगी। ज़िन्दगी में हर वक्त उसके आस-पास खुशियों का भण्डार होगा, बिलकुल उसी तरह जैसे एक साधु के पास न खोने और न ही सोचने के लिए कुछ होता है, वह बस भगवान के ध्यान में तल्लीन रहता है। पर नाम बिलकुल ज़िन्दगी के विपरीत था जैसे मेरे कुछ मित्र। जैसे अमरमणि, नाम से ऐसा लगता है कि वह अमर हो गया हो पर वह आये दिन स्कूल से गोल रहता और बीमारी का बहाना बनाया करता था। जैसे प्रभात, नाम से लगता मानो वह सुबह का पर्यायवाची है पर उसके माँ-बाप की शिकायत थी कि यह लड़का कभी 9 बजे से पहले जागता ही नहीं। जैसे नारायण, नारायण नाम से प्रतीत होता है, भगवान का बहुत बड़ा भक्त होगा पर वह आये दिन प्रार्थना के समय सो जाया करता था। और आज जैसे स्माइली, नाम से ऐसा लग रहा था, जैसे खुशियों की परी हो पर उसकी ज़िन्दगी में खुशियों का कोई नामोनिशान नहीं था। ठीक उसी तरह जैसे नाम पृथ्वीपाल भुइँ बिस्वा नहीं।

मैंने मुस्कुराते हुए तारीफ़ की, "वाओ! बहुत अच्छा नाम है और मुस्कान भी।" मैंने उसकी तरफ़ हाथ बढ़ाया, "अनमोल, अनमोल तिवारी। नाम तो सुना ही होगा।" पता नहीं क्यों, उस उम्र में लड़कियों से बात करते समय मेरे सर पर शाहरुख खान हावी हो जाया करते थे।

मेरे ऐसा बोलते ही उसकी मुस्कान हँसी में तब्दील हो गयी और हाथ बढ़ाकर बिलकुल प्रोफ़ेशनल अन्दाज़ में मेरे हाथ से हाथ मिलाया। सच में अनाया की स्माइल में वाकई दम था।

"वैसे आप कहाँ से हैं?" मैं बात जारी रखना चाहता था।

वह अपना काम छोड़कर मेरी बातों में रुचि दिखाने लगी।

"मैं तमिलनाडु के कोयल पट्टी से हूँ," उसने सीट ज़रा-सा मेरी तरफ़ खिसकाते हुए बताया और मेरी तरफ़ उत्सुकतापूर्ण नज़रों से देखते हुए पूछा, "और आप?"

छोटे शहर के लोग एक हीन भावना से त्रस्त होते हैं, होते हैं बनारस से, बोलते हैं दिल्ली, घर होता है अम्बाला में, बोलते हैं दिल्ली। घर होता है पटना, बोलते हैं दिल्ली। ऐसा करते समय उनका मन उस झूठी तसल्ली

से भर उठता है और वे सामनेवाले के आगे खुद को धोखा देकर, अपने को बड़ा-साबित करने की कोशिश करते हैं पर मैं तो अपने शहर कानपुर से बिलॉन्ग करता था।

"कानपुर, मैं कानपुर से हूँ।"

ऐसा नहीं होगा कि इससे पहले उसने कभी कानपुर का नाम न सुना हो पर शायद कभी इतना ध्यान नहीं दिया होगा इसलिए उसने थोड़ा सोचने के अन्दाज़ में कहा, "कानपुर??"

फिर मैं कैसे पीछे रह सकता था, उसे कानपुर की खासियतें गिनाने से! "हाँ, वही कानपुर जहाँ आईआईटी कानपुर है, ग्रीन पार्क स्टेडियम? ग्रीन पार्क स्टेडियम नहीं जानतीं? जहाँ पर शाहिद अफरीदी ने 45 गेंदों में शतक मार दिया था।"

"आईआईटी कानपुर से समझ गयी मैं," उसने हँसते हुए बत्तीसी निकाल दी थी।

वैसे अभी याद न आया हो तो और बताता हूँ, "नानाराव पेशवा, 1857 की क्रांति के सबसे बड़े क्रांतिकारियों में से थे, वे भी वहीं से हैं।"

मेरा इतना बोलना था कि वह बीच में बोल पड़ी, "अरे मैं समझ गयी।" और हँसते हुए बात पूरी की, "अपने शहर का परिचय दे रहे हो या मार्केटिंग कर रहे हो?"

"अभी तो परिचय दे रहा हूँ, पर मार्केटिंग करने में भी पीछे नहीं हूँ, मेरे फ़ेसबुक फ्रेंड्स से पूछ सकती हो।" मैंने मज़ाक में उससे कहा और हम दोनों हँसने लगे।

"सच?" उसके मुँह से हँसते हुए एकाएक निकला मैंने हाँ में सर हिलाया ही था कि वह भौंहें उठाकर पूछने लगी, "वैसे किस चीज़ की मार्केटिंग करते हैं आप??"

इस बीच मेरे बिलकुल बगल से प्रोजेक्ट की सबसे खूबसूरत लड़की आयशा नदी की तरह कमर मटकाती हुई गुज़री। अरे ऐसा कैसे होता कि उस छरहरी गोरी काया का अंग नापे बिना मेरी आँखें रह पातीं। मेरी नज़रें उसके बायें गोरे गाल को देख ही रही थीं कि वह आगे निकल गयी, अब मेरी नज़रें उसकी नदी की तरह बलखाती हुई कमर पर आकर ठहर गयीं। धूम फ़िल्म

के अली की तरह फिर मैंने तुरन्त सपने बुनने शुरू कर दिये। उससे पहले मैंने यह अनुमान लगाना शुरू किया कि यह किस श्रेणी की लड़की है। ये सब श्रेणियाँ हमने पीने के दौरान ही तो बनाई थीं। आप नहीं जानते? चलिये आपको भी बताते हैं—

दुनिया में दो तरह की लड़कियों होती हैं। पहली जो बीटेक करती हैं और दूसरी वे जो बीटेक नहीं करती हैं।

बीटेक करने वाली लड़कियों में भी दो तरह की लड़कियाँ होती हैं। पहली, वे जो कंप्यूटर साइंस से बीटेक करती हैं और दूसरी वे जो कंप्यूटर साइंस से बीटेक नहीं करतीं। जो कंप्यूटर साइंस से बीटेक करती हैं उनमें भी दो प्रकार होते हैं। पहली जो अपने दोस्तों की जगत भाभी टाइप होती हैं और हर दिन उनके कपड़े हमें अचंभित करते रहते हैं तथा दूसरी वे जो जगत बहन जी टाइप होती हैं। जो पहली हमारी भाभी टाइप की होती हैं उनमें भी दो टाइप होते हैं, एक जो बीटेक में ही अपना बॉयफ्रेंड बना लेती हैं और दूसरी, जो कॉर्पोरेट वर्ल्ड में जाकर बनाती हैं।

जो दूसरी बहनजी टाइप की होती हैं उनमें भी दो टाइप की होती हैं पहली जो शर्माती हैं वे घर बैठ जाती हैं और अपने शादी के बायोडाटा में लिखती हैं—'बीटेक विद कंप्यूटर साइंस' और जो दूसरे टाइप की होती हैं शर्माती नहीं हैं, मोटी होती हैं, भरा बदन, सलवार कुरता पहनती हैं। वे किसी बीटेक कॉलेज में आसानी से अध्यापिका के पद पर यह सोच कर रख ली जाती हैं कि लड़के अपने से बड़ी समझेंगे और लाइन नहीं मारेंगे।

पर दुर्भाग्य से लड़के भी दो टाइप के होते हैं। पहले जो उन्हें मास्टरनी समझते हैं और दूसरे वे जो इस बात पर विश्वास रखते हैं—'कल का ताजमहल किसने देखा है, ये बता, आज की झुमरीतलैया चलेगी न!'

खैर, कॉर्पोरेट वर्ल्ड में अधिकतर ठीक उस टाइप की लड़कियाँ आती हैं, जिन्हें पता ही नहीं होता वो कितने लोगों की भाभी बन चुकी हैं, यानी जगत भाभी टाइप्स। पर उनमें से यह ढूँढना कि किसका कॉलेज से ही बॉयफ्रेंड है और किसका नहीं—उतना ही बड़ा काम होता है जितना एक अच्छे जौहरी के लिए असली हीरे का पता लगाना। इस मामले में थोड़ा सतर्क रहना पड़ता है। अगर किसी पर काफ़ी दिन लाइन मार दी, मेहनत की और प्रपोज़ कर दिया।

बदनाम तो हो ही जाते हो, बाद में पता चले वह पहले से ही कमिटेड है तो ठीक वैसी ही हालत होती है कि धोबी का कुत्ता न घर का न घाट का। इससे पहले कि मैं आयशा के बारे में कोई राय बना पाता, अनाया ने मेरे सपनों में विघ्न डाल दिया, ''सर, मैंने आपसे कुछ पूछा है और आप क्या देख रहे हैं ?''

मैं सिर झटकते हुए एकदम से अपने सपनों से बाहर आया, ''कुछ नहीं, अंग नाप रहा था'' मुँह से निकल गया।

''क्या ?'' उसकी आवाज़ सुनकर एकदम से मैं होश में आया, शायद वह समझ गयी थी। पर हर लड़की की तरह उसने भी न समझने का नाटक किया। कभी-कभी न समझने का नाटक करना समझने से बेहतर होता है।

''कुछ नहीं, बड़ी सुन्दर लड़की है,'' मैंने मुस्कुराते हुए उस बात से उसका ध्यान हटाने की कोशिश की, ''हाँ क्या पूछ रही थीं तुम ?''

''कुछ नहीं, अब आप अपना काम कीजिये, हमें भी करने दीजिये,'' वह एकदम से रूठ कर बोली और मुस्कुराती हुई अपने काम में लग गयी।

कुछ इस तरह से बात की शुरुआत हुई थी। फिर वह रोज़ आती, मैं थोड़ी बहुत बात करता, फिर हम अपने-अपने काम में लग जाते।

क्रिसमस का उत्सव

एमएनसी की यह खास बात है कि यहाँ दिवाली या ईद चाहे न मनाई जाये पर क्रिसमस बड़े उत्साह और उमंग के साथ मनाया जाता है। मैं भी उन लोगों से अलग नहीं था। आखिर नाली में हूँ, कीचड़ तो लगेगा ही। बात क्रिसमस की नहीं है, बात पश्चिमी कल्चर अपनाने की है। बात किसी धर्म के त्यौहार का समर्थन न करने की नहीं है, बात अपने देश की सभ्यता भूलने की है। खैर, क्रिसमस की तैयारी चल रही थी और हम सभी ने सीक्रेट सैंटा नाम से एक गेम खेलने की तैयारी की थी। सीक्रेट सैंटा नहीं जानते ? मैं बताता हूँ, जैसे एक बच्चा रात में सोते हुए सैंटा से अपनी इच्छा ज़ाहिर करता है और सुबह उसके पापा सिरहाने गिफ़्ट रख देते हैं। उसी तरह जैसे माँ बच्चे को विश्वास दिलाती है कि होमवर्क पूरा करने पर सैंटा क्लॉज़ उसकी इच्छा ज़रूर पूरी कर देंगे। बिलकुल उसी तरह प्रोजेक्ट के सभी लोगों को एक ड्राप बॉक्स में अपनी विश लिस्ट लिखकर डालनी थी यानी अपनी मुरादें जमा करनी होती

थीं। फिर अगले दिन हम सबको एक-एक चिट उठाने को कहते और जिसके पास जिस व्यक्ति की चिट जाती वह उस व्यक्ति का सीक्रेट सैंटा होता, यह बात सिर्फ़ और सिर्फ़ उस व्यक्ति को और इस इवेंट को ऑर्गनाइज़ कराने वाली टीम को ही पता होती। और उस टीम की ज़िम्मेदारी होती कि हर व्यक्ति के सीक्रेट सैंटा के पास उसकी विश लिस्ट पहुँचाई जाये ताकि सीक्रेट सैंटा उनकी ख्वाहिशें पूरी कर सके।

साथ-ही-साथ सीक्रेट सैंटा कुछ लोगों के माध्यम से अपने चुने हुए 'बच्चे' (जिसका वह सीक्रेट सैंटा है) को कुछ काम देता और उस व्यक्ति को वह काम करना पड़ता। बिलकुल उस बच्चे की तरह जो अपनी इच्छा पूरी होने की खुशी में होमवर्क पूरा कर डालता है। बिलकुल उस बच्चे की तरह जो 'चिज्जी' पाने की खुशी में नाक सिकोड़कर और मलाई निकालकर किसी तरह बेस्वाद सा दूध पी जाता है। असल में उस समय वह दूध नहीं पी रहा होता बल्कि उस गिफ़्ट का इन्तज़ार कर रहा होता है।

मैं उस ऑर्गनाइज़िंग टीम का सदस्य था। सीक्रेट सैंटा की चिट बाँटी जा चुकी थीं। लगभग सभी को मिल गयी थीं और उस दिन हमारी टीम का एक सदस्य आया नहीं था, बस मैंने और उसने चिट नहीं उठायी थी। जिसका मतलब था कि सिर्फ़ दो चिट बची हैं। मैंने दोनों चिट उठायीं, दोनों के नाम देखे। एक नाम प्रोजेक्ट की सबसे खूबसूरत लड़की आयशा का था और दूसरी चिट में अनाया का। मैं आयशा की चिट देखकर तुरन्त खुश हो गया। मानो मेरे मन की मुराद पूरी हो गयी हो। मुझे बिलकुल वैसा ही लगा जैसे क्रिसमस आने से पहले सैंटा ने मुझे उपहार दे दिया हो। मन में खुशी की लहर दौड़ गयी। चेहरे पर उमंग झलकने लगी, आँखों में भविष्य के सपने दिखने लगे और मन में उसके विचारों ने जगह ले ली और इमरान हाशमी की फ़िल्मों की तरह मैं तुरन्त क्लाइमेक्स में जा पहुँचा—जब मैं उसे बेहतरीन-सा गिफ़्ट दूँगा और वह खुश हो जायेगी। बाद में उसे पता चलेगा कि मैं ही उसका सीक्रेट सैंटा हूँ तो वह दौड़कर मुझे थैंक यू कहने ज़रूर आएगी और उस समय उसके रसीले गुलाबी होठों से 'धन्यवाद' सुनूँगा और उसके चेहरे को निहारता रहूँगा, बिलकुल इमरान हाशमी की तरह। उसकी बड़ी-बड़ी कजरारी आँखों को शायद पहली बार इतने नज़दीक से देखूँगा और धीरे-धीरे यह खेल हम दोनों की

दोस्ती में तब्दील हो जायेगा। कुछ इस तरह के ख़याल मन में आने लगे थे।

तभी मेरा ध्यान दूसरे हाथ में रखी पर्ची पर गया। जैसा कि आप जानते हैं, वह चिट अनाया की थी। मेरे मन में अगला ख़याल यह कौंध गया। अगर मैंने अनाया को अच्छा गिफ़्ट दे दिया तो कम-से-कम उसके चेहरे पर स्माईल आ जायेगी, उसे एहसास होगा कि कुछ लोग हैं जो सच में उसकी कद्र करते हैं। उसके चेहरे पर वह मुस्कुराहट शायद इस गिफ़्ट के लिए सबसे बड़ी कीमत होगी। अब मेरे मन में इमरान हाशमी की जगह शाहरुख खान ने ले ली थी। 'वीर ज़ारा', 'रब ने बना दी जोड़ी', 'दिल वाले दुल्हनिया ले जायेंगे' और 'स्वदेश' जैसी फ़िल्मों के नायक दिमाग में चलने लगे थे।

"किसी उदास चेहरे पर खुशियाँ लाने का मूल्य,
किसी खुश चेहरे की तारीफ़ों से कई गुना अधिक होता है।"

मैं असमंजस में पड़ गया था। एक तरफ़ आयशा थी, जिसका सीक्रेट सैंटा बनकर मैं उससे अच्छी दोस्ती कर सकता था और बात आगे बढ़ सकती थी। दूसरी तरफ़ वह लड़की थी जिसके चेहरे की खुशी उस गिफ़्ट के लिए सबसे बड़ा दाम होगी।

कभी इस चिट को उठाता, कभी दूसरी चिट को। कभी आयशा से दोस्ती का चेहरा सामने आता और कभी अनाया की खुशी। कभी मन उस स्वप्निल भविष्य के सपने बुनता और कभी उस मुस्कुराहट से किसी इन्सान के दिल का सुकून सामने आता। कभी मेरे ऊपर शाहरुख खान हावी होता और कभी इमरान हाशमी। मन इस ऊहापोह में था ही कि मेरे मन में अगला प्रश्न आया। अगर मैंने आयशा की चिट उठा ली तो अनाया को सामने वाला व्यक्ति गिफ़्ट देगा भी या नहीं? इस पर भी शंका थी। अगर न दिया तो एक बार फिर से उसे हीन भावना का शिकार होना पड़ेगा और इस बार उसको हीन भावना में लाने का और उसे नीचा दिखाने का ज़िम्मेदार मैं रहूँगा। मैं तब शायद खुद को माफ़ भी न कर पाऊँ। मैं उस भविष्य में चला गया था, जब सभी को गिफ़्ट मिल रहे होंगे और अनाया को गिफ़्ट नहीं मिला होगा। सभी खुश होंगे और अनाया शान्त अपना काम कर रही होगी। पर उस दिन काम करते वक्त उसका मन खुद को लाचार और बदसूरत मान चुका होगा। उसकी आँखें तो होंगी पर वे भविष्य के सपने देखना बन्द कर देंगी, और उसकी मुस्कुराहट जो चन्द्रमा

के समान छटा बिखेरती है, वह अँधेरी रात की तरह गायब हो जायेगी। इस विचार ने मेरे मन को झकझोर दिया। अब मैंने फैसला कर लिया था कि उस व्यक्ति को खुशी दूँ, जिसे कोई नहीं देता। आयशा को अच्छा गिफ़्ट मिलने की कोई फ़िक्र नहीं थी। उसे हर कोई अच्छा गिफ़्ट ही देगा। आखिरकार 'अक्सर' फ़िल्म पर 'वीर ज़ारा' ने फतह पा ही ली। मैंने अपने निर्णय पर कायम रहते हुए आखिरकार अनाया की चिट उठा ही ली और प्रोजेक्ट की सबसे खूबसूरत लड़की को अपने टीम के साथी के लिए छोड़ दिया। यह त्याग बिलकुल उसी तरह था जैसे 'वीर ज़ारा' फ़िल्म में ज़ारा की माँ के कहने पर अपने प्यार को छोड़कर शाहरुख वापस भारत लौटने लगते हैं।

ज़िन्दगी में ऐसे कई मोड़ आते हैं जब खुद की खुशी से ज़्यादा सुकून दूसरे के चेहरे पर मुस्कान देखने पर मिलता है।

खैर, कुछ देर बाद मैं अपने कंप्यूटर पर काम कर रहा था, तभी मेरे पीछे से एक लड़की की आवाज़ आयी, "मैंने अपने सीक्रेट सैंटा से सोनी का हेड फ़ोन माँगा है।" तभी मुझे याद आया कि अनाया की विश लिस्ट अभी तक मुझे नहीं मिली। हो सकता है कि उसने दी हो और बीच में खो गयी हो या फिर उसने दी ही न हो। मैंने तुरन्त अपनी एक मित्र नेहा से उससे उसकी विश लिस्ट पूछने के लिए आग्रह किया। अनाया तो मेरे बगल में ही बैठती थी तो थोड़ी देर पश्चात नेहा अनाया के पास आयी।

"हाय," नेहा ने अनाया से कहा।

"हाय, कैसी हो?" उसने भी मुस्कुराकर जवाब दिया।

मैं अपने काम में लगा हुआ था, सच कहूँ तो उनकी बातें सुनते हुए काम में मग्न होने का दिखावा कर रहा था। जिससे अनाया को शक ही न हो कि मैं ही उसका सीक्रेट सैंटा हूँ।

"ठीक हूँ," कहकर नेहा रुकी और पूछने लगी—"यह बता, तेरे सीक्रेट सैंटा ने तेरी विश लिस्ट पूछी है?"

सीक्रेट सैंटा का नाम सुनते ही वह चहक उठी, "यह बता मेरा सैंटा कौन है?"

यह एक रहस्य होता है, अपने सीक्रेट सैंटा के बारे में किसी को नहीं पता होता। या यूँ कहें कोई ज़्यादा जानने का प्रयास भी नहीं करता। बिलकुल उसी तरह जैसे एक बच्चा रात के अँधेरे में आँख इसलिए बन्द कर लेता है

कि भूत भाग जायेगा। इस खेल में भी हर कोई जानने का प्रयास नहीं करता और सीक्रेट सैंटा को सीक्रेट ही रहने देता है।

"अगर मैंने बता दिया तो वह सीक्रेट सैंटा कहाँ रह जायेगा?" नेहा ने बड़ा अच्छा जवाब दिया

"अरे बता तो?" उसने नटखट अन्दाज़ दिखाया।

"नहीं, बताऊँगी"

दोनों थोड़ी देर के लिए चुप हो गये। तभी नेहा ने खामोशी तोड़ते हुए पूछा, "बता न अपनी विश लिस्ट!"

वह खामोश थी, और पहले नेहा की तरफ़ उसकी नज़रें थीं पर अब उसने अपनी नज़रें मोड़ ली थीं, "चल अच्छा! एक बात बताएगी?"

"क्या?"

"जो मेरा सीक्रेट सैंटा है, वह मेरी चिट मिलने के बाद उदास तो नहीं हुआ?"

यह सुनते ही मेरे कान खड़े हो गये, मेरी उँगलियों ने काम करना बन्द कर दिया, मेरी आँखें जो कंप्यूटर स्क्रीन पर देख रही थीं, वे अब अनाया की तरफ़ देखने के लिए विवश हो गयीं। मैं आश्चर्यचकित था, आप सोच रहे होंगे, ऐसा क्यों? मुझे अब उसके दर्द का एहसास हुआ था। उसकी रगों में दौड़ते खून में उसकी पीड़ा भी शामिल हो गयी थी जो हर समय उसके मन को ये एहसास दिलाती रहती थी कि वो कमज़ोर है। उसके मन ने काफ़ी हद तक यह स्वीकार कर लिया था कि वह बदसूरत है और लोग उसकी कद्र नहीं करते। वह हर कदम रखने से पहले इन सब पहलुओं के बारे में अच्छे से सोचती है कि लोगों की नकारात्मक राय क्या होगी। शायद इसीलिए उसने अपनी कोई विश लिस्ट नहीं डाली थी।

"उदास क्यों होगा? असलियत यह है कि उसने खुद से ही तुम्हारी लिस्ट उठायी है। और उसने यह पता करने के लिए मुझे भेजा है। ताकि तुम्हें, तुम्हारी पसन्द की चीज़ गिफ़्ट कर सके।" नेहा ने उसके कंधे पर हाथ रखते हुए समझाया।

"उसने मेरी पर्ची उठायी?" उसके चेहरे पर आश्चर्य के साथ एक चमक खिल उठी थी, "सच?"

मेरी तिरछी निगाहों के लिए उसके चेहरे की यह चमक एक बेहतरीन तोहफ़ा थी।

"मैं क्यों झूठ बोलूँगी?"

मैं उनकी बातें सुन ही रहा था।

तभी अनाया ने कहा, "जब ऐसी बात है तो उसे खुद से गिफ़्ट लाने दो। मैं कुछ नहीं कहूँगी, देखते हैं वह क्या देता है?"

जब अनाया ने ऐसा बोला तो नेहा की नज़रें तुरन्त मेरी तरफ़ गयीं, मैं समझ गया कि वह पूछना चाह रही है कि विश लिस्ट के लिए ज़ोर दूँ या नहीं। मैंने तुरन्त सिर हिलाकर उसे जाने के लिए कहा और नेहा ने मेरी बात मानते हुए जवाब दिया, "ठीक है, जैसी तुम्हारी मर्ज़ी।"

~

मैं अब साहिल नर्सिंग होम पहुँच गया था। पता नहीं क्यों मैं अपने अतीत में खो सा गया था। आज जाने क्यों वह याद आयी थी? कुछ तो वजह होगी? वैसे भी दुनिया, ज़िन्दगी और यादें गोल होती हैं। दुनिया के बारे में कहावत मशहूर है कि चाहे जितना दुनिया घूम लो, लौट कर वापस वहीं आना है, जहाँ से शुरुआत की थी। ठीक उसी तरह ज़िन्दगी में आप चाहे जितना पा लो आखिर अन्त में वहीं जाना है, जहाँ से आये थे। कुछ इसी तरह यादें होती हैं, चाहे जितनी बार प्रेम कर लो, पर पहले प्रेम की यादें और अक्स घूम-घूम कर जेहन में आता रहता है।

जिस तरह बचपन में बुखार आ जाने पर थोड़ी तकलीफ़ तो होती थी पर स्कूल न जाने की जो खुशी मन में उमड़ पड़ती थी, उसका कोई जवाब नहीं था। ठीक उसी तरह अनाया की याद भी उसी बुखार की तरह बिन बताये कभी भी आ जाती थी। बेशक उस याद से थोड़ी तकलीफ़ तो होती पर मन उन बेहतरीन दिनों में खो जाता, जो हम दोनों ने साथ जिए थे। यह खुशी उस स्कूल न जाने की खुशी की तरह ही होती थी।

खैर, मैं खुद को यादों के भँवर से बाहर खींच लाया। आज मेरी पत्नी संकट में है। मैंने तुरन्त पार्किंग में गाड़ी लगायी और मम्मी को फ़ोन लगाते हुए अस्पताल की तरफ़ दौड़ पड़ा।

"हैलो, कहाँ हो?" मैंने फ़ोन करते हुए मम्मी से पूछा।

"मैं तीसरे फ़्लोर पर हूँ। ऑपरेशन थिएटर के सामने।"

ऑपरेशन थिएटर का नाम सुनते ही मेरे होश उड़ गये। लिफ़्ट का इन्तज़ार करना तो दूर की बात मुझे सामने खड़े लोग दिखाई ही नहीं दे रहे थे। मैं सीढ़ियों से भागता हुआ लोगों को धक्का देता हुआ, ऊपर चढ़ने लगा। आज पता नहीं कहाँ से सनी देओल वाली फुर्ती आ गयी थी। जैसे-तैसे हाँफते हुए मैं ऊपर पहुँचा। मेरी नज़रें बस माँ को खोज रही थीं। तभी मैंने देखा माँ सीट पर बैठी हुई हैं। जैसे ही उन्होंने मुझे देखा, वह खड़ी हो गयीं और मैं बस भाग के माँ के पास पहुँचा, "क्या हुआ माँ, आशिका को।"

"कुछ नहीं बेटा, बस आज तुम पापा बनने वाले हो।"

"ओह, तो यह बात थी," एकदम से मैंने राहत की साँस ली। तेज़ चलती हुई साँसें धीरे-धीरे कम होने लगीं, धड़कनें अभी भी तेज़ थीं। मैं सीट पर बैठ गया। ऑपरेशन थिएटर के डर की जगह अब खुशी और उत्तेजना ने ले ली थी। पापा बनने का एहसास ही दूसरा होता है। उस एहसास के सपनों में मैं खोने लगा था। जब पहली बार वो मुझसे बात करेगा। जब वह पहली बार स्कूल जायेगा। जब वह अपनी क्लास में फर्स्ट आएगा। हर दृश्य मेरे दिलो दिमाग पर घूमने लगा था।

एक तरफ़ खुशी थी तो दूसरी तरफ़ थोड़ा-सा डर। मैं आशिका की सही सलामत डिलीवरी की प्रार्थना भी कर रहा था। वैसे भी बच्चे का जन्म उसकी माँ के लिए दूसरा जन्म होता है। मैं बैठा हुआ थोड़ा खुशी और थोड़ा डर में डॉक्टर के बाहर निकलने का इन्तज़ार कर रहा था। साँसें सामान्य हो चुकी थीं और धड़कनों ने भी अपनी सामान्य लय पकड़ ली थी।

"माँ, कितनी देर हुए आशिका को अन्दर गये हुए?"

"20 मिनट।"

तभी मैंने सबसे बेहूदा सवाल पूछ लिया, शायद बाप बनने की उत्सुकता और सब कुछ ठीक से हो जाने का डर दोनों था। "वैसे, इसमें कितना वक्त लगता है?"

"इसमें वक्त क्या, डॉक्टर के ऊपर है," माँ बोली।

मेरी निगाहें दो तरफ़ अटकी थीं—सामने लगी घड़ी की तरफ़ और ऑपरेशन थिएटर के गेट पर।

हर सेकेंड मानो वर्षों की तरह बीत रहा था। किसी तरह से पाँच मिनट गुज़रे और अब 25 मिनट हो चुके थे। मुझसे रहा नहीं गया, मैं तुरन्त उठ गया। दिल बस डॉक्टर के निकलने का इन्तज़ार कर रहा था। इस बात की तो कतई फ़िक्र नहीं थी कि बेटी होगी या बेटा। लेकिन इस बात को जानने के लिए मन में उत्सुकता थी कि डॉक्टर क्या खुशखबरी सुनाता है। मैं तुरन्त उठा और सामने से प्लास्टिक का गिलास उठाकर पानी के फ़िल्टर से पानी निकाला और पी गया। फिर से घड़ी देखी, तो पाया आशिका को अन्दर गये 27 मिनट हो चुके हैं, यानी दो मिनट और बीत गये। मैं फिर से आकर सीट पर बैठ गया।

यह पिता बनने का एहसास भी न! इतनी बैचेनी के बावजूद भी मेरी आँखों के सामने बार-बार भविष्य के अनेक सुन्दर चित्र तैर रहे थे, मेरी उँगलियों को थामे उसकी नन्ही गुलाबी उँगलियों के स्पर्श का एहसास मुझे उस वक्त से ही होने लगा। उस बच्चे की शक्ल मेरे मन में बनने लगी थी। बड़ी-बड़ी आँखें होंगी बिलकुल आशिका की तरह, मेरी तरह फूले-फूले गाल। नाक ठीक मेरी माँ पर यानी अपनी दादी पर गयी होगी। उसे पास के बढ़िया स्कूल में पढ़ाऊँगा और हाँ, ज़िन्दगी में उससे कोई अपेक्षा।

मैं ख़यालों में डूबा हुआ था कि मैंने देखा दरवाज़ा खुल रहा है। मैं तुरन्त दरवाज़े के नज़दीक पहुँच गया। हरे कपड़ों में डॉक्टर निकला। मैं बिना एक पल गँवाये डॉक्टर के पास गया और पूछने लगा, "डॉक्टर साहब! सब सही से तो हुआ न!"

डॉक्टर ने मेरी तरफ़ अवाक् नज़रों से देखा। कुछ देर देखता ही रहा, डॉक्टर व्यक्ति की हालत देखकर मरीज़ से उसके रिश्ते का अनुमान लगा लेता है, शायद मेरी हालत देखते ही वह समझ गये कि आशिका से मेरा क्या रिश्ता होगा, "हाँ सब कुछ सही से हो गया पर..." कहते-कहते वह रुक गये।

"पर क्या??" मैं डर गया, मुझे महसूस हो गया था कि इस 'पर' के पीछे कोई-न-कोई राज़ है। मेरी धड़कनें फिर से बढ़ने लगीं। "बोलिए न डॉक्टर साहब!"

डॉक्टर चुप खड़ा था। मैंने उसका हाथ पकड़ कर झकझोड़ा, "बोलिए तो?"

"आप अन्दर आइये," उसने अपने कमरे के अन्दर आने का आग्रह

किया। इस बीच मैं एक मछली की भाँति तड़प रहा था।

ऑपरेशन थिएटर से डॉक्टर का कमरा थोड़ी ही दूरी पर था। पर तब तक मन में कई ख़याल कौंध उठे, बिलकुल वही आशंकाएँ जो एक पति को होनी चाहिए—कहीं आशिका को कोई तकलीफ़ तो नहीं होगी, कहीं आगे से वह बच्चे पैदा करने लायक तो रहेगी? बिलकुल वही आशंकाएँ, जो एक पिता को होनी चाहिए—कहीं बच्चे में कोई समस्या तो नहीं है। पिता होने के लिए आपको कोई 'विशेष ज्ञान' नहीं लेना पड़ता। न ही किसी के ज्ञान की ज़रूरत होती है, न ही किसी अनुभव की। इसमें वक्त भी नहीं लगता। पिता होने का ट्रांजिशन बहुत कम समय में और अपने आप हो जाता है। शायद कुछ सेकेंड। मन में पिता का रक्त तुरन्त संचारित होने लगता है, तुरन्त सोचने का तरीका बदल जाता है और उस बच्चे के लिए आप तुरन्त सपने देखने शुरू कर देते हैं। मेरे मन में भी अपने बच्चे को लेकर तरह-तरह की आशंकाएँ पलने लगी थीं। किसी तरह बस मैं डॉक्टर के पीछे जा रहा था। पर यह तो समझ आ गया था कि कुछ तो गड़बड़ है वर्ना डॉक्टर कमरे में आने के लिए नहीं बोलते। मैं किसी तरह उनके पीछे भागते हुए कमरे में पहुँचा।

कमरे में प्रवेश करते ही उन्होंने सबसे पहले वहाँ पर लगे बेसिन में अपना हाथ धोया फिर तौलिये से हाथ पोंछते हुए बोले, "बैठिये," कुर्सी की तरफ़ इशारा किया।

यहाँ मेरे मन में घमासान मचा था और वह अपने सभी कामों को पहले निपटा लेना चाहते थे। वह आये और कुर्सी पर बैठने लगे। मैं अब चुप न रह सका, "बताइये तो, डॉक्टर साहब हुआ क्या? ऑपरेशन तो ठीक से हुआ? मेरी आशिका और मेरा बच्चा तो ठीक है।"

वह अपना मुँह पोंछते हुए बोले, "आपकी बीवी। बीवी ही है न?" उन्होंने कन्फ़र्म किया।

"हाँ, हाँ मेरी बीवी है" मैंने सिर हिलाकर जवाब दिया। अब तो मेरे होश ही उड़ गये थे, आशिका को क्या हुआ।

उन्होंने वाक्य पूरा किया, "आपकी बीवी ठीक है।"

यह सुनते ही मैंने राहत की साँस ली पर तभी मैंने उनसे पूछा, "आखिर हुआ क्या?"

डॉक्टर की हालत बिलकुल उसी तरह थी जैसे 'धमाल' फ़िल्म में प्लेन उतारने की सलाह दे रहा कंट्रोल रूम में बैठा वह व्यक्ति और मेरी हालत प्लेन में बैठे उन बाप-बेटे की तरह थी जिनकी साँसें अटकी थीं।

वह थोड़ा अटक-अटक कर बोल रहे थे, "मुझे लगता है, आपका बेटा कभी बाप नहीं बन पायेगा।"

"क्या?" एकाएक मेरे मुँह से आवाज़ निकली, "ऐसा क्यों?"

वे अपने दोनों हाथों को मेज़ पर रखते हुए बोले, "आपके बेटे का शिश्न अपरिपक्व है और उसके दोनों टेस्टिकल्स भी नहीं हैं।"

मुझे ऐसा लगा कि मेरा प्लेन क्रैश हो गया और उस प्लेन क्रैश का शिकार मेरा बेटा हो गया और मैं अभागा बच गया।

मेरा शरीर सुन्न पड़ने लगा। मानो सैकड़ों बिजलियाँ एक साथ मेरे ऊपर टूट पड़ीं। किसी भयानक अँधेरे गर्त में जैसे मैं धँसता जा रहा था। मुझे अपनी आँखों के सामने कुछ दिखाई नहीं दे रहा था। बस अँधेरा ही अँधेरा। यहाँ तक कि आगे डॉक्टर क्या बोल रहे थे, सुनाई नहीं दे रहा था। मेरा मुँह खुला का खुला रह गया था। जो पहले डर के कारण हाथ-पैर काँप रहे थे, उनमें बस रोएँ खड़े हो गये। बाकी सभी चीज़ें एक जगह पर थम-सी गयी थीं। जैसे टिक-टिक करती घड़ी का सेल खत्म हो जाये और उसकी आवाज़ के साथ सब कुछ थम-सा जाये। भगवान ने ऐसा क्यों किया? मेरे यहाँ पर किन्नर क्यों पैदा किया? अब वह इस दुनिया से कैसे लड़ेगा? मैं उसे कहाँ-कहाँ बचाऊँगा। उस अँधेरे में मेरे सामने बस कुछ ही दृश्य घूम रहे थे—ट्रेन के, शादी वाले मंडप के और ऐसे दृश्य...जिनकी कल्पना से ही मैं सिहर उठा। हे भगवान! क्या वह भी सिर्फ़ एक सैक्स वर्कर बन कर रह जायेगा?

मैं अपनी माँ को कैसे बताऊँगा कि मैंने और आशिका ने ऐसे बच्चे को जन्म दिया जो अपना वंश आगे नहीं बढ़ा सकता। आशिका जब सुनेगी तो उस पर क्या बीतेगी? उसने ऐसे बच्चे को जन्म दिया जो इस समाज में जीने लायक नहीं, उसे इस समाज के हाशिये पर जीना पड़ेगा। मेरी आँखों से आँसुओं की धाराएँ बहने लगी थीं। मैं मन से काफ़ी कठोर था फिर भी मुझे बच्चे का भविष्य दिख रहा था, वह किस तरह से अपने दोस्तों के मज़ाक का शिकार बनेगा।

मुझे कुछ नहीं समझ आ रहा था, मैं पता नहीं क्यों, कुर्सी से उठा और कमरे से बाहर चला आया। डॉक्टर ने पीछे से आवाज़ भी दी लेकिन मुझे सुनाई नहीं दी। इतना दर्द, कि मेरा बेटा अगर मर भी जाता तो शायद इतना दु:ख नहीं होता। ऐसे तो सिर्फ़ मैं ही दु:ख झेल रहा होता पर अब वह दु:ख झेलेगा और उसका गवाह मैं खुद बनूँगा। शिक्षा से लेकर, खेलकूद, नौकरी और सैक्स सभी जगह उससे दोगला व्यवहार होगा। एक बाप अपने बेटे से यह दोगला व्यवहार होते हुए कैसे देख पायेगा?

माँ से नज़रें मिलाने की मेरी हिम्मत नहीं पड़ रही थी। वह बड़े अरमान लेकर मेरा इन्तज़ार कर रही होंगी। उन्हें कैसे बताऊँ? उन्हें कितना बड़ा सदमा लगेगा। मुझे कुछ नहीं सूझा, दूसरी तरफ़ थोड़ी दूर जाकर मैं सीढ़ियों के पास बैठ गया। सोच में डूब गया, उस अँधेरे की सुरंग में जहाँ से दूर-दूर तक मुझे कोई रास्ता नहीं दिखाई दे रहा था। जब हम नकारात्मक होते हैं तो हमें ऐसा लगता है जैसे दुनिया के सारे दरवाज़े बन्द हो गये हों पर असलियत वह नहीं होती। कुछ देर यूँ ही बैठा रहा और नकारात्मकता से निकलने की कोशिश करने लगा। कहते हैं, हर गहरी सुरंग के बाद उजाला होता है, बिलकुल वैसे ही मेरे मन में पिछले दिनों की कुछ यादें घूमीं जिन्होंने मुझे एक पिता के तौर पर मज़बूत कर दिया और उसके सहारे मैं अपने बेटे का हर पल मार्गदर्शन करता रहा।

बाप बना हैवान

मैं और हर्षा

28 साल पहले—कानपुर के नज़दीक गोपालपुर गाँव

हमारे गाँव में तीन तरह के लोग रहते थे। पहली तरह के लोग, जिनके पास अधिक खेती होती थी। ये तथाकथित ज़मींदार कहलाते थे। सबसे खास बात हमारे यहाँ की यह थी कि व्यक्ति की मूँछें उसकी खेती की समानुपाती होती थीं। मतलब जिसकी जितनी अधिक खेती, उसकी उतनी लम्बी मूँछें। व्यक्ति की मूँछों से ही उसकी खेती का अनुमान लगाया जा सकता था। वैसे मेरे बाबू जी की बहुत बड़ी-बड़ी मूँछें थीं। और वह जब अपनी मूँछों पर ताव

देते तो ऐसा लगता जैसे अपने खेतों पर उगी लहराती फ़सल पर ताव दे रहे हों। खेती सिर्फ़ पेट भरने के लिए ज़मीन ही नहीं होती, बल्कि यह खुद के वर्चस्व और सम्मान का विषय भी होता है। जिस तरह व्यक्ति की मूँछें उसकी खेती के समानुपाती होती थीं उसी तरह व्यक्ति का गाँव में सम्मान भी खेती के समानुपाती होता था। हमारे बाबू जी का गाँव में बड़ा सम्मान था। किसी भी घर के सामने से निकल जायें, लोग दुआ सलाम के साथ उन्हें पान ज़रूर खिलाते थे और बाबू जी पान खाकर थूकते हुए लोगों को ज्ञान बाँटते फिरते थे।

दूसरी तरह के लोग वे थे, जो तथाकथित ज़मींदार के रहमोकरम पर पलते थे। इन लोगों को कोई हिदायत नहीं थी पर पीढ़ी-दर-पीढ़ी चली आ रही रवायत के कारण जन्म से ही इनकी रग-रग में बस गया था कि ये लोग किसी के साथ खाट पर नहीं बैठ सकते थे। दो लाठी दूर ज़मीन पर अपने आप ही बैठ जाते, किसी को कुछ कहना नहीं पड़ता था। इनकी शारीरिक बनावट भी ऐसी हो गयी थी कि इनके हाथ लोगों के सामने अपने आप जुड़ जाते थे। ज़ुबान को भी इनकी कमज़ोर मानसिकता ने कुछ ज़्यादा मीठा कर दिया था। बड़े-से-बड़े अनपढ़ को भी इनकी ज़ुबान नम्बरदार, साहब ऐसे शब्दों से ही सम्बोधित करती। इनकी मूँछें छोटी हुआ करती थीं।

तीसरी तरह के लोग वे होते थे जिनके माँ-बाप इन तथाकथित ज़मींदारों के रहमोकरम पर रहे पर उन्होंने अपने बच्चों को पढ़ा-लिखा दिया था तो उनमें से कोई सरकारी मास्टर, कोई पोस्ट ऑफ़िस में हेड पोस्टमास्टर, कोई रेलवे में टीटी, इस तरह के सरकारी पदों पर काम करने लगे थे। पर इनकी संरचना में अभी भी इनके माँ-बाप का ही खून दौड़ रहा था। ये ज़मींदार को देखकर तुरन्त साइकिल या मोटरसाइकिल से उतरकर नमस्कार करते थे पर इन सब लोगों से अधिक खेती वाले लोगों को सरकारी काम पड़ता रहता था तो तथाकथित ज़मींदारों ने इन लोगों को भाव देना शुरू कर दिया था। जैसे ही इनका हाथ चरणों तक जाता, बड़ी मूँछों वाले लोग इनका हाथ पकड़ लेते और इनके ज़मीन पर बैठने से पहले ही अपने तखत या खाट पर बैठने का न्यौता दे बैठते। ये आजकल के कुछ नए लोगों को देखकर जीते थे, ये फ़िल्में देखने के भी शौकीन थे तो सलमान, आमिर और शाहरुख की बिना मूँछों वाली शक्ल का असर इन पर भी पड़ा था। इसलिए इन्होंने मूँछें रखनी छोड़ दी थीं।

अगर इन तीनों तरह के लोगों की पत्नियों की बात की जाये तो बड़ी मूँछों वाले लोगों की पत्नियाँ सीधी एवं सुशील कहलाती थीं। या यूँ कहें कि इनके ऊपर सीधी-सादी बने रहने का फतवा जारी किया जाता था। बड़ी मूँछों वाले ससुर आये दिन तखत पर बैठकर रात होते ही एक-दो बहुओं को फटकार लगाया करते थे। इससे पहले बहू कुछ बोले, सास आकर समझा जाती थी कि तुम्हारे बाबू जी कितने खतरनाक हैं, हमारी कभी हिम्मत ही नहीं पड़ी इनसे ज़ुबान लड़ाने की। ये औरतें कभी घर से बाहर नहीं निकलती थीं। जब भी निकलतीं तो पूरा घूँघट करके निकलती थीं। अगर दूसरे शब्दों में कहें तो ये औरतें मानसिक तौर पर कमज़ोर थीं, ये उच्च जाति में होने के बावजूद पिछड़ी हुई थीं। अपने पैरों पर खड़े होने का साहस तक न था। वहीं दूसरी तरह के छोटी मूँछों वाले लोगों की महिलाएँ बड़ी सशक्त थीं, बाहर का काम देखती थीं, खेतों पर जाती थीं, चारा काटती थीं और भी काम करती थीं। सच पूछिए तो इनके पति पिछड़े हुए थे पर ये महिलाएँ सक्षम थीं। अगर पति मर भी जाये तो ये अपना पेट किसी के यहाँ मज़दूरी करके भर सकती थीं। तीसरी और आखिरी तरह के बिना मूँछों वाले मर्दों की पत्नियाँ इन दोनों तरह के लोगों का मिला-जुला रूप थीं। इनमें दोनों पीढ़ियों के खून का संचार होता था। कुछ बाहर का काम भी देख लेती थीं और सीधी-सादी होने का नाटक भी कर लेती थीं।

अगर इन तीनों प्रकार के लोगों के बच्चों की बात की जाये तो पहली तरह के बड़ी मूँछों वाले लोगों के लड़के ऐय्याश और लड़कियाँ छेड़ने में माहिर होते थे। इन्हें अपने बाप की मूँछों और ज़मीन पर बड़ा गुमान होता था। ये अक्सर अपने दोस्तों के बीच अपने पुरखों की गाथाएँ सुनाते नज़र आते थे। इससे दोस्तों के बीच इनकी धमक बनी रहती। इन्हें भी पता था कि इनकी इज़्ज़त इनके पुरखों की वजह से है। वहीं दूसरी तरह के लोगों के बच्चे बिलकुल उन्हीं की तरह डरे हुए होते थे और उनकी संरचना भी बिलकुल वैसी ही थी, हाथ जोड़कर बैठ जाना, सबको नम्बरदार कहना और जो मिल जाये, खा लेना। पर तीसरी तरह के बिना मूँछों वाले लोगों के बच्चे पढ़ने में होशियार होने लगे थे। कुछ सही जगह पर नौकरी भी पा गये थे, कुछ डॉक्टर और इंजीनियर भी बन गये थे। इनका रुतबा ज़मींदारों से ऊपर उठने लगा था

पर इनकी आदतें अभी भी ज़मींदारों के पैर को छूने से आगे नहीं बढ़ी थीं। इनको आगे बढ़ता देख बड़ी मूँछों वाले लोग भी अपने बेटों पर शिकंजा कसने लगे थे और उन्हें इंजीनियर तथा डॉक्टर बनाने के सपने देखने लगे थे। मेरे बाबू जी ने भी मेरे जन्म लेते ही मेरे पिछवाड़े पर इंजीनियर का ठप्पा लगा दिया था। पर बात तब गड़बड़ हुई जब बाबू जी के दूसरा बेटा पैदा हुआ 'हर्षा'।

हर्षा, नाम तो शायद बाबू जी ने बहुत अच्छा रखा था पर उसकी ज़िन्दगी में लेशमात्र का भी हर्ष नहीं दे पाये। बिलकुल उसी तरह नाम—'पृथ्वीपाल भुइँ बिस्वा नहीं'। अभी एक वर्ष पहले ही तो उसका जन्म हुआ था। घर के आस-पास के लोग उसे 'अलग' कहते थे। अलग? ऐसा लोग कहते थे पर मुझे नहीं पता कि उसमें क्या अलग था? नाक-कान, मुँह सब एक जैसे ही तो थे। बिलकुल हमारी तरह। यहाँ तक कि दो पैर, दो हाथ भी थे। रंग में भी गेहुँआ सा, बिलकुल एक आम बच्चे की तरह ही तो था। मुझे उसके साथ खेलने में भी मज़ा आता था। उसको पुचकारने में और दुलार करने में, कभी-कभी रोने लगता और कभी मेरे साथ खेलता। पर इस 'अलग' का स्केल क्या था मुझ जैसे 6 वर्ष के लड़के की समझ से बाहर था। पर पता नहीं क्यों, मेरे बाबू जी की आँखें उस पर तनी रहतीं। शायद वह अपने बेटे के पिछवाड़े पर डॉक्टर का ठप्पा नहीं दे पाये थे। खैर, वह किसी तरह मानने को तैयार नहीं थे कि उनका बेटा हम सभी से अलग है। यह भी हो सकता है कि वे सब कुछ समझते हुए भी नासमझ बने रहने का नाटक कर रहे हों। सच को झूठ समझकर जीने का भ्रम काफ़ी हद तक इन्सान को उस सच से उत्पन्न पीड़ा से दूर कर देता है। इन्सान भी भ्रम में थोड़ा सुकून ढूँढ लेता है। जबकि उस भ्रम के परदे के पीछे सत्य खड़ा रहता है टस से मस हुए बिना। ज़रा-सा पर्दा हिला नहीं कि भय से आँख मूँद लेता है इन्सान। बाबू जी के साथ भी यही हो रहा था। भ्रम की आड़ में छिपे सत्य को जानते हुए भी उसे स्वीकार नहीं करना चाहते थे।

हर किसी से वे झगड़ पड़ते थे। अगर किसी ने यह पूछने का दुस्साहस कर दिया, "अरे तेवारी जी, सुनए मा आवा है कि आपका लड़िकवा सब से अलग है?"

पर कुछ दिनों में उनके मन ने यह स्वीकार कर लिया था कि उनके यहाँ जन्मा बालक किन्नर ही है। रही-सही कसर एक दिन कस्तूरी ने आकर पूरी

कर दी। कस्तूरी? कस्तूरी नहीं जानते? वही जो हमारे आस-पास के गाँव की किन्नरों की मुखिया है।

शाम का समय था, बाबू जी घर के सामने कुर्सी पर बैठे हुए थे। ठण्ड का मौसम, ठिठुरती हुई ठण्ड, बाबू जी एक शॉल ओढ़े हुए, उसके नीचे कम-से-कम दो तीन स्वेटर भी पहन रखे थे, पैरों में मोज़े और कुर्सी के सामने आग जलाये बैठे हुए थे। ठण्ड की क्या मजाल कि इतने कपड़ों में से होकर उनके शरीर को छू भी जाये, आखिर उन्होंने खुद से अधिक वज़न के कपड़े जो पहन रखे थे! इतने कपड़े पहनने के पीछे भी उनका एक लॉजिक था। वे हमेशा कहा करते थे कि ठंड कहती है, "लड़कन से हम बोलत नाही, जवान लगे हमार भाई, बुढ़वन का हम छोड़त नाहीं, चाहे ओढ़ ले चार-चार रज़ाई।" खैर, नीचे माँ और मैं बैठे हुए थे। ऊपर छप्पर पड़ा हुआ था। जिसमें चिड़ियों ने छोटे-छोटे घोंसले बना रखे थे। चिड़िया अपने बच्चों का खाना लेकर घोंसले में बार-बार आ रही थी और उन्हें खिलाकर फिर खाने की तलाश में जा रही थी। उनका चहचहाना तो अब हमारी दिनचर्या में शामिल हो गया था बिलकुल उसी तरह जैसे घड़ी की टिक-टिक की आवाज़, बिलकुल उसी तरह जैसे बैकग्राउंड में एक धीमे स्वर में मधुर संगीत बज रहा हो, ठीक उसी तरह जैसे सोते समय बाबू जी के खर्राटे। उनके चहचहाने से किसी शोर की आवाज़ नहीं सुनाई देती थी पर अगर उनका चहचहाना बन्द हो जाये तो ऐसा लगता था, मानो कोई संगीत बन्द हो गया। खाना खिलाने के लिए जब वह चिड़िया अपने घोंसले में घुसती तो उससे कुछ घास के तिनके गिरते जिसे बार-बार हम अपने सिर और कपड़ों से झाड़ते रहते। तभी कस्तूरी को आता देख बाबू जी सब समझ गये, उन्होंने आँखों के इशारों से ही माँ और मुझे अन्दर जाने के लिए इशारा किया। हम लोग अन्दर चले तो आये पर मैं दरवाज़े की दरार से उनकी बात सुन रहा था।

कस्तूरी चमकीला सलवार सूट पहने हुए थी। होंठों पर डीप मैरून शेड की लिपस्टिक, पाउडर से पुता चेहरा जिसका रंग शरीर के दूसरे अंगों के रंग से मेल नहीं खा रहा था...मटक-मटक कर चल रही थी और बार-बार न चाहते हुए भी उसके हाथ तालियाँ बजा रहे थे। उसके पीछे उसके दो-तीन साथी भी थे। वह जैसे ही आयी तो बाबू जी ने पूछने में देर नहीं की, "कहो, कस्तूरी, कैसे आना हुआ?"

"सुना है, आपके यहाँ लड़िकवा हुआ है, इधर से जाती रहिन तो सोचा बधाई दै दूँ और नेग लै लूँ।"

"अच्छा, का नेग चाही?" उन्होंने बिलकुल हिन्दी फ़िल्मों की तरह मूँछों में ताव देते हुए ज़मींदार का रुतबा दिखाया।

मूँछें क्या कहना, रुतबे पर ताव दिखाना उचित रहेगा।

"अरे हमें जो नेग लें का है, वह ले के ही मानेंगे," एक रहस्यमयी मुस्कान थी कस्तूरी के होंठों पर। उसके साथी भी एक-दूसरे को देख होंठ दबा-दबा के मुस्कुरा रहे थे।

एक अज्ञात भय ने बाबू जी को घेर लिया...कुछ देर पहले मूँछों पर ताव देने वाले चेहरे पर भय की लकीरें खिंच गयीं। मुश्किल से होंठों से निकला, "का मतलब?"

"मतलब यह है कि" पान के लाल-लाल पीक आँगन में ही थूकते हुए थोड़ा नज़दीक आकर कान में फुसफुसाते हुए बोलने लगी, "आपके यहाँ हमरे बिरादरी के भाई ने जन्म लिया है। उसे हमें दै दो। वही हमरा नेग है।"

"दूर हट" उन्होंने कस्तूरी को दुत्कारते हुए कहा, "आज के बाद ऐसा बोल न दिहो, नहीं तो..."

बोलने के साथ अपना हाथ ऐसे मरोड़ा पर कहते-कहते रुक गये, जैसे कहना चाह रहे हों, "गर्दन मरोर देबे" किन्नरों के बारे में ये बात जग ज़ाहिर थी कि सरकार भी इनका कुछ नहीं बिगाड़ सकती। इनसे पंगा नहीं लेने का।

"नहीं तो...का लखन साब? वा हमरी बिरादरी का है, कबे तके हमसे दूर राखिहौ?" रुकते हुए उसने सवा शे'र जड़ दिया, "बिटिया चाहे ससुरार मा केत्तेइव पियारी होए पर भागत अपने मइके का है।"

मैं इधर डर के मारे काँप रहा था। मुझे कुछ समझ नहीं आ रहा था कि आखिर क्यों कस्तूरी मेरे भाई को लेने आ गयी। मैं तुरन्त भागकर अपने भाई के पास पहुँच गया। वह पलंग पर लेटा हुआ सो रहा था। मैं उसके गुलाबी मुलायम गालों को पुचकारने लगा, उसे दुलार करने लगा। कभी उसके चेहरे को चूमता तो कभी उसके कोमल हाथ को छूता। उसकी नन्ही उँगलियों को खिलाने लगता। मेरा प्रेम जाग्रत हो गया था। मैं उसे एक पल के लिए भी अपने से दूर जाने नहीं देना चाहता था। कम-से-कम कस्तूरी के यहाँ तो

बिलकुल नहीं। मुझे ऐसा प्रतीत हो रहा था साउथ इंडियन फ़िल्मों की तरह कोई विलेन मेरे भाई को बाबू जी के पैसे न चुकाने के बदले लेने आया है। पर इसके ठीक उलट इधर हमारे बाबू जी का पारा चढ़ता ही चला जा रहा था।

"वा तुम्हरी बिरादरी का न होए। हमार गदयाल आए और तुम्हरे सैहाँ कौनों कमी नहीं आये ओम्हा। तुम लोग आपन काम करो, आपन पैसा लो और दफ़ा हुई जाओ यहाँ से।"

धीरे-धीरे कस्तूरी का गुस्सा आसमान पर चढ़ने लगा, वह दाँत पीसे जा रही थी। उसकी मुट्ठियाँ गुस्से में भिंच गयी थीं। बाबू जी कुछ भी बोले जा रहे थे। आखिर उन्होंने कस्तूरी को घर से भगाने का निर्णय ले लिया।

"निकल जा यहाँ से, कबहूँ दिखाई मत पड़ना" वह ज़ोर से चिल्लाये।

"जा तो रही हूँ," कस्तूरी की आँखें जलते अंगार के समान दहकने लगीं। सारा शरीर काँप रहा था, "पर एक बात नोट कर ले तिवारी। हिजड़े का बाप है तू, हिजड़े का! और इतना आसान न है समाज में एक हिजड़े का बाप बनकर जीना। सुई की नोक पे रहना होत है! इसकी चुभन से तोरा पैर ही नहीं, तोरा शरीर ही नहीं, तोरी आत्मा तक भी तड़पेगी...यह समाज तुझे जीने न देगा, या तू खुद मर जायेगा, या फिर तंग आकर खुद चलते हुए उस बच्चे को हमार यहाँ देने आएगा।" कस्तूरी जाते हुए सबके सामने चिल्लाते हुए कह गयी।

अब सभी मोहल्लेवाले अपने-अपने घर से बाहर निकल आये थे, सबने उन दोनों की बातें सुन ली थीं।

बाबू जी ने भी कस्तूरी को फटकारते हुए ऐसे हाथ लहराया जैसे फ़िल्मों में एक बाप अपने बेटे को मार डालने की धमकी दे देता है पर अपनी प्रेमिका के साथ जाने नहीं देता, "मैं अपने बेटे को मार दूँगा पर तोरे यहाँ पर कभी देने नहीं आऊँगा!"

उसके जाने के बाद वह कुर्सी पर धम्म से बैठ गये पर उनके मन में पता नहीं क्या चल रहा था। तभी उन्होंने महसूस किया कि सभी पड़ोसी उनकी तरफ़ देख रहे हैं। ऐसे देख रहे हैं जैसे किसी की लड़की अपने प्रेमी संग भाग गयी हो। कुछ ने कानाफूसी भी शुरू कर दी तो वह खीजकर चिल्लाये, "यहाँ कोई मेला नहीं लगा है, जाओ अपना-अपना काम करो!"

वैसे भी हमारे गाँव में भले ही लोग खुद के बेटे को सँभाल न पा रहे हों पर दूसरे की बेटी के चाल-चलन पर सबकी नज़र रहती थी। किसी के घर झगड़ा होना, पुलिस आना, इस तरह के वाकये शाम को चारा सानी के बाद फ़ुर्सत में घरों के बाहर लगी चौपाल में चर्चा का विषय हुआ करते थे। कोई-न-कोई गाँव के अलग कोने से आकर इस तरह की घटनाओं को बताता और इस पर चर्चा हुआ करती थी। चर्चा का परिणाम सिर्फ़ यही निकला करता था, 'वो हई नकारा', 'उसकी चाल-चलन शुरुआत से ही खराब रही है', 'धोबीवा के लौंडे के साथ भाग गये रही'। यानी सिर्फ़ साँप निकलने के बाद लकीर पीटी जाती थी। आज भी लोगों को शाम को बात करने का मसाला मिल गया था।

किन्नरों के जाते ही बाबू जी कुर्सी में धँस गये। खामोश, चेहरा बिलकुल लाल। बस बीच-बीच में पास में पड़ी लकड़ी को तोड़-तोड़ कर अनमने से आग में डालते रहे। फिर कुछ देर बाद बगल में रखी डिबिया (जिसमें वे तम्बाकू रखते थे) उठायी और उसमें चूना लगाकर हाथ से मलने लगे। उसे अपने दाँतों तले दबा लिया। शायद उनके मन में कई तरह के ख़याल चल रहे थे। उन्हें अब लग रहा था कि सच में एक किन्नर का बाप होना सुई की नोक पर रहने के बराबर है।

रह-रह कर उनके मन में वो सवाल कौंध रहे थे जो लोग उनके बेटे के बारे में पूछेंगे। 'उस प्रताप को तो देखो, उसकी कभी मेरे सामने बैठने की औकात नहीं थी और कल संध्या से लौटते वक्त कैसे मज़े ले-लेकर मुझे सांत्वना देने का नाटक कर रहा था। और हाँ, उस कपूर सिंह को तो देखो, न लेना एक न देना दो। कभी घर भी नहीं आता पर जब से उसे पता लगा है, पूरे गाँव में ढिंढोरा पीट रहा है और रही-सही कसर इन हिजड़ों ने पूरी कर दी। कभी औकात न थी मुझसे ज़ुबान लड़ाने की...सलाम ठोंक के जाते थे और आज मुझसे भिड़ के चला गया।' उनके मन में तरह-तरह के विचार आ रहे थे और जा रहे थे। तभी एकाएक उन्होंने तुरन्त तम्बाकू थूका और अपनी जेब से बीड़ी निकाली, दूसरी जेब से माचिस। माचिस सर्दी के कारण थोड़ी गीली हो गयी थी। जलाये नहीं जल रही थी। माचिस न जलने का गुस्सा उनके चेहरे पर साफ़ दिख रहा था। किसी तरह बड़ी कोशिश के बाद बीड़ी जली।

बीड़ी का कश लेकर उसके धुएँ को ऊपर उड़ाते शायद सोच रहे थे, 'अभी तो खैर जो है, सो है, पर जब हर्षा की शादी न होगी तो लोग तरह-तरह की बातें करेंगे और तब लोगों का कैसे सामना करूँगा?'

अभी दो-तीन कश मारे ही थे और यहाँ-वहाँ टहल रहे थे। साथ ही बड़बड़ाये जा रहे थे, तभी अचानक उनके मुँह से निकला, "ऐसे जीने से अच्छा है कि इस ससुरा का यहीं मार दें।" उन्होंने अभी खुद से प्रश्न पूछा ही था कि अपने ही आप को जवाब दे दिया, "हाँ, यही सही रही।"

तभी अगले पल उनके मन ने अपनी ही स्वीकृति को काट दिया, "नहीं, यह सही न है।"

बीड़ी का अगला कश खींचते ही मन ने फिर खुद से प्रश्न कर दिया, "फिर लोगन की बात सुनते रहना, का यही सही है?"

"नहीं, लोगन की बात सुनब भी अच्छा नहीं है।"

मन में तरह-तरह के ख़याल आ रहे थे, उनका मन दो भिन्न-भिन्न व्यक्तियों में विभाजित हो गया था। एक कभी हाँ करता और कभी दूसरा उनकी बात को ही काट देता, कभी वे खुद से प्रश्न करते और उसका जवाब भी खुद ही दे देते। कभी इस चबूतरे में बैठते, कभी नीम के पेड़ के नीचे, कभी तेज़ चाल से चलने लगते तो कभी रुक जाते। कभी बीड़ी का तेज़ कश मारते और कभी बीड़ी को पैरों तले कुचल देते। इन सर्दी के दिनों में भी उनके माथे पर पसीना आ गया था। बीड़ी खत्म भी नहीं हुई थी कि उनके मन ने एक रास्ता चुन लिया था, "अब तो बस एक ही रास्ता देखत है, बस ससुरा का आज काम तमाम कर देब। न रही बांस न बाजी बाँसुरी।" वह तुरन्त आधी बीड़ी फेंककर तेज़ कदमों से चल दिए, मूष मार दवाई लेने। कुछ कदम ही चले होंगे कि उनकी रफ़्तार धीमे हो गयी और अब सहम-सहम के दुबके पाँव चलने लगे।

उनमें डर बैठ गया, कहीं कोई देख तो नहीं रहा। वह दुबके पाँव चलने लगे, चप्पल भी उतार दी थी।

थोड़ा-सा ही आगे बढ़े थे कि "सुनते हो," पीछे से आवाज़ आयी।

चोर की दाढ़ी में तिनका जैसी हालत थी उनकी, वह सकपका गये। तुरन्त मुड़े और अपनी घरवाली को पीछे पाया, "हाँ, हाँ क्या है?" एकदम से

उनके मुँह से निकला। उनके रोयें खड़े हो गये थे, आवाज़ भी अटक-अटक कर निकल रही थी। उन्हें ऐसा लगा, मानो माँ ने उनके गलत काम करने के इरादे को पहचान लिया हो।

"मैं बाहर बबलुआ के घर दूध लेने जा रही हूँ। देखे रहना, घर मा कुत्ता-उत्ता न घुस जाये," माँ ने आवाज़ दी, "चौका मा दही बाहर ही रखा है, बिल्ली का ध्यान दियो, नहीं तो तुम्हारे रायता का प्रोग्राम कैंसिल समझव।"

"ओह," यह 'ओह' सिर्फ़ शब्द नहीं था। इस 'ओह' के साथ उनकी रुकी हुई साँसों ने चैन का दम भरा। उनकी धड़कनों ने फिर से अपनी सामान्य रफ़्तार पकड़ ली। इस 'ओह' के साथ निकल गया, उनका डर और लौट आया था सुकून। जो सिर्फ़ और सिर्फ़ उन्हीं को पता था।

"हाँ, जाओ" कुछ देर बाद बड़े धीरे से वे बोले।

वह चल दी, बबलू के घर और बाबू जी मूष मार दवाई लेने।

अब बाबू जी के कदमों की रफ़्तार तेज़ हो गयी थी। मानो जल्दी-से-जल्दी काम निपटा देना चाहते हों। इस बीच वह यह भूल गये थे कि घर में मैं भी हूँ। मैं हर्षा के पास ही बैठा था। शायद उनकी नज़र मुझ पर पड़ी नहीं थी। वह तुरन्त पहुँचे उस किवाड़ के पास जहाँ उन्होंने चूहे मारने वाली दवा रखी थी। अपने कुर्ते के नीचे से हाथ डालकर जनेऊ निकालने की कोशिश की, कई स्वेटर और सदरी पहने रहने के कारण बड़ी मुश्किल से निकला था वह जनेऊ, इस बीच उनकी एक कांख भी निकल गयी थी "आह।" खैर, जैसे-तैसे जनेऊ निकला। उसमें से चाभी निकालकर, उन्होंने ताला खोला। जल्दी-जल्दी काम करने के कारण उनके हाथ-पैर काँप रहे थे। उनकी नज़रें किवाड़ में रखी सभी पुड़ियों पर जाने लगीं।

बाबू जी के गुस्से से भरे हुए लाल चेहरे के सामने मुझे नहीं पड़ना था। उनके गुस्से से मैं बहुत डरता था। कई बार मैं उनके गुस्से का शिकार भी हो चुका था। इसलिए बिना देर किये मैंने बाहर का रास्ता नाप लिया था। मेरी पदचाप उन्हें सुनाई दे गयी। बुरा काम करते हुए इन्सान बहुत भयभीत हो जाता है। वह तुरन्त काम छोड़कर उसे देखने चले गये, कहीं कोई आया न हो! इस बीच मैं आँगन से बाहरवाले कमरे में चला गया था। वह मुझे देख नहीं पाये। उन्होंने पाया कि आँगन में आस-पास कोई नहीं है तो वह निश्चिन्त

हो गये और फिर से पुड़ियों को खोल-खोल कर चेक करने लगे परन्तु, उन्हें चूहे मारने वाली दवा नहीं मिल रही थी। "यही कमरिया मा तो रखे रहे, पता नहीं कहाँ गयी," वह अपना माथा पोंछते हुए खुद से बोले।

यह आवाज़ मेरे कानों को सुनाई दे गयी थी और मैं पता नहीं क्यों चुपके से दरवाज़े के पीछे से उन्हें सुनने और देखने की कोशिश कर रहा था। डर था, कहीं पकड़ लिया गया तो बहुत मार पड़ेगी, पर मुझे पता नहीं क्यों ऐसा लग रहा था कि बाबू जी आज कुछ गलत करने वाले हैं।

वह अपने माथे पर बार-बार हाथ मार रहे थे।

शरीर की प्रकृति है, अपना काम अपने आप करना। जब आप जबरन शरीर से कुछ करवाना चाहें तो बहुत मुश्किल होती है, चाहे आप संडास में बैठे हों, ज़िन्दगी में टेंशन ले रहे हों या फिर सोने की कोशिश कर रहे हों। बाबू जी इस काम के लिए खुद को विवश कर रहे थे।

वह उस कमरे में यहाँ-वहाँ टहल रहे थे और सोच रहे थे कि उन्होंने वह दवा कहाँ रख दी। उनकी धड़कनों की गति और उनकी चाल लगभग समान तेज़ी से चल रही थी। पर उनका दिमाग ज़ोर देने की वजह से ठहरा हुआ था। अन्ततः वह हार मान कर कमरे से निकल कर आँगन में आ गये थे, उन्हें याद आया शाम का समय हो गया है। उन्हें कई काम करने हैं, जैसे संध्या में जाना है, फिर आकर स्नान करने के बाद पूजा करनी है। और हाँ, भैंस को भूसा भी डालना है। जैसे ही भूसे का ख़याल आया, उनकी जान में जान आयी। उन्हें याद आया उस दिन गेहूँ में दवा डालने के बाद उसे भूसे के अन्दर ही तो छुपा दिया था। वह तुरन्त गये और भूसा हटाकर पुड़िया से दवा निकाली। पहले नज़रें फाड़-फाड़कर दवाई को देखने लगे फिर सतर्क होकर पुड़िया छुपा दी।

यह दवा की पुड़िया मुझे देखी-देखी सी लग रही थी। कुछ ही देर में मुझे कुछ महीना पहले का वह दृश्य ध्यान आया जब बाबू जी इस पुड़िया से दवाई निकालकर गेहूँ में डाल रहे थे तो मैंने अम्मा से पूछा था, "इसे गेहूँ में काहे डालते हैं? इससे गेहूँ अच्छा बन जाता है?"

तब अम्मा ने बड़ी शालीनता से बताया था, "इसका डालने से मूष गेहूँ मा नहीं जाते। यह ज़हर है, इसे खाए से आदमी भी मर जात है।"

"तो फिर बाबू जी इसे काहे निकाल रहे हैं?" मेरे मन में यक्ष प्रश्न कौंध गया।

इस बीच वह अब बड़े डग भरते हुए नल के पास चल दिये, धड़कनें तेज़ थीं, काम करने का अन्दाज़। रोएँ खड़े हो गये। मन में डर तो था ही, उन्हें ऐसा लग रहा था जैसे कोई उन पर नज़र रखे हुए है। वह बार-बार यहाँ-वहाँ देख रहे थे। उनकी ऐसी भयभीत हालत मुझे डरावनी-सी प्रतीत हुई। मुझे बाबू जी के कारनामे कुछ अलग से नज़र आ रहे थे। भले मेरा मन अभी इतना विकसित न हुआ हो पर दिल को कुछ अनहोनी-सी समझ आने लगी थी। कुछ तो ऐसा होने वाला था जो इससे पहले कभी नहीं हुआ। मैं भाग खड़ा हुआ, अम्मा को बताने के लिए। तभी मेरे जाने की खटपट से उन्हें लगा, कोई आ रहा है, वह तुरन्त पलटे, जैसे ही पलटकर उन्होंने देखा, वहाँ कोई नहीं था। मैं बाहर निकल गया था, अम्मा के पास। वह बाहर तक गये, एक बार इधर-उधर देखा पर कोई नहीं दिखाई दिया। तुरन्त वह फिर से नल के पास आये और पास में रखे गिलास में थोड़ा पानी लेकर दवा को घोलने लगे और चल दिए। उन्हें सामने कुछ नहीं दिखाई दे रहा था, सही-गलत का अन्दाज़ा ही नहीं। इस काम के बाद होने वाले परिणाम से भी उन्हें कोई लेना-देना न था। बस उन्हें सिर्फ़ अपनी इज़्ज़त प्यारी थी। यह समाज उस बेटे के कारण, उन्हें कुछ कह न पाये, इस बात की फ़िक्र थी। जबकि उस बेटे की कतई फ़िक्र न थी, जिसके वे बाप हैं।

इस बीच मैं हाँफते-हाँफते पहुँचा था अम्मा के पास, मेरे पास कुछ बोलने के लिए नहीं था फिर भी उनका साड़ी का पल्लू खींचते हुए किसी तरह मेरी आवाज़ निकली थी, "अम्मा, बाबू जी। ...बाबू जी!"

"का बाबू जी-बाबू जी लगा रखा है?" उन्होंने मेरी पूरी बात पूरी होते न देख झिड़क दिया था।

मैं उनकी डाँट से कतई मायूस नहीं हुआ था, मैंने किसी तरह बोलना जारी रखा, "बाबू जी ज़हर...ज़हर" बस इतना ही बोल पाया था कि अम्मा को यह अन्देशा हो गया था कुछ गलत ज़रूर होने वाला है। वह सब छोड़-छाड़ के भाग चली थीं।

इधर बाबू जी हर्षा के पालने के पास पहुँच गये थे। कट जायें ऐसे हाथ,

जिसने अपने हर्षा के जबड़े को पकड़ लिया था ताकि मुँह खुल जाये। रुक जायें ऐसी धड़कनें, जो अपने बेटे को मारने के लिए तेज़ हो गयी थीं। भाड़ में जाये ऐसा समाज जिसके कारण अपने बेटे को मौत के घाट उतार रहा था वह बाप। ऐसे बाप का नाश हो जो अपने ही बेटे को ज़हर पिलाने जा रहा था उस बात के लिए जिसमें उस नवजात का कोई दोष न था। ऐसी इज़्ज़त का क्या वजूद जिसमें इन्सानियत ही न हो! अब वह बढ़ चुके थे, एक राक्षस की भाँति अपने ही बेटे को ज़हर पिलाने की ओर। उन्होंने हर्षा का मासूम-सा जबड़ा ज़ोर से पकड़ लिया था, जबड़ा ज़ोर से पकड़ने के कारण उसके मुँह से ''क्याउन-क्याउन'' की आवाज़ निकलने लगी थी। बिलकुल वैसे ही जैसे एक बिल्ली रोती है; बिलकुल वैसे ही जैसे एक कुत्ता किसी गाड़ी के नीचे आने के बाद तड़पता है; बिलकुल वैसे ही जैसे कोई मुर्गा हलाल होने से पहले तड़पता है। हर जगह सन्नाटा छा गया। हवाएँ भी बन्द हो गयी थीं कुछ देर के लिए, चिड़ियों ने भी चहचहाना बन्द कर दिया था। इस घटना के घटित होने से पहले ही प्रकृति ने चुप्पी साध ली थी। शायद वह भी अपने जाये इस बच्चे के सामने हार मान गयी थी। इन्सानियत का नाश होने वाला था, बाप बाप नहीं रहा, वह हैवान हो गया था और बच्चा इस सबसे अनजान होकर सिर्फ़ चिल्ला रहा था।

''प्रकृति सहम गयी थी,
हवाओं ने भी दिशा बदल ली थी
इन्सानियत शर्मसार हो गयी थी,
जब एक बाप ने बच्चे की गर्दन पकड़ ली थी।''

बच्चे के मुँह में गिलास से ज़हर डालने की कोशिश में उनके हाथ-पैर काँप रहे थे। आँखें खूनी की तरह लाल हो गयी थीं। दिल में सिर्फ़ और सिर्फ़ हर्षा की हत्या का ही जुनून, बिलकुल एक खूनी की तरह। खूनी कोई व्यक्ति नहीं होता, यह मानसिकता होती है, यह एक ऐसी अवस्था होती है, जहाँ प्रतिशोध की भावना सभी भावनाओं पर हावी हो जाती है। इन्सान सही-गलत की पहचान करना भूल जाता है। किसी दूसरे की भावनाओं की फ़िक्र नहीं रहती। बाबू जी ने परिस्थितिवश खुद को वैसा ही बना लिया था और हावभाव यानी मानसिकता भी बिलकुल एक खूनी की तरह ही हो गयी थी।

उनके मन में कतई इस बात की कोई फ़िक्र नहीं थी कि हर्षा को मारने के बाद इसकी माँ का क्या होगा? लोगों को क्या जवाब देंगे या इस कुकर्म का प्रायश्चित कैसे करेंगे? वह बस गिलास को उसके मुँह में उड़ेलने ही वाले थे कि तभी पीछे से किसी ने उनके हाथ पर ठोकर मार दी। वह गिलास कहीं दूर गिर पड़ा। उसका ज़हर यहाँ-वहाँ छितर गया। कहते हैं प्रकृति जब शान्त हो तो कुछ बड़ा या भयानक होने का सन्देश होता है पर आज शायद प्रकृति इसीलिए खामोश हो गयी थी। उसने बचने का इन्तज़ाम कर दिया था। अम्मा समय पर पहुँच गयी थीं, शायद एक सेकेंड की भी देर होती तो हर्षा की आँखें बन्द हो जातीं। कहते हैं मारने वाले से बड़ा बचाने वाला होता है। बाबू जी पहले से ही डरे हुए थे। जैसे ही ठोकर लगी। उन्होंने पलटकर देखा, अम्मा को सामने पाया। वह सन्न रह गये। वह बोलने की हालत में नहीं थे। बस अम्मा को निहारते ही रहे। गलत काम करते हुए व्यक्ति डर ही जाता है।

"अगर मारना ही है तो पहले हमें मारो। हमारी लाश मा चढ़ के तुम हमरे बेटा को मार सकते हो!" एक माँ का हृदय बोल उठा। वह ज़ोर-ज़ोर से रो रही थी और चिल्लाये जा रही थी, "आखिर का गुनाह किया है इसने?" उन्होंने बेटे को उठा लिया।

वह कुछ नहीं बोल रहे थे। अब उन्होंने सिर झुका लिया था। असल में वह बोलने की हालत में थे ही नहीं। ठीक चोर की तरह। यही तो होता है जब तक चोर की चोरी न पकड़ी जाये तब वह साहूकार बनकर शान से घूमता है और उसे अपनी गलती का कोई पछतावा नहीं होता, बल्कि वह उसे अपना हुनर समझता है। जिस दिन पकड़ लिया जाता है उस दिन लज्जा, शर्म और इज़्ज़त—सबका ख़याल उसके दिमाग में आने लगता है। बाबू जी भी ऐसे ही खड़े हुए थे कि अम्मा ने उन्हें झकझोरा, "बोलो, इस छोटे से बच्चे ने का गुनाह किया है?" फिर एक गहरी साँस ली, "इसने गुनाह नहीं किया है, हम दोनों ने गुनाह किया है, इसे पैदा करके। तुम्हारा खराब वीर्य का दोष है, इसका कोई दोष नहीं। मारना है तो खुद को मारो, देखें कितने बड़े वीर हो!"

बाबू जी के पास कोई जवाब नहीं था, शायद पकड़े जाने के बाद वह खूनी वाली मानसिकता दूर भाग गयी थी और उसकी जगह उस चोर की मानसिकता हावी हो गयी थी जो पकड़े जाने के बाद, शर्म और लाज में डूब

जाता है। वह तुरन्त अम्मा का हाथ झटक कर बाहर जाने लगे। इस बीच माँ ने हर्षा को गोद में उठाकर उसे चूमते हुए नसीहत दी, ''खबरदार, आज के बाद हमरे बेटवा की तरफ़ देखा भी तो, पुलिस मा सीधा पहुँचेंगे!''

~

मैं तुरन्त अपनी अर्धनिद्रा से जागा। मेरे रोएँ खड़े हो गये थे, मैंने महसूस कर लिया था उस सम्भावित निर्मम हत्या को। मेरे दिल की धड़कनें भी काफ़ी बढ़ गयी थीं, बेशक उस समय मैं छह वर्ष का था पर मुझे ऐसा लगा जैसे कल की ही बात हो। माँ की वह शक्ल और उस बच्चे का मासूम चेहरा रह-रह कर ध्यान आ रहा था। माँ का रोना, उसका चिंघाड़-चिंघाड़ कर बाबू जी पर चिल्लाना और उस दिन बाबू जी का डरावना चेहरा मेरी आँखों के बिलकुल सामने थे। मैंने अपनी मुट्ठी बाँध ली, अपने होंठों को दबा लिया। मैंने निर्णय ले लिया था, ऐसा निर्णय जो एक पिता को लेना चाहिए, ऐसा निर्णय जो एक इन्सान को लेना था, ऐसा निर्णय जो एक भाई को लेना था। मैंने अपनी नकारात्मक ऊर्जा को एक फुटबाल की तरह लात मारकर कहीं दूर फेंक दिया था, इतना दूर कि वह कभी मेरे पास वापस न आ सके। उसके भागते ही चेहरे पर मुस्कान आ गयी थी। सकारात्मकता की लहर दौड़ गयी, पिता बनने की खुशी वापस आ गयी। यह मुस्कान, यह सकारात्मकता और ये खुशियाँ कतई झूठी नहीं थीं, बल्कि एक पिता का कर्तव्य निर्वाह करने की शुरुआत करने की खुशी थी।

मैं दोगुने जोश के साथ अपनी माँ के पास पहुँचा और जाते ही उनके गले मिला।

वह भी उत्तेजित स्वर में पूछने लगीं, ''बेटी हुई या बेटा?''

मैंने उसी लहज़े में जवाब दिया, ''माँ, आप दादी बन गयीं!'' माँ के चेहरे की खुशी देखते बनती थी। वह मेरी पीठ पर हाथ फेरे जा रही थीं। और प्रसन्नता की खुशबू उनके शरीर से रह-रह कर इत्र की भाँति बाहर तक फैल रही थी। वह फिर उसी प्रसन्न मुद्रा में पूछ बैठीं, ''ये बता!! बेटी हुई या बेटा?''

इस बार मेरी खुशी पिछली बार से दोगुनी थी, ''माँ, मैं पापा बन गया!!'' मैं उनके गले से वैसे ही चिपका रहा।

फिर कुछ ही देर में शायद वह वही प्रश्न पूछने वाली थीं कि मैं बीच में ही उन्हें रोकते हुए चिल्ला पड़ा, "अब घर में हम तीन लोग नहीं चार लोग हो गये!"

माँ के सब्र का बाँध टूटने लगा था और वह पूछ ही बैठीं, "अरे बेटा, वो तो ठीक है पर यह बता बेटी हुई या बेटा?"

"माँ, भगवान ने हमें गलती सुधारने का मौका दिया है," मैंने जोश भरे शब्दों में माँ की दोनों भुजाओं को पकड़कर अपनी बात रखी।

"किस गलती की बात कर रहे हो, तुम?" माँ ने अचंभित होकर पूछा, अब उनका चेहरा धीरे से नॉर्मल हो रहा था, "क्या! ये क्या कह रहे हो तुम!!"

"हाँ, माँ। इस बार हम उसे वे सारी खुशियाँ देंगे जो हर्षा को नहीं दी गयीं। हम उसे इतना बड़ा अफ़सर बनायेंगे, जो लोग सपने में भी नहीं सोच सकते।" मैं उत्तेजित होकर बोले जा रहा था और उधर माँ की आँखों में आँसू आ गये थे, उन भीगी पलकों को देखकर मैं समझ गया था कि माँ फिर से हर्षा के वक्त में चली गयी हैं। माँ ने वह सब झेला था जो एक किन्नर की माँ को झेलना पड़ता है। जब माँ के इतना ज़ोर देने के बावजूद बाबू जी ने उसका न ही छेदन संस्कार कराया था, न ही मुंडन संस्कार और न छठी। बाबू जी उसे सबसे छुपाकर रखते थे, बिलकुल वैसे ही जैसे चोरी का असलहा चुरा कर रखा जाता है। सिर्फ़ घरवालों को खबर होती है, बाहरवालों को भनक भी नहीं। माँ की आँखों में वही दृश्य घूम रहे थे। वही लोग बार-बार सामने आ रहे थे, जो रोज़ आकर बच्चे के बारे में पूछ जाते थे और पीठ पीछे मज़ाक उड़ाते, "पर उन लोगों को क्या जवाब देंगे?"

"माँ, वो हमारा बेटा है। हमें उसे पालना है, आप किस समाज की बात कर रही हैं? जो समाज, भूखे रहने पर कभी खाने को नहीं पूछता और अगर हमारे यहाँ रोज़ का खाना खाने के लिए भोजन है तो आये दिन हमें निमंत्रण देता है। आप उस समाज की बात कर रही हैं। मैं उस समाज को अपनी ठोकर पर रखता हूँ जिसे किसी व्यक्ति की इज़्ज़त करना नहीं आता। किसी लड़के को प्रोत्साहित करने की बजाय, उसे हतोत्साहित करना आता है।"

"अपने गुनाहो पर सौ पर्दे डालकर,
हर शख्स कहता है ज़माना बहुत खराब है।"

माँ शायद कुछ-कुछ समझ रही थीं। मैंने आगे बात बढ़ाई, "माँ, आप खुश क्यों नहीं हो? भगवान ने हमें मौका दिया है गलती सुधारने का। हर बार हर किसी को मौका नहीं मिलता, पर इस मौके को हमें भुनाना है, ताकि ज़िन्दगी से गुज़रते समय मन में कोई अफ़सोस न रह जाये।"

"माँ, यह खुश होने का समय है, रोने का नहीं।" मैंने माँ की भीगी पलकों को अपने हाथों से पोंछने का प्रयास किया। उन्होंने नज़रें मिलते अपनी सहमति जताई, अपने पल्लू से बचे आँसू भी पोंछे और होंठों को दबाया। मैं हल्के से मुस्कुराया। मेरी मुस्कुराहट देखकर उनके होंठों पर भी मुस्कान खिल उठी।

"चल, चल, बच्चे को देखकर आते हैं।" माँ हाथ से इशारा करते हुए बोलीं।

वर्जिन होना बना अभिशाप

मैं और अनाया
बेंगलुरु

अजीब हालत हो गयी थी उस समय। मैं बता नहीं सकता, मेरे साथ में कुछ ऐसा घटित हुआ था जिसकी कल्पना भी आप नहीं कर सकते। कुछ ऐसा जिसने मेरी खुशहाल ज़िन्दगी को तबाह कर दिया। मेरी ज़िन्दगी में सुख और दुख की भेलपूरी मिक्स होने वाली थी। आपको याद होगा हम क्रिसमस मनाने की तैयारी कर रहे थे। उसी मौके पर हर सीक्रेट सैंटा क्लॉज़ अपने बच्चे को एक काम देता था। काम का मतलब था, सीक्रेट सैंटा क्लॉज़ द्वारा दिये गये आदेश को उसके बच्चे को मानना पड़ता था तथा उसके बदले सैंटा क्लॉज़ अपने बच्चे को क्रिसमस के दिन उपहार दिया करता था। बिलकुल उसी माँ और बच्चे की तरह, जो होमवर्क करने के बाद गिफ़्ट की उम्मीद करता है; बिलकुल वैसे ही जैसे एक बॉस काम के बदले इनाम देने का वचन देता है।

मैं सोच में डूबा था कि अपने बच्चे यानी अनाया को क्या आदेश दूँ? कभी ख़याल आता कि पूरे हॉल का एक पैर के बल चक्कर लगवा दूँ। "नहीं-नहीं" तभी मेरा मन तुरन्त इस बात को यह कहते हुए नकार देता कि "यह बहुत ही सामान्य-सी बात है। इसमें कोई मज़ा नहीं आयेगा।" ठीक वैसे ही मज़े की

तलाश थी जो बचपन में किसी को बेवकूफ़ बनाने में आता था, कुछ वैसा ही मज़ा जो टीचर की सीट पर च्यूइंग-गम लगाने में मिलता था। कुछ वैसा ही मज़ा जो पेट दर्द का बहाना बनाकर स्कूल न जाने पर मिलता था। कुछ वैसा ही मज़ा जो सिलेबस की किताब की आड़ में मस्तराम की किताब पढ़ने में मिलता था।

तभी मुझे किरण के सीक्रेट सैंटा क्लॉज़ द्वारा किया काम याद आया। किरण का सीक्रेट सैंटा मनीष था जो हिन्दी भाषी क्षेत्र से था और किरण एक मल्लू, यानी मलयाली जिसे हिन्दी नहीं आती थी या यूँ कहें कि हिन्दी के बस कुछ ही शब्द आते थे। मनीष ने इसी का फ़ायदा उठाते हुए उससे चिल्लाकर, "मैं दुनिया की सबसे बड़ी बेवकूफ़ हूँ" कहलवाया था और सभी लोग जम कर हँसे थे। मुझे भी ऐसी ही एक खुराफ़ात सूझी, मैंने नेहा को तुरन्त बुलाकर उसे एक चिट दी। जिस पर लिखा हुआ था, "आर यू वर्जिन और नॉट? इसका उत्तर सब के सामने चिल्लाकर देना है।"

नेहा ने शायद उसे पढ़ा भी नहीं था और चुपके से थोड़ी देर बाद घूम कर आयी और मेरी बगल में बैठी अनाया को वह चिट पकड़ा दी। मैं उत्सुक था, थोड़ी मुस्कान और थोड़ी उत्सुकता लिये मैं उसके चिट खोलने के बाद शीतल जल की भाँति शान्त से चेहरे की प्रतिक्रिया देखने का इन्तज़ार कर रहा था। अनाया मेरी बगल में बैठकर जैसे-जैसे चिट खोल रही थी, मेरी तिरछी निगाहें उसी की तरफ़ देख रही थीं। पहले तो वह चिट खोलते समय उत्साहित थी, एक बच्चे की तरह, यह जानने के लिए कि इस जादू के पिटारे से उसके लिए क्या निकलेगा? पर जैसे ही उसने वह चिट पढ़ी। उसका उत्साहित चेहरा धीरे से गम्भीर हो गया। चेहरे की रौनक पतझड़ जैसे सन्नाटे में बदल गयी। उसके चेहरे पर खामोशी देख, मुझे अपने किये पर थोड़ी हँसी छूटने वाली थी पर मैंने खुद को रोक रखा था। मुझे थोड़ी-थोड़ी सफलता मिलती हुई प्रतीत हो रही थी। मुझे ऐसा लग रहा था, थोड़ी देर बाद वह नेहा को बुलाएगी और कहेगी कि यह काम वह नहीं कर सकती या फिर नेहा के पास मारे गुस्से के जायेगी और पूछेगी कि यह कैसा घटिया प्रश्न है? या फिर उस चिट को वहीं फाड़ देगी और मारे गुस्से के ब्रेक आउट एरिया जायेगी और ठंडा पानी पीकर खुद को शान्त करेगी। मैं उसके अगले कदम का इन्तज़ार कर ही रहा था कि उसने मेरी तरफ़ देखा, मैं उसकी तरफ़ तो पहले से ही देख रहा था। मुझे ऐसा

लगा जैसे वह पूछ रही हो कि यह चिट तुमने ही दी है न? शायद ऐसा मुझे इसलिए भी लगा कि चोर की दाढ़ी में तिनका होता है। मैंने तुरन्त आँखों से ऐसा इशारा करते हुए होंठ दबाकर सिर एक दफ़ा इधर हिलाया और दूसरी दफ़ा उधर, जैसे मुझे कुछ पता ही न हो। पर उसकी आँखों से ऐसा लगा कि उसे सब पता था। पलक झपकते ही उसके हाव-भाव में कुछ बदलाव आये, चेहरे में सूर्य सी लालिमा आ गयी थी, जोश दिखाई देने लगा था, उसकी आँखों में आत्मविश्वास झलक रहा था। इन 10 सेकेंड के अन्दर उसके चेहरे के तीन रूप मुझे देखने को मिले थे। उसने बड़े ही जोश में मेरी तरफ़ सिर हिलाया और तुरन्त खड़ी हो गयी। मैं ऐसे बर्ताव कर रहा था, मानो इस सब खिलवाड़ में मेरी कोई भूमिका ही न हो।

जैसे ही वह खड़ी हुई मेरी वाट लग गयी, मुझे कतई यह उम्मीद नहीं थी कि वह बोल देगी। अब उसकी जगह मेरे रोएँ खड़े होने लगे थे। उसके दिल की धड़कनें बढ़ने की बजाय मेरे दिल की धड़कनें बढ़ गयीं। तीर उल्टा पड़ने वाला था। मैं उसे रोकना चाहता था पर चाह कर भी रोक नहीं सकता था। मैं उसकी तरफ़ बैठने का इशारा करना चाहता था पर मेरा हाथ सहम गया। बस अपनी आँखों को नहीं रोक पा रहा था जो उसकी तरफ़ निहारे जा रही थीं। वह कुछ देर यूँ ही खड़ी रही फिर चिल्लाई, "हैलो फ्रेंड्स, मेरे सैंटा ने मुझसे पूछा है कि आप सबके सामने मैं यह बताऊँ कि आई एम वर्जिन और नॉट?"

अब तो मेरे दिल की धड़कनें रुक-सी गयीं। मैं अपने सिर पर हाथ रख कर बैठ गया। मुझे पता था इसका जवाब देने के बाद, उसे क्या-क्या सुनना पड़ेगा। मुझे कुछ समझ नहीं आ रहा था कि मैंने यह क्या कर दिया। सभी लोग अपना काम छोड़कर उसकी तरफ़ देखने लगे और उसकी बातें सुनने लगे।

उसने एक बार फिर से मेरी तरफ़ देखा, जैसे कहना चाह रही हो, "लो, हो गयी तुम्हारी ख्वाहिश पूरी!" मैं नज़रें मिलाने के काबिल नहीं था। उसने गुस्से में खामोशी को चीरते हुए बोलना शुरू किया, "तो मेरा जवाब है, यस आई एम वर्जिन।"

इतना सुनते ही कुछ देर के लिए सन्नाटा छा गया। कुछ देर के लिए मानो वक्त थम-सा गया हो। चारों तरफ़ खामोशी। बिलकुल वैसे ही जैसे मैं स्वप्न में शून्य में चला गया होऊँ। वह खड़ी हुई थी और मैं सिर पर हाथ रखे

बैठा हुआ। हर तरफ़ पिन ड्रॉप साइलेंस। कुछ देर की खामोशी के बाद मुझे धीरे-धीरे लोगों की हँसी की आवाज़ें सुनाई देने लगीं। धीरे-धीरे वह हँसी ठहाके में बदल गयी। ठीक उसी तरह जैसे समुद्र की खामोशी उसके आने वाले तूफ़ान की ओर इशारा करती है। रही-सही कसर लोगों की बातों ने पूरी कर दी। बगल से आवाज़ आयी, "अभी तक वर्जिन है?"

मैंने उस व्यक्ति की तरफ़ पलटकर देखा, वह झेंप गया और नज़रें हटाकर अपना काम करने लगा। धीरे से मुझे किसी दूसरे की आवाज़ सुनाई दी, "अगर अभी तक वर्जिन है तो यह जी क्यों रही है?"

तभी उसे किसी ने जवाब दिया, "अपने उस पति के लिए सब कुछ बचाकर रख रही होगी, जिसकी पहले से ही दो-तीन गर्लफ्रेंड रह चुकी होंगी। आखिर यह उसकी इज़्ज़त है।" दोनों खिलखिलाकर हँसने लगे। मेरे कानों में तरह-तरह की बातें सुनाई देने लगीं। ऑफ़िस में यह बहस और हँसी-मज़ाक का मुद्दा बन गया था। ठीक मीडिया की तरह, इस छोटी-सी बात को बढ़ा-चढ़ा कर आपस में बातें होने लगी थीं। 'अब सलमान किससे शादी करने वाला है' की जगह 'अनाया अभी वर्जिन है' खबर ने ले ली थी। अनाया को भी सब कुछ सुनाई दे रहा था। वह भी चुपचाप बैठ गयी थी लेकिन उन बातों की वजह से वह काम नहीं कर पा रही थी। मैं खुद को कोस रहा था कि पहले से ही इसकी ज़िन्दगी इतनी उदास है और मैंने इसे हँसी का पात्र बना दिया। हर कोई इस समय खिल्ली उड़ाने में ही व्यस्त था। आखिर विदेशी कंपनी की नौकरी करनेवालों की आदतें भी विदेशी हो जाती हैं। किसी से सैक्स करना एक ज़रूरत होती है और वर्जिन रहना अभिशाप। शराब पीना स्टेटस सिंबल माना जाता है और शराब न पीनेवाला गाँव से आया दूध पीनेवाला अपनी माँ का बेटा। गर्लफ्रेंड रखने वाला स्मार्ट माना जाता है और बिना गर्लफ्रेंड वाला भाई टाइप लड़का।

धीरे-धीरे, हर कोई उसका मज़ाक बनाने लगा था। यहाँ तक कि उसका नाम 'वर्जिन गर्ल' भी रख दिया गया। मैं खुद को कोसता था, आखिर उसकी ज़िन्दगी मेरी वजह से बदतर हो गयी। कहाँ मैं उसकी मदद करने जा रहा था, मदद तो दूर, मैंने उसकी ज़िन्दगी में और ज़्यादा परेशानियाँ खड़ी कर दी थीं।

वर्जिनिटी का अपना अलग ही कॉन्सेप्ट चलता है। पहला—हर लड़के के कान सामने वाली लड़की से यही सुनना चाहते हैं कि वह लड़की अभी तक

वर्जिन है। पर अगर वह लड़की कह दे कि वह वर्जिन है तो उसका मन दूसरी तरफ़ दौड़ने लगता है, बिलकुल अपने कानों से विपरीत दिशा में। कुछ इस तरह से—इतनी बड़ी हो गयी, वर्जिन कैसे हो सकती है? अब तक बॉयफ्रेंड नहीं रहा होगा? अगर बॉयफ्रेंड रहा होगा तो आजकल के बॉयफ्रेंड इतने भी उल्लू नहीं होते। अगर लड़की यह कह दे कि उसका बॉयफ्रेंड बहुत सीधा था, उसने कभी कुछ करने की कोशिश नहीं की। तो इसका जवाब यह मिलेगा कि सच में तुमने बॉयफ्रेंड बनाया था या भाई को बॉडीगार्ड? कहीं अगर लड़की यह जवाब दे कि वह शादी से पहले ये सब नहीं करना चाहती तो भी दिक्कत। फिर बातें उड़ने लगेंगी, सती सावित्री बन रही है और अपने पति के लिए बचा कर रख रही है, जैसे यह कोई चीज़ हो और उपयोग करने पर खत्म हो जायेगी।

दूसरा यह कि अगर लड़की यह कह दे कि हाँ उसका बॉयफ्रेंड था और उसने वह सब कुछ किया है जो एक बॉयफ्रेंड के साथ करना चाहिए तो भी दिक्कत, इस बार मन तो मान जाता है पर कान नहीं सुन पाते और इसकी प्रतिक्रिया यह होती है कि लड़की को तुरन्त चालू, ढीले चाल-चलन वाली मान लिया जाता है।

अब मुझे समझ आ गया था कि यह एकमात्र ऐसा सवाल है जो किसी से पूछना ही नहीं चाहिए। इसके जवाब सुनने के लिए न हमारा मन तैयार होता है और न कान। अगर तैयार भी होते हैं तो दोनों की प्रतिक्रिया विपरीत होती है।

मैं खुद को माफ़ नहीं कर पा रहा था। न ही मुझमें इतना साहस था कि उसे सच बता दूँ कि तेरी ज़िन्दगी में यह नया तूफ़ान लाने वाला शख़्स भी मैं हूँ।

ये सब मज़ाक तब और भी बुरे लगते हैं, जब आपमें कोई कमी हो। आप पहले ही उस कमी को हमेशा कोसते रहते हैं, और जब लोग उसकी बार-बार याद दिलाने लगें तो अपना जीवन ही निरर्थक लगता है। मैं उसकी इस मनोदशा से अच्छी तरह वाकिफ़ था।

कुछ दिनों बाद की ही बात थी कि मैं यूँ ही ऑफ़िस में बैठा हुआ काम कर रहा था कि एक लड़की जिसका नाम कृति था, वह अनाया की सीट पर आयी तथा खड़ी होकर उसके मज़े लेने लगी, "अभी भी अपनी इज़्ज़त अपने पति के लिए बचा कर रखी है या... ?"

यह बात मेरे कानों में पड़ते ही अनाया की प्रतिक्रिया देखने के लिए

मेरा चेहरा अनायास उधर ही घूम गया। पता नहीं क्यों, अनाया ने मेरी तरफ़ देखा। मैं उससे नज़रें चुराते हुए और न चाहते हुए भी अपने काम में लग गया। वह एकदम से गुस्से में उठी और कंप्यूटर का माउस ज़ोर से पटकते हुए ब्रेक आउट की तरफ़ चल दी। कृति भी उसके गुस्से की वजह से झेंप गयी। मैं उसे इस कदर गुस्से में जाते हुए सिर्फ़ देखता ही रहा।

आखिर यह सब मेरे ही कारण हो रहा था। मैं ही ज़िम्मेदार था उसे मज़ाक का पात्र बनाने का। उसकी रही-सही खुशी मेरी वजह से मिट्टी में मिल गयी थी। एक अपराधबोध-सा महसूस होने लगा। यह अपराधबोध मेरे लिए बहुत अहम था। मैंने उसे खुशियाँ देने की कसम खायी थी पर मैं ही उसे खुशियों से और भी दूर ले जा रहा था। जैसे-जैसे उसकी उम्र बढ़ती जा रही थी, वह खुशियों से उतना ही दूर होती जा रही थी। खुशियों से दूर होने का मतलब था वह दुखों के साये में धँसती चली जा रही थी।

...मैं खुद सिर पकड़कर बैठ गया था, कुछ सोच ही रहा था। मेरी अन्तरात्मा ने मुझे झकझोरा, "वह लड़की तेरी वजह से वहाँ रो रही होगी और तू है कि सिर्फ़ सिर पकड़े हुए है!"

'मज़ाक ही तो किया था,' बड़ा सुन्दर वाक्य होता है। हाँ, जब तक दूसरे के मन को ठेस न पहुँचे।

मुझसे रहा नहीं गया और चल दिया उसे मनाने के लिए। हमारी कंपनी में एक ब्रेक आउट एरिया था, वहाँ पर सभी लोग चाय कॉफ़ी या पानी पीते तथा थोड़ी देर बैठकर गप्पें लड़ाते थे। मैंने देखा, वह ज़ोर-ज़ोर से रो रही थी। मैं उसकी तरफ़ चलने लगा। मन दो ख़यालों के बीच झूल रहा था कि मुझे उसे बता देना चाहिए कि मैं ही उसका सीक्रेट सैंटा हूँ लेकिन दूसरे ही पल लगता, अगर बता दिया तो वह नाराज़ हो जायेगी। लेकिन फिर मेरे मन ने मुझे सही दिशा दिखा दी, 'अगर न बोला तो उसके साथ विश्वासघात होगा।' जैसे ही मैंने यह तय कर लिया कि मेरे दिल की धड़कनें तेज़ हो गयीं। जैसे-तैसे मैंने उसे पुकारा, "अनाया, अनाया...।"

एक लम्बी साँस लेकर मैंने बोलना शुरू किया, "अनाया, एक बात बतानी है। मैं ही इन सब का दोषी हूँ। यकीन मानो मैं तुम्हें हर्ट करना बिलकुल भी नहीं चाहता था। मैं बस मज़ाक ही कर रहा था—यह मेरे मज़ाक का ही

हिस्सा था। पर मेरी नादानी का यह नतीजा होगा मैंने कल्पना भी नहीं की थी। मैं तुम्हारी ज़िन्दगी खुशियों से भरना चाहता था पर मुझसे अनर्थ हो गया।''

वह रोये जा रही थी। मानो मेरी बातों से उसे कोई फ़र्क ही न पड़ रहा हो। अपनी बातों को अनसुना होता देख मैंने धीरे से अपना हाथ उसके कंधे पर रखना चाहा। फिर पता नहीं क्यों हाथ ठहर गया। फिर साँस ली और थोड़ी-सी हिम्मत जुटाई। काँपते हुए हाथ उसकी ओर बढ़ने को तैयार ही न थे, बार बार वे मेरे मन का विरोध कर रहे थे। पर बड़ी कोशिश के बाद मैंने आहिस्ता से यह कहते हुए उसके कंधे को छुआ, ''रोओ मत, मैं ही तुम्हारा सैंटा हूँ। मुझे जो सज़ा देनी है दे दो।''

बिलकुल खामोश वह लड़की, मेरे छूते ही एकदम से चिल्ला उठी, ''भगवान के लिए मुझसे दूर रहो! मुझे सब पता है कि तुम ही सैंटा हो!''

मेरे हाथ तुरन्त अलग हो गये, जैसे उन्हें पहले से ही इसका आभास था; जैसे एक बच्चा अँधेरे कमरे में घुसने की कोशिश करता है, पर उसके मन में भूत का डर बैठा रहता है, अगर धीरे से किचन से चम्मच के गिरने की आवाज़ 'खटाक' से आ जाये तो वह डरकर रोते हुए कमरे से बाहर आ जायेगा। जैसे ही वह चिल्लाई, हाथ तुरन्त अपनी जगह पर आ गये। ऐसा लग रहा था कि किसी विपक्षी पार्टी की तरह अपनी बात रखकर सरकार पर बरस रहे हों कि हमने तो पहले ही कहा था कि यह योजना खराब है और बहुत नुकसान होने वाला है। हमारी बात न मानने का यही नतीजा निकलता है।

लेकिन मेरा मन तो सरकार की तरह अपनी गलती मानने को तैयार ही न था, वह बस अपना पक्ष कुछ इस तरह रख रहा था—गलती मेरी ही थी तो इतना सुनने का फ़र्ज़ भी मेरा है और उसे मुझ पर नाराज़ होने का पूरा हक बनता है। मन ने अपनी गलती को सुधारने के लिए और उसे मनाने के लिए दूसरा प्रयास करने का वादा किया। मैं उसके और नज़दीक पहुँच गया। हाथ से उसके आँसू पोंछने की असफल कोशिश करने वाला था कि उसने मेरा हाथ झटक दिया और बोली, ''अगर तुम सच में मुझे खुश देखना चाहते हो तो यहाँ से चले जाओ।''

इतनी तेज़ आवाज़ में बोली थी वह कि शायद ब्रेक आउट एरिया से बाहर भी आवाज़ सुनाई दी हो। मुझे यह एहसास होने लगा था कि अनाया को मनाने का मेरा इरादा और योजना तो सही है लेकिन वक्त ठीक नहीं।

अगर इस वक्त उसे ज़्यादा मनाने की कोशिश की तो वह और चिल्लायेगी। फिर बात शायद ज़्यादा बिगड़ जाये। कभी-कभी गुस्साये व्यक्ति को समझाने का असर ठीक उलट होता है।

यही सोचता हुआ मैं धीरे-धीरे वहाँ से निकल आया। इसके सिवाय कोई चारा भी नहीं था।

सूर्या का जन्मोत्सव

मैं, हर्षा और सूर्या

मुम्बई

कहते हैं कि बच्चे को माँ-बाप से ज़्यादा उसकी दादी प्यार करती है। ठीक उसी तरह जैसे चुनाव लड़ने वाले को कोई व्यक्ति वोट भले ही न दे पर सपोर्ट करे; ठीक उसी तरह जैसे व्यवसायी को मूलधन से ज़्यादा ब्याज की फ़िक्र होती है। ठीक उसी तरह एक दादी को अपने बेटे से ज़्यादा अपने पोते से लगाव हो जाता है।

यह कहावत अक्सर सुनी जाती है कि दादी के लाड़-प्यार में बेटा बिगड़ गया। मेरी माँ सूर्या को बहुत प्यार करती थी। सूर्या को नहीं जानते! ओहो!! इतना भी नहीं जानते? अरे मेरा बेटा!! बेटा कहूँ या बेटी? समझ नहीं आता, चलो उस पर ही छोड़ देते हैं कि वह मेरा बेटा है या बेटी। इसका निर्णय वही लेगा, तब तक मैं सूर्या को बेटा ही पुकारता हूँ। आप सही पकड़े हैं!! सूर्या नाम मैंने साउथ इंडियन फ़िल्म सूर्या के नायक पर रखा था। ताकि मेरा बेटा भी अपने दुश्मनों का अकेले सफ़ाया कर दे। इस बार कतई नाम के विपरीत आचरण, स्वभाव या ज़िन्दगी नहीं होने दूँगा। इसलिए अब मैं हर पल उसके साथ था।

अभी बेटे को घर में आये कुछ दिन ही तो हुए थे। हम तीनों उसे बहुत प्यार करते थे। वैसे सूर्या बहुत सुन्दर भी तो था, गोरा-सा चेहरा, बड़ी-बड़ी नीली आँखें थीं जो मुझ पर गयी थीं, नाक थोड़ी लम्बी थी जो आशिका पर गयी थी, इसीलिए मैं कभी-कभी आशिका को नकचढ़ी भी बुलाया करता था। होंठ बिलकुल मेरी तरह थे और गाल थोड़े फूले हुए, अपनी दादी पर

गये थे। वैसे तो वह आशिका के पास ही रहता था पर मेरी माँ और मैं कभी खिलाने के मौके से चूकते नहीं थे। उसकी नाक से नाक लड़ाकर चिढ़ाना। इस पर उसका मुस्कुरा देना गज़ब का भाता था।

...कभी-कभार छिप कर देख लेता था माँ को सूर्या को प्यार करते हुए। उनकी आँखों में उसके लिए निश्छल ममता देख मुझे बड़ी तसल्ली होती थी। आशिका भी सूर्या को जान से ज़्यादा चाहती थी। हर वक्त उसके खाने-पीने, पहनने के तथा उसका ख़याल रखने में ऐसे व्यस्त रहती कि लगता नहीं था कि ऐसी संतान को जन्म देने का कोई मलाल हो उसे। दोनों का प्यार देख मैं निश्चिन्त था।

अभी कुछ दिनों पहले की ही तो बात है। आशिका अपने बेटे को गोद में लिये हुए थी और मैं उसे पुचकार रहा था, बीच-बीच में आशिका को भी चूम लेता था। बेशक मैं दोनों की पुचकारियाँ ले रहा था। मैं दोनों से बराबर मोहब्बत करता था। तभी वह पूछ बैठी, "अनमोल, इसका जन्म हुआ है, कुछ फ़ंक्शन वगैरह रखा जाये।"

आशिका के मुँह से यह बात निकलते ही मेरा खिलाना रुक-सा गया, मैं उसकी तरफ़ देखने लगा। मैं उसकी तरफ़ निहार रहा था, मेरी आँखें खुली थीं पर वे पहुँच गयी थीं बहुत वर्षों पहले के उस समय में जब माँ ने बाबू जी से कहा था, "सुनते हो, हर्षा के जनम मा कुछ लोगन का बुला के न्यौता दे दिया जाये। सब कहत हैं, बेटवा हुआ, कुछ मिठाई तक न खिलायो।"

इस पर बीड़ी पी रहे बाबू जी थोड़ा तुनक गये। बीड़ी का लम्बा कश खींच कर हवा में ऊपर ऐसे धुआँ छोड़ते थे मानो अपनी सारी टेंशन बाहर फूँक रहे हों। वे ऐसे तुनके जैसे कभी-कभी भैसियाँ तुनक जाती है, "अरे, आज के बाद न्यौता का नाम न ले लियो। तुम किसके खातिर न्यौता देना चाहती हो? जो कुछ सालों बाद हमारी हर जगह पर नाक कटवाएगा, बेइज़्ज़ती करवाएगा? हर कोई इसे हिजड़ा-हिजड़ा पुकारेगा और मुझे हिजड़े का बाप।" वह गुस्से में चारपाई से उठकर, अपना पिछवाड़ा झाड़ते हुए चल दिए, "एक तो सिर का खोखट ज़िन्दा रखे हैं। ऊपर से, अपने खोखट के लिए हमें परेशान कर रही है। हुह, खबरदार आज के बाद ऐसा नाम ले लिया तो!"

माँ तो मानो एक ऐसे देश में रह रही थीं जहाँ उसे अपनी बात कहने

की तो आज़ादी थी लेकिन उसे सुना जायेगा, इसकी कोई उम्मीद नहीं थी। एक माँ का दिल दर्द से कराह उठा था पर उसकी कराह को सुननेवाला कोई न था। उनकी आँखें भर आयी थीं, पर उन्हें देखनेवाला कोई नहीं था। किसी भी माँ के लिए उसका बेटा बहुत प्यारा होता है भले ही वह गूँगा हो, लँगड़ा हो या बहरा। शायद इस मामले में माँ दुनिया की सबसे सकारात्मक व्यक्ति होती है। बच्चे की कमियों से माँ का प्रेम कम नहीं होता, वह तो बस उसकी अच्छाइयों को देखकर ही खुश रहती है। वह अब तक समझ चुकी थी कि हर्षा की ज़िन्दगी आसान नहीं होने वाली। उसकी ज़िन्दगी में कठिनाइयों के पत्थर बिछे हैं और यह पत्थर समाज के लोगों की संकीर्ण सोच के साथ खुद उसके पिता ने भी बिछाए हैं।

तुरन्त मैंने ज़ोर से सिर हिलाकर खुद को झकझोरा, शायद आशिका को अब तक समझ नहीं आया था, मैंने ऐसा क्यों किया? मैं तुरन्त उठ खड़ा हुआ और अपने हाथ को झटकते हुए बोला, "हाँ, क्यों?" बीच में अटक गया, "क्यों नहीं कराएँगे? मेरा बेटा है, उसका फ़ंक्शन तो कराएँगे ही!" मैं फिर से उसे पुचकारने लगा। आशिका की गोद से उसे मैंने अपने हाथों में उठाया और खिलाते हुए बाहर आने लगा। साथ ही साथ मेरे मन में विचारों की लहरें बह रही थीं। मैंने तय कर लिया था कि कभी माँ और बेटे को इस कमी का एहसास नहीं होने दूँगा। मैंने फैसला कर लिया था कि उसके जन्म का फ़ंक्शन बड़ी धूमधाम से मनायेंगे और सभी को बुलायेंगे। कुछ लोग कह सकते हैं, वह किन्नर है। पर सच कहूँ खुशियाँ मनाने के मामले में दुनिया में दो तरह के लोग होते हैं, एक जो खुशियाँ तब तक नहीं मनाते जब तक पूरी तरह खुशियाँ आ नहीं जातीं। ऐसे लोग खुद को सो कॉल्ड मैच्योर कहते हैं।

दूसरी तरह के लोग थोड़ी-थोड़ी बातों में खुशियाँ मना लेते हैं, यहाँ तक कि चप्पल लाना, नये कपड़े लाना, किसी छोटी-सी परीक्षा में पास होना उनके लिए खुशी मनाने के मौके होते हैं। ये लोग उन तथाकथित मैच्योर लोगों से अधिक खुश रहते हैं। पर यहाँ तो इन सब छोटी-छोटी बातों से कहीं अधिक बड़ी बात थी। आखिर मनायें भी क्यों न! जश्न मनाने का मौका भी तो था। मैं पहली बार पापा बना था, आशिका पहली बार माँ बनी थी और मेरी माँ दादी। इन सब खुशियों से बड़ी क्या खुशी हो सकती है!

पापा बनने की खुशी का एहसास है आपको? ज़रा सोचिये, ज़िन्दगी के कुछ सपने होते हैं। पहला, आपको नौकरी मिल जाये, दूसरा शादी हो जाये, तीसरा और आखिरी कि आप पापा बन जायें। इन तीन सपनों में सबसे अधिक देर से या यूँ कहें सबसे अधिक इन्तज़ार के बाद पापा बनने का मौका मिलता है। उसके साथ बच्चा बनकर खेलना, उसकी नाक से नाक लड़ाना। उसके खुश होने पर आपके अन्दर ऐसी खुशी पैदा होती है जो शायद आपको पिछले दोनों सपनों को पूरा होने में न मिली हो। उसके साथ एक बार फिर से बचपन में चले जाना जो वर्षों पहले आप मैच्योरिटी नाम के शब्द को समर्पित कर आये थे। एक बच्चे के साथ बच्चा बन जाना, पुराने दिनों में ले जाता है। जब हम भी मिट्टी में लोटा करते थे। उस मिट्टी में खुशियाँ थीं, उसकी सौंधी महक से आँगन महका करता था। आज इन महानगरीय फूलों में इतनी खुशबू कहाँ है? माँ के आँचल में सारा दिन लेटे रहना, आज के मखमली गद्दे में सोने से कई गुना बेहतर था। इस बचपन में फिर से जाने का मौका मिला था। यह मौका बेटे के सिवाय कौन दे सकता है? उसमें अपना अक्स दिखने लगता है, जो सपने पूरे नहीं कर पाये, वे बेटे में नज़र आने लगते हैं। आपके अधूरे सपनों को फिर से आपके बेटे के सिवाय कौन देख सकता है? शायद खुशियाँ मनाने के लिए इससे बड़ी कोई खुशी हो ही नहीं सकती थी और इसीलिए मैंने ढेर सारी खुशियों को मनाने का निर्णय ले ही लिया। अन्ततः वह दिन आ ही गया था।

शाम 6 बजे
एलॉट होटल, मुम्बई

हर चेहरे पर खुशियाँ ही खुशियाँ दिखाई दे रही थीं। हर तरफ़ उमंग की लहर नज़र आ रही थी। लोगों में उत्साह उमड़ रहा था। वह पाँच सितारा होटल का हॉल, चहलपहल खुशियों और उमंग से भरा पड़ा था। ऐसा प्रतीत हो रहा था जैसे सारे मुम्बई की खुशियाँ आज इसी हॉल के अन्दर आ बसी हों। ऐसा इसलिए भी हो सकता है क्योंकि जो हम महसूस करते हैं और जिसके बारे में हम अधिक सोचते हैं, वैसा ही हमें अपने चारों तरफ़ और दूसरे लोगों में भी महसूस होने लगता है। पर सच इससे कहीं अलग होता है, इतना अलग कि

जो चेहरा आपके सामने खुश होकर गया है, ज़रूरी नहीं, सच में वह खुश ही हो। ठीक उसी एयरहोस्टेस की तरह जो खुश होने का दिखावा तो करती है पर असल में खुश हो, ज़रूरी नहीं। ठीक उसी दुकानदार की तरह जो आपके उधार माँगने पर 'हाँ' तो कह देता है पर दिल से उधार देना चाहे, ज़रूरी तो नहीं।

खैर, आपको खाने के बारे में बताया ही नहीं, आपके पेट में चूहे कूद रहे होंगे न!! स्टार्टर से लेकर मेन कोर्स—सब कुछ था। हाँ, मेरी प्रिय सब्ज़ी शाही पनीर और आशिका की प्रिय सब्ज़ी कड़ाही पनीर भी थी। आप लोग क्यों दुखी हो रहे हैं! आप लोगों के लिए अलग से व्हिस्की, बकार्डी रम और बियर का इन्तज़ाम भी था, साथ ही पीने के बाद अपनी गर्मी निकालने के लिए हॉल से थोड़ा अलग, बाहर डांस फ्लोर। डीजे की आवाज़ और उसकी चमचमाती लाइट मानो सब कुछ सितारों की तरह चमक रहा था। मैं यह नहीं कहूँगा कि हॉल दुल्हन-सा सजा था, पर यह ज़रूर कहूँगा कि दुल्हन से भी बेहतर सजा था। लोगों की आवाजाही शुरू हो गयी थी, ऐसा लग रहा था मानो हमारे घर अतिथि के रूप में भगवान दाखिल हो रहे हों। हर शख़्स के चेहरे पर खुशी झलक रही थी और मैं और आशिका हॉल के दरवाज़े पर ही खड़े मुस्कुराहट के साथ लोगों का स्वागत कर रहे थे। हम दोनों बेहद खुश थे, लोग आते, हमें नमस्ते करते, गिफ़्ट पकड़ाते, थोड़ी-बहुत बातें करते फिर अन्दर खाने के लिए निकल जाते। त्रिवेदी जी, तिवारी जी, ठाकुर साब, ठक्कर भाई, सभी तो आ गये थे। सभी हमारी खुशी में पूरे मन से शामिल हुए थे। तभी नीला कोट पहने हुए शर्मा जी इधर-उधर डोलते हुए अन्दर आते नज़र आये। आते ही उन्होंने अपने पेट के पास हाथ जोड़कर आधा नमस्कार किया, जैसे हम पर एहसान कर रहे हों वर्ना मुफ़्त में वे अपना हाथ भी नहीं हिलाते। थोड़ी देर यूँ ही कुछ बातें हुईं, बातों ही बातों में उन्होंने मेरी खुशी को तबाह करने की कोशिश की। वैसे भी कुछ लोगों से दूसरों की खुशियाँ देखी ही नहीं जातीं, "बहुत बड़े दिलदार व्यक्ति हो आप अनमोल भाई, ऐसे लड़के के लिए कोई फ़ाइव स्टार क्या घर में भी नहीं बुलाता!"

मुझे ऐसा लगा जैसे किसी ने मेरे कानों में गर्म तेल डाल दिया हो। मन झल्ला गया था। एक पिता के लिए यह सुनना कितना कठिन है, वो मैं ही समझ सकता था। एक पिता अपनी तारीफ़ कम-से-कम अपने बेटे की बुराई

के बदले में नहीं सुन सकता। वह अपने बेटे की तारीफ़ ही सुनना चाहता है। एकदम से उस शर्मा ने मेरे खुशी भरे दिल पर मानो खंजर मार दिया हो। मैं अन्दर तक उस चोट को महसूस कर रहा था। उसकी बातों का असर मेरे दिल के आखिरी कोने तक गया था। गुस्सा तो बड़ा आया। सोचा, 'इस शर्मा के बच्चे को आज खरी-खोटी सुना ही दूँ पर कहीं यह खुशी का माहौल बिगड़ न जाये,' मैंने अपने चेहरे पर बनावटी मुस्कान लिये उन्हें यहाँ से निकलने का इशारा कर दिया, "अरे शर्मा जी, व्हिस्की पीजिये" मैंने वेटर की तरफ़ इशारा किया, "ज़रा शर्मा जी का ख़याल रखो, इन्हें दो-चार पैग पिलाओ।" शर्मा जी व्हिस्की पाते ही खिसक लिये।

उनके जाते ही मैंने राहत की साँस ली। कहीं कुछ और बोल जाता तो उनकी पनीर और रोटी धरी की धरी रह जाती और खरी-खोटी सुनकर चले जाते। खैर, इस तरह हम लोगों का स्वागत करते रहे। धीरे-धीरे लोग खाते जा रहे थे और नशे में डूबे जा रहे थे।

धीरे से नशे में डूबे उन सभी लोगों की तरफ़ हम दोनों ने भी रुख किया। वेटर को बुलाया, वैसे हम दोनों यानी मेरी और आशिका की खास पसन्द थी बकार्डी विद क्रैनबेरी जूस।

"60-60 एम.एल. के दो बकार्डी विद क्रैनबेरी ले आओ," मैंने वेटर को ऑर्डर दिया।

हम दोनों, लोगों को एन्जॉय करते देख काफ़ी खुश थे। मेहमान को वैसे भी अपनी संस्कृति में भगवान का दर्जा दिया गया है। अगर वे खुश होते हैं तो निश्चित ही हमें खुशी होती है। मैंने आशिका की तरफ़ मुस्कुराते हुए देखा, उसकी भी नज़रें मुझसे मिलीं और होंठ दबाकर वह भी मेरी मुस्कुराहट में शामिल हो गयी। वेटर दो पैग लेकर आ गया। हम दोनों ने एक-एक पैग उठाया और चियर्स करते हुए सिप लेने लगे। बकार्डी व्हिस्की क्रैनबेरी जूस के साथ बिलकुल जूस की तरह लगती है। इससे मेरी बीवी को भी कोई समस्या नहीं होती पीने में और वह मेरा साथ भी दे लेती है। अभी सिर्फ़ एक-दो पैग ही मारे होंगे कि पीछे से काँटों की तरह चुभती हुई आवाज़ सुनाई दी, "सुना है, इनका लड़का हिजड़ा है!"

जैसे ही मुझे यह आवाज़ सुनाई दी मेरे चेहरे का रंग ही बदल गया।

मेरी खुशी गुस्से में तब्दील होने लगी। मुझे लगा ये दुबे जी की ही आवाज़ होगी, मुड़कर उस ओर देखा जिधर से आवाज़ आयी थी। मेरा अनुमान सही था—दुबे जी ही थे। दुबे जी, शर्मा जी और खट्टर साहब आपस में पीते हुए बातें कर रहे थे। मेरा गुस्से में लाल चेहरा आशिका की तरफ़ मुड़ा। आशिका मेरी लाल और बड़ी-बड़ी आँखों को देखते ही समझ गयी और आँखों ही आँखों में पलकें झपकाकर मुझे शान्त रहने का इशारा किया। उसकी आँखें मेरे लिए ठीक उसी तरह काम करती थीं जिस तरह जल जाने पर घी काम करता है। आशिका की आँखों के इशारे को देखकर मैंने किसी तरह अपने गुस्से पर काबू किया ही था कि खट्टर साहब की आवाज़ सुनाई दे गयी, ''हाँ, अभी अनमोल भाई पार्टी दे रहे हैं, कुछ सालों बाद उनका बेटा हिजड़ों की टोली में शामिल होकर 'हाय, हाय' करता भीख माँगता नज़र आएगा!''

इतना सुनते ही अब मेरा गुस्सा सातवें आसमान पर पहुँच गया। मेरे रग-रग में खून दौड़ गया था। खट्टर के शब्दों ने आग में घी डालने का काम किया था। आज इन सभी के मुँह बन्द करने का अच्छा मौका था। आपने वह कहावत तो सुनी ही होगी लातों के भूत बातों से नहीं मानते। वैसे ही अगर इन कीड़ों को शुरू में ही नहीं रोका तो मेरे बेटे का जीना हराम कर देंगे। मुझे तुरन्त हर्षा के साथ हुए व्यवहार की याद आने लगी। वे मौके, जब उसे भी यह सब सहना पड़ता था। जब लोग उसका मज़ाक उड़ाते थे तो वह मायूस हो जाया करता था। ''नहीं नहीं'' मेरे मुँह से एकाएक निकला। यही सही मौका था, लोगों को सन्देश देने का। लोगों को बताने का कि इस तरह की हरकत कतई बर्दाश्त नहीं की जायेगी। गुस्से के मारे मेरी मुट्ठियाँ बँध गयीं। फिर भी मैं इतना होश में था कि मैं क्या करने जा रहा हूँ। मैंने निश्चय कर लिया था कि अब कुछ भी हो जाये, अपने बेटे को हर्षा के जैसी ज़िन्दगी नहीं बिताने दूँगा। मैंने तुरन्त गुस्से में अपना पैग फेंक दिया। गिलास के टूटने की आवाज़ से सबका ध्यान तुरन्त हमारी तरफ़ आ गया। मुझे अब उस खुशनुमा माहौल की कोई परवाह नहीं रही, अपना आपा खो बैठा। कौन पिता होगा जो ऐसी बात सुनकर चुप रहेगा। मुझे बस दुबे, शर्मा और खट्टर दिखाई दे रहे थे। मैंने झपटकर दुबे का कॉलर पकड़ लिया और ज़ोर से चिल्लाने लगा, ''अबे दुबे! तूने क्या बोला मेरे बेटे को?''

मेरा इतना बोलना था कि सब खामोश हो गये। सन्नाटा छा गया, बिलकुल पिन ड्रॉप साइलेंस। मेरी आवाज़ ही हॉल में गूँज रही थी। ऐसा लग रहा था, कि जिन लोगों ने व्हिस्की का एक सिप भी लिया है, उन्होंने उसे गले में ही रोक लिया था, जिन्होंने खाने का एक निवाला भी लिया था, वे भी चबाना छोड़कर हमारी तरफ़ देख रहे थे।

मैंने खामोशी को चीरते हुए आगे बोलना शुरू किया, ''हिजड़ा बोलता है, मेरे बेटे को! तेरा भी तो पैर टूटा है। लँगड़ा तो तू भी है, तू क्यों ज़िन्दा है?''

फिर बिना देर किये शर्मा का कॉलर पकड़ा और गुबार निकाल दिया, ''हाँ, शर्मा, तुम क्या बोल रहे थे, तुम ऐसे बेटे के लिए पार्टी दे रहे हो बड़ी काबिले तारीफ़ बात है। मेरा बेटा कम-से-कम तेरे बेटे से तो अच्छा होगा। कम-से-कम गर्ल्स कॉलेज के बाहर लड़कियों को छेड़ने के लिए खड़ा तो नहीं रहेगा।''

मेरा ऐसा रूप देख दोनों दुबे और शर्मा सकपका गये थे। खट्टर भागने वाला था कि मैंने उसका हाथ पकड़ लिया, ''अरे खट्टर, रुको तो सही, कहाँ भागे जा रहे हो! सरऊ के सुनो तो सही!! हाँ, तुम का कहे हमार लड़का सड़क पर भीख माँगेगा। अच्छा तुम्हारा अपने बारे में क्या ख़याल है? हाँ!''

खट्टर मुँह छिपाने लगा, वह सामने देख ही नहीं रहा था। बस नज़रें चुरा रहा था, ''तेरी बीवी जब विधायक के साथ रात में सोती है और तेरे लिए पैसे कमा कर लाती है तो इससे बेहतर है कि मेरा बेटा सड़क पर भीख माँग ले!'' उन लोगों को किसी के घर पत्थर फेंकने की हिम्मत नहीं करनी चाहिए, जिनके घर काँच के बने हों।''

मैं गुस्से में, लेकिन समझ-बूझकर चिल्ला रहा था क्योंकि आज यह सब कहना ज़रूरी था। अगर आज चुप रहा तो ये लोग मेरे मुँह पर और मेरे पीठ पीछे यही बातें करते रहेंगे। अभी तो सूर्या छोटा है। जब बड़ा होगा और उसके सामने ऐसी बातें होंगी तो उसके ऊपर क्या असर पड़ेगा? इसका भी मुझे ख़याल था। मैं खट्टर को छोड़कर एक साथ सबको सम्बोधित करने लगा, ''सुनिए, मैंने यहाँ किसी को कुछ भी कहने-सुनने के लिए नहीं बुलाया, पर मुझे बोलना पड़ा। सच कहूँ तो मुझे नहीं, एक पिता को बोलना पड़ा। आज के बाद आप सभी से अनुरोध है कि मेरे बेटे का एक अंग ढंग से काम नहीं

करता, इसका यह मतलब नहीं कि वह जीने का हकदार नहीं है। दुबे जी भी तो लँगड़े हैं, और त्रिवेदी जी का एक कान कटा हुआ है, हाँ पाण्डेय जी का मुँह टेढ़ा है। सिर्फ़ एक कमी की वजह से किसी का समाज से ऐसे बहिष्कार किया जाने लगे तो हम में से शायद ही कोई बचे, समाज में रहने के लिए। आप कहेंगे कि मेरा बेटा मेरी पीढ़ी आगे नहीं बढ़ा सकता। बिलकुल सही बात है, आखिर ठाकुर साहब भी तो एक भी लड़के को जन्म नहीं दे पाये। निकाल दीजिये इन्हें समाज से बाहर!'' मैं रुका, फिर बोलना शुरू किया, ''नहीं, निकाल सकते न!! तो फिर मेरे बेटे को भी चैन से जीने दीजिये। यही गुज़ारिश है, वर्ना एक दोस्त, पड़ोसी और रिश्तेदार नहीं वरन्, एक बेटे का पिता उभरकर आपका सामना करेगा।''

अनाया के दिल की बात

मैं और अनाया
बेंगलुरु

दूर से एक जोड़ी सैंडल्स की खटखट की आवाज़ नियमित अन्तराल में सुनाई देने लगी। खटखट की आवाज़ वक्त के साथ बढ़ती जा रही थी। जिससे यह अनुमान लगाया जा सकता था कि कोई आ रहा है। जब मैंने हल्का-सा उचक कर नज़रें उठायीं तो अनाया मुझे ब्रेकआउट से निकलती हुई प्रतीत हुई। उसे आता देख मैं फिर से अपने काम में लग गया। मेरी निगाहें कंप्यूटर स्क्रीन पर थीं पर कान हाई हील्स की सैंडल्स की खटखट की आवाज़ पर। सैंडल्स की आवाज़ जिस तरह से तेज़ होती जा रही थी, उस तरह से मैं उसके नज़दीक आने का अन्दाज़ा लगा सकता था। किसी लड़की के सैंडल्स की आवाज़ से उसके हिल रहे कूल्हों का भी अन्दाज़ा लगाया जा सकता है। अगर एक ''खट'' की ज़ोर से आवाज़ हो और कुछ देर रुक-रुक कर आवाज़ आये ''खट''... ''खट''। इसका मतलब यह हुआ कि वह कदम बड़ा ज़ोर देकर रख रही है। जिसकी वजह से कमर भी ज़ोर-ज़ोर से मटक रही है तथा उसके पीछे चल रहा लड़का खूबसूरत मंज़र का मज़ा ले सकता है। अगर सैंडल्स की आवाज़ थोड़ी धीरे है, मतलब वह अधिक ज़ोर नहीं दे रही है तो उसके पीछे चल रहे

लड़के का आज कोई खास दिन नहीं है। अगर यह आवाज़ की नियमितता थोड़ा जल्दी-जल्दी हो, जैसे ''खटखट-खटखट'' तो इसका मतलब वह बड़ी तेज़ी से आ रही है। उसके पीछे चलने वाले लड़के के लिए यह एक बुरी बात है, लेकिन उसके सामने से आ रहे लड़के के लिए शुभ घड़ी हो सकती है। जब मैंने गौर किया तो अनाया ज़रा तीसरी तरह की ''खटखट'' की आवाज़ के साथ आ रही थी। मतलब सरपट आ रही थी। फिर धीरे-धीरे उस आवाज़ की नियमितता थोड़ी कम होने लगी और वह ''खट''...''खट'' की आवाज़ में तब्दील हो गयी यानी दूसरी तरह की श्रेणी में। और यह आवाज़ मेरे पीछे आकर रुक गयी थी। मतलब, वह मेरे बिलकुल ही पीछे खड़ी थी पर मैंने उसे किसी तरह का एहसास नहीं होने दिया कि मैं समझ गया हूँ कि वह मेरे पीछे खड़ी है। मैं अपने काम में तल्लीन ही रहा या कहें कि काम में तल्लीन होने का दिखावा करता रहा। मैं ठीक वैसे ही बर्ताव कर रहा था जैसे इयरफ़ोन लगा कर गाना सुनने वाले व्यक्ति को एहसास ही नहीं होता कि उसके पीछे कोई खड़ा भी है और वह अपने काम में तल्लीन रहता है। जब थोड़ी देर में उसने अपना हाथ मेरे कंधे पर रख दिया, मानो मेरे शरीर में उत्तेजना की लहर दौड़ गयी। मेरी नसों में खून की दौड़ अगर रुक भी गयी होती तो उसके छूने मात्र से हर नस में खून फिर से दौड़ने लगता। आँख बन्द करके, गहरी साँस लेते हुए मैं उसकी छुअन को महसूस करते रहना चाहता था पर न चाहते हुए भी उसकी तरफ़ हैरान होकर पलटकर देखना पड़ा। तभी धीरे से मेरे कानों में उसकी आवाज़ गूँजी, ''सॉरी अनमोल! उस समय बहुत गुस्से में तुम्हें इतना कुछ बोल दिया। आई एम रियली सॉरी।''

सच में उसकी बात मुझे कतई बुरी नहीं लगी थी। बुरा तो मैंने उसके साथ किया था। बुरा तो भगवान ने उसके साथ किया था। बुरा तो लोगों ने उसके साथ किया था। बुरा तो समाज ने उसके साथ किया था।

मैंने उससे नज़रें मिलायीं, मानो मैं अपनी आँखों से ही उससे पूरी माफ़ी माँग लेना चाहता हूँ। पर आँखों के साथ में शब्द भी ज़रूरी होते हैं, आँखें भावनाएँ बयाँ कर देती हैं और जुबान अल्फाज़। मैंने भी उसे जवाब दिया, ''सॉरी की कोई बात नहीं। मुझे वैसे भी अपने लिए बुरा लग रहा है।''

वह कुछ देर यूँ ही खड़ी निहारती रही। जैसे वह एकटक मुझे देखती

रहना चाहती हो। काजल लगी बड़ी-बड़ी आँखें, एकटक मुझे निहार रही थीं, उनमें प्रेम भी था और थोड़ी शर्मिंदगी भी। बिना किसी भावना के, बिना किसी उद्देश्य के। उसकी नज़रों में अजीब-सी कशिश थी, उसकी आँखों को देखने पर ऐसा लगता था जैसे थोड़ी देर और देख लेने पर कहीं उससे इश्क ही न हो जाये। कहते हैं कि एक फ़ोटो हज़ार शब्दों को कह जाती है, उसी तरह किसी की आँखें उसके मन के हज़ार भावों को बोल जाती हैं।

मुझे इसी डर से अपनी नज़रें उसकी निगाहों से हटानी पड़ीं। वर्ना आज उसकी आँखों ने मुझे अपने इश्क में सम्मोहित ही कर लिया था।

थोड़ी ही देर में वह अपनी सीट पर बैठ गयी। उसकी नज़रों ने मेरा चैन छीन लिया था। मन में एक कौतूहल पैदा कर दिया। मैं उससे नज़रें नहीं मिलाना चाहता था और मेरी नज़रें उसकी नज़रों को एक बार देखना भी चाहती थीं। बस मेरी आँखें बार-बार यही कहतीं कि एक बार उसकी नज़रों को देख लेने दो। मेरा मन प्यार होने से बचता और तुरन्त अपनी आँखों को मना कर देता। पर एक नशेबाज़ की तरह मेरी आँखों ने भी ज़िद पकड़ ली थी। आखिर मन को हार माननी ही पड़ी। जब मुझसे रहा नहीं गया तो उसे माइक्रोसॉफ्ट लिंक, जो कि हमारा ऑफ़िस में बात करने के लिए एक ज़रिया होता है उस पर मैसेज कर दिया, "क्या मुझे तुम्हारे साथ कॉफ़ी पीने का मौका मिलेगा?"

तुरन्त मैंने उसकी तरफ़ इस आस में देखा कि यह मैसेज पढ़ कर उसके चेहरे पर क्या रंग दिखते हैं। उसकी तरफ़ नज़रें घुमायी ही थीं कि मैंने पाया कि वह मेरी तरफ़ ही देख रही थी, उसने धीरे से मुस्कान बिखेर दी थी। उसकी मुस्कान वसंत के बिखरे फूलों की तरह लग रही थी जो खाली ज़मीन को भी खुशियों से भर कर रंगीन बना देते हैं। फिर उसी लिंक पर उसने जवाब दिया, "हाँ क्यों नहीं?"

"तो फिर चलें?" मैंने तुरन्त उसकी सहमति माँगी।

"अभी?" वह मुस्कुरा कर लिख रही थी। जब वह लिखती तो मैं उसके चेहरे पर गौर करता, उसके चेहरे पर क्या भाव आ रहे हैं, वह किस तरह का एक्सप्रेशन बना रही है। इससे आप भी यह पता लगा सकते हैं कि कौन किसी से बात करने में कितनी रुचि रखता है। वह जब लिखती तो उसे

खुद से पढ़ती जाती और मुस्कुराती जाती। इससे समझ आ रहा था कि वह मुझसे कितने दिल से बात कर रही है।

"हाँ, क्यों?"

"कुछ नहीं, चलो फिर?" वह तुरन्त अपना कंप्यूटर बन्द करके उठ गयी। मैंने भी अपना कंप्यूटर बन्द किया और चल दिया कॉफ़ी पीने।

जिस तरह मोहब्बत के आदर्श पार्क होते हैं, जैसे मोहब्बत पुष्प की जगह "गुलाब" ने ली हुई है, जैसे प्रेम के फल का स्थान "स्ट्रॉबेरी" को प्राप्त है, जिस तरह इश्क दिवस "वैलेंटाइन डे" को कहा जाता है। ठीक उसी तरह आजकल मोहब्बत के पेय पदार्थ की जगह कॉफ़ी ने ले ली है। महानगरीय जीवन में अधिकतर लोगों के प्रेम प्रसंग की शुरुआत कॉफ़ी पर डेट के साथ ही होती है। शायद इसीलिए कैफ़े कॉफ़ी डे की टैग लाइन भी यही है, "अ लॉट कैन हैपन ओवर ए कप ऑफ़ कॉफ़ी (A lot can happen over a cup of coffee)।"

हमारे ऑफ़िस के नीचे भी कैफ़े कॉफ़ी डे था। हम लोग वहीं पर बैठे हुए थे। मेरा सामने की तरफ़ चेहरा था और अनाया मेरे सामने बैठी थी यानी उसका चेहरा अन्दर की तरफ़ था। आज भी हमेशा की तरह नए लोग उसके चेहरे को ही देख रहे थे। मैं लोगों को अपनी ही तरफ़ देखता हुआ असहज महसूस कर रहा था। मेरे मन में गूँजा कि जब मैं ऐसा महसूस कर रहा हूँ तो वह कैसा महसूस कर रही होगी! इस बात का अन्दाज़ा सिर्फ़ वही लगा सकती थी क्योंकि वह हर रोज़ इस भावना से गुज़रती होगी। ऐसी भावना, न चाहते हुए भी हम जिसकी वजह बनते थे। वह खुद को कितना अलग समझ रही होगी। मैं इसी भँवर जाल में फँसा हुआ था कि मैंने उसे इस असहज अवस्था से निकालने की एक छोटी-सी कोशिश करते हुए उसकी आँखों में आँखें डालकर बात करना शुरू किया, "यार, मुझसे बहुत बड़ी गलती हो गयी। मैंने मज़ाक-मज़ाक में तुमसे बड़ी गलत बात कहलवा दी और मुझे नहीं पता था कि ये लोग इतना मज़ाक उड़ायेंगे।"

"कोई बात नहीं!" वह यह कहकर बात को टालने लगी पर उसके चेहरे को देखकर समझ आ रहा था कि वह अन्दर से कितनी दुखी है। उसके "कोई बात नहीं" में छिपे दर्द को मैं समझ रहा था। उसकी मुस्कुराहट के पीछे एक भयानक खामोशी थी। उसकी चंचल आँखों के भीतर आँसुओं का बाँध था। इस बात का संकेत उसकी आँखों के नीचे की काली झुर्रियाँ दे रही थीं जो

उसकी आँखों से निकले आँसुओं की सबसे बड़ी गवाह थीं। इस दिखावटी चेहरे के पीछे, दर्द की एक मैली परत-सी पड़ गयी थी। मैंने मेज़ पर रखे, उसके हाथों को थाम लिया। मेरे हाथ का स्पर्श करते ही उसकी नज़रें झुक गयीं, उसके शरीर में शायद सिहरन पैदा हो गयी थी। मेरी समझ में शायद पहली बार किसी ने उसके हाथ ऐसे छुए होंगे। उसकी नज़रों में हिचकिचाहट साफ़ नज़र आ रही थी।

मैंने उसे समझाना शुरू किया, ''मैं तुमसे माफ़ी माँग रहा हूँ क्योंकि मेरी वजह से तुम्हारा लोग इतना मज़ाक बना रहे हैं।'' मेज़ पर रखे उसके हाथ को मैं सहलाने लगा।

इस बीच हमारे द्वारा मँगाई गयी कॉफ़ी हमारी टेबल पर आ गयी थी। मेरे सामने मेरी पसन्दीदा कॉफ़ी 'कॉफ़ी निर्वाना' और अनाया की पसन्दीदा 'ट्रॉपिकल आइसबर्ग' रखी हुई थी। जैसे ही वेटर कॉफ़ी रखकर गया, अनाया ने बोलना शुरू किया, ''इसमें तुम्हारी कोई गलती नहीं है। तुमने मेरे साथ मज़ाक नहीं किया है। भगवान मज़ाक कर रहा है मेरे साथ।''

इस बात से कोई भी समझ सकता था कि उसका मन अपने हालात से कितना हार चुका है। मैंने तुरन्त उसकी बात को काटने की ज़रूरत समझी क्योंकि ऐसी जगहों पर अगर किसी व्यक्ति के साथ सहानुभूति दिखाई जाये या हाँ में हाँ मिलाई जाये तो वह और कमज़ोर बनता जाता है। मेरे सामने बैठा व्यक्ति कम-से-कम और कमज़ोर तो नहीं बन सकता।

''ऐसा नहीं है! भगवान किसी के साथ मज़ाक नहीं करता। वह हर किसी में कुछ कमियाँ देता है और कुछ अच्छाइयाँ। कमियाँ व्यक्ति को मज़बूत बनाती हैं और अच्छाइयाँ उसे आगे बढ़ाती हैं। हर किसी को देख लो, हर किसी में कमियाँ हैं। लोगों को लगता है, सामनेवाले की ज़िन्दगी बहुत अच्छी है पर ऐसा नहीं होता। हर किसी की ज़िन्दगी 50-50 होती है।'' मैं उसे समझाने की कोशिश कर रहा था। इस बीच हम दोनों एक-दूसरे को देख रहे थे। फिर से वही हलचल हुई और मेरा मन जो इस मामले में डरपोक हो चला था, उसने तुरन्त नज़रों को ऑर्डर दिया ''अगर अभी नज़रें नहीं हटाईं तो आज के बाद कभी मुझसे इससे मिलने को मत कहना।'' और मेरी बेचारी नज़रें थीं कि थोड़ी देर में उसकी नज़रों से हट गयी थीं। तभी वह बीच में मुझे रोकते

हुए बोली, ''देखो, तुम मुझे समझाओ मत, प्लीज़। मेरे साथ ऐसा ही होता है। लोग मुझसे कभी मेरे इस दाग के बारे में नहीं पूछते, पर वे ऐसे देखते हैं कि पूछो ही मत।''

मैं समझ रहा था उन लोगों की नज़रों की चोट को जो लगातार देखते तो उसके चेहरे को थे पर आहत उसका दिल होता था। फिर भी कोई दर्द में है या दुःख में है, उससे यह कहना कतई उचित नहीं होता कि हाँ लोग तो ऐसा करते हैं, वगैरह-वगैरह। मैंने फिर कहा, ''गलती तुम्हारी है, तुम्हारा ध्यान हमेशा इसी पर रहता है कि लोग मेरे चेहरे को ही देख रहे हैं। इसीलिए तुम्हें इसका ज़्यादा एहसास होता है।''

24 वर्ष से इस तरह के समाज के रवैये को महसूस करने वाला व्यक्ति 2 मिनट की मेरी बात को इतनी जल्दी स्वीकार नहीं कर सकता था। इस पर उसका उत्तर था, ''सिर्फ़ यही बात! तुम सुनना चाहते हो तो बताती हूँ।''

उसने कॉफ़ी का घूँट भरते हुए कहा, ''मेरा भी दिल चाहता है कि मैं किसी से प्यार करूँ। कोई हो जो मेरा हाथ पकड़कर मेरे साथ चले, बिना किसी शर्म के और बिना किसी डर के मुझे स्वीकार करे। हर उस पल में मेरे साथ हो जब उसकी मुझे ज़रूरत हो। पर मुझसे प्यार करेगा कौन? सैक्स सभी करना चाहते हैं पर प्यार कोई नहीं। क्योंकि हर कोई एक सुन्दर लड़की की तलाश में है।''

जैसे ही उसने सुन्दर बोला, मेरे मन ने उसके मन में फैले क्षोभ की गहराई को एक बार फिर से नाप लिया। उसके अन्दर बैठा हीन भावना नामक भूत उस रबर की तरह था जो हर बार बढ़ता ही चला जा रहा था। मैं समझ गया था कि जितना मैं समझ रहा हूँ उससे कहीं अधिक बुरे मानसिक दौर से वह गुज़र रही है। कहीं अधिक यातना सह रही है। मन-ही-मन मरती जा रही है, वह रोज़ मरती है और रोज़ जीती है।

''दर्द उसका था बड़ा घना,
जितना सोचा उससे अधिक ही मिला''

मैंने तुरन्त उसे प्रोत्साहित करने की कोशिश की पर न जाने क्यों मेरे मुँह से यही वाक्य निकला, ''ऐसा कौन बेवकूफ़ होगा, जो तुम्हारे जैसी साफ़ दिल की लड़की से प्यार न कर सके?''

मैंने उसे सांत्वना क्या दी कि मेरा तीर गलत जगह लगने लग गया था। "अच्छा? ऐसा है?" उसने मुझसे भौहें ऊपर करते हुए पूछ लिया।

"हाँ, बिलकुल ऐसा ही है," मैंने हाथ में पकड़ा कॉफ़ी का कप नीचे रख दिया।

"तो फिर एक बात बताऊँ," कहते हुए वह रुक गयी और अपनी भौंहें चढ़ा लीं।

"हाँ, बताओ," मैंने उससे बात कहने के लिए ज़ोर डाला।

मैंने कह तो दिया पर मुझे नहीं पता था कि उसकी अगली बात मेरी ज़िन्दगी में एक नया भूचाल पैदा करने वाली है। वह भूचाल जिसकी वजह से शायद मैं कभी खुद को माफ़ न कर पाऊँ। वह बात जो मुझे एक नयी ज़िन्दगी भी देगी।

"नहीं, छोड़ो। तुम्हारे बस की बात नहीं है," वह बात टालने की कोशिश कर रही थी।

लड़कियाँ इस मामले में टीवी सीरियलों के डायरेक्टरों को मात दे सकती हैं। जिस तरह से सीरियल की कहानी ऐसी जगह रोकनी होती है, जिससे लोगों में अगले दिन देखने की उत्सुकता बनी रहे। उसी तरह लड़कियाँ भी यह बात अच्छी तरह से जानती हैं कि उन्हें अमुक बात कहाँ पर रोकनी है ताकि लड़के के अन्दर उत्सुकता बनी रहे।

इसी तरह अनाया ने भी बात को बीच में छोड़ दिया। जब तक लड़के ज़बर्दस्ती न करें, तब तक लड़कियाँ पूरी बात बताती नहीं हैं।

"अरे नहीं, बताओ तो।" मैंने उसका हाथ जो मेज़ पर रखा था उसे फिर से पकड़कर हल्के से दबाया और उसकी आँखों में देखा। पलकें झपकाकर तथा होंठ दबाकर उसे विश्वास दिलाया कि तुम सही जगह पर अपनी बात कहने जा रही हो। पता नहीं कैसे मेरे अन्दर बेस्ट फ्रेंड वाला नशा चढ़ गया था। शाहरुख खान का नशा उतर गया था और हकीकत में यह लगने लगा था कि एक लड़का और एक लड़की अच्छे दोस्त भी हो सकते हैं।

थोड़ी देर वह चुप रही फिर अपनी बात कहनी शुरू की, "जो तुमने अभी मुझसे कहा, कौन पागल होगा जो तुम्हारे प्यार को मना करेगा। मैं शायद कभी न कह पाती क्योंकि मुझे उसका परिणाम पता होता है।"

वह बोली और फिर चुप हो गयी, ''किस परिणाम की बात कर रही हो?'' एक बेस्ट फ्रेंड बोल बैठा।

''बस यही कि...।'' मेरी आँखों में आँखें डालते हुए उसने कहा, ''अनमोल! आई लव यू सो मच। ऐसा इसीलिए नहीं कि लोगों ने मेरा मज़ाक उड़ाया या मैं तुमसे बदला लेना चाहती हूँ। बस इसीलिए कि तुम मुझे पहले ही दिन से बहुत अच्छे लगते हो। इतने सालों में मैं कई लोगों से मिली हूँ। घर, बाहर हर कहीं...हर जगह...पर सभी की आँखें जिस तरह मुझे घूरती हैं, उनकी नज़र और तुम्हारी नज़रों के फ़र्क को मैं समझती हूँ। मेरी यह कमी लोगों की आँखों में मुझे साफ़ दिखाई देती है। उनके लिए मेरी कमी चर्चा का ही विषय है। इस गाल में लगे दाग पर उनकी शातिर आँखें कैसी-कैसी कहानी ढूँढती हैं! पर तुम? मैं समझती हूँ तुम्हारी आँखों को। तुम्हारी आँखों में छलकती तुम्हारी भावनाओं को...''

मैं भौंचक्का था, फटी-फटी आँखें पलकें झपकाना ही भूल गयीं। मुझे समझ ही नहीं आया कि मैं जिसकी मदद करना चाहता हूँ, वह कुछ ऐसा मुझसे बोल देगी। बेस्ट फ्रेंड वाला कॉन्सेप्ट कहीं दूर भाग गया था और शाहरुख खान के उस डायलॉग ने जीत हासिल कर ली थी, जिसमें कहा गया है कि एक लड़का और लड़की कभी दोस्त नहीं हो सकते। कुछ दिनों से सब कुछ मेरी कल्पना के विपरीत घटित हो रहा था मेरे साथ। मेरा हाथ हटना ''हाँ'' या ''न'' का कोई परिचायक नहीं था बस वह एकदम से स्तब्ध कर देने वाली प्रतिक्रिया थी। जैसे किसी भी अचंभित करने वाली घटना को सुनकर एकदम से अपने मुँह से ''क्या'' निकलता है, भले ही वह सही हो या गलत। बिलकुल इसी तरह मेरे हाथ हट गये थे, मैं पहले उसकी तरफ़ झुका हुआ बैठा था, अब बिलकुल कुर्सी से टेक लेकर बैठ गया था। पहले उससे आँख मिला कर बात कर रहा था अब नज़रें हटा ली थीं। मुझे तनिक भी इस परिस्थिति का एहसास नहीं था। मुझे समझ ही नहीं आ रहा था कि इस परिस्थिति में कैसा बर्ताव करूँ। मन एकदम शून्य हो गया था, कुछ देर के लिए कुछ भी दिखाई नहीं दे रहा था। मैं खुद में डूब ही रहा था, इससे पहले कि मैं कुछ बोल पाता वह खिलखिलाकर हँसने लगी, ''जनाब, आप क्या सोचते हैं, मज़ाक सिर्फ़ आप ही कर सकते हैं। हम नहीं? खैर, ज़्यादा परेशान होने की

ज़रूरत नहीं।'' और हाथ पकड़ते हुए बोली, ''बस इतना ही बोलना था कि अगर मैं किसी के सामने अपनी बात रखूँ तो उसका चेहरा भी ऐसा ही हो जायेगा, जैसा आपका अभी था।'' वह कहकर हँसने लगी। अनाया को पहली बार ऐसे खिलखिलाकर हँसते हुए मैंने देखा, पर मेरे चेहरे पर कोई बदलाव नहीं आया, मैं वैसे का वैसा ही रहा। बिलकुल अचंभित। वह अब कुछ भी बोल रही थी, शायद मुझे हँसाने की कोशिश थी उसकी, पर कुछ भी कारगर साबित नहीं हो रहा था। इधर मैं जाने किस अवस्था में चला गया था। इस अवस्था में जाने का मतलब यह नहीं था कि मैंने उसके प्रेम को मना कर दिया था। इस अवस्था में जाने का मतलब यह था कि मेरे अन्दर बहुत कुछ चल रहा था। खुद को तलाश करने की जंग चल उठी थी, मेरे अंतर्मन और बाह्यमन में। शायद प्यार को समझने की कोशिश भी।

खुद से लड़ता हुआ, कभी खुद को सही और कभी खुद को गलत साबित करता हुआ मैं घर चला आया था। मेरे मन में बार-बार उसकी वही बात घूम रही थी। उसने मुझे एक तड़पती हुई मछली की तरह छोड़ दिया था। वह मछली, जिसे पता ही नहीं था कि उसे पानी से बाहर अच्छा लगता है या पानी के अन्दर। मैं बेचैन हो गया। मैं जहाँ भी जाता, कुछ भी करता, उसकी कही बात ज़हन में चलती रहती। जैसे-तैसे मैंने खाना निपटाया और अपने बिस्तर पर जाकर लेट गया। मैं कभी इस करवट लेटता कभी उस, कभी अपने बाल खुजलाता और कभी पीठ। आप सोच रहे होंगे, मैं उसके प्रपोज़ल की वजह से नाराज़ हो गया था। नहीं, मेरे मन में बार-बार उसके वे शब्द गूँज रहे थे जो उसने बाद में कहे थे, ''ज़्यादा परेशान होने की ज़रूरत नहीं। मैं मज़ाक कर रही थी। बस इतना ही बोलना था कि अगर मैं किसी के सामने अपनी बात रखूँ तो उसका चेहरा भी ऐसा ही हो जायेगा।''

मुझे पता था कि वह मज़ाक नहीं कर रही थी, पर मेरा ऐसा चेहरा देखकर उसने मज़ाक करने का झूठ बोला था। उसकी आँखों ने सब कह दिया था। खिलखिलाकर हँसते हुए दरअसल उसका दिल बहुत रोया होगा। उसने यह हँसी अपने दिल से उस दर्द के बदले खरीदी होगी। इस कुछ मिनट की

हँसी के लिए वह सालों रोयेगी। कभी-कभी कुछ हँसी बहुत महँगी होती है, जिसका मोल सिर्फ़ वही व्यक्ति समझ सकता है। ''मज़ाक'' कहने के बाद भी उसकी आँखों में मेरे लिए प्रेम कम नहीं हुआ था। उसकी नज़रें मुझे कभी धोखा नहीं दे सकतीं। उसकी मासूम-सी नज़रों में मेरे लिए प्यार ही प्यार दिख रहा था। उसकी आँखें मोहब्बत का असली प्रतीक थीं मेरे लिए। मुझे समझ आ गया था कि अगर वह मेरी तरह किसी और को भी प्रोपोज़ करती तो उसका भी यही चेहरा बन जाता। वह किसी से प्रेम नहीं कर सकती थी, आज के जोड़े जैसे घूमते हैं, वैसे घूम भी नहीं सकती थी। वह किसी की बाँहों में खुद को खो देना चाहती थी पर।...इस प्यार का वजूद तब और बढ़ जाता है, जब कोई आप में कमी हो। आप भी कम-से-कम एक बार आम लोगों की तरह ज़िन्दगी जीना चाहते हैं पर जी नहीं पाते हैं। ख्वाहिशें दफ़न होने लगती हैं। सच यही है कि जब आपके पास कई विकल्प होते हैं तो ये इश्क, मोहब्बत वगैरह आपकी सोच के हिसाब से चलता है पर जब कोई विकल्प नहीं होता तो यह ज़रूरत बन जाता है।

मेरे मन में इसी तरह के ख़याल आ रहे थे। मैं निश्चिन्त हो गया था कि उसके मन में यह भी दुविधा ज़रूर होगी कि उसकी शादी होगी या नहीं।

विचारों के कारवाँ ने मेरे मन में ही डेरा डाल दिया था। मन में समुद्र की लहरों की तरह विचार आते, फिर चले जाते। तभी मेरे मन में एक ख़याल आया। अगर वह मुझसे प्रेम करती है तो मैं उसे क्यों मना करूँ और क्यों सम्बन्ध न बनाऊँ? इसका कोई कारण होना चाहिए। मैंने एक कागज़ में उसकी अच्छाइयाँ लिखनी शुरू कर दीं और दूसरी तरफ़ कमियाँ। मैंने जब उसकी अच्छाइयाँ लिखीं तो पाया कि उसके अन्दर सैकड़ों अच्छाइयाँ हैं जिनकी वजह से उससे सम्बन्ध बनाया जा सकता है और दूसरी तरफ़ जब मैंने कमियाँ देखीं तो सिर्फ़ दो ही कमियाँ दिखीं। पहली कमी—वह तमिल है और मैं कनपुरिया ब्राह्मण परिवार से, जिस वजह से मेरे घरवाले शादी के लिए राज़ी नहीं होंगे। दूसरी कमी—उसके चेहरे पर बना दाग।

जैसे ही मैंने दूसरी कमी के बारे में लिखना चाहा मेरे हाथ रुक गये, वे चाह कर भी नहीं बढ़ रहे थे, मानो किसी ने उन्हें पकड़ लिया हो। किसी ने उन्हें रोक दिया हो। तभी मेरे मन ने स्वीकार किया कि इस कमी की वजह

से मैं किसी को रिजेक्ट नहीं कर सकता। कमियाँ सबके अन्दर होती हैं, और यह कमी बहुत अहम नहीं है।

"उसकी अच्छाइयों ने मेरे हाथों में ऐसा कब्ज़ा किया
कमियाँ लिखने के लिए हाथों ने मेरा ही विरोध कर दिया"

अब मेरे पास उसकी सिर्फ़ एक ही कमी बची थी और वह कमी बहुत बड़ी थी। पर मैं उसे खुश देखना चाहता था। मैं उसके चेहरे पर खिलखिलाती हँसी देखना चाहता था, उसकी आँखों में आँखें डालकर उसे स्पेशल फ़ील कराना चाहता था। उस शख़्स को स्पेशल फ़ील कराना चाहता था जिसे आज तक किसी ने ऐसा महसूस नहीं कराया। मैं उसकी सोच को बदल पाऊँ या नहीं लेकिन जब तक मैं उसके साथ रहूँगा। उसे खुशियों से भर दूँगा। पर मुझे इस चुनौती से निपटने का कोई उपाय नहीं समझ आ रहा था।

कहते हैं कि हर चुनौती का जवाब होता है और इसका भी था। मैंने 50-60 करवटें बदली होंगी तब जाकर कहीं इस चुनौती का जवाब मुझे मिला। मतलब इस चुनौती के जवाब के लिए मुझे 50-60 करवटें बदलने की ज़रूरत थी। अगर इससे पहले सो जाता तो शायद इसका जवाब न मिलता। मेरे मन ने फ़ैसला किया कि मैं उससे अपनी सारी बात कहूँगा कि मेरे घरवाले शादी के लिए नहीं मानेंगे पर मैं उससे प्यार करता हूँ और करता रहूँगा। अगर वह मानेगी तो उसकी ज़िन्दगी को खुशनुमा बना दूँगा अगर नहीं, तो मैं झूठे वादे करके उसकी तकलीफ़ों को बढ़ाना नहीं चाहता। मेरा मकसद उसे खुशियाँ देना था न कि उसके ऊपर दुखों का पहाड़ तोड़ना। मैंने फ़ैसला किया कि कल उसे अपनी सारी बात कह दूँगा। अब तो बस सुबह का इन्तज़ार था।

बेटा बना बेटी

मैं, हर्षा और सूर्या
मुम्बई

मैं इंजीनियर हूँ, पर जब कभी मैं इस बात पर विचार करता हूँ कि मैं इंजीनियर क्यों हूँ? क्या मैंने ही इसका निर्णय लिया है? या मुझ पर इंजीनिरिंग थोपी गयी है? जब भी मैं यह सोचने बैठता हूँ तो यही पाता हूँ कि मैं इंजीनियर

इसलिए नहीं हूँ कि मैं चाहता था कि इंजीनियर बनूँ या इसलिए भी नहीं हूँ कि मेरे बाबू जी पैसे के पीछे बहुत भागते थे, इसलिए भी नहीं हूँ कि हमें पैसे की बहुत ज़रूरत थी। मैं इसलिए इंजीनियर हूँ क्योंकि हमारे गाँव के तीसरी तरह के बिन मूँछों वाले लोग जिनके अम्मा-बाबू जी उन दबे हुए दूसरी तरह के लोगों की तरह थे, उनके बेटे आज इंजीनियर, डॉक्टर बन रहे थे और बड़ी मूँछों वाले लोगों को यह कतई बर्दाश्त नहीं था कि वे बिना मूँछों वाले तीसरी तरह के लोग उनसे आगे बढ़ जायें। बस यही कारण था कि मैं अपनी ज़िन्दगी न जी कर दूसरे की ज़िन्दगी जी रहा था। उस दूसरे व्यक्ति की, जिसका मुझसे दूर-दूर तक कोई लेना-देना नहीं था।

फिर यह ख़याल भी आता है कि दूसरे की ज़िन्दगी जीने की गालियाँ सिर्फ़ इंजीनियर ही क्यों खाता है? इंजीनियर के सिवाय कोई ऐसा नहीं है, जिसने दूसरे के हिसाब से अपने जीवन के फ़ैसले न लिये हों, जिसने बाबू जी या उन बिन मूँछों वाले लोगों के लिए अपनी खुशियों का बलिदान न किया हो? ऐसा नहीं है, इंजीनियर तो उस तवायफ़ की तरह है जो बदनाम हो जाती है, बाकी आजकल चोरीछुपे गली-गली धंधे तो चलते रहते हैं। हर जगह इस तरह के लोग मिल जाते हैं, जिन्हें खुद का अस्तित्व सबके सामने लाने के लिए काफ़ी मशक्कत करनी पड़ती है और कुछ की तो ज़िन्दगी ही कम पड़ जाती है।

उस समय मैं मुम्बई में रहता था। लगभग 6 बजे होंगे, मैं ऑफ़िस से जल्द वापस आ गया था। अब शाम के समय में यह नहीं कहूँगा कि चिड़ियाँ चहचहा रही थीं, बादल घने थे और सुहावना मौसम था क्योंकि ए.सी. में बैठे हुए व्यक्ति को इतनी ज़रूरी एवं महत्त्वपूर्ण चीज़ें कहाँ नसीब होती हैं! मैं भी पैसे की तलाश में इन सारी खुशियों से बहुत दूर चला गया था, इतनी दूर, जहाँ से इन खुशियों को पाने के लिए वापस आना बहुत मुश्किल हो गया था। इतनी दूर जहाँ से वापस लौटना मेरा दिल तो चाहता था पर शरीर कुछ और सुविधाओं का आदी हो गया था। जहाँ मेरा मन तो खुश रहेगा पर परिवार दुखी। अपनी शारीरिक ज़रूरतों के लिए अपनी मानसिक ज़रूरत को नज़रअन्दाज़ कर बैठा था। खैर, आशिका, मम्मी के साथ बाहर मार्किट गयी हुई थी। मैं सोफ़े पर बैठा हुआ टीवी देख रहा था। सूर्या शायद अपने कमरे

में बैठकर पढ़ाई कर रहा था। अब वह 11 वर्ष का भी तो हो गया था। कक्षा 5 में पढ़ता था और काफ़ी समझदार भी हो गया था।

तभी मुझे प्यास लगी और मैं किचन की तरफ़ पानी के लिए उठा। मैं जा ही रहा था, तो सूर्या शीशे के सामने खड़ा अपने माथे पर बिन्दी लगाकर, होंठों पर लिपस्टिक लगा रहा था। बिलकुल नयी नवेली दुल्हन की तरह सज रहा था। यह देखकर मेरी आँखें एकाएक उसी पर ठहर गयीं। कुछ देर मैं खड़ा रहा पर मैं कतई चौंका नहीं, न ही परेशान हुआ। उसका ऐसा करना स्वाभाविक ही तो था। उतना ही स्वाभाविक जितना मेरा कोट-पैंट पहनना, जितना लड़कियों का सलवार-सूट पहनना, जितना उसकी माँ का साड़ी पहनना। मैं बिना देर किये तुरन्त आगे बढ़ गया और उसे एहसास ही नहीं होने दिया कि मैंने यह सब देख लिया है। फ्रिज से पानी की बोतल निकालकर लाया और वापस सोफ़े पर बैठ गया। बोतल हाथ में लिये मैं उन दिनों में खो गया जब हर्षा लगभग इसी उम्र का था। समय के बादल में धुँधली होती कुछ तस्वीरें फिर उभरने लगीं—

वह उस समय कक्षा 6 में पढ़ता था और मैं कक्षा 9 में। हर्षा का रंग बहुत गोरा था, बड़ी-बड़ी आँखें थीं। 11 वर्ष के लड़के की तरह उसकी लम्बाई भी ठीक-ठाक थी। हम दोनों साथ-साथ स्कूल जाते थे और छुट्टी होने के बाद साथ-साथ लौटते थे। लौटते वक्त मैं कक्षा में घटी सारी बातें एक-एक करके बताता था। बहुत बोलता था मैं। पर हर्षा ज़्यादातर चुप ही रहता। अक्सर मायूस भी। कभी-कभार हाँ या न में ही जवाब देता था। राह चलते शैतानियाँ तो दूर की बात, वह घर की तरफ़ भी बहुत धीरे-धीरे कदम बढ़ाता था। मानो उसे कोई पीछे से खींच रहा हो, चुम्बक की तरह और वह स्कूल में ही रहना चाह रहा हो। ऐसा लग रहा था जैसे कोई अदृश्य शक्ति घर जाने से रोक रही हो। और ऐसा हो भी क्यों न! जब वह घर पहुँचता तो हर छोटी-छोटी बात पर बाबू जी अपनी सारी भड़ास उस पर निकालते थे। मारने-पीटने पर उतारू हो जाते। अम्मा जब घर पर नहीं होतीं तो उनका यह अत्याचार सारी सीमाओं को लाँघ जाता।

उस दिन जब हम दोनों स्कूल से लौट रहे थे तो मुझे लगा और दिनों की बनिस्पत अधिक ही चुप है हर्षा। मैंने उसकी नज़रों से नज़रें मिलायीं तो

देखा, उसकी आँखें भरी हुई थीं। उसकी भरी हुई आँखें देखकर मैं वहीं खड़ा हो गया और पूछा, ''का हुआ लल्ला?''

वह चुप था, कुछ नहीं बोल रहा था। मुँह फुलाये बस आगे बढ़ता जा रहा था। जब किसी रोते हुए बच्चे को मनाने लगो तो वह फफक कर रोने लगता है। ठीक उसी तरह उसकी आँखों से आँसू टपकने लगे थे।

मैं घुटनों के बल बैठ गया और अपनी जेब से रुमाल निकाल कर उसके आँसू पोंछने लगा। फिर उसके गालों को पुचकारते हुए पूछा, ''अरे बताओ तो लल्ला, हमसे न छुपाओ।''

वह अभी भी चुप था, फूला हुआ मुँह और लाल आँखें लिये खड़ा था, ''अपने भैया से न बताओगे?''

अभी भी उसने खामोशी न तोड़ी थी।

अब मैं समझ गया था कि यह क्यों नहीं बोल रहा है, ''हम बाबू जी से नहीं बताएँगे।''

असलियत यह थी कि अगर बाबू जी को कुछ भी बताया जाता तो वे हर छोटी-छोटी बात के लिए हर्षा को मारने-पीटने और कोसने लगते। इतना तो अब मैं भी समझ गया था कि कौन-सी बात बाबू जी से बतानी है और कौन-सी छुपानी।

इतना सुनते ही वह अपने दायें हाथ छिंगुनियाँ हमें दिखाते हुए बोला, ''पहले वादा करो।''

मैंने उसकी छिंगुनिया से अपनी छिंगुनिया लड़ाई, ''वादा रहो लल्ला!''

गाँव में हम सभी बच्चों का वादा करने का यही तरीका था।

अब वह बोलने को हुआ, ''रोज़ हमारी कक्षा में लड़के हमें चिढ़ाते हैं कि हर्षा के है नहीं आये, सफ़ाचट है!''

मैं समझ गया कि लड़के उसे ऐसा क्यों चिढ़ाते थे, ये लड़के उसके गुप्तांग को लेकर उसे ऐसी बात कहते थे। अब मैं उसे क्या जवाब दूँ, मेरी समझ में नहीं आ रहा था। मैंने यूँ ही बात टालने के अन्दाज़ में कहा, ''ओह!! तो ऐसा है! ऐसे तो हमारे दोस्त हमें बहुत कुछ चिढ़ाते हैं, कुछ हमें चिल्लर कहत हैं। तुम्हें भी तो पता है।''

उसने ''हाँ'' में सिर हिलाया। ''तो दोस्त लोग होते ही हैं एक-दूसरे

का चिढ़वाये का,'' मैंने उसके गाल पुचकारते हुए बात आगे बढ़ाई, ''फिर हम भी तो उनमें से एक को टपोरी कह के चिढ़ाते हैं। तुम भी अपने दोस्तन का कौनो नाम रख लो।''

पर उसके चेहरे पर कोई खुशी न झलकी। तभी मेरे मन में एक अच्छा-सा ख़याल आया, जो उसके चेहरे पर मुस्कान लाने के लिए काफ़ी था, ''आओ चलें आज तुम्हार खेल खेलेंगे।''

''सच ?'' मेरी बात सुनते ही उसके चेहरे पर खुशी की लहर दौड़ गयी। मुरझाया हुआ चेहरा खिल उठा।

हमारे गाँव में दो तरह के खेल होते हैं। एक तरह के खेल जो लड़के खेलते थे, जैसे क्रिकेट, गुल्ली-डंडा, कंचा और पतंग उड़ाना। दूसरी तरह के खेल, जैसे इत्ती-बित्ती, घर-घर, रस्सी-कूद, झूला, चौखट जो ज़्यादातर लड़कियाँ खेला करती थीं। पहली तरह के खेल अधिकतर लड़के खेलते थे। अगर कोई लड़की खेलती मिल जाये तो उसे तुरन्त 'मर्दाना' कहकर बेइज़्ज़त किया जाता था। दूसरी तरह के खेल अगर लड़का खेलना भी चाहे तो मारे शर्म के नहीं खेलता था क्योंकि उसके दोस्त उसे लौंडिया कहके चिढ़ाने लगते थे। मुझे पहली श्रेणी के खेल अधिक पसन्द थे और वहीं हर्षा को दूसरी श्रेणी के खेल या यूँ कहें वो खेल जो लड़कियों को पसन्द थे।

मैं कहीं दोस्तों के साथ बाहर खेलने निकल जाता था। परन्तु उसके साथ समस्या यह थी कि वह अपने हमउम्र लड़कों के साथ खेल नहीं सकता था क्योंकि उसे लड़कों के खेल पसन्द नहीं थे। अगर वह लड़कियों के साथ खेलने लगता तो बाबू जी को उस पर गुस्सा करने और हाथ छोड़ने में देर नहीं लगती थी। इसलिए वह अकेला ही रह जाता था, घर के सामने दरवाज़े से चार लाठी दूर पेड़ के चारों तरफ़ बनाये गोल चबूतरे में एक कोने पर शान्ति से बैठ जाता। गिट्टी लेता, दो बार उसे हवा में उछालता और फिर अनायास ही कहीं फेंक देता। कुछ देर बाद कहीं दूसरी दुनिया में ही खो जाता। जो सिर्फ़ और सिर्फ़ वही जानता था। आखिर उसकी दुनिया कौन-सी थी ? वह क्या चाहता था ? उसका मन किस मनोदशा से गुज़रता था ? इसका एहसास किसी को नहीं था, यहाँ तक कि मुझे भी नहीं। जिस दिन बाबू जी की डाँट पड़ जाती, उस दिन वह उसी जगह पर चुपचाप बैठ

जाता। उसे समझ नहीं आ रहा था कि उसके साथ ही ऐसा बर्ताव क्यों हो रहा है? पर उसे कहीं-न-कहीं ऐसा समझ आ गया था कि वह अन्य लोगों से अलग है। इस 'अलग' का कारण क्या था, अब तक उसे नहीं पता था। जब कभी उसका मूड अच्छा होता तो सामने खेल रही लड़कियों को दूर खड़ा देख देर तक निहारता रहता। या फिर जिस दिन मैं उसे अधिक दुखी देखता तो उसके साथ खेल लिया करता तो वह खुश हो जाता था। आज वह बहुत खुश था, तुरन्त आकर अपना बैग बड़े जोश में रखा, खाना भी नहीं खा रहा था। मेरे अधिक ज़ोर देने के बाद उसने थोड़ा-बहुत खाना खाया था और मेरे खाना खाने से पहले ही अपना खाना खत्म करके तुरन्त बाहर गया। उसने बाहर ही छुहिया से पूरा घर बना दिया था। इतना उत्साहित था वह कि जब तक मैं बाहर पहुँचता तब तक, पहले से गिट्टी लेकर उसने एक पैर के बल से अभ्यास शुरू कर दिया था।

चौखट का खेल मैंने भी इसलिए खेलना छोड़ दिया था कि मेरे दोस्त मुझे लौंडिया कहकर चिढ़ाना शुरू कर देते थे, इसलिए अब क्रिकेट, गुल्ली-डंडा और पतंग उड़ाने में ही व्यस्त रहता था।

आज पहली बारी हर्षा की थी, उसने पहले चौखट में गिट्टी डाली और दूसरी तरफ़ से एक पैर के बल कूद-कूद के पहली चौखट पे आया और उसे अपने पैरों से बाहर निकाल दिया। उसके इस कूदने में बन्दर जैसी फुर्ती थी। बन्दर जैसी फुर्ती तभी आती है, जब मन उस काम को करने के लिए उत्साही हो। आज हर्षा को अपना खेल खेलने के लिए साथ में कोई मिला था। उसके उत्साह का कोई ठिकाना नहीं था। फिर कुछ देर बाद मेरी बारी आयी और मैं भी एक पैर के बल चौखटें फुदक-फुदक कर पार करने लगा। इस तरह हम दोनों खेल खेलने में मगन हो गये। मैं तो बस साथ दे रहा था पर वह पूरी तल्लीनता से खेल रहा था। धीरे-धीरे उसने सारे चौखटों को पार कर लिया। जैसा कि इस खेल का नियम था कि सारे चौखटों को पार करने के बाद अब उसने सभी चौखटों से बाहर गिट्टी फेंकी और आँख बन्द करके जाने लगा। और जाते हुए पूछने लगा, "आई एम ?" तो सामने वाला खिलाड़ी यह देखकर उसे यह बताता है कहीं उसका पैर किसी रेखा को तो नहीं छू रहा। अगर नहीं छुए तो वह उसे बोलता था, "गो"।

"आई एम, गो" अंग्रेज़ी के पहले शब्द हैं जिन्हें गाँव का अनपढ़ से अनपढ़ लड़का भी बड़ी रंगबाज़ी से बोलता है।

आखिर उसने एक चौखट को अपना घर बना लिया था। यह घर बनाना उस समय इतनी खुशी देता था, जो आज अपना खुद का घर बनाने पर भी नहीं होती।

"बचपन के दिन ही कुछ और थे,
जब थोड़ी-सी कोशिश से हमारे भी घर बन जाया करते थे"

अब जब वह गिट्टी फेंकता और अपने एक पैर के बल सभी चौखटों में जाता और जब उसका घर आ जाता तो वह वहीं पर आँख बन्द करके आराम से रुकता और मुझे रिझाते हुए चैन की साँस लेता, "आह! अब तो हियँ दो मिनट रुकबे।"

इतने में मैं गुस्सा कर उसे धमकी दिया करता, "ज़्यादा देर नहीं रुकना आय। जादा देर रुकिहौ तो हमहुँ आधा घंटा अपने घर माँ रुकबे!"

सच में उस चौखट के घर में 1 मिनट रुकने का एहसास आज खुद के घर में सैकड़ों दिन रुकने के एहसास से कहीं बेहतर था। उस समय मन में तसल्ली होती थी, एक सुकून होता था। ऐसा एहसास होता था जैसे हमने कुछ हासिल कर लिया है। आज अपना घर बनाने पर ऐसा लगता है जैसे सिर्फ़ खानापूर्ति कर रहे हों। उस समय एक पैर के बल पाँच छह चौखट पार करने के बाद एक मिनट से भी कम रुकना वैसा सुकून दिलाता था जैसे सारा दिन काम करके आये व्यक्ति को बिस्तर मिल गया हो। जैसे कई दिनों से थके व्यक्ति को बिस्तर पर उसकी बीवी की मोहब्बत मिल गयी हो।

आखिरकार खेलने के बाद हमने हाथ-पैर धोये और अपने बिस्तर में बैठकर बातें करने लगे।

आज वह बहुत खुश था, आखिर उसने मुझे हरा दिया था। आज उसने पाँच घर बनाये थे और मैंने सिर्फ़ दो। पाँच घर होने का मतलब था कि 10 में से पाँच चौखटों में वह अपने दोनों पैर रखकर रुक सकता था यानी उसे सिर्फ़ पाँच चौखटों पर ही एक टाँग के बल चलना था। यह तो वाकई में खुशी की बात थी आखिर उसके घरों ने उसके काम को कम कर दिया था और वह अधिक आराम कर सकता था। वह उस किसान की तरह खुश दिख रहा था

जो अपने हरियाते खेतों को देखकर खुश होता है। पर दूसरी तरफ़ ज़िन्दगी में इतने घर और कारें लेने की इच्छा क्या हमें अपने काम, टेंशन और फ्रस्ट्रेशन से राहत देती है। नहीं न! और अधिक बढ़ा देती है। इसलिए वह बचपन का चौखट का खेल इस ज़िन्दगी की पैसे-रुपये की दौड़ से बेहतर था क्योंकि वहाँ घर बनाने के साथ आराम और सुकून बढ़ता जाता था पर यहाँ अधिक पैसा कमाने के साथ सुकून छिनता चला जाता है।

कुछ देर बाद यूँ ही उससे गपशप शुरू हुई थी। मेरी भी उम्र उस समय कुछ बहुत ज़्यादा नहीं थी, यही कोई 16 साल रही होगी। बहुत कुछ जानने की इच्छा थी। तभी एक प्रश्न मन में बैठ गया।

"लल्ला, ये बताओ तुम्हें, यही सब खेल काहे पसन्द हैं?" मैंने उत्सुकता दिखाई।

हर्षा जो हँसमुख दिख रहा था, यह प्रश्न सुनते ही गम्भीर हो गया। ऐसा लगा जैसे उसे ये सब प्रश्न उसकी दुर्दशा की याद दिलाते हों।

"पता नहीं, हमें उन लड़कन के साथ खेले का मन नहीं करता है। बस हमें यही खेल अच्छा लागत है," वह धीरे-धीरे बोल रहा था

"और तुम्हें का-का अच्छा लागत है, जो हमें न लागत होए," मैं उसके पास जाके प्यार से पूछने लगा।

वह थोड़ी देर चुप रहा, फिर मुस्कुराया, "बता दूँ।"

"हाँ-हाँ," मैं उतावला हो गया था

उसने फिर से अपनी छिंगुनिया दिखा दी। जिसका अर्थ मैं तुरन्त समझ गया।

मैंने उसकी छिंगुनिया से फिर से अपनी छिंगुनिया लड़ाई, "वादा रहा, बाबू जी से न बतायब।"

"हम, अम्मा के कपड़े पहनत हैं, जब मन करत है।" मन सन्न रह गया। उसने वह बोल दिया था जो मेरी सोच से परे था। मेरी उम्र कम थी फिर भी इतना तो समझ ही रहा था कि यह किन्नर है और इसे लड़कियों के खेल पसन्द हैं। आज मुझे एक नयी जानकारी मिली थी कि इसे औरतों के कपड़े पहनना भी पसन्द है। मैं अवाक् था, मेरे लिए यह बिलकुल नयी बात थी पर इस समय इतना बड़ा नहीं था कि मेरा दिमाग पहले इस पर एनालिसिस करे फिर अपने मन में ग्रहण करे। मैंने एकदम से उससे पूछ ही लिया, "कब पहिनते हो?"

वह धीरे से मेरे कान के पास आकर बोला, "जब बाबू जी चारा काटे चले जात हैं, अम्मा गोबर पाथने और तुम अपने दोस्तन के संग क्रिकेट खेलने।"

मेरे मन में भी उसे उन्हीं कपड़ों में देखने की इच्छा प्रबल हो गयी।

"अच्छा, तो आज हमारे सामने पहिनो," मैंने उससे भौंहें उठाकर प्यार से एक प्रस्ताव रखा।

वह शर्माते हुए बोला, "नहीं, तुम्हारे सामने न पहनेंगे।"

"काहे, हम तो तुम्हार भाई हैं!"

"नहीं शर्म लागत है," उसने शर्माते हुए सिर झुका लिया। उसके शर्माने में अदा झलक रही थी।

"अच्छा, अच्छा, हम बाहर जाते हैं। तुम पहन लेना तो बुलाना।"

मेरे कई बार ज़ोर देने के बाद वह मान गया। "ठीक है, बाबू जी और अम्मा का देखे रहना।"

मैं बाहर आ गया था। थोड़ी देर मैं बाहर खड़ा इन्तज़ार कर ही रहा था कि बाहर से बाबू जी की आवाज़ आ गयी, "अरे अनमोलवा, कहाँ हो! इधर आवा, चारा काट दे।"

"आया बाबू जी," मैं भी ज़ोर से चिल्लाया और अन्दर आकर हर्षा को देखने लगा। पता नहीं कहाँ से उसने साड़ी पहनना सीख लिया था, ब्लाउज़ भी पहने हुए था और होंठों पर लाली थी, माथे पर बिन्दी भी लगाये हुए था। प्रकृति कुछ बातें शरीर की संरचना के हिसाब से खुद ही सिखा देती है। उन्हें किसी दूसरे से सीखने नहीं जाना पड़ता। इसी का नतीजा हर्षा का शृंगार करना और साड़ी पहनना भी था।

"क्या खूब लग रही हो, जान!" मैंने मज़ाक उड़ाया ही था कि वह भी हँसने लगा और खुद को शीशे में निहारने लगा। तभी मुझे कमरे के बाहर से आवाज़ सुनाई दी, "अनमोलवा, भीतर का कर रहे हो? चारा काटे का बुलाया है।"

जैसे ही उनकी आवाज़ सुनाई दी मैं भयभीत हो गया। तुरन्त मैंने हर्षा को छुप जाने को बोला। लेकिन इससे पहले कि वह छिपता, बाबू जी कमरे के अन्दर आ गये, "तुम यहाँ का कर..." इतना बोलना था कि वह रुक गये। उन्होंने हर्षा को साड़ी पहने हुए तथा शृंगार किये हुए देख लिया था।

हर्षा का चेहरा देखते ही उनके अन्दर क्रोध की ज्वाला उबाल लेने लगती थी। फिर यहाँ तो वह अलग ही वेश में था। उनका चेहरा देखने से ही पता चल गया था कि वो कितने गुस्से में थे। चेहरा बिलकुल लाल हो गया था, आँखें जैसे फट कर बाहर आने को बेताब थीं। वह क्रोध में दाँत पीसे जा रहे थे, "ये... ये क्या है?"

हर्षा तो बाबू जी को देखते ही ऐसे डर जाता था जैसे चूहा बिल्ली को देखते ही, जैसे बिल्ली कुत्ते को देखते ही, जैसे कुत्ता भेड़िये को देखते ही, जैसे भेड़िया शेर को देखते ही। बस फ़र्क इतना था कि चूहा बिल्ली को देखकर अपने बिल में घुस सकता था पर हर्षा अपनी जगह से हिल नहीं सकता था, बिल्ली कुत्ते को देखते ही घर में घुस सकती थी पर हर्षा नहीं। कुत्ता भेड़िये को देखते ही अपने गैंग के पास जा सकता था पर वह नहीं। भेड़िया शेर को देखते ही जंगल ही छोड़ सकता था पर हर्षा नहीं। जवाब देना तो दूर, वह काँपने लगा, हाथ-पैर मारे डर के सिकोड़ लिये थे, चेहरा रुआँसा हो गया। हर्षा का तो डर के मारे पेशाब भी निकल गया। मैं धीरे-से बोल उठा, "बाबू जी, हम घर-घर खेलत रहे।"

मेरा इतना बोलना था कि बाबू जी ने दो कंटाप मेरे जड़ दिए। मेरा कान झन्ना गया। "पढ़ाये-लिखये का न ढाई आखर, खेलाये का कहि दो, दिन भर खेलत रहिये!" मेरे आँसू आने वाले ही थे कि वह ज़ोर से चिल्लाये, "चल जा बाहर!" उनकी मार से डरकर अपना हाथ कान में लगाए बाहर आ गया था और बाहर खड़ा होकर अन्दर की आवाज़ें सुन रहा था। बाबू जी हर्षा की पिटाई कर रहे थे और मुझे लग रहा था कि कोई मुझे मार रहा है।

"तुझे ज़्यादा शौक है लौंडिया बनने का! छोड़ आयेंगे हिजड़ों के पास, तो यहाँ-वहाँ छुछुआत भीख माँगत फिरेगा!"

हर्षा ज़ोर-ज़ोर से ऐसे चिल्ला रहा था जैसे कोई कुत्ता गाड़ी के नीचे दबने के बाद चिल्लाता है। उस एहसास को दुबारा याद कर मैं एकदम अपनी अर्धनिद्रा से जाग उठा। ऐसा लगा, मानो यह कल की ही बात हो।

मैंने बगल में रखी पानी की बोतल उठायी और गटागट पीने लगा। दिल अब भी उसी बेबसी, दु:ख और असहाय होने के एहसास से गुज़र रहा था, जो उस समय हर्षा की पिटाई होते हुए महसूस हुआ था।

मैं इससे पहले कि इस भावना से उबर पाता तभी दरवाज़े पर दस्तक सुनाई दी। किसी तरह उन यादों से बाहर आया और देखा तो आशिका और माँ बाहर खड़ी थीं।

"ओह! इतनी सारी शॉपिंग! पूरा बाज़ार ही खरीद लायी हो क्या?" मैंने आशिका और मम्मी के दोनों हाथों में पकड़े बैगों की तरफ़ इशारा किया।

आशिका मुस्कुराई और बोली, "तुम्हारे लिए एक महीने के खाने-पीने का इन्तज़ाम करके लायी हूँ," और दोनों लोग अन्दर आ गयीं।

"ओह! सिर्फ़ मेरे?" मैंने दरवाज़ा बन्द करते हुए पूछा।

"हाँ, जनाब आपके और हमारे छोटे जनाब के लिए," वह कमरे की तरफ़ जा रही थी, "कहाँ हो छोटे जनाब आप?"

उसके कदम जिस तरह से कमरे की ओर बढ़ रहे थे और उसकी पायलों की छन-छन की आवाज़ आगे बढ़ने के साथ मुझे धीरे सुनाई दे रही थी, उसी गति से मेरे दिल की धड़कनें बढ़ती जा रही थीं। उसे उस कमरे में जाने से रोकने के लिए मैं दौड़ पड़ा।...एकाएक मैंने देखा उसके बढ़ते कदम रुक गये थे। उसके हाथ ढीले पड़ने लगे थे।

शायद उसने सूर्या को ऐसे श्रृंगार में देख लिया होगा। इससे पहले कि अचंभित होने के कारण उसके हाथों से बैग छूटते, मेरे अन्दर शाहरुख खान ने फिर से जन्म ले लिया था और मैं भागकर उसके पास पहुँच गया था। मैंने उसके दोनों हाथों के बैगों को सँभाल लिया। वह अवाक् खड़ी हुई थी, आँखें खुली की खुली रह गयी थीं। मैं उसकी तरफ़ निहार ही रहा था कि अचानक उस मूर्ति में पता नहीं काली माता कहाँ से समा गयी। वह चिल्लाते हुए दौड़ पड़ी सूर्या की तरफ़, "यह क्या किया हुआ है?"

मैंने तुरन्त बैग वहीं छोड़े और आशिका की तरफ़ लपका, इससे पहले कि आशिका उसे मारती, मैंने उसके हाथ पकड़ लिये, "रुको आशिका!"

"क्या है? देखो तो क्या हाल बना रखा है?" उसने सूर्या की तरफ़ इशारा किया।

"अरे सुनोगी मेरी बात, प्लीज़ सिर्फ़ एक मिनट," मैंने उसकी तरफ़ अर्थपूर्ण नज़रों से देखते हुए कहा।

हम दोनों की नज़रें एक-दूसरे को इतना समझती हैं कि हम एक-दूसरे के मन को बहुत जल्द समझ लेते थे। शायद जो बात समझाने में मुझे आधा

घंटा भी लग सकता था, वो मेरे पलकें झपकाने से ही वह समझ चुकी थी। उसका सूर्या के प्रति गुस्सा मेरे प्रति प्यार में बदल गया था।

बिना देर किये मैंने सूर्या से कहा, ''बेटा जाओ, मुँह धो के आओ।''

वह भाग के वॉशरूम चला गया।

मैंने तुरन्त आशिका को बिस्तर पर बिठाया और उसके दोनों हाथों को पकड़कर प्यार से समझाने लगा, ''देखो आशिका, मैं समझ सकता हूँ कि तुम इसे पचा नहीं पा रही हो।'' मैं ठहरा, फिर सामने ड्रेसिंग-टेबल की तरफ़ देखते हुए बोला, ''ज़रा उसकी नज़र से देखो तुम, वह इस मामले में सामान्य नहीं है। उसके शरीर में हार्मोन्स ही कुछ ऐसे पैदा हो रहे हैं, जो कुछ-कुछ लड़कियों की तरह के हैं। जो उसे ऐसे काम करने के लिए प्रेरित करते हैं। वह किन्नर है, तुम्हें स्वीकार करना ही होगा।''

उसने आहिस्ता से सिर हिलाया ही था कि मैंने आशिका को वहीं बाँहों में भर लिया, ''आखिर हम उसे नहीं समझेंगे तो वह किसके सहारे इस दुनिया का सामना करेगा! खैर, तुम खाना बनाओ। मैं ज़रा इसे पार्क में घुमाकर लाता हूँ। देखा नहीं, किस तरह सहम गया है वह। उसका मन ठीक हो जायेगा।'' आशिका ने मुस्कुराकर सहमति जताई।

पार्क पहुँचा तो वह लड़कों के साथ खेलने की बजाय उस तरफ़ जाकर बेंच पर बैठ गया जहाँ लड़कियाँ खेल रही थीं। मैं भी उसके पास जाकर बैठ गया। मैंने ध्यान दिया कि वह न सिर्फ़ लड़कियों के खेल को ध्यान से देख रहा था बल्कि वहाँ आयीं महिलाओं के मेकअप को भी देख रहा था। उनकी चूड़ियाँ, हार, अँगूठी, लिपस्टिक से पुते होंठों की तरफ़ उसका ध्यान ज़्यादा जा रहा था। यहाँ तक कि एक महिला जिसके ब्रा की स्ट्रिप झाँक रही थी, बड़ी देर तक उसे सूर्या देखते हुए न जाने क्या सोच रहा था। मुझे यह सब देख कोई हैरानी नहीं हुई।

तभी शर्मा जी सामने से आते हुए दिखे। ज्यों ही उनकी नज़र मेरी तरफ़ पड़ी, वह एकदम सकपका गये। आज उनके चेहरे पर मज़ाक उड़ाने का भाव नहीं था। शायद उस दिन की मेरी बात उन्हें याद आ गयी थी। वह रास्ता बदलकर चले गये। मैंने तसल्ली की साँस ली। अपने बच्चे की ढाल मैं बन गया था। वहाँ किसी की हिम्मत नहीं थी कि मेरे बेटे को कुछ कह दे।

बड़े चैन से मैं सूर्या को लेकर घर लौटा।

प्रेम कराये मधुशाला

मैं और अनाया
बेंगलुरु

मोहब्बत की भी अपनी अलग फ़िलॉसफ़ी है। कुछ खाली-खाली सा लगता है ज़िन्दगी में। ठीक वैसे ही जैसे पूरा आकाश तारों और ग्रहों के बगैर होता। सूना-सूना सा लगता आकाश, और उसे भी नहीं पता होता कि वह सूना-सूना क्यों है? बस वही टस से मस हुए बिना खड़ा रहता। ठीक वैसे ही, ज़मीन पर सड़क बनी होती पर गाड़ियाँ न चलतीं, जैसे समुद्र होता पर उसमें मछलियाँ न होतीं। ज़िन्दगी भी तो कुछ ऐसी ही होती है, बिना मोहब्बत के जीना भी तो कुछ इसी तरह होता है। कभी भगवान को देखे बिना, उनसे मिलने की खुशी का एहसास कर सकते हो? नहीं न, ठीक उसी तरह मोहब्बत भी जब मिलती है तब लगता है ज़िन्दगी हमने यूँ ही गुज़ार दी। जब मोहब्बत से हमारा सामना होता है तो लगता है, ज़िन्दगी पूरी हो गयी, अधूरेपन का एहसास खत्म हो जाता है।

ऐसा ही कुछ मेरे साथ भी हो रहा था। उस दिन मैं दूसरे दिनों की बनिस्पत थोड़ा जल्दी पहुँचा था। इसे उत्साह भी कह सकते हैं, मोहब्बत की जादूगरी कुछ ऐसी ही होती है। दिनचर्या बदल जाती है, रहने का तरीका बदल जाता है। सोच बदल जाती है, दिल में सिर्फ़ वही होता है, जिसका असल में हक है वहाँ रहने का। मैं बैठा हुआ था अनाया के इन्तज़ार में। उसे एक बार अब इश्क की नज़र से देखने का मन कर रहा था। उसकी मोहब्बत में डूबी आँखों को इस बार मेरी इश्क में भीगी हुईं आँखों से मिलने का इन्तज़ार थोड़ा लम्बा खिंच रहा था। बार-बार अपनी घड़ी देखता फिर पीछे पलटकर देखता। 10 बजकर 15 मिनट हो गये थे, रोज़ वह 10 बजे ऑफ़िस पहुँच जाती थी पर आज पूरे 15 मिनट देर हो गयी थी। मेरे मन में तरह-तरह के ख़याल आने लगे थे, 'क्या कारण है कि वह अभी तक नहीं आयी। आज उसे सरप्राइज़ भी तो देना था।'

प्यार अगर इकलौता हमारी ज़िन्दगी में आये तो उससे बेहतर कुछ हो नहीं सकता। पर प्यार के साथ में वन प्लस वन गिफ़्ट की तरह मिलती है

'उम्मीद' यह ठीक उसी तरह मिलती है जैसे एक किलो लड्डू के साथ दो मुट्ठी नमकीन मुफ़्त मिले। अब मुफ़्त की चीज़ है, हम भारतीय तो मुफ़्त का ज़हर भी नहीं छोड़ते, तो 'उम्मीद' क्यों छोड़ें? और जब उम्मीद बँधती है तो कुछ चिन्ताएँ भी साथ आती हैं। जब अनाया नहीं आयी तो उम्मीद की जगह चिन्ताओं ने घेर ली। मेरे मन में फ़िक्र सताने लगी, 'वह आयी क्यों नहीं? कहाँ है? आज इतनी देर क्यों?'

तभी एक लहराते बालों वाली लड़की तेज़ कदमों के साथ आती हुई दिखाई दी। मेरे होंठ अपने आप मुस्कुरा बैठे, जाने क्यों? मन में उत्साह की लहर दौड़ गयी। मैंने तुरन्त पलटकर देखा तो वही थी जिसे अंतर्मन ने एक हल्की झलक से ही पहचान लिया था। मेरे मन को उसकी आहट दूर से ही मिल गयी थी। मोहब्बत इसी का नाम तो है। वह हरी सफ़ेद टी-शर्ट और काले डेनिम में नदी की तरह लहराती हुई आ रही थी। खैर, जो मन एक मुरझाये हुए फूल की तरह था, उसमें एकदम से जान आ गयी थी। खुशी की लहरें दौड़ ही रही थीं पर तभी मुझे कुछ खुराफ़ात सूझी। इश्क की खुराफ़ात या यूँ कहें इश्क एक खेल की तरह होता है। जिसे जितना दिलचस्प बनाया जा सके, उतना ही आनन्द देता है वर्ना टेस्ट मैच की तरह बोर होते देर भी नहीं लगती। मैंने अपने मन की खुशी को तुरन्त दबाया। मोहब्बत में अपनी खुशी को दबाकर कुछ नाराज़गी दिखाना ठीक उसी झीने परदे की तरह होता है, जिससे आर-पार का सब दीखता है पर सामनेवाला ऐसे नज़रअन्दाज़ करता है जैसे उसे कुछ दिखाई ही न दे रहा हो। इसी को तो इश्क कहते हैं। मैंने किसी तरह कोशिश की कि उस झीने से परदे से कम-से-कम मेरी आत्मा की मुस्कान उसे दिखाई दे। उसकी आदत थी कि सीट पर बैठने से पहले बड़े ही उत्साहित स्वर में 'हाय' करती थी। आज भी कोई अलग दिन नहीं था, उसने आते ही बैग रखते हुए 'हाय' कहा।

"हाय।"

आदतन उसने बड़ी गर्मजोशी के साथ मेरा अभिवादन किया।

"हाय," मैंने आज दबी-सी, मरी हुई सी आवाज़ में बिना उसकी ओर देखे जवाब दिया। जैसे 'हाय' करना कोई मजबूरी हो।

हालाँकि हमेशा मैं उतनी ही गर्मजोशी के साथ जवाब देते हुए उसका

स्वागत करता था। पर आज बात कुछ अलग ही थी। एक पल के लिए वह रुक गयी शायद मेरी तरफ़ उसने हैरानी से देखा होगा। फिर अपनी सीट पर बैठ काम करने लगी। बीच-बीच में मेरी तरफ़ देख भी लेती थी। और मैं जानबूझकर उसे नज़रअन्दाज़ कर रहा था। अपने प्यार का इज़हार करने के लिए मन बेचैन था पर उस बेचैनी को मैंने छिपा लिया था। मन उसे बाँहों में भरने का था पर उससे दूरी बनाये हुए था। आँखें उसे देखते रहने को तड़प रही थीं पर कंप्यूटर पर देखने को विवश थीं। अब तक वह समझ गयी थी कि मैं उससे कल की वजह से नाराज़ हूँ। आखिरकार जब उससे रहा नहीं गया तो उसने माइक्रोसॉफ्ट लिंक पर मुझे मैसेज कर दिया।

"कल की वजह से नाराज़ हो?" उसने आगे जोड़ा, "आई आम छोल्ली। मैंने वैछे मज़ाक किया था।"

मोहब्बत की यह खास बात है, प्रेमी-प्रेमिका कुछ बनें या न बनें पर तोतले ज़रूर बन जाते हैं। बिलकुल बच्चे के स्वर में उसने मुझसे बात की थी। ऐसी बात मुझ जैसे आशिक को बहुत भा गयी थी, फिर भी चुप था।

"कोई बात नहीं," मैंने नखरे दिखाते हुए पूरी बात कही।

"तो फिर क्या बात है? हमें बताओ न?" वह बात करते हुए मुस्कुराती जा रही थी। मतलब पूरी लगन से मुझसे बात कर रही थी।

"कुछ नहीं बस ऐसे ही।"

उसे ऐसा लग रहा था कि मैं पक्का कल की वजह से ही नाराज़ हूँ, "मेली वजह छे नालाज हो मेले आका? मुझे जो छजा देनी है दे दो।"

मैं कुछ देर चुप रहा, फिर मेरे दिमाग में एक कीड़ा घुस गया और उस कीड़े ने उसके सामने प्रस्ताव रख दिया, "मैं तभी माफ़ करूँगा, जब आज शाम तुम मेरे साथ पब चलो।"

वह कुछ देर सोचती रही फिर बोली, "पब?"

"आज फ्राइडे है, मेरा ड्रिंक लेने का मन है, बहुत दिनों से नहीं लिया है।"

"ओके, जैसी आपकी मर्ज़ी, मेरे आका!"

मैं उसके साथ कहीं जाना तो चाहता था पर पता नहीं क्यों मैंने उसके सामने पब चलने का प्रस्ताव रख दिया था। शायद यह उस कीड़े की ही उपज थी। मैंने तो कभी यह नहीं सोचा था कि मेरी पहली डेट ही पब में होगी।

तभी मेरे मन में एक प्रश्न कौंधा शायद वह ड्रिंक न करती हो इसलिए मैंने पूछना ही बेहतर समझा—"तुम ड्रिंक करती हो?"

प्रश्न करने के बाद उसकी तरफ़ देखने लगा। वह अपने होंठों को दाँतों से दबाते हुए, मुस्कुराते हुए लिखने लगी, "हाँ, कभी-कभी! पर यहाँ मेरा कोई फ्रेंड ही नहीं है जिसके साथ जाऊँ।"

यह सुनते ही मन को तसल्ली हुई कि मैं उसे कोई गलत जगह लेकर नहीं जा रहा हूँ। मैं प्रेम की शुरुआत 'मधुशाला' के साथ करने जा रहा था।

शाम भी हुई और समां भी बँधा। शराब के साथ इश्क की शुरुआत करने हम बेंगलुरु के बिग पिचर बार में पहुँच गये थे। अनाया ने भी जैसा देस वैसा भेस की तर्ज पर खुद को ढाल लिया था। ब्लैक वन पीस, खुले स्ट्रेट बाल, साथ में अपने दायें हाथ में एक बैग लटकाये हुए थी। अगर उसकी दायीं तरफ़ के गाल को नज़रअन्दाज़ कर दिया जाये तो किसी बला से कम नहीं लग रही थी। और मुझे धीरे-धीरे उसके प्यार में उसका जला हुआ गाल दिखना भी बन्द हो गया था। आखिर खूबसूरती का कोई निश्चित पैमाना तो होता नहीं, खूबसूरती तुलनात्मक होती है और आपकी नज़रों पर निर्भर करती है। अगर आप किसी में सारी अच्छाइयाँ ही देखने लगें तो उसके चेहरे की बदसूरती भी खूबसूरती में बदल जाती है। बिलकुल ऐसा ही मेरे साथ भी हो रहा था, अब मुझे मेरी परियों की रानी बेहद खूबसूरत नज़र आती थी। देखो न! प्यार भी एक जादू की तरह होता है। इश्क सिर्फ़ अच्छाइयाँ देखने पर मजबूर करता है और बुराइयाँ ऐसे गायब हो जाती हैं जैसे जादूगर के छड़ी घुमाते ही चीज़ें गायब हो जाती हैं। मैं सोच रहा था, 'आज मैं अनाया को बहुत स्पेशल फ़ील कराऊँगा और उसके लिए यह वक्त यादगार बना दूँगा।' यह सोचते हुए जैसे ही हम बिग पिचर के अन्दर के गेट के पास पहुँचे, वहाँ पर खड़े दरबान ने एक सेल्यूट मारते हुए पूछा, "सर, स्मोकिंग जोन या नॉन-स्मोकिंग।"

मैंने बड़े ही रुतबे के साथ जवाब देते हुए यह मान लिया था कि अनाया स्मोक नहीं करती होगी। आखिर वह शराब भी कम ही पीती है, "नॉन-स्मोकिंग ज़ोन।"

अनाया ने बिना देर किये मेरी बात काट दी थी, "नहीं भैया, स्मोकिंग ज़ोन।"

मैं सोच ही नहीं सकता था कि अनाया स्मोक भी करती होगी। वैसे

आजकल यह बहुत मामूली-सी बात है पर अनाया को मैंने शायद अब तक इस मामले में गलत जज किया था। बिलकुल कपड़ों की तरह अनाया का एटीट्यूड भी मुझे हर बार हैरान कर रहा था। मैंने हतप्रभ निगाहों से अनाया की तरफ़ देखा ही था कि उसने कहा, ''कभी सिगरेट नहीं पी?''

मैंने 'न' में सिर हिलाया।

''चलो, आज सिखाती हूँ,'' उसने अपने दोनों हाथों से मेरे दायें हाथ को कसकर पकड़ लिया।

एक बात यह भी होती है कि लड़का चाहे जितना बदसूरत हो अगर उसके साथ खूबसूरत लड़की है तो वह सीना तान के चलता है जैसे आजकल मोहब्बत का मुकेश अम्बानी वही हो और हाँ, ऐसा लड़कियों के साथ भी है। शायद इसी जोश में अनाया भी थी, आज उसे देखकर ऐसा लग रहा था जैसे सारी खुशियों की शहंशाह वही हो।

एक अजीब-सी खुशी उसके चेहरे से झलक रही थी। मैंने नोटिस किया कि आज यहाँ भी लोग उसके जले गाल की तरफ़ देख रहे थे। आपस में कानाफूसी कर रहे थे पर दूसरे दिनों की तरह न वो उन्हें देख रही थी, न उनकी उसे कोई परवाह थी। मुझे एहसास हुआ यह लड़की आज मेरी वजह से कितनी खुश है। उसके अन्दर छुपी अनाया मेरे साथ बाहर निकलने लगी थी, वह अनाया जो कई वर्षों से उस चेहरे के अन्दर दब-सी गयी थी और लगभग मर चुकी थी। अनाया की स्माइल के साथ, उसका व्यक्तित्व भी निखरकर आ रहा था। आखिर यही तो मोहब्बत और दोस्ती का मकसद होता है। अगर व्यक्ति अन्दर से जो है, वही जीने लगे तो इससे बेहतर ज़िन्दगी क्या हो सकती थी। मेरे लिए यह गर्व की बात थी कि अनाया को मेरे साथ वह जीने का मौका मिल रहा था जो वह सच में चाह रही थी। काश, यह खुशी उसके चेहरे से ताउम्र झलकती!

वहाँ पहुँचे ही थे कि वेटर ने आकर पूछ लिया, ''कितने लोग हैं?''

''जी, दो लोग,'' मैंने कहा ही था कि बीच में अनाया बोल पड़ी, ''कोई कॉर्नर की टेबल हो तो दीजियेगा।''

वह आज फुल रोमांटिक मूड में थी।

उसने हमें एक कॉर्नर की टेबल दे दी जहाँ पर एक तरफ़ शीशा लगा हुआ था और तीन तरफ़ कुर्सियाँ पड़ी हुई थीं। हम लोग शीशे के समांतर

दो कुर्सियों पर आमने-सामने बैठ गये। हमारे बीच में एक कुर्सी खाली पड़ी थी। हम दोनों की नज़रें मिली ही थीं कि वेटर मेन्यू लेकर आ गया। हमने मेन्यू देखा और फिर मैंने 60-60 एम.एल. के रेड लेबल व्हिस्की के दो पैग के साथ कोल्ड-ड्रिंक, 1 पैकेट माइल्ड सिगरेट तथा गोभी मंचूरियन एवं फ्रेंच फ्राइज़ का ऑर्डर दे दिया था कि वह बीच में बोलते हुए अपने लिए ऑर्डर देने लगी, ''1 चिकन टिक्का एंड 1 चिकन फ्राइज़।''

मैं उसे फिर हैरान निगाहों से देख रहा था कि वह बोली, ''मैं वेज कम ही खाती हूँ। मुझे नॉन-वेज बहुत पसन्द है।''

बिलकुल मुझसे उलट थी वह। मेरी टेबल पर वैसे कोई नॉन-वेज खाने की हिम्मत ही नहीं करता था।

शायद पहली बार कोई मेरे साथ बैठकर नॉन-वेज खाने जा रहा था। पर कहते हैं, हमेशा हर कुछ पहली बार ही होता है। इसलिए यह भी सही।

वेटर जा ही रहा था कि मुझे याद आया और मैंने उसे आवाज़ दी, ''वन सोडा वाटर विद आइस प्लीज़।''

मैंने अपने हाथ मेज़ पर रख दिए थे और बात करना शुरू किया, ''यह बताओ, तुम्हारे पापा क्या करते हैं?''

''एरिक्सोन कंपनी में सीनियर एचआर हैं।''

सुनते ही मेरे मन में ख़याल आया कि जब इसके पापा इतने बड़े पद पर हैं तो इसके चेहरे की प्लास्टिक सर्जरी के लिए क्यों नहीं सोचा?

मैं सोच ही रहा था कि वह बोल पड़ी, ''मैं जानती हूँ कि हर कोई मुझसे यह जानना चाहता है कि मेरे चेहरे पर यह निशान कैसे पड़ा पर मुझे हर्ट न हो, इसलिए मुझसे पूछता ही नहीं है।''

मैं फिर अवाक् रह गया। फिर भी मैंने उसे ऐसा एहसास होने नहीं दिया और तुरन्त पूछा, ''हाँ, हाँ पूछने ही वाला था। ज़रा अपने इस निशान के बारे में बताओ।''

उसने मेरी आँखों में देखा और गहरी लम्बी साँस ली, ''यह बर्थ मार्क है।''

ओह, तो यह निशान जन्म से ही था और मैं समझ रहा था कि उसका चेहरा जला हुआ है। या फिर किसी चोट का निशान। मेरे मन में इसके लिए कई दिनों से कई तरह के विचार चल रहे थे पर हर बार मैं खुद को रोक रहा

था। आज भी बोलना चाह ही रहा था कि फिर से रुक गया। मुझे उसकी इस कमी के बारे में बार-बार कुरेदना अच्छा नहीं लगता था।

मेरा बोलते हुए रुक जाना, उसने भाँप लिया था। "हाँ-हाँ बोलो क्या बोल रहे थे?"

"कुछ नहीं," मैंने तुरन्त नकार दिया।

"तुम यही बोलना चाह रहे थे न कि मेरे घरवालों ने या मैंने कभी प्लास्टिक सर्जरी के बारे में क्यों नहीं सोचा?" वह रुकी, "यही न!!"

क्या लड़की थी! मेरे मन की बात जान ली थी उसने! बिलकुल एक ज्योतिषी की तरह वह मेरे मन को पढ़ रही थी। शायद भगवान जिसे कमियाँ देता है उसे उतनी ही अच्छाइयाँ भी देता है। उसने लोगों के चेहरों को पढ़ना सीख लिया था। मैं मन-ही-मन उसे दाद दे रहा था और बाहर से उसकी बात को नकार रहा था।

"खैर, तो मैं बताती हूँ," उसने बताना शुरू किया, "प्लास्टिक सर्जरी अभी इतने अच्छे लेवल पर नहीं है। डॉक्टरों को प्रैक्टिस करने के लिए बहुत कम चांस मिल पाते हैं। यह तभी हो पाता जब कोई दुर्घटना हो जाये या फिर कोई बड़ा व्यक्ति उससे सर्जरी कराये। तो इसमें सफल होने के चांसेस बहुत कम होते हैं। अनुष्का शर्मा को ही देख लो। उसने अपने होंठों की सर्जरी अच्छा बनने के लिए करवाई थी और बिगड़वा ली। प्लास्टिक सर्जरी अभी उतना अच्छा ऑप्शन नहीं है," वह बोले जा रही थी।

तभी मैंने बीच में टोका, "सुनो, हर व्यक्ति के अन्दर कमियाँ होती हैं। तुम हमेशा अपने इसी चेहरे पर आकर क्यों रुक जाती हो?"

वह खामोश थी। तभी मैंने उसका हाथ मेज़ पर रखकर उसके चेहरे को देखते हुए बात बढ़ाई, "देखो, मुझमें भी कई कमियाँ हैं, इन सभी लोगों में जो यहाँ बैठे हुए हैं सबमें कमियाँ हैं। हमें लगता है कि दूसरे की ज़िन्दगी बहुत खुशहाल है पर ऐसा नहीं है तुम्हारे चेहरे की तरह सभी की ज़िन्दगी 50-50 है। बस फ़र्क इतना है कि वे अपनी बुरी चीज़ों को याद नहीं करते और तुम उन्हीं बुरी चीज़ों के बारे में सोचती रहती हो।"

एक दूसरी चीज़ भी थी जिसे कहना ठीक नहीं लगा। सभी अपनी बुराइयों को छुपा सकते थे पर वह अपनी कमी को छुपा नहीं सकती थी।

लेकिन बुराइयों को देखकर जीना कोई जीना है? जीने के लिए तो खुशियों को ही देखना चाहिए।

मैं उसे समझा रहा था, और वह मेरी बातों को ध्यान से सुन रही थी, "आज के बाद तुम कभी इस बारे में चर्चा नहीं करोगी और सिर्फ़ जो पल मौजूद है उसकी खुशियों पर ध्यान दोगी।"

उसने पलकें झपकाकर मेरी बात पर ठीक बच्चों की तरह सहमति जताई।

"अब से सिर्फ़ खुशियों पर ध्यान देना। ज़िन्दगी उतनी ही हसीं होती जाती है जितना आप खुश रहते हैं।"

टेबल के सहारे अपनी कुहनी रखे गाल पर हाथ रखकर वह बड़े ही ध्यान से मेरी बातें सुन रही थी। मानो कोई बच्ची हो। सरल और निश्छल। मैं बड़े ही मुग्ध भाव से उसे देखे जा रहा था, तभी वह बोली, "मुझे तुम्हारी ज़रूरत थी, अब तुम मिल गये हो न! अब कभी तुम मुझे वैसे नहीं पाओगे। मैं भी जीऊँगी और दिल खोलकर जीऊँगी।"

वह बोल रही थी और ऐसा लग रहा था मानो समुद्र हिलोरें मार रहा हो। खुशियाँ भी तो ऐसे ही हिलोरें मारती हैं दिल की घाटी पर। तभी वेटर व्हिस्की और स्टार्टर्स लेकर आ गया।

वेटर ने दो काँच के गिलास रखे जिनमें पहले से ही 60-60 एम.एल. की व्हिस्की थी। उसने लगभग उतनी ही कोल्ड-ड्रिंक डाली और फिर सोडा मिला दिया। पूरा गिलास भर गया था। सिगरेट का पैकेट भी उसने सामने ही रख दिया। हम दोनों के सामने एक-एक प्लेट रखी थी। उसके सामने चिकन टिक्का रखा हुआ था और मेरे सामने गोभी मंचूरियन। मैं उसके चिकन टिक्का की तरफ़ देख भी नहीं रहा था। ऐसा लग रहा था कि अगर देख भी लिया तो मैं यहीं पलट दूँगा। मैं अपनी नज़रें नीचे करके अपनी प्लेट में टोमेटो सॉस डालने लगा। उस हॉल में मद्धम रौशनी वाले बल्ब घूम रहे थे। इस रौशनी में किसी लड़की के साथ पैग चढ़ाना अपने आप में ही अलग अनुभव होता है। "चियर्स" कहते हुए हमने पहला पैग पिया और मैं तुरन्त गोभी मंचूरियन को फ़ोर्क में लेकर टोमेटो सॉस के साथ खाने लगा। मेरा ध्यान बिलकुल भी उसके खाने की तरफ़ नहीं जा रहा था। उसने बगल में रखी सिगरेट उठायी और लाइटर से जलाकर पीने लगी।

फिर उसने मुझे सिगरेट ऑफ़र की। मैंने आज तक सिगरेट मुँह से लगायी नहीं थी पर किसी लड़की से सिगरेट पीने को मना करना मुझे मर्दानगी के खिलाफ़ लगा। मैंने सिगरेट जलाई और हल्का-सा कश मारा।

मेरा ऐसा करना था कि वह मेरे पास में आ गयी और उस खाली कुर्सी को थोड़ा मेरी तरफ़ खिसकाकर बैठ गयी। मुझसे सिगरेट छीनती हुई, "बुद्धू, ऐसे सिगरेट पीते हैं? चलो मैं बताती हूँ।" उसने मुझे सिखाना शुरू किया, "देखो, पहले पूरा खींचो फिर उसको अन्दर ले जाओ और थोड़ी देर वहाँ रोक कर फिर फूँक दो।" उसने मेरे चेहरे के सामने ही फूँक दिया था उसके और मेरे चेहरे के बीच सिर्फ़ धुआँ था और उसमें टिमटिमाते हुए बल्ब बिलकुल नाचते हुए तारों की तरह लग रहे थे। मैं उसे निहार रहा था, उसे ऊपर से नीचे तक देख रहा था। देखते-देखते मेरा मन उसकी तरफ़ आकर्षित होने लगा। उसकी कजरारी आँखों को निहारने लगा। निहारते-निहारते मेरे मन में उससे अपनी बात कहने की इच्छा प्रबल होने लगी, मैं उसे सब कुछ बता देना चाहता था। मैं उससे अपना प्यार जताना चाहता था। उसकी आँखें भी बोल रही थीं कि वह भी वही सुनना चाहती है जो मैं कहना चाहता हूँ। उसके कान मेरे बोलने का इन्तज़ार कर रहे थे। जब प्रेम होता है तो दोनों के मन एक ही दिशा और एक ही रफ़्तार में काम करते हैं। वह भी समझ रही थी, मैं क्या कहना चाह रहा हूँ और मुझे भी पता था वह क्या सुनना चाह रही है। बस हम दोनों एक-दूसरे को जानते हुए भी उस झीने से परदे को हटा नहीं पा रहे थे। उसकी धड़कनें थोड़े समय के लिए रुक गयी थीं। तभी मेरे दिल ने आगाह किया कि मैं नज़रें न मिलाऊँ वर्ना मोहब्बत हो जायेगी। फिर आखिर में दिल को ही दर्द सहना पड़ेगा क्योंकि मेरा परिवार विवाह के लिए कभी राज़ी नहीं होगा। इस बार दिल ने नज़र को अपनी मजबूरी भी बताई। दिल का कहना मानते हुए मेरी नज़रें उसकी आँखों से हट गयीं। वह होंठों में सिगरेट पकड़े हुए बोली, "इतना सोचो मत! सिगरेट पियो।"

मैंने एक बार फिर से कोशिश की और धुएँ को अन्दर तक ले गया। पर फूँक निकालते समय एकदम से खाँसी आ गयी और वह तुरन्त मेरे सीने पर हाथ फेरने लगी, "कोई नहीं, कोई नहीं।" वह मेरे सीने पर हाथ फेरे जा रही थी। इस बीच हम दोनों ने कई पैग पी डाले थे। पीने का सिलसिला जारी

था और सिगरेट का भी। उसका सीने में हाथ फेरना, मेरे करीब आना, उसकी गर्म साँसों का एहसास, मुझे अपने प्यार का इज़हार करने के लिए बेचैन कर रहा था। हम दोनों के बीच सिर्फ़ एक ही रुकावट थी, वह था मेरा असमंजस, यह एहसास कि मेरा परिवार उसे कभी अपना नहीं पाएगा।

मैंने आखिर खुद को रोक ही लिया था। हम लगातार व्हिस्की पी रहे थे और अपने-अपने होश से बाहर होते जा रहे थे। वैसे मोहब्बत अपने आप में ही नशा है, फिर हाथ में शराब का प्याला हो तो कौन कमबख्त होश में रह सकता है। बस फ़र्क इतना था कि उसके ऊपर मोहब्बत और शराब दोनों का नशा कुछ ज़्यादा चढ़ रहा था और मेरे ऊपर थोड़ा कम, पर दोनों ही नशे में थे। वह मेरी बगल में वैसे ही बैठी हुई थी। इस बार फिर से मैंने सिगरेट पीने की असफल कोशिश की और खाँसने लगा। उसने मेरे साथ फिर से वही बर्ताव किया। वह एक हाथ मेरे कन्धे पर रखकर दूसरे हाथ से मेरे सीने को सहला रही थी। उसकी धड़कनों की आवाज़ें भी मुझ तक पहुँच रही थीं। मैंने उसकी तरफ़ देखा ही था, उसकी नज़रों में प्यार की नदिया बह रही थी। अब तक हम दोनों नशे में चूर थे। बस फ़ासला था तो मेरे असमंजस का। मैं एक पेंडुलम की तरह अपने मन के अन्दर ही इधर-उधर हो रहा था। उसने सिगरेट का एक कश मार लिया। हम दोनों के बीच धुआँ और उसमें टिमटिमाते हुए बल्ब मानो हमारे प्रेम की शुरुआत के लिए ही नाच रहे हों। उसकी नशीली आँखों और गुलाबी होंठों को देखकर खुद को रोक पाना मुश्किल होता जा रहा था। मेरे होंठ न चाहते हुए भी उसके होंठों तक बढ़ चले थे। उसकी साँसों की गर्माहट और धड़कनों की आवाज़ भी बढ़ने लगी थी। उसके रसीले होंठ भी मेरी तरफ़ हो लिये थे। मैं पहली बार किसी लड़की के इतना करीब था। उसकी बाँहें मेरे कन्धों पर थीं और मेरे हाथों में उसका चेहरा। उसकी अधमुँदी आँखें मुझे आपे से बाहर कर रही थीं।

मेरे होंठ बढ़ ही गये थे अपनी मंज़िल की ओर, कि मेरे मन ने तुरन्त चेतावनी दी, 'इस नशे में मैं कहीं कुछ गलत तो करने नहीं जा रहा हूँ, जिस वजह से अगर हमारा प्रेम सम्बन्ध न भी बने तो वह आहत हो बैठे और मैं जो उसे खुशियाँ देना चाहता था, उसे बार-बार दुखों की पोटलियाँ देता रहूँ?' सहसा मैं रुक गया। मेरे हाथों की पकड़ ढीली हो गयी। धीरे से मेरा चेहरा

भी उसके चेहरे से दूर होने लगा। उसकी अधमुँदी आँखें भी खुल गयीं। वह सवालिया निगाहों से मुझे निहार रही थी। मेरे पास उसके सवाल का जवाब देने के लिए कुछ नहीं था। मैंने उसकी तरफ़ देखे बगैर बचा हुआ पैग उठाया, उसे एक साँस में पी गया और लड़खड़ाते हुए चल दिया वॉशरूम की तरफ़। मेरे मन में कई विचार चल रहे थे, जैसे परिवार न राज़ी हुआ तो? शराब पीने के बाद मैं कुछ ऐसा न कर दूँ कि ज़िन्दगी भर मैं खुद को माफ़ न कर पाऊँ। मैं जल्दबाज़ी में कोई ऐसा काम नहीं करना चाहता था, जिससे बाद में पछताना पड़े। मैं वापस आकर अपनी कुर्सी पर बैठा ही था कि वह पूछने लगी, ''क्या हुआ अनमोल?''

''कुछ नहीं,'' और वेटर को आवाज़ दी, ''यहाँ आओ।''

जैसे ही वेटर आया मैंने उसे एक पैग और लाने का ऑर्डर दिया। साथ में अनाया ने भी खाने में एक पैग के साथ अपने लिए चिकन बिरयानी ऑर्डर की। ''तुम्हें कुछ चाहिए?'' अनाया ने मुझसे प्रश्न किया।

''हाँ एक बटर नान और शाही पनीर।''

वेटर के जाने के बाद वह मेरे करीब आयी और मेरे हाथ पकड़कर अँगुलियों को सहलाने लगी। उसने वह बात कह दी जो मैं कहना चाहता था। हमारा रिश्ता कुछ ऐसा हो गया था कि सोचता मैं था और बोलती वह थी। दिमाग मेरा था और ज़ुबान उसकी। जैसे किसी धागे से मेरा दिमाग और उसकी ज़ुबान जुड़ी हो। ''मैं जानती हूँ, तुम क्यों मुझसे दूर भाग रहे हो। तुम मुझसे झूठे वायदे करके मेरा दिल नहीं तोड़ना चाहते,'' वह धीरे से बोली।

उसने मेरे मन को पढ़ लिया था। मैं कुछ भी बोलने की स्थिति में नहीं था। उसकी यह खूबी मेरे दिलोदिमाग पर छाने लगी थी। मैं शराब और उसकी मोहब्बत के नशे में डूबता जा रहा था, जाने क्यों मेरे मुँह से निकला, ''मोहब्बत भी कमबख्त उसी से होती है, जो नसीब में नहीं होता!'' मेरी बात सुनते ही वह मेरे और करीब आ गयी। अब उसकी साँसों की आवाज़ भी मेरे कानों में सुनाई पड़ रही थी। वह धीरे से कान के पास आकर बोली, ''हमारी मोहब्बत की शराब ऐसी है सनम, गर खत्म हो भी गयी तो ज़िन्दगी बीत जायेगी इसका हैंगओवर उतारने में।'' और मेरे कानों को प्यार से चूमा। उसने मेरे कान को ही चूमा था लेकिन मेरे दिल को छू लिया था। कुछ देर के

लिए मानो धड़कनें भी रुक-सी गयी हों। मैं उसके उस चुम्बन के नशे में भीग गया। सच में पहली बार किसी की मोहब्बत के नशे में मैं सराबोर था। वह मेरे कन्धे पर सिर रखकर मेरा हाथ सहलाते हुए बोली, "अनमोल, मेरी एक ख्वाहिश है कि मैं ज़िन्दगी में कुछ कर पाऊँ या नहीं, रहूँ या न रहूँ, ज़िन्दगी में तुम मिलो न मिलो, पता नहीं। पर पहाड़ी के बीच में मैं उगते हुए सूरज को देखना चाहती हूँ, जहाँ सिर्फ़ तुम और मैं रहूँ। मुझे नहीं लगता कि कल सुबह से बेहतरीन कोई सुबह होगी। क्या तुम मेरी यह इच्छा पूरी करोगे?"

"कल?" मेरे मुँह से निकला।

इसी बीच वेटर दो व्हिस्की रख गया और खाना भी। उसने तुरन्त पैग को उठाया और गटक गयी, "नहीं पूरी करोगे मेरी यह इच्छा?"

"कल?" मैंने उसकी हालत की ओर इशारा किया, "अपनी हालत देख रही हो?"

"हाँ, तुम हो न मेरा ख़याल रखने के लिए," उसने मेरे दायें हाथ को अपने दोनों हाथों से पकड़कर कहा।

उसके इस स्नेह और प्यार को मैं मना न कर सका।

हम लोगों ने खाना खाया, बिल पे किया। मोहतरमा नशे में बेसुध थीं फिर भी उन्हें जाना था नंदी हिल्स। चलने का होश नहीं था पर उन्हें अपनी इच्छा पूरी करनी थी और मैं भी चल दिया उसे लेकर। मुझे याद है, मैंने उसे कुर्सी से उठाया। थोड़ी दूर चले ही थे कि ऊँची हील वाली सैंडल्स की वजह से वह गिरते-गिरते बची थी। मैंने तुरन्त उससे सैंडल्स उतारने को कहा और उन सैंडल्स को एक हाथ में लटकाकर उसे सहारा देकर चलने लगा। अभी प्रेम की शुरुआत नहीं हुई थी पर प्रेमी द्वारा अपनी प्रेमिका के लिए किये जाने वाले कर्तव्यों की शुरुआत ज़रूर हो गयी थी। मैंने किसी तरह बाइक निकाली और मोहतरमा को पीछे बैठा लिया था। उसके हाथों को अपने पेट पर बाँध दिया था। वह चिपक गयी थी। अब नशे में तो मैं भी था, उसके मुलायम वक्ष मेरी पीठ को छू रहे थे। उसने अपना चेहरा मेरे कन्धे के ऊपर रख लिया। वह मुझे ज़ोर से पकड़े हुए थी। मैं भी था तो लड़का ही, मेरे रोयें खड़े हो गये, मेरे मन में अलग तरह की ऊर्जा का प्रवाह होने लगा था। मेरी आँखें बन्द होती जा रही थीं और मैं इसी आगोश में ही खोया रहना चाहता था। पर

एकदम से मैंने आँखें खोलीं और भावनाओं पर काबू कर बाइक लेकर चल दिया नंदी हिल्स की तरफ़।

मोहतरमा को जगाने के लिए बीच-बीच में गाड़ी के झटके दे दिया करता था। इससे दो फ़ायदे होते थे पहला मोहतरमा नींद से जागती थी और दूसरा उन मुलायम वक्षों का एहसास मुझे मिलता था। खैर, अभी बेंगलुरु शहर से बाहर ही आये थे कि उसने चिल्लाना शुरू कर दिया, "बाइक रोको, बाइक रोको।"

"अरे हुआ क्या?"

नशे में धुत्त एक हाथ से मुझे पकड़े हुए उसने अपने दूसरे हाथ को मेरे सामने लाते हुए अपनी कनिष्ठा दिखा दी।

"ओह! यह बात। मैं कोई टॉयलेट ढूँढता हूँ। तुम वहीं चली जाना।"

"नहीं, मुझे बड़ी तेज़ से सूसू लगी है, यहीं रोको।" आखिर उसकी ज़िद पर मुझे बाइक रोकनी ही पड़ी।

वह लड़खड़ाते हुए उतरी और जाने लगी, जैसे ही बैठने वाली थी कि उसने पीछे मुड़कर देखा और चिल्लाई, "कमीने उधर देखो, इधर नहीं।"

मैंने तुरन्त अपना चेहरा दूसरी तरफ़ कर लिया। मुझे ऐसा लगा कि वह थोड़ी देर खड़ी रही, मुझे देखती रही कि मैं पलटकर देखता हूँ कि नहीं। जब निश्चिन्त हो गयी तो उसने अपनी लघुशंका दूर की और फिर मेरे पास पड़ी पानी की बोतल से हाथ धोकर पीछे बिलकुल उसी तरह बैठ गयी और मेरे कान के नीचे धीरे से लड़खड़ाती आवाज़ में बोली, "तुम बहुत नॉटी हो।"

"अब एक लड़की मेरे साथ इस तरह बैठी होगी तो नॉटी तो बन ही जाऊँगा," मैंने मुस्कुराते हुए जवाब दिया।

और हम चल दिए नंदी हिल्स की तरफ़।

बादल के घर में प्यार

मैं और अनाया

बेंगलुरु

आज तक जितने भी पढ़े-लिखे ज्ञानी हुए हैं, उन्होंने हर किसी को बाँटने में कोई गलती नहीं की है। चाहे लिंग भेद के आधार पर महिला-पुरुष को बाँटा

गया हो या धर्म के आधार पर हिन्दू-मुस्लिम को बाँट दिया गया हो या फिर जाति के आधार पर बाँट दिया हो। जानवरों को भी बाँट दिया गया, गाय हिन्दू के खाते में आयी और बकरा मुसलमान का हो गया। यहाँ तक कि रंगों को भी नहीं छोड़ा गया। केसरिया रंग हिन्दुओं का हुआ और हरा मुसलमानो का। इस मामले में पिंक रंग लड़कियों के खाते में और अनाया ने भी अपने खाते में आये उस पिंक रंग का सलवार सूट पहन रखा था।

आपके मन में एकदम से यह ख़याल ज़रूर आया होगा, वन पीस पहने लड़की एकदम से सलवार सूट में कैसे प्रकट हो गयी! कभी आपने लड़की का पर्स खंगाला है? कभी खंगाल कर देखिएगा, पर्स बहुत छोटा होता है पर उसमें सामान इतना भरा पड़ा होता है, जैसे जादूगर का पिटारा। पिटारा तो बहुत छोटा होता है पर उसमें से ज्यों-ज्यों जादूगर सामान निकालता है, हम अचंभित हो उठते हैं। ठीक उसी तरह जब अनाया वॉशरूम से नहाकर निकली तो उसने कपड़े भी बदल लिये थे। अब आप सोच रहे होंगे, 'अनाया ने कपड़े कहाँ बदल लिये?' रास्ते में ही हमें एक होटल दिखा, सोचा, 'हाथ-मुँह धोकर निकलेंगे, बेहतर लगेगा।' होटल में अपने कमरे में गये ही थे कि उसने जैसे-जैसे अपने पर्स से सामान निकालना शुरू किया, मुझे बहुत आश्चर्य हुआ। ये लड़कियाँ भी न! उसने अपने बैग में सलवार सूट के अलावा, मेकअप का सारा सामान भी रखा हुआ था। खैर, मैंने अपना चेहरा धोया और फ्रेश हो गया। जबकि उसने अपने कपड़े भी बदल लिये थे।

हम दोनों ने सोचा कि होटल से ऊपर तक की यात्रा पैदल ही करेंगे। तकरीबन 5 बजे अपने होटल से निकल भी लिये थे। मैं अनाया के साथ ही चल रहा था। बीच-बीच में उसका हाथ मेरे हाथ से छू जाता। उसका कोमल हाथ मेरे हाथ में छू जाने मात्र से मेरे मन में सिहरन दौड़ जाती। मैं खुद को रोक न पाता और मेरी चंचल आँखें उसकी तरफ़ देखने को विवश हो उठतीं।

वहाँ हल्की-हल्की ऐसी धुंध थी जिससे आगे के 100 मीटर का कुछ दीखता नहीं था। हरे रंग के पेड़ और उनकी वादियाँ मानो इस धुंध को कपड़ों की तरह ओढ़े हुए थीं। दूर-दूर तक सफ़ेद कपड़ों से ढके पेड़ और बड़ी-बड़ी पहाड़ियों के हल्के-हल्के दृश्य दिख रहे थे। अपने नीचे तो धुंध की वजह से कुछ दिख ही नहीं रहा था। ऐसा लग रहा था कि हम ठीक उस जगह पर आ

गये हैं, जहाँ पर बादल रहते हैं। न उससे हम नीचे थे, न ही ऊपर। इस धुँध में से धीरे-धीरे छनकर सूरज की हल्की कोमल किरणें आने लगी थीं जो सफ़ेद कपड़ों से सजी प्रकृति पर सोने के आभूषण जैसी लग रही थीं। पूरे दिलोदिमाग पर रात के हैंगओवर की जगह प्रकृति का यह अद्‌भुत सौन्दर्य छा गया था।

तभी मेरी नज़र अनाया पर पड़ी। उसका सुन्दर गाल मेरी तरफ़ था, बीच-बीच में उसके खुले बाल उसके गालों पर आ जाते थे। उसके सुनहरे बाल किरणों के कारण ऐसे चमक रहे थे, मानो बाल स्वयं ही आभूषण हों। और जब वह तिरछी निगाह से देखती तो उसका चेहरा जगमग कर उठता। वह तेज उसकी कमी की वजह से नज़रअन्दाज़ नहीं किया जा सकता था। उसके होंठों पर लिप ग्लॉस लगा था। मैं उसकी खूबसूरती में खोया हुआ था कि पीछे से आते एक हॉर्न ने चौंका दिया। अचानक सुनी इस आवाज़ से घबरा कर वह एकदम से मुझसे चिपक गयी। उसकी तेज़ धड़कनों को मेरा शरीर महसूस कर रहा था। न जाने क्यों, मैंने उसे ज़ोर से जकड़ लिया। शायद जब लड़कियाँ भयभीत होती हैं उस समय अपने पास उस व्यक्ति की बाँहों में सिमट जाना चाहती हैं, जिसके ऊपर उन्हें पूरा विश्वास होता है कि उसकी बाँहों से ज़्यादा महफूज़ दुनिया में कुछ नहीं है। उसका चेहरा मेरे कन्धे तक आ रहा था। हम दोनों कुछ देर यूँ ही लिपटे रहे। मन तो चाहता था कि वह कभी मुझसे अलग न हो। उसकी धड़कनों को मैं ऐसे ही सुनता रहूँ, उसकी गर्म साँसों को मैं ऐसे ही महसूस करता रहूँ। मेरी बाँहों में वह हमेशा सुरक्षित महसूस करे और हम दोनों के जीवन में यूँ ही खुशियों का बसेरा रहे।

उसकी तेज़ धड़कनें धीरे-धीरे धीमी होने लगी थीं। मैंने उसकी आँखों में झाँका। आज मन ने भी हार मान ली थी और निगाहों को उसकी तरफ़ देखने से रोका नहीं था। मन के दरवाज़े से वह झीना पर्दा हट चुका था। अब मेरे मन में कोई दुविधा नहीं थी। मैं समझ गया था कि उसके साथ रहने में सिर्फ़ उसी की खुशी नहीं है बल्कि मेरी भी खुशी है। उसे प्यार करना उसकी ही ज़रूरत नहीं है बल्कि मेरी भी ज़रूरत है। उसने मुझे इन 12 घंटों में प्रेम का एहसास दिला दिया था। प्रेम 'हाँ' या 'न' जानने का मोहताज नहीं होता बल्कि उसे तो बिना कुछ कहे महसूस किया जा सकता है। पिछले 12 घंटों में मैंने प्रेम को महसूस किया था। उस प्रेम को, जिसकी अब तक सिर्फ़ बातें

ही सुनी थीं, उपन्यासों में पढ़ा था या फिर शाहरुख की फ़िल्मों में देखा था।

मैंने दोनों हाथों से उसके चेहरे को थाम लिया। उसके चेहरे को थोड़ा ऊपर कर उसकी आँखों की तरफ़ निहारने लगा। खुशियों के अनगिनत तारे उसकी आँखों की पुतलियों में झिलमिला रहे थे। हमें एक-दूसरे की आँखों में सिर्फ़ स्वयं को ही देख रहे थे और किसी को नहीं। हमारे प्रेम की शुरुआत के साक्षी सिर्फ़ सूर्य भगवान थे। मैंने उसकी आँखों में स्वीकृति पढ़कर उसके होंठों को धीरे-से चूम लिया।

उसकी आँखें बन्द। मानो उस पल को वो जी लेना चाहती थी। अपनी रूह से महसूस कर लेना चाहती थी। अपने होंठों पर मेरे होंठों की छुअन को। वह इस छुअन को अपने दिलोदिमाग में हमेशा के लिए कैद कर लेना चाहती थी। मैंने आहिस्ता से उसके दाहिने गाल को अपनी तरफ़ करके उस बर्थ मार्क को चूम लिया।

"अनमोल!" इतना ही उसके मुँह से निकला।

स्तब्ध थी अनाया। उसे यकीन ही नहीं हो रहा था कोई इस तरह एक दिन उससे प्यार का इज़हार करेगा। कोई सच में उससे इतना प्यार करेगा। उसकी बन्द आँखें खुल गयीं और उनसे आँसू बहने लगे। ये आँसू उस खुशी के थे, जिसकी कल्पना भी उसने नहीं की थी। जीवन का सबसे खूबसूरत पल उसे मिल गया था।

"इतने आँसू क्यों," मैंने हौले से उसके आँसुओं को अपने हाथों से पोंछने का प्रयास किया।

निःशब्द थी अनाया। उसके बाल आँसुओं की वजह से उसके गाल पर चिपक गये थे। उसके होंठ काँप रहे थे। अद्भुत रूप से सुन्दर लग रही थी अनाया।

अब मैं खुद को काबू नहीं कर सकता था। मेरे होंठ उसके होंठों की तरफ़ बढ़ चले। अनाया ने एक बार फिर आँखें बन्द कर मौन स्वीकृति दी और मैंने उसके होंठों को चूम लिया। एक बिजली-सी प्रवाहित होने लगी मेरे शरीर में। प्रेम के मधुर मिलाप से उसका और मेरा रोम-रोम पुलकित हो उठा था। और मैंने अपने हाथों से उसकी कमर को पकड़कर उसे ऊपर उठा लिया था। अब इस प्रेम मिलाप के साक्षी सूर्य को भी बादलों ने अपने घर में आने

से मना कर दिया। सब कुछ भूलकर हम दोनों इसी अवस्था में खड़े रहे। ऐसा लग रहा था कि प्यार की यह घड़ी कभी खत्म ही न हो। वक्त वहीं रुक जाये। आखिर वह समय आ ही गया जब न चाहते हुए हम एक दूजे से अलग हुए और मैंने अपने हाथों में उसका चेहरा थाम कर कहा, "मैं नहीं जानता कि मैं तुम्हारे साथ ज़िन्दगी भर रह पाऊँगा या नहीं पर हाँ जब तक भी रहूँगा तो तुझे मैं खुद से अधिक प्यार करूँगा। तू मेरी ज़रूरत है और मुझे पता है कि तेरी मोहब्बत में वह कशिश है जो मुझे ज़िन्दगी भर तुझसे अलग नहीं होने देगी।"

पापा, मुझे लड़कियाँ नहीं पसन्द

मैं, सूर्या और हर्षा
मुम्बई

अपने लगाए पेड़ को वृक्ष बनते देखना और अपने छोटे से बेटे को बड़ा होते देखना, शायद दुनिया की सबसे बड़ी खुशियों में से एक होता है। बेटे के चलने पर, उसके पहली बार स्कूल जाने पर, उसके पहली बार पास होने पर, उसकी अगली कक्षा में प्रवेश करने पर ऐसा लगता है मानो हमें जीवन में वे सारी खुशियाँ मिल रही हैं जो हम बचपन में छोड़कर चले आये थे। मेरा बेटा भी अब दसवीं कक्षा में पहुँच चुका था। दसवीं बोर्ड की परीक्षाओं की खुशी जितनी उसे नहीं होगी, उससे ज़्यादा मुझे थी। वह घाटकोपर वैस्ट के नज़दीक दिल्ली पब्लिक स्कूल में था। घुँघराले बाल, लम्बाई उम्र के हिसाब से अच्छी, गोरा। बड़ा शैतान हो गया था, मम्मी और पापा का दुलारा बेटा। मैंने उसके साथ हर उस बात का ख़याल रखा था जो आजकल सभी माता-पिता रखते हैं। बस, उसके ऊपर डॉक्टर या इंजीनियर बनने की तलवार नहीं लटकाई थी हमने! उसकी सबसे खास बात, जासूसी सीरियल्स बहुत पसन्द थे उसे। मानो उनके बिना उसका भोजन ही न पचता हो! ऐसा कोई दिन नहीं जाता था जब वह एक या दो डिटेक्टिव सीरियल न देखता हो। कोई जासूसी फ़िल्म आ जाये तो पूछो ही मत! फ़र्स्ट डे फ़र्स्ट शो! बाप और बेटे में इस मामले में बड़ा फ़र्क था। मैं शाहरुख का फ़ैन और वह डिटेक्टिव ब्योमकेश का। हर छोटी-छोटी घटना पर बड़ी बारीकी से गौर

करता था और उनके कई पहलुओं पर विचार करता रहता था। मैं अपनी जवानी में शाहरुख की नकल करता था और वह अपने जीवन में डिटेक्टिव ब्योमकेश बक्शी की हर बात पर अमल करने की भरसक कोशिश करता था। उसके इस पारखी दिमाग, जानने की तीव्र इच्छा और मेहनत पर मुझे गर्व हुआ करता था। बेशक कई बार वह गलत होता और कई बार सही पर उसके सही होने के चांसेस लगातार बढ़ते जा रहे थे। कल की ही तो बात है, मैं किसी कारणवश जल्दी में बैग बेड पर ही रखकर घर पर बिना किसी को बताए कहीं बाहर चला गया था। वापस आने पर वह रात में मेरे साथ लेटा हुआ मुझसे चिपका हुआ बातें कर रहा था। तभी मानो एकदम से उसे कुछ याद आ गया हो, वह चौंक कर बैठ गया और पूछने लगा, ''आज आप बैग बेड पर रखकर कहाँ चले गये थे?''

मैंने उसकी बात टालने की कोशिश की, ''कुछ नहीं, बस काम था।''

वह अपनी ठुड्डी पर उँगली रखकर थोड़ी देर सोचने लगा, मानो वह इसका अन्दाज़ा लगा ही लेगा, ''हूँ...'' फिर एकदम से उत्साहित हो गया, ''पापा मैं बताऊँ?''

''हाँ बताओ,'' मैं भी बैठ गया था।

''पापा आप ज़रूर कोई मम्मी की कही हुई ऐसी चीज़ लेने गये थे, जिसे मम्मी ने सुबह आपसे बाज़ार से लाने के लिए कहा होगा पर आप लाना भूल गये थे।''

मैंने भी उसकी दाद देते हुए कहा, ''सही बेटा, पर तुमने कैसे अनुमान लगाया?'' मैं बहुत उत्सुक हो गया था।

उसने सोचते हुए जवाब दिया, ''क्योंकि पापा, आप इतनी जल्दी बैग रखकर भागे ताकि मम्मी किचन से आकर यह देख न पायें कि आप आ गये हैं और आपसे मैंने जब पूछा तो आपने मुझे नहीं बताया, जिससे यह पता चला कि कोई ऐसी बात है जो सिर्फ़ आप दोनों के बीच की है।''

''नटखट!'' मेरे मुँह से निकला। मैं समझ नहीं पाया कि इतने छोटे से लड़के के पास इतना दिमाग कहाँ से आया? कुछ समय के लिए मैं स्तब्ध रह गया क्योंकि एक रात पहले हम दोनों से गलती हो गयी थी। कल मैं उसके लिए दवा लाना भूल गया था और रात से उसके 72 घंटे पूरे होने वाले थे

और अगर आज भी मैं यह बोल देता कि दवा लाना भूल गया तो वह मुझ पर बरसने लगती।

दो दिन बाद—

यूँ तो मैं चलते-चलते भी सोचता रहता हूँ पर अभी सोफ़े पर बैठा हुआ था। मैं कहीं खोया हुआ था, पता नहीं किस दुनिया में। मुझे खुली हुई खिड़की के उस तरफ़ से सूर्या साइकिल पकड़कर पैदल स्कूल से वापस आता हुआ दिखाई दिया। पोर्च में साइकिल खड़ी करके अन्दर आया तो वह पसीने से तरबतर था। इस मई की भरी दोपहर में पसीने से भीगना लाज़िमी था। पर सवाल यह था कि वह साइकिल पर चढ़कर क्यों नहीं आया? पैदल क्यों आया? मैंने उसके अन्दर दाखिल होते ही यही प्रश्न दागा, ''तुम आज पैदल क्यों आये?'' मैंने अपना वाक्य पूरा भी नहीं किया था उसकी माँ तुरन्त आयी, ''मेरा बेटा...देखो गर्मी में चेहरा कैसा लाल हो गया है!''

अपनी पीठ पर लदा बैग गुस्से में पीठ से उतारकर फेंकने की कोशिश की जिसे उसकी मम्मी ने पकड़ लिया, ''बताता हूँ पापा, आज क्या हुआ?'' और वह जूते उतारकर सीधा वॉशरूम में घुस गया। कोई 5-6 मिनट में वह वापस आकर मुझसे पूछ बैठा, ''कहीं मूवी देखने का प्लान तो नहीं है आपका?''

यह सवाल क्या उसका अनुमान ही था, जो उसने बिलकुल सटीक लगा लिया था, ''हाँ बेटा, तुमने बिलकुल सही अनुमान लगाया। पर कैसे?'' था तो सूर्या दसवीं में ही लेकिन अब मैं उससे बहुत कुछ सीखने लगा था।

''बस यूँ ही, मेरे पसन्दीदा हीरो की फ़िल्म आयी है। आप यह फ़िल्म हमें दिखाने से तो चूक नहीं सकते और इसी वजह से आज आप ऑफ़िस से भी जल्दी आ गये,'' वह मेरी गोदी में बैठ गया था।

''अरे वाह, मेरा बेटा बहुत जल्द समझदार हो गया!'' उसके कन्धे पर हाथ डालते हुए मैंने कहा।

तभी आशिका गाजर का हलवा ले आयी। जैसे ही उसने हलवे को मेज़ पर रखा, वह मेरी गोदी से उतर कर हलवे टूट पड़ा, ''अरे वाह! मेरा पसन्दीदा गाजर का हलवा!''

एक सुरीली-सी मुस्कुराहट चेहरे पर लाकर आशिका ने कहा, ''क्या बात चल रही है बाप-बेटे में? कुछ हमें भी बताओ भई!''

फिर वह अन्दर से माँ का हाथ पकड़कर उन्हें लायी और सूर्या के पास सोफ़े पर बैठा दिया। माँ का अधिकांश समय आजकल पूजा-पाठ और भजन-कीर्तन में बीतता था या सूर्या के स्कूल जाने के बाद वह अपने कमरे में लेटी रहती थीं। सूर्या के पास बैठते ही उन्होंने बड़े प्यार से देखकर उसकी बलाएँ लेते हुए कहा—"कितना थक गया है मेरा राजा बेटा!"

"ओह हो, खाने दो न दादी! और मैं जो कह रहा हूँ सुनो!"

इस पर आशिका और मैं खिलखिलाकर हँस पड़े।

सच में वह उस टाटा साल्ट शुद्ध नमक के प्रचार वाले लड़के की तरह बोलता था और उस छोटे नवाब की बात टालने की कोई हिम्मत भी नहीं कर सकता था।

मैंने कहा, "लो मम्मी, अब आप इसकी सुनो। अब वे दिन नहीं रह गये जब यह परियोंवाली, राक्षसों की या फिर सिंड्रेला की कहानी सुनने की ज़िद में आपको देर रात तक सोने नहीं देता था।"

मेरी बात को काटते हुए सूर्या ने कहा, "दादी, कहो न पापा से। क्या मैं अब भी आपको कहानी सुनाने के लिए नहीं कहता? जेम्स बॉन्ड या शेरलॉक होम्स—इनकी कहानी नहीं पूछता?"

"अरे इस बूढ़ी औरत को क्यों सता रहा है बेटा?"

वह अपने चश्मे को आँचल से साफ़ करने लगीं, "इन बूढ़े कानों ने कहानी क्या इनके नाम तक नहीं सुने हैं। क्या बताऊँ इसे? हाँ, एक बात लेकिन ज़रूर बता सकती हूँ। रात को मेरे सोने के बाद तू दबे पाँव उठता है और इन सबकी किताबें देर रात तक पढ़ता रहता है।" अपने चश्मे को नाक पर टिकाकर उसके ऊपर से देखते हुए माँ ने सिर हिलाया। हलवा खा रहे सूर्या के हाथ अचानक बीच में ही रुक गये। आँखें बड़ी-बड़ी करते हुए अपनी दादी की तरफ़ देखते हुए उसने कहा, "वाह दादी! आप तो पक्की जासूस निकलीं!" हम सभी इस बात पर खिलखिलाकर हँस पड़े।

फिर हलवा खाते हुए वह अपनी बात सुनाने लगा, "आज मैं स्कूल से बाहर निकला तो मैंने अपनी साइकिल उठायी। जैसे ही टायर पर निगाह गयी तो पीछे के टायर की हवा गायब थी। मैंने साइकिल के आस-पास की जगह पर गौर से देखा। वहाँ एक च्युइंग-गम का पैकट पड़ा था और उसी

में टायर की वॉल्व। मैंने उसे निकालकर टायर में लगाया, फिर इधर-उधर देखा। मुझे दूर-दूर तक सिर्फ़ तीन लोग दिखाई दिये। एक बाइक खड़ी होने वाली जगह पर खड़ा था, दूसरा, जहाँ पर टीचर्स की कारें और बाइक्स खड़ी थीं और तीसरा, बिलकुल दरवाज़े के पास। मैंने तीनों को गौर से देखा, फिर टीचर्स की गाड़ियों के पास खड़े आदमी के पास गया और पूछा कि उसने मेरी साइकिल की हवा क्यों निकाली?" मेरी उत्सुकता बढ़ गयी थी, "तुमने उसी से क्यों पूछा?"

उसने हलवा खत्म करते हुए रुकने के लिए कहा, "रुकिए तो! पहले मेरी बात सुनिए।" वह इस समय मेरे दादा की तरह बात कर रहा था। मैंने भी उत्सुकता दिखाई, "आगे?"

"पहले तो वह मानने को तैयार नहीं था पर जब मैंने अध्यापक से शिकायत करने की धमकी दी तो उसने मान लिया कि उसी ने हवा निकाली है और उसने माफ़ी भी माँगी।"

उसकी बात सुनकर मैं बहुत हैरान हो गया था। आखिर उसने कैसे यह सब पता कर लिया? मेरा मन भी उसकी बातों के साथ तरह-तरह के कयास लगा रहा था, "आखिर तुमने कैसे पता किया?"

"कुछ नहीं पापा, साइकिल के पास में मैंने देखा था एक च्युइंग-गम का पैकेट, जिसमें वॉल्व पड़ा था, उसी से मैंने अनुमान लगाया। मैंने तीनों लोगों को देखा, सिर्फ़ उसी आदमी का मुँह चल रहा था। जब पास पहुँचा तो पता चल गया था कि वह च्युइंग-गम ही खा रहा है। यानी च्युइंग-गम खाकर उसने उसी पैकेट में वॉल्व डालकर फेंक दिया था।"

"ओह ग्रेट!!" मैंने उसकी दाद दी। एक पिता के लिए इससे बड़ी खुशी क्या हो सकती थी कि उसका बेटा इतनी कम उम्र में भी इतना होशियार हो गया था। मेरा मन खुशी से गद्गद था और मैं अपने बेटे के सुनहरे भविष्य को देख पा रहा था।

~

कुछ देर यूँ ही बातचीत का सिलसिला जारी रहा कि अचानक मेरी निगाह अपनी घड़ी पर गयी। 3 बज रहे थे। 4 बजे से फ़िल्म 'द क्रिमिनल माइंड'

का शो था। ''चलो बेटा गप्पें मारना छोड़ो, जल्दी से तैयार हो जाओ, फ़िल्म के लिए देर हो रही है,'' मैंने सोफ़े से उठते हुए कहा।

''अरे पापा इतनी जल्दी भी क्या है?'' वह नटखट लाल बोल पड़ा, ''जाकर सीट पर बैठना ही तो है। यहाँ से 15 मिनट की ही दूरी है।''

बात भी सही थी। अब आजकल तो टिकट वगैरह खरीदना ऑनलाइन हो जाता है। बस जाकर सीट पर बैठना होता है। मुझे वह वक्त याद आ गया जब इंजीनियरिंग की तैयारी करने कानपुर आया था। उस समय जब मैं टॉकीज़ के अन्दर घुसा करता था तो लगता था मानो कोई गलत काम करने जा रहा हूँ। जैसे मैं किसी शराब के ठेके में घुसने जा रहा हूँ। कहीं कोई देख तो नहीं रहा है? चारों तरफ़ देखा करता और कहीं कोने में खड़ा हो जाया करता। डरता कि हमारे गाँव के किसी आदमी ने देख लिया तो बदनामी हो जायेगी। पूरे गाँव में यह बात हवा की तरह फैल जायेगी कि फलाने का लड़का ढिमका टाकीज़ में घुसते हुए पकड़ा गया। हमारा गाँव वहाँ से सिर्फ़ 20 किलोमीटर ही तो दूर था। साथ-ही-साथ वहाँ पर टाकीज़ के अन्दर घुसते हुए पाये जाने वाले लड़कों को 'लोफ़र', 'लफंगा', 'लुच्चा' यही नाम तो दिया जाता था। फ़िल्म देखने को ठीक उतना ही बड़ा अपराध समझा जाता था, जितना किसी अरहर के खेत में किसी प्रेमी युगल को मोहब्बत करते हुए पकड़ा जाना या फिर किसी लड़के को सिगरेट पीते हुए कोई देख ले या फिर कोई व्यक्ति गाँव में चोरी करता हुआ पकड़ा जाये। टाकीज़ में घुसना इतना बड़ा अपराध था लेकिन मैं अपने जेबखर्च से टिकट खरीद कर यह अपराध महीने में एक या दो बार कर लिया करता था।

उस समय पास के ही गुरदेव पैलेस में 30, 40 और 50 रुपये के तीन प्रकार के टिकट हुआ करते थे, फ़र्स्ट क्लास, फ़ैमिली और बालकनी। मैं 30 रुपये का टिकट इसलिए नहीं लेता था क्योंकि मैं गाँव के बड़ी मूँछों वाले व्यक्ति की औलाद था, दोस्तों के सामने मेरी जमती भी इसी बात पर थी। वहीं दूसरी तरफ़ 50 रुपये का टिकट इसलिए भी नहीं लेता था ताकि अगर चालीस रुपये वाला टिकट लिया तो बचे 10 रुपये से इंटरवल में एक समोसा ले सकता था। टाकीज़ में ज़्यादती भी बड़ी होती थी। अन्दर दो रुपये वाला समोसा दस रुपये का बेचते थे। खैर, मैं उसे देर तक खाता, इससे दो फ़ायदे

होते। मेरे बगल में बैठे मित्रों को लगता कि लड़के के पास बड़ा पैसा है। टॉकीज़ के अन्दर दो रुपये की चीज़ 10 रुपये की खाता है और उनके सामने मेरा रौब भी जम जाता था।

टॉकीज़ में खिड़की पर टिकट लेना पड़ता था और टिकट में कोई सीट नम्बर नहीं लिखा होता था। इसलिए टिकट लेने के बाद जल्दी से लाइन में लगना पड़ता था। अब यहाँ पर सीट इस बात पर नहीं मिलती थी कि किसने कितनी जल्दी टिकट लिया। यहाँ पर सीट इस बात पर मिलती थी कि सुबह दौड़ने कौन-कौन जाता है! यानी जो भाग कर सबसे पहले पहुँच गया और पीछे की सीट हथिया ली, वही विजेता, वर्ना सिर्फ़ सुबह दौड़ लगाना बेकार गया।

थोड़ी देर में हमारे नटखट लाल तैयार होकर आ गये, ''पापा! लो मैं तैयार हो गया।''

आशिका ने कहा, ''आज आप दोनों ही जाओ। माँ को शाम को समय पर दवा भी देनी है। उनका दवा खाने का समय गुज़र जायेगा।'' प्यार से आशिका के हाथ पकड़ते हुए माँ ने कहा, ''अरे बेटा, तुम रोज़ तो ये सब मेरे लिए करती हो। जाओ, मैं खुद समय पर कुछ खाकर दवा ले लूँगी। कुछ अपनी खुशियों का भी ख़याल रखो।''

कितना खुशहाल परिवार था मेरा! मेरी आँखों के कोर भीग गये। किसी को इस बात की खबर तक न हुई।

फ़िल्म देखकर आने के बाद हम सभी अपने-अपने काम में व्यस्त हो गये। आशिका मोहतरमा खाना बनाने में, मैं लिखने में और मम्मी पूजा-पाठ में। मुझे ध्यान आया, सूर्या का कहीं अता-पता नहीं था। मैं उसे पुकारने लगा, ''सूर्या...सूर्या!''

पर उसकी आवाज़ नहीं सुनाई दे रही थी। मैंने सारा घर छान मारा पर उसका कहीं अता-पता नहीं था। ढूँढते हुए छत पर गया तो देखा वह सीढ़ियों पर गाल पर हाथ रखे कुछ खोया हुआ सा बैठा था। मैंने उसकी पीठ पर हाथ रखते हुए पूछा, ''बेटा यहाँ ऐसे अकेले क्यों बैठे हो?''

वह एकाएक जाग उठा अपनी अर्ध निद्रा से, ''पापा आप?''

शायद वह डर गया था।

''हाँ, पर तुम यहाँ क्यों बैठे हो?''

“कुछ नहीं पापा। बस ऐसे ही,” उसने बनावटी हँसी हँसते हुए उठकर जाने का प्रयास किया।

“बेटा, अपने पापा को नहीं बताओगे? मैंने कभी तुम्हें किसी बात के लिए डाँटा है?” मैं उसे किसी बात पर डाँटता नहीं था क्योंकि उसके मन की संरचना मुझसे बिलकुल अलग थी। लोगों के मन में क्या चल रहा है, उनकी क्या ज़रूरतें हैं, यह सब उनके हार्मोन्स तय करते हैं और हर कोई दूसरे से नितान्त अलग होता है। सूर्या भी मुझसे अलग था और मैं अपने तरीके से उसकी भावनाओं पर फिर नियंत्रण नहीं रख सकता था।

मेरे बार-बार पूछने पर उसने हिचकिचाते हुए बताना शुरू किया, “पापा, आज फ़िल्म में हीरो अपनी हीरोइन को किस कर रहा था। मैंने आज तक जितनी भी ऐसी फ़िल्में देखी हैं, जासूस अपनी हीरोइन को ज़रूर किस करता है। मैंने अपने दोस्तों से बात की तो उन्होंने कहा कि जासूस बनने के लिए एक लड़की को प्यार करना और फिर उसे 'किस' करना ज़रूरी होता है।”

ऐसी फ़िल्मों में किसिंग सीन्स तो नॉर्मल बात होती है। लेकिन पता नहीं उसके किशोर दिमाग में क्या चल रहा था!

“हाँ बेटा, तो फिर?” मैंने उसकी बात ध्यान से सुनते हुए पूछा।

उसने गहरी साँस ली फिर बताना शुरू किया, “और तो और, अधिकांश जासूसों की कुछ-न-कुछ मदद वो हीरोइन्स ही करती हैं। मुझे भी डिटेक्टिव बनना है, बिना गर्लफ्रेंड के मैं कैसे डिटेक्टिव बनूँगा?”

यह बात भी सही थी। अधिकतर फ़िल्मों में हीरो की गर्लफ्रेंड होती है जो उसकी मदद करती है। और सूर्या भी डिटेक्टिव बनना चाहता है। मैंने राहत की साँस ली थी। पर एक बात ज़रूर मेरे जेहन में बैठ गयी थी। फ़िल्मों का बच्चों की ज़िन्दगी बनाने में कितना बड़ा हाथ होता है। बच्चे बिलकुल उसके नायक की तरह सोचने लगते हैं।

“ओह तो यह बात है?”

शायद यह ख़याल हर किशोर के मन में आता ही है। खैर, तो मैंने उसे समझाना शुरू कर दिया, “बस इतनी-सी बात में टेंशन क्यों ले रहे हो?”

“नहीं पापा, इतनी-सी बात नहीं है।” उसने मेरी खुशफ़हमी में विघ्न डाल दिया था।

"तो फिर?"

"मुझे लड़कियाँ अच्छी नहीं लगतीं," बड़ी ही मासूमियत के साथ उसने उत्तर दिया।

उसका यह कहना था कि मुझे धक्का-सा लगा। एकाएक मन सन्न रह गया। नज़रें निहारती ही रह गयीं। धीरे से मैंने खुद के चश्मे से उसे देखना बन्द किया और उसकी नज़रों से उसे पढ़ने लगा। तब मुझे वह वक्त याद आ गया जब हर्षा भी इसी उम्र का था। उसका भी यही नज़रिया था पर हर कोई सिर्फ़ अपने तरीके से उसे देखता और उसके आस-पास कोई नहीं था जो उसे उसके नज़रिये से समझ सके।

उस समय हमारा गाँव एक परिवर्तन के दौर से गुज़र रहा था। ठीक वैसे ही जैसे 1990 के दशक में पूरा विश्व भूमंडलीकरण के दौर से गुज़रा था। ठीक उसी तरह जैसे इक्कीसवीं सदी के पहले दशक में क्रिकेट टेस्ट मैच से फटाफट क्रिकेट में बदलाव के दौर से गुज़र रहा था। हमारे गाँव में भी एक तरह का बदलाव होना शुरू हुआ था। बड़ी मूँछों वाले लोग अपने बेटे की शादी किसी बड़े घराने की अच्छी, सुशील, संस्कारी लड़की से किया करते थे। बहू से ज़्यादा उन्हें इस बात की खुशी हुआ करती थी कि उनके बेटे की शादी में बगलवाले शर्मा जी से अधिक दहेज़ मिला और शादी में मोटरसाइकिल मिल जाये तो बात ही बन जाये। अगर ठाकुर साहब के लड़के को स्प्लेंडर मिली है तो उन्हें अपने बेटे की शादी में स्प्लेंडर-प्लस की उम्मीद होती थी। पहले लोग अपने सभी निर्णय इन बड़ी मूँछों वाले लोगों का अनुसरण करते हुए लिया करते थे। पर अब ट्रेंड बदल रहा था, बिना मूँछों वाले लोग तो इन बड़ी मूँछों वालों के अनुसार ही चलते थे पर इनके बेटे, जो अब बाहर शहर में इंजीनियर या डॉक्टर हो गये थे, वे अपने हिसाब से निर्णय लेने लगे थे। और वे अपनी किसी साथी या फिर नौकरीपेशे वाली लड़की से शादी करने लगे थे। बड़ी मूँछों वाले लोग आपस में बैठकर शाम की चर्चा के समय इनके बेटों का बड़ा मज़ाक यह कहकर उड़ाया करते थे कि इनके बेटे ने लौंडिया के चक्कर में शादी कर ली पर मन-ही-मन उनकी तरक्की देखकर इन बड़ी मूँछों वाले लोगों के मन से सुन्दर, सुशील, संस्कारी बहू का मोह भंग होता जा रहा था और दहेज़ की जगह नौकरीपेशे वाली लड़की की इच्छा लेती जा रही थी। बहू की जगह मास्टरनी ने ले ली थी। इसी का प्रभाव था कि उस

समय हमारे घर में भी यही सब चर्चाएँ होती थीं।

उस समय मैंने बारहवीं की ही परीक्षा तो दी थी और हर्षा नौवीं पास करके दसवीं में पहुँच गया था। हम दोनों अम्मा के साथ बैठे हुए बातें कर रहे थे। अम्मा ने बातों-बातों में प्यार से कहा था, ''अनमोल जब पढ़-लिख के नौकरी पा जाई तो इसके लिए खूब नीक मास्टरनी लायेंगे। जो हमरी सेवा करे, एखा खूब प्यार करे और कमाए मा मदद करे।''

इन बातों से मैं मन-ही-मन बहुत खुश हो जाता था पर थोड़ा-सा नाराज़गी दिखाया करता था, ''का अम्मा तुम भी? अबे पढ़े की उम्र है। शादी वादी देखी जायेगी बाद मा।''

इसी बीच उनके पास हर्षा भी बैठा था और उन्होंने उसका सिर सहलाते हुए उसे भी तो यही कह दिया था, ''अनमोल की शादी के बाद, अपने हर्षा खातिर उससे भी नीक बहुरिया लायेंगे। जो खूब पियार करे हर्षा का। अनमोल के दुलहिन के स्कूल मा प्रिंसिपल हो।'' उन्होंने हर्षा के चेहरे को दुलारते हुए पूछा, ''काहे हर्षा चश्मावाली ठीक रही न?''

हर्षा चुपचाप बैठा था, इन सब बातों का उस पर कोई फ़र्क ही नहीं पड़ रहा था। कुछ ही देर में वह उठकर चला गया और चुपचाप चबूतरे पर जाकर बैठ गया था। मैं थोड़ी देर बाद उठा और जब बाहर निकला तो देखा कि हर्षा वहीं चबूतरे पर गुमसुम-सा बैठा हुआ है। अब तक मैं समझ गया था कि जब भी वह दुखी होता या किसी की बात उसे बुरी लग जाती तो वह चुपचाप वहीं बैठ जाया करता था। यह चबूतरा उसके लिए बिलकुल बुद्ध के चबूतरे की तरह था जहाँ वह बैठकर दुखों पर मनन किया करता।

मैं करीब गया और उसकी पीठ पर हाथ रख दिया, वह तुरन्त पलटकर मेरी तरफ़ देखने लगा, ''काहे छोटू? का हुआ?''

''कुछो नहीं,'' वह बोलकर चुपचाप सीधा होकर बैठ गया था।

मैं उसके सामने गया और घुटने के बल बैठकर उसके दोनों हाथों को पकड़कर, आँखों में आँखें डालकर बात करने लगा, ''बता तो? कौनो तो बात है। अपने दद्दा से कौनो बात नहीं छुपाई जात!''

''पहले वादा करो बाबू जी से कुछो न बताओगे?'' ये वादा उसके लिए स्टाम्प पेपर की तरह होता था। अगर छिंगुनियाँ लड़ा के वादा कर लिया तो

समझ लो स्टाम्प पेपर में उसकी बात पर दस्तखत कर दिया।

''कबहूँ कौनो बात बाबू जी से बतावा है?'' मैंने उसे विश्वास दिलाया, ''नहीं न? तो फिर'' मैंने अपनी छिंगुनिया उसे दिखाई और उसने भी लड़ाकर अपनी बात कहनी शुरू की, ''भैया...'' कहते-कहते वह रुक गया।

''हाँ क्या?''

उसने इधर-उधर देखा फिर जब निश्चिन्त हो गया कि आस-पास कोई नहीं है तो धीरे-धीरे फुसफुसाना शुरू किया, ''अम्मा कहती रहे कि हमरी शादी करा, बहुरिया ला देंगी।''

''इसमें दुखी होए वाली बात का है?''

''पर हमें लड़की अच्छी नहीं लगती है,'' कहते हुए वह चुप हो गया।

मैंने यूँ ही उससे मज़ाक में कह दिया, ''तो फिर का लड़के अच्छे लागत हैं?''

उसने धीरे से सिर हिला दिया। यह सुनकर मेरे होश उड़ गये थे। मैंने मज़ाक में ही पूछा था पर यह क्या, यहाँ तो यह सही में कह रहा था! एकाएक मुझे कुछ समझ नहीं आया कि उससे क्या कहूँ? क्या जवाब दूँ?

मेरे पास कोई जवाब नहीं था। मैं चुप था, इससे पहले कि मैं कुछ बोलता, एकाएक मुझे याद आया कि दूरदर्शन पर 'शक्तिमान' आने वाला है।

''चल, 'शक्तिमान' देखत हैं।''

'शक्तिमान' बच्चों के बीच उस समय सार्वजनिक रूप से पसन्द किया जाने वाला सीरियल था। मैं भी उस समय 'शक्तिमान' देखने का बड़ा शौकीन था और हर्षा भी चहक उठा, पूरा एक हफ़्ता हम 'शक्तिमान' के विषय में ही तो सोचते रहते थे! आज कैसे भूल गया वह! हम दोनों उठे और टीवी देखने चले गये। उसे 'शक्तिमान' का पूरा गाना याद था, वह गाता हुआ मेरे पीछे-पीछे चलने लगा, ''अद्‌भुत, अदम्य साहस की परिभाषा है, यह मानवता की आशा है। शक्तिमान...।''

हमारे गाँव की दूसरी समस्या यह भी थी कि वहाँ बिजली कम आती थी। सच कहूँ, तो बिजली सिर्फ़ बैटरी चार्ज करने के लिए ही आती थी। जब भी बिजली आती, दौड़कर सबसे पहले बैटरी चार्ज करते थे, जिससे रात को इमरजेंसी ट्यूब लाइट जला सकें। हाँ बाबू जी से बचकर हम कभी-कभी टीवी भी देख लेते थे।

आज भी हमने यहाँ-वहाँ देखा, जब निश्चिन्त हो गये कि बाबू जी आस-पास नहीं हैं तो मैंने बैटरी पर टीवी की चिमटी लगाने की कोशिश की। पर प्रयास असफल रहा, देखा तो पाया चिमटी पर तार ढंग से नहीं लगा है। तुरन्त मैंने हर्षा को माचिस की तीली लाने का आदेश दिया। वह दौड़ते हुए माचिस की तीली ले आया। वैसे तो चाहे मेरी बात सुनने में वह आनाकानी कर दे पर आज वह बिजली की तेज़ी से काम कर रहा था। आखिर हमें भी जल्दी थी। 'शक्तिमान' शुरू हो चुका था पर टीवी नहीं चालू हो रहा था। मैंने तुरन्त माचिस की तीली से उस तार को गर्म किया। आस-पास कपड़ा ढूँढने की कोशिश की पर नहीं मिल सका। "ससुरा कौनो कपड़ए नहीं आये!"

मेरे मुँह से इतना निकला था कि हर्षा ने मुझे प्रेरित किया, "किल्बिस का बड़ा भाई अपने हाथये से तार छील लेता है।" उसने अपने एक मित्र का नाम किल्बिस रख दिया था।

मुझे भी उसकी बात सही समझ आयी। आखिर 'शक्तिमान' छूटने वाला था। का वर्षा जब कृषि सुखाने! मैंने तुरन्त उस गर्म केबल को अपने हाथ से छील लिया। "आह!" मेरा हाथ उस गर्म केबल को छीलने की वजह से जल उठा था लेकिन इस समय मेरा ध्यान जलने पर नहीं 'शक्तिमान' देखने पर था। मैंने तुरन्त उस तार को चिमटी से जोड़ा और उसे बैटरी में लगा दिया। "सुन्न..." की आवाज़ के साथ टीवी चल पड़ा। मैंने हर्षा की तरफ़ देखा। उसकी आँखें भी खुशी से चमक रही थीं। हम दोनों के चेहरों पर खुशी साफ़ नज़र आ रही थी। जैसे ही टीवी ऑन हुआ, हम दोनों की मुस्कान अधिक देर टिक न सकी। टीवी पर चित्र साफ़ नहीं आ रहे थे।

मैंने बस हर्षा की तरफ़ देखा भर था कि वह भाग खड़ा हुआ, "हम एंटीना सुधारये जाते हैं!"

वह भागता हुआ छत पर चढ़ गया। यह असल में 'शक्तिमान' का क्रेज़ था उस समय। खैर, मैं इधर आँगन में इस तरह से खड़ा हो गया कि टीवी भी देख सकूँ और जैसे ही साफ़ चित्र आये, हर्षा को भी बता सकूँ। उस समय हमारे यहाँ का एंटीना बन्दरों ने तोड़ डाला था। हम दोनों ने जुगाड़ फिट किया और साइकिल के रिम को एंटीना की तरह ऊपर टाँग दिया था। वह बिलकुल उस एंटीना की तरह ही काम करता था। भारत में वैसे भी अधिकतर काम जुगाड़ से ही किये जाते हैं।

जैसे-जैसे हर्षा उस एंटीना रूपी रिम को घुमाता, आवाज़ लगाता, "साफ़ आवा?"

मैं तुरन्त टीवी की तरफ़ देखता और उसे आवाज़ लगाता, "नहीं!"

फिर वह घुमाता और यही प्रश्न पूछता।

कुछ देर में किसी एक विशेष कोण पर टीवी पर चित्र साफ़ आने लगते तो मैं चिल्ला उठता, "हाँ, आवा रहे। पर खराब हुई गा। फिर से पाछे जाओ!"

"हाँ, बस इत्ते मा रखो!"

उस कोण में एंटीना को लगाना उतना ही बड़ा काम होता था, जितना बहुत दूर बैठे किसी लड़के की नकल करके परीक्षा पास करना। आज बदकिस्मती से एंटीना काम ही नहीं कर रहा था और बैट्री से चलने वाले ब्लैक एंड व्हाइट टीवी का पर्दा भी बैट्री के कम होने के साथ-साथ सिकुड़ता जाता था।

"अब का होई?" मैंने हर्षा की तरफ़ देखा।

उसने मेरी तरफ़ देखते हुए एक बेहतरीन सुझाव दे दिया, "सुनैना अपने हेन जब टीवी देखत रही। तब वा एडवर्टाइजमेंट के समय टीवी बन्द कर देत रही।"

बात तो सही थी। मैंने भौंहें उठाकर उसकी तरफ़ देखा और उसकी दाद दी, "वाह छोटकू तू तो बड़ा हुई गवा!"

वह मुझे देखकर शर्माते हुए मुस्कुराया।

अब हम भी सीरियल के बीच में एडवर्टाइजमेंट आता तो तुरन्त बैटरी से चिमटी निकाल देते और थोड़ी देर के लिए टीवी बन्द कर देते। परन्तु हर पाँच मिनट के बाद टीवी का पर्दा छोटा होता जा रहा था। जैसे-जैसे छोटा होता जाता, हमारे दिल की धड़कनें बढ़ती जातीं। मन में यह शंका जागती, कहीं बीच में ही यह बैटरी फुस न बोल जाये और हम पूरा सीरियल भी न देख पायें। बैटरी जाने के साथ दूसरा डर यह भी था कि शक्तिमान को अपने जाल में फँसाकर किल्बिस उसे अपने क्षेत्र में बुला रहा था। ऐसे क्षेत्र में, जहाँ शक्तिमान कभी नहीं जीत सकता। बात यह थी कि उसने गीता को चंगुल में फँसा कर अपने पाप क्षेत्र में बुला लिया था। मैंने हर्षा की तरफ़ देखा वह आँखें फाड़ के टीवी तो देख ही रहा था, साथ ही हाथ जोड़कर भगवान से प्रार्थना कर रहा था कि आज शक्तिमान को किल्बिस की चाल से बचा लो। अगर उसके पाप क्षेत्र में शक्तिमान घुस गया तो किल्बिस तुरन्त शक्तिमान

को मार डालेगा और सच्चाई के दूत का अन्त हो जायेगा। मैं भी लगभग इसी भावना से गुज़र रहा था।

तभी पीछे से आवाज़ आयी, ''इन्हें देखो, बैटरी चुकी जात है पर टीवी देखियें!''

हमें ऐसा लगा कि साक्षात किल्बिस ही पीछे आ गया हो। जैसे ही पीछे पलटकर नज़रें घुमायीं बाबू जी दहाड़ रहे थे, ''चलो बन्द करो टीवी, शाम के इमरजेंसी जलवायें का न होइ!''

''अरे बाबू जी, अंतिम दस मिनट बाकी हैं। देख ले देव!'' मैं बाबू जी से गिड़गिड़ाने लगा।

''चल भाग, पढ़ए का न ढेला भर और टीवी देखइहें!'' बाबू जी ने चिमटी निकाल दी।

हम दोनों मन मसोस के तखत पर आकर बैठ गये। पर मन में वही 'शक्तिमान' का एपिसोड चल रहा था। आखिर आगे क्या हुआ होगा? शक्तिमान क्या किल्बिस के जाल में फँस जायेगा? क्या शक्तिमान मर जायेगा? मैं सोच ही रहा था कि मेरी नज़र हर्षा के चेहरे पर गयी। उसका सोंठ जैसा चेहरा देखकर मुझे समझ आ गया कि उसके दिमाग में भी यही चल रहा है।

कुछ देर चुप रहने के बाद वह धीरे से बोला, ''दद्दा, अगर गीता मेयर के चक्कर मा न पड़त तो शायद आज या नौबत न आवत। अपने चक्कर मा शक्तिमान का मरवाये डाल रही है!''

उसका चेहरा मैंने देखा, उसके चेहरे का भाव देखकर मुझे ऐसा प्रतीत हो रहा था, जैसे वह सीरियल के पुराने एपिसोड में खो गया हो और यह सोच रहा हो कि कैसे शक्तिमान को इस जाल में फँसने से पहले बचाया जा सकता था।

थोड़ी ही देर बाद उसने एक सवाल दागा, ''दद्दा, अगर शक्तिमान का किल्बिस मार डाला तो?''

मैंने उसे समझाते हुए बताया, ''कभी सत्य पर बुराई की जीत हुई है?''

उसने 'न' में सिर हिलाया। ''तो फिर?'' मैंने कहा, ''आज भी सत्य पर असत्य की जीत नहीं हो सकती।'' पर मैं भी इधर इस असमंजस में था कि आगे क्या हुआ होगा। और फिर सवाल पूरा हफ़्ता हमें परेशान किये रहता। आखिर शक्तिमान का क्या हुआ होगा?

सफल प्रेम की गाथा

मैं, अनाया और चेतु भैया की किताब
बेंगलुरु

क्रिसमस का दिन था, आज सभी सैंटा अपने बच्चे को गिफ़्ट दे रहे थे। कोई रविंदर सिंह का चर्चित नॉवेल अपने बच्चे को दे रहा था, कोई शिव खेड़ा की मोटिवेशनल किताब। किसी के बच्चे ने ईयर फ़ोन माँगा था और किसी ने हैलमेट। सभी एक-दूसरे को उत्साह और खुशी से अपने गिफ़्ट दिखा रहे थे। अपनी विश पूरी होने पर सभी ऐसे खुश थे, मानो उन्हें कोई खज़ाना मिल गया हो...वैसे कुछ सौ रुपयों के गिफ़्ट पाकर खुश होने वाले बन्दों का पैकेज लाखों का था। पर कहते हैं, गिफ़्ट की खुशी रुपयों से नहीं तौली जा सकती। और फिर अगर खुश होने के लिए हम बड़े वक्त का या बड़े कामों का इन्तज़ार करेंगे तो जीवन में बहुत कम वक्त मिलेगा खुशियाँ मनाने के लिए।

आज की भागदौड़ की ज़िन्दगी में हम लोग खुशियाँ मनाना ही भूल गये हैं। हर समय टेंशन, कभी ऑफ़िस की, कभी परिवार की और कभी गर्लफ्रेंड से झगड़ों की। लेकिन चाहे दीवाली हो या क्रिसमस या ईद, सभी त्यौहार हमें बीच-बीच में इस टेंशन से जगाते हैं और उत्साह, उमंग के साथ खुशियाँ मनाने पर विवश करते हैं। आखिर त्यौहार न हों तो शायद हमारी भागती-दौड़ती ज़िन्दगी से खुशियाँ उसी तरह गायब हो जायें जैसे जंगलों से चीते गायब हो रहे हैं। दूसरी तरफ़ हर त्यौहार की अपनी खासियत है। अब अगर दीपावली न आये तो हम जैसे घर से दूर रहने वाले लोग घर जाना ही भूल जायें। यही तो त्यौहार होता है, जब हम अपने घर जाते हैं, अपने दोस्तों से मिलते हैं। पुराने वक्त में एक बार फिर खो जाते हैं। अगर क्रिसमस न हो तो अपने दोस्तों को बेवजह हम गिफ़्ट दें ही न! शायद क्रिसमस हमें यही सीख देता है कि छोटी-छोटी खुशियाँ जिस तरह बचपन में हमें खुश कर जाती थीं, उसी तरह हमें जीवन भर छोटी-छोटी बातों में खुश होना चाहिए। नीरस ज़िन्दगी को सजीव और उत्साही बनाये रखने में इन त्यौहारों का बहुत बड़ा योगदान है।

हर कोई अपने 'बच्चे' को गिफ़्ट दे चुका था। जब किसी बच्चे को गिफ़्ट मिलता तो कजरारी आँखों वाली अनाया उसे देखने पहुँच जाती। फिर

मेरी तरफ़ तिरछी निगाह से एक आस में देखती और मैं था कि उसे अनदेखा कर फिर अपने काम में जुट जाता। तब वह आकर अपनी सीट पर बैठ जाती और मुझसे कहती, ''जानते हो, प्रवीण के सैंटा ने उसे लेडीज़ बैग गिफ़्ट किया है,'' और हँसने लगती। बार-बार वह मुझे याद दिलाना चाह रही थी कि तुम अपने 'चाइल्ड' यानी उसे गिफ़्ट कब दे रहे हो?

''प्रवीण का सैंटा कोई उसका दोस्त ही रहा होगा,'' मैंने जवाब दिया, क्योंकि घनिष्ठ मित्र ही ऐसा मज़ाक कर सकता है। मैंने उसकी मंशा की तरफ़ कतई ध्यान न दिया।

कुछ देर बाद जैसे ही दूसरे व्यक्ति को गिफ़्ट मिलता तो वह तुरन्त उठकर उसे देखने चली जाती और वहाँ से फिर मेरी तरफ़ देखती। कम-से-कम इस त्यौहार के कारण उसके अन्दर का बचपना बाहर झलकने लगा था। ठीक बच्चों की तरह शायद वह मुझसे गिफ़्ट की उम्मीद कर रही थी पर मैं ऐसे दिखा रहा था मानो मैं उसके लिए गिफ़्ट लाया ही नहीं हूँ। वह हर किसी का गिफ़्ट देखकर तड़प रही थी। इस तरफ़ मेरे अन्दर नये-नये प्रेम का भूत सवार था; वह इश्क जिसे कुछ ज़्यादा दिलचस्प बनाया जा सके, वह मोहब्बत, जो कुछ इन्तज़ार के बाद मिले; वह प्रेम जिसके पाने की बेचैनी सामनेवाले के बर्ताव से साफ़ ज़ाहिर हो।

वैसे भी इश्क की तीन स्टेजिस होती हैं, उन तीन स्टेजिस में से यह पहली स्टेज थी। इस स्टेज में देश-दुनिया की कोई फ़िक्र नहीं रहती। आँखें बन्द होने पर भी सिर्फ़ वही दिखती है। उसके लिए कुछ भी कर गुज़रने को जी चाहता है। उसकी आँखों की मदहोशियों में डूबने का मन करता है। अपनी सारी फ़ेंटेसी पूरी करने का मन करता है, भले ही कोई देख रहा हो या नहीं। मैं भी अपनी इस मोहब्बत को थोड़ा और दिलचस्प बनाने में जुटा हुआ था।

शाम हो चली थी। उसकी नज़रों में बेचैनी बढ़ गयी थी, छटपटाहट बढ़ गयी थी। वह कभी मेरी तरफ़ देखती और कभी उन लोगों की तरफ़ जिन्हें बहुत पहले गिफ़्ट मिल चुके थे। जब मैं कुछ न बोलता तो किसी दूसरे के गिफ़्ट की तारीफ़ कुछ इस अन्दाज़ में करती जैसे मुझे ताने दे रही हो। इश्क का मज़ा कभी-कभी तानों में भी नज़र आता है। उसके ताने मेरे कानों से छनकर मोहब्बत की शक्ल में मेरे दिल में दाखिल हो रहे थे। अब घर जाने

में कुछ ही मिनट बचे थे। सभी लोगों ने अपने-अपने बैग पैक करने शुरू कर दिए थे। आवाजाही बढ़ने लगी थी। हर किसी के हाथ में एक गिफ़्ट था। यह सब देख उससे रहा नहीं गया और आखिरकार उसने मुझसे पूछ लिया, "तुम गिफ़्ट नहीं लाये मेरे लिए?"

मैंने फिर से कुछ यूँ चेहरा बनाया ताकि मेरी गलती की सारी शर्मिंदगी मेरे चेहरे पर ही दिख जाये। कुछ भी ऐसा न बचे, जो वह देख न पाये।

पर इस बार वह सिर्फ़ चेहरा देखकर मानने वाली नहीं थी, मुझे हिलाते हुए पूछने लगी, "हाँ, सर। आपसे ही पूछ रही हूँ?"

मैं तुरन्त उसे रिझाते हुए बोला, "गिफ़्ट? क्यों? मैं तुम्हारे लिए गिफ़्ट हूँ न!"

"बताओ, सच्ची!" वह थोड़ा बच्चों जैसी आवाज़ में कहते हुए हाथ-पैर पटकने लगी।

"नहीं! चलो बाद में दे दूँगा।"

अब तो उसका पारा चढ़ गया। वह एकदम से नाराज़ हो गयी थी। तुरन्त सिर झटककर बड़े आवेश में अपने सामान को बैग में डालने लगी। उसकी आँखों में गिफ़्ट न मिलने का गुस्सा साफ़ दिख रहा था। वैसे तो हम दोनों साथ में ही निकलते थे पर आज उसने बैग टाँगा और बिना मेरी तरफ़ देखे रूठ कर जाने लगी। वह मेरे सामने से निकलकर चली गयी। यही सही वक्त था, अपनी मोहब्बत का अनूठे तरीके से इज़हार करने का। लोगों को यह बता देने का कि वह अब मेरी गर्लफ्रेंड है। मैंने तुरन्त अपने बैग से गिफ़्ट निकाला और ज़ोर से चिल्लाया, "अनाया, रुको!"

जैसे ही मैंने पुकारा, वह ठहर गयी। शायद उसके मन में भी यही चल रहा होगा कि हर फ़िल्म के नायक की तरह मैं भी अपनी प्रेमिका को जाते-जाते रोक ही लूँगा। वैसे भी 'दिलवाले दुल्हनिया ले जायेंगे' का इफ़ेक्ट पूरे भारत में बराबर पड़ा है। न कहीं कम, न कहीं ज़्यादा। लहराते खुले स्ट्रेट बालों के साथ जब वह पलटी तो चेहरे पर मुस्कान लिये हुए थी। वह जानती थी कि ऐसा हो ही नहीं सकता कि उसका बॉयफ्रेंड गिफ़्ट न लाया हो। पर मेरे नखरों से परेशान होकर उसने अपना नखरा दिखाते हुए नहले पर दहला मारा था। मेरी पुकार से लोगों की निगाहें हम दोनों पर ही आ गयी थीं। सभी

लोग अपना-अपना काम छोड़कर हम दोनों को ही देख रहे थे। पर मैं इस सबसे बेखबर था। मैंने पहले ही बताया। यह हमारी मोहब्बत की पहली स्टेज थी। इस दौरान उस लड़की के सिवाय कोई नहीं दीखता जिससे आप मोहब्बत करते हैं। और शाहरुख खान का असर ऐसे वक्त पर कुछ ज़्यादा ही चढ़ जाता है। तुरन्त बैग से गिफ़्ट निकालकर उसके पास भागते हुए गया और घुटनों के बल बैठकर वह गिफ़्ट देते हुए बोला, "आई लव यू, अनाया।"

उसने भी हाथ से गिफ़्ट को पकड़ा और मेरा एक हाथ अपने हाथ से पकड़कर उठाते हुए मुझे गले से लगा लिया और कान में बोली, "आई लव यू टू।"

और तालियों की गड़गड़ाहट से पूरा हॉल गूँज उठा। यह तो मैं समझ गया था, प्रेम की शक्ति खुद के एहसास में ऐसा डुबो देती है कि हम समाज के बंधन और डर से मुक्त हो जाते हैं। मुझे आज किसी की फ़िक्र नहीं थी, मुझे आज अपनी जॉब की भी फ़िक्र नहीं थी। कॉर्पोरेट वर्ल्ड में चोरीछुपे बहुत कुछ होता है पर खुलेआम शायद पहली बार यह प्रपोज़ल रखा गया होगा। हम दोनों एक-दूसरे से वैसे ही लिपटे हुए थे। जब तालियों की आवाज़ थोड़ी कम हुई, हम होश में आये और धीरे से अलग हो गये। इधर-उधर नज़र दौड़ाई तो लोगों को अपने बिलकुल नज़दीक पाया। सभी सहकर्मी हम दोनों को बधाइयाँ दे रहे थे। और मैं रौब में सीना फुलाकर खड़ा था। वैसे भी खुलेआम अपनी प्रेमिका को प्रोपोज़ दो ही व्यक्ति कर सकते हैं, एक हिन्दी फ़िल्मों में शाहरुख खान और एक साहसी व्यक्ति। यूँ भी मोहब्बत के मामले में शाहरुख से निडर व्यक्ति कौन होगा? चाहे भरी रोड हो या कॉर्पोरेट, लंदन हो या न्यूयॉर्क, आधी रात का समय हो या भरी दोपहर, अमीर घर की लड़की हो या बड़ी सुन्दर। हमारी फ़िल्मों के इस हीरो ने हर जगह बिना किसी डर के प्रोपोज़ किया है। यहाँ तक कि मेरे जैसे डरने वाले और सोच-समझ कर चलने वाले शख्स के भीतर भी प्रेम ने इतना साहस पैदा कर दिया। मैं किसी तरह उस भीड़ से निकला और अपना बैग पैक करने लगा। तब तक नेहा और रश्मि, अनाया का गिफ़्ट देखने लगी थीं। गिफ़्ट खोला गया, इस गिफ़्ट में दो प्रदेशों की कहानी की किताब थी जिसे अपने चेतु भैया यानी चेतन भगत ने लिखा है। हाँ, वही किताब जो आप सोच रहे हैं *टू स्टेट्स*। इसमें सफल प्रेम

की सफल गाथा है। मैं असफल प्रेम की कहानी उसे नहीं देना चाहता था। साथ-ही-साथ कवर को मैंने प्रिंट कराया था, सामने की तरफ़ दो प्रदेशों की कहानी का कवर था और उसके पीछे सबसे पहले पन्ने पर मेरी और अनाया की तस्वीर और बिलकुल अन्तिम कवर के पीछे, मेरी अनाया को किस करते हुए फ़ोटो छपी थी। बिलकुल कहानी की तरह फ़ोटो का भी सफल अन्त और हमारी ज़िन्दगी का भी सफल अन्त होने की उम्मीद पर ही मैंने यह किताब उसे भेंट की थी।

इस प्रपोज़ल का परिणाम यह हुआ कि मेरा सीना साहस और आत्मविश्वास से चौड़ा हो गया था और दूसरी तरफ़, अब सभी कर्मचारी जान चुके थे कि मैं और अनाया प्रेमी-प्रेमिका हैं। हर किसी ने हम दोनों को स्पेस देना शुरू कर दिया था। अब कहीं बैठकर कॉफ़ी पीने या कहीं बैठकर बातें करने पर कोई रोक नहीं थी क्योंकि पीठ पीछे अब कोई यह बात नहीं करने वाला था उन दोनों का चल रहा है क्या? अब सब साफ़-साफ़ था। तीसरा और सबसे महत्त्वपूर्ण यह कि अब अनाया का नाम 'वर्जिन गर्ल' से हटकर 'लवर गर्ल' हो गया था।

आदमी के शरीर में एक औरत हूँ मैं

मैं, हर्षा और अमन
गोपालपुर गाँव

ज़िन्दगी की दास्ताँ अगर परिवार, नज़दीकियों और सच्चे दोस्त के नाते देखी या सुनी जाये तो वह हमेशा उसकी सच्चाई से कहीं भिन्न होती है। इतनी भिन्न जैसे कोई वस्तु दूर से देखने पर कुछ अलग दिखाई देती है और पास जाने पर कहीं अलग। अगर मन के सबसे नज़दीक किसी चीज़ को माना जाये तो वह डायरी हो सकती है। फिर भी मैं डायरी को भी उतना सटीक नहीं मानता क्योंकि शायद दुनिया का सबसे कठिन काम खुद की सच्ची डायरी लिखना होता है। बेशक आप सच्ची बात लिखने के लिए कलम उठायेंगे और काफ़ी हद तक अपनी ज़िन्दगी के अनेक ऐसे पहलुओं के बारे में लिखेंगे जो किसी को नहीं पता होंगे। पर अगले ही क्षण आप की कलम कुछ बातों को लिखने

से रुक जायेगी। और आप कुछ बातों को लिखने से परहेज़ कर जायेंगे। फिर भी मैं डायरी को किसी भी शख्स के मन की सबसे करीब की वस्तु मानता हूँ। अगर किसी की डायरी मिल जाये तो बेशक उसकी ज़िन्दगी की असलियत काफ़ी हद तक पता चल सकती है। वह क्या सोचता है? वह क्या चाहता है? आखिर वह है कौन? जो हम समझ रहे हैं, उससे कहीं बिलकुल अलग तो नहीं? जो हम सोच रहे हैं, हमारी सोच के विपरीत तो नहीं?

ऐसा ही एक दिन मेरे साथ हुआ। हर्षा मम्मी के साथ बाज़ार गया हुआ था। सामने लगी पेंडुलम वाली घड़ी ने 'टन्न-टन्न' की पाँच बार आवाज़ लगायी थी। मैं अलमारी में अपनी किताब ढूँढ रहा था, मुझे मेरी गणित की किताब नहीं मिल रही थी। मैंने यूँ ही उसकी अलमारी में खोजना शुरू किया कि कहीं मेरी किताब गलती से उसकी अलमारी में तो नहीं पहुँच गयी। अलमारी में खोजने पर गणित की किताब तो नहीं मिली पर एक लाल रंग की डायरी ज़रूर हाथ लग गयी।

डायरी! हर्षा डायरी भी लिखता होगा यह बात मेरी कल्पना से परे थी! हम दोनों भाई ही नहीं बल्कि पक्के दोस्त भी थे। पर आज तक तो उसने मुझे यह डायरी नहीं दिखाई थी और न ही कभी इसका ज़िक्र किया था। मेरी उत्सुकता बढ़ गयी। उसे खोलकर देखने की तीव्र इच्छा को मैं रोक नहीं सका। और डायरी को खोल ही लिया...

डायरी के पहले पन्ने पर ही गुलाबी रंग के सुन्दर और बड़े-बड़े अक्षरों में लिखा हुआ था, 'मैं जो दिखता हूँ, वह हूँ नहीं और जो हूँ, वह दिखता नहीं।'

'मैं हर नये दिन की शुरुआत भगवान के नाम के साथ करता हूँ, उन्हें धन्यवाद कहता हूँ। आखिर उन्होंने मुझे हाथ दिये हैं जिनका इस्तेमाल करके मैं काम कर सकता हूँ, दो पैर दिये हैं जिनसे चल सकता हूँ। दो आँखें दी हैं, जिनसे इतनी सुन्दर धरती देख सकता हूँ, यह मुँह दिया है जिससे मैं बोल सकता हूँ पर जैसे ही अपने बिस्तर से आज भगवान का धन्यवाद देकर उठा..., बाबू जी जो बगल की चारपाई में मच्छरदानी लगाये सो रहे थे और अभी-अभी जगे थे उनके मुँह से तपाक से निकला, "दिखा दिया, सुबह-सुबह अपना मनहूस थोबड़ा। कई बार सिखावा है, हमरे बगल मा न सोया कर!" भगवान का धन्यवाद देना गया तेल लेने। समझ आया, रात में जो जीवन जिया था

वह कोई सपना था। ऐसा सपना जिसका असली ज़िन्दगी से कोई लेना-देना नहीं है। असली ज़िन्दगी की सुबह तो अब हुई है। हर नये दिन के साथ मुझे जिसका सामना करना पड़ता है। उस उम्र में जब एक पिता अपने पुत्र के साथ दोस्त जैसा बर्ताव करता है, मुझे भारी उपेक्षाओं का शिकार बनना पड़ रहा है। बाबू जी बात-बात पर मुझे आँखें दिखाते हैं। मार-पीट का इस कदर आदी हो चुका हूँ कि मत पूछिये। खाने-पीने की तरह यह मानो मेरी रोज़मर्रा की ज़िन्दगी का एक अभिन्न हिस्सा बन गयी है। ज़िन्दगी की हर सुबह कुछ शर्तें लेकर आती है और ज़िन्दगी की हर शाम तजुर्बा दे जाती है।

'बाबू जी से बचने के लिए मेरे सामने एक ही विकल्प है। और वह है मेरा स्कूल। हालाँकि वहाँ भी मुझे कम उपेक्षाओं का शिकार नहीं होना पड़ता। पर बाबू जी के अमानवीय व्यवहार और मार से मुझे राहत मिल जाती है।

'मैं अपने स्कूल गया था। मैं हर रोज़ बड़ी ही खुशी से अपने स्कूल जाता हूँ। एक बात बताऊँ आपको? मैं जाता हूँ कहने से बेहतर जाती हूँ कहना पसन्द करूँगी...कहूँ? चलिए, अब आपने इजाज़त दे दी है तो मैं कहती हूँ। स्कूल मैं बहुत जल्द जाती हूँ, अगर पहुँचने में देर हो जाती है तो सारे बच्चे इतने दुष्ट हैं कि मुझे साथ में बैठाते ही नहीं हैं। पता नहीं क्यों? शायद, मैं उनसे अलग हूँ। मुझे तो समझ में नहीं आता कि आखिर मैं उनसे कैसे अलग हूँ। मेरे पास भी दो हाथ हैं, दो पैर हैं। दो आँखें, दो कान और एक मुँह है फिर क्यों? और ये रीतिका मैडम तो बहुत ही बड़ी दुष्ट हैं। जब किसी को डाँटना होता है तो बोलती हैं—''अगर किसी ने बदमाशी की तो उसे हर्षा के पास बैठा दूँगी!'' पता नहीं मेरे अन्दर ऐसे कौन से काँटे लगे हुए हैं, जो लोग अगर मेरे पास में बैठेंगे तो उनको चुभ जायेंगे और उन्हें सज़ा मिल जायेगी! पर जब सभी इस बात पर ठहाका मारकर हँसते तो मुझे कम-से-कम इस बात का एहसास हो जाता है कि इसमें सज़ा हो या न हो लेकिन मेरा मज़ाक ज़रूर उड़ाया जा रहा है। आज भी तो ऐसा हुआ था। रीतिका मैडम ने शुभम को यही कहकर डाँटा था।

'मैं चुपचाप आकर अमन के पास बैठ गयी।

'अमन?

'अमन को नहीं जानते? अरे, आप जानेंगे भी कैसे? मैंने बताया भी तो

नहीं। अमन मुझसे दो कक्षा सीनियर है, मैं आठवीं में पढ़ती हूँ और वह दसवीं में पढ़ता है। पहली बार मैंने उसे तब देखा था जब वह प्रार्थना के समय देरी से आया था और टीचरों ने उसे सज़ा के तौर पर अलग खड़ा कर दिया था। मैं आगे ही तो खड़ी थी। इतने करीब से मैंने उसे पहली बार देखा। उसका गोरा, चिकना चेहरा। उसका चौड़ा सीना और लम्बी कद-काठी ने पहली बार में ही मुझे आकर्षित किया था। उस पर से मेरी नज़र हट ही नहीं रही थी। पता नहीं अमन ने क्या समझा—मुस्कुरा दिया था बस। इससे पहले मुझे आज तक न ही किसी लड़की ने आकर्षित किया था और न ही किसी लड़के ने। मैंने अपने मन को बहुत समझाने की कोशिश की कि मुझे मेरे घरवाले लड़का कहते हैं, तो मुझे लड़के से प्यार नहीं हो सकता। आखिर पापा को मम्मी से प्यार हुआ। मम्मी को किसी दूसरी मम्मी से प्यार नहीं हुआ, न ही पापा को दूसरे पापा से। भैया को भी भाभी से प्यार होगा। इसी तरह मैं भी लड़का हूँ तो मुझे भी लड़की से ही प्यार होगा। मैं लड़कों की तरफ़ कैसे आकर्षित हो सकती हूँ! मैं लड़कों को घूर नहीं सकती। पर जो भी हो, भगवान को कुछ और ही मंजूर था।

'उस दिन के बाद वह मुझसे मिलने-जुलने भी लगा था। दूसरों की तरह मुझे चिढ़ाना भी बन्द कर दिया था। हालाँकि कई बार अपने दोस्तों के साथ मिलकर मेरा मज़ाक उड़ाते हुए उसे मैंने देखा था।

'एक दिन वह हाफ़ पैंट और टी-शर्ट पहनकर दौड़ता हुआ मेरे घर के सामने से भी तो निकला था। उसकी खुली चिकनी मांसल टाँगों ने मुझे आहें भरने पर मजबूर कर दिया था। जब वह दौड़ता हुआ जा रहा था तो पीछे से उसके हिलते हुए गुदाज़ नितम्ब दिनोदिन मेरे दिमाग में घूमते रहे। वह क्षण भर के लिए आया और गुज़रा था पर उसकी इस कशिश पर मैंने अपना सब कुछ न्योछावर कर दिया था। अब मुझे पूरी तरह विश्वास हो गया था कि मैं लड़का नहीं हूँ। वास्तव में मैं जो दिखता हूँ, वह नहीं हूँ। उस समय मुझे इतना तो एहसास हो चुका था कि मेरी इस देह में एक ऐसा मन निवास करता है जो लड़की का है। इसीलिए मुझमें सभी लड़की सुलभ गुण प्रकट हो रहे हैं। लड़की का वह मन लड़कों की ओर आकर्षित होता है, उसके सीने में उसे वह दुनिया दिखती है, जो उसे सुरक्षित रखेगी। उसके गुदाज़ नितम्बों को देखकर

काम वासना आती है, जिन्हें वह अपने हाथों में कसकर दबा लेना चाहती है। यहाँ तक कि मेरे अन्दर रहने वाली लड़की को लड़कियों के खेल ही पसन्द हैं और औरतों की तरह श्रृंगार करना अच्छा लगता है।

'मैं अमन के साथ लंच कर रही थी। मैं शान्त बैठी हुई खा रही थी, आज कुछ बोल नहीं रही थी। अमन को यह बात तुरन्त ही पता चल गयी थी। उसने आखिर पूछ ही लिया, "क्या हुआ हर्षा?"

' "पता नहीं लोग मेरा मज़ाक क्यों उड़ाते हैं? आज भी रीतिका मैडम ने फिर वही मज़ाक दोहराया।" हम दोनों अलग बैठकर ही खाना खाया करते थे। उसने मुझे समझाना शुरू किया, "हर्षा देखो, तुम अलग हो। हम सबसे अलग, तुम्हारे जैसे लोग इस समाज से अलग रहते हैं। उनका एक अलग मोहल्ला ही होता है। उन मोहल्लों का नाम कुछ इस तरह होता है हिजड़ा गली, कस्तुरमा नगरी वगैरह। वे लोग बिलकुल तुम्हारी तरह ही सोचते हैं, और तुम्हारी ही तरह उन्हें भी लड़के पसन्द होते हैं।"

'मुझे आज नयी बात पता चली थी, मैं सोच रही थी कि मैं ही सिर्फ़ ऐसी हूँ, जिसमें पुरुष के आवरण तले एक स्त्री छिपी बैठी है। बात-बेबात स्त्रियोचित आचरण उमड़ आने को तैयार रहते हैं। पर उसने बिलकुल अजीब बात बताई थी। "सच में मेरे जैसे कई लोग हैं, इस दुनिया में?"

' "हाँ" उसने जवाब दिया।

'अब मेरे मन में खुशी की एक लहर दौड़ गयी थी कि मैं अकेली नहीं हूँ। मेरी कई बहनें हैं। उनसे मिलने की लालसा भी मेरे मन में उसी वक्त से ही पैदा हो गयी थी। फिर भी यह सवाल घूम-घूम कर आ रहा था कि आखिर अलग क्या है? मुझसे आखिर रहा ही नहीं गया, "अमन, यह बताओ, आखिर मुझमें और तुममें अलग क्या है?"

'वह मुस्कुराया, "मैं लड़का हूँ और तुम किन्नर।"

' "हाँ, तुम लड़का हो, समझ सकती हूँ पर किन्नर? ये किन्नर क्या होता है??"

'मैं अमन के सामने खुद को लड़की की तरह ही सम्बोधित करती थी। वही तो था, मुझे समझने वाला इस पूरी दुनिया में।

' "बताता हूँ। बताता हूँ। पर लड़का होने के साथ-साथ कुछ और भी

हूँ,'' आँख मारते हुए अमन ने मुझसे कहा।

' ''हैं! कुछ और भी हो! देखो पहेली मत बुझाओ। वरना मैं चली।''

' ''लड़का तो हूँ, समलैंगिक भी।''

' ''ये समलैंगिक और किन्नर क्या होता है?'' मेरी उत्सुकता और बढ़ गयी थी।

'उसने मुँह पर हाथ रखते हुए धीरे बोलने का इशारा किया, ''श्श्श!''

'मैंने इधर-उधर देखा, कुछ बच्चे थोड़ी दूर पर बैठकर खाना खा रहे थे। मैं निश्चिन्त होकर उसकी तरफ़ देखने लगी। वह धीरे से बोला, ''आज का घंटा गोल करके बाहर चलो तो सब अच्छी तरह बताऊँगा।''

' ''बाहर ही चलना पड़ेगा? यहाँ नहीं बता सकते?'' मैं फुसफुसाई।

' ''बड़ी नासमझ हो, तभी बता पाऊँगा तुम्हें।'' कहकर उसने हल्के से एक चाँटा मेरे गाल पर मारा। पूरे शरीर में मानो एक बिजली-सी प्रवाहित होने लगी। मैं उसकी छुअन से एकदम मचल उठी...

'मैंने उसकी बात पर हामी तो भर दी थी लेकिन सबसे बड़ी मुश्किल यह थी कि यहाँ से निकलेंगे कैसे? वैसे मैं अकेले यह जोखिम नहीं उठा सकती थी पर अमन की वजह से मेरे अन्दर यह कदम उठाने का थोड़ा-बहुत साहस आ गया था। अगर पकड़ लिये गये तो बहुत मार पड़ सकती थी। इसलिए उसने मुझे छुट्टी के लिये एक प्रार्थनापत्र लिखने के लिए कहा। हमारे स्कूल के सामने बड़ा-सा गेट था। जहाँ पर एक चपरासी बैठा करता था। वह गेट हमेशा बन्द रहा करता था पर अगर किसी बच्चे को बीच में घर जाना है तो वह किसी अध्यापक से अनुमति लेकर जा सकता था। वह प्रार्थनापत्र गेट पर बैठे चपरासी को दिखाना पड़ता था। अमन ने इसीलिए मुझे प्रार्थनापत्र लिखने के लिए कहा था।

'उसने इंटरवल खत्म होने के पाँच मिनट पहले बैग लेकर शौचालय के पास आने के लिए कहा। मैं जब बैग लेकर शौचालय के पास पहुँची तो वह वहीं खड़ा था। उसने तुरन्त प्रार्थनापत्र देने के लिए कहा। जैसे ही मैंने उसे प्रार्थनापत्र दिया, उसने अपनी जेब से ग्रीन पेन निकाल कर प्रिंसिपल के हस्ताक्षर कर दिए। फिर मुझे प्रार्थनापत्र पकड़ाते हुए बोला, ''तुम आगे-आगे

जाओ और चपरासी को ये दिखा कर चली जाना।''

'मैं चल तो दी थी, पर हाथ-पैर थर-थर काँप रहे थे। आँखें सीधा न देखकर इधर-उधर देख रही थीं। कहीं कोई देख तो नहीं रहा? काँपते हुए पैरों की गति तेज़ हो गयी थी। वे जल्द-से-जल्द गेट से बाहर निकल जाना चाहते थे। जब आपका मन बड़ी जल्दी में हो और आप काम धीरे कर रहे हों तो उस समय दो चीज़ों का एहसास ज़रूर होता है पहला, डर और दूसरा, वक्त रेंगता हुआ लगता है।

'तभी मेरी नज़रें सामने से आती हुई अध्यापिका पर पड़ीं। अब तो मेरे होश ही उड़ गये, मैं क्या करूँ या न करूँ? मैं लौट जाऊँ या आगे बढ़ती जाऊँ? कहीं छुप जाऊँ या चलती जाऊँ? मैं कोई निर्णय लेने की स्थिति में नहीं थी। डर के मारे मेरे रोएँ खड़े हो गये थे, धड़कनों की रफ़्तार तेज़ हो गयी थी। अब कुछ ही क्षण हुए होंगे कि वह अध्यापिका दूसरे रास्ते से लाइब्रेरी की तरफ़ जाने लगीं। मेरी जान में जान आयी। मेरे कदम फिर तेज़ हो गये। चपरासी से कुछ बोलने की हिम्मत ही नहीं पड़ रही थी। इसलिए मैंने जाते ही उसे प्रार्थनापत्र थमा दिया था।

'कहते हैं जिसने पहले कभी चोरी न की हो उसकी चोरी जल्दी पकड़ ली जाती है। वैसी ही लगभग मेरी हालत थी, मेरे अन्दर ज़रा भी आत्मविश्वास नहीं था। चपरासी मेरी डरी हुई हालत देखकर दाल में कुछ काला समझ रहा था। वह बड़े गौर से प्रार्थनापत्र पढ़ रहा था। और मेरी हालत एक बिलकुल नौसिखिये चोर की तरह थी। पूरा पढ़ने के बाद उसने अपनी बड़ी-बड़ी आँखें तरेर कर कहा, ''ये खुद से हस्ताक्षर मारे हैं तुमने?''

'अब तो मानो मेरे पैरों तले की ज़मीन ही खिसक गयी। ये तो पहचान गया था, मेरे मुँह से एक शब्द भी नहीं फूट रहा था। मेरी शक्ल रुआँसी हो गयी और अब मुझे अध्यापकों से पिटाई होने का भविष्य भी नज़र आने लगा था। मुझे कुछ बोलता न देख चपरासी ने फटकार लगायी, ''प्रधानाचार्य को बुलाता हूँ अभी!''

'मैं मारे डर के काँप गयी थी, मेरी आँखों में आँसू आने वाले थे। तभी पीछे से आवाज़ आयी, ''हर्षा तुम गये नहीं अभी तक?''

'मैंने पीछे पलटकर देखा तो अमन आ रहा था। उसने चपरासी को अपना

प्रार्थनापत्र देते हुए बताया, ''मेरे ही सामने तो प्रिंसिपल ने इसके प्रार्थनापत्र पर हस्ताक्षर किये हैं? क्यों नहीं जाने दे रहे?''

'चपरासी ने अमन का विश्वास देखकर उसका प्रार्थनापत्र लौटाया, ''ये खुद कुछ नहीं बोल रहा है।''

' ''हर्षा बोला करो, वर्ना लोग तुम्हारे सही काम को भी झूठा कहेंगे।'' अमन ने मेरे सिर पर हाथ फेरा और चपरासी इससे पहले कुछ बोलता उसने ही कह दिया था, ''चलो, मैं भी जा रहा हूँ। तुम्हें अपनी साइकिल से तुम्हारे घर तक छोड़ दूँगा।''

'मैं अमन के साथ उसकी साइकिल पर बैठकर निकल ली।

'मैंने राहत की साँस ली, अगर अमन न आता तो आज मेरी वाट लगने वाली थी। मुझे अपनी सामान्य स्थिति में आने में वक्त लगा था। फिर भी स्कूल से जल्दी निकलने की खुशी तो वही बता सकता है जिसने बीच में गोल मारा हो।

'उतनी खुशी न घर में है, न द्वार में, न रसगुल्ले में है, न छेना में जितना क्लास का गोल मारने में।

गाँव के लवर्स प्वॉइंट

'अभी मैं ठीक से खुश हो भी नहीं पायी थी कि उस व्यक्ति से सामना हो गया जिससे इस दुनिया में मुझे सबसे ज़्यादा नफ़रत है। वह मुझे ऐसे घूरता है, जैसे मुझे कच्चा चबा जायेगा। उसे मुझमें उसका भोजन दीखता था और मुझे उसकी आँखों में एक जानवर। एक बार उसने ज़बरदस्ती मुझे गलत तरीके से छूने की भी कोशिश की थी। शुक्र था, पीछे से भैया आ गया था और इसे डाँट कर भगा दिया था। वह हमें आज भी घूरकर देख रहा था। उसे देखते ही मेरी साँसें थम जाती हैं, मैं डर सी जाती हूँ। वो है भी तो बहुत हट्टा-कट्टा। आज भी वह तब तक खड़ा होकर देखता रहा, जब तक हमारी साइकिल उसकी नज़रों से ओझल नहीं हो गयी।

'खैर, कुछ देर में ही हम अपने स्कूल और गाँव से काफ़ी दूर आ गये थे। एक घने जंगल में, जहाँ दूर-दूर तक सिर्फ़ लहराते हुए खेत और पेड़ ही दिखाई दे रहे थे। वैसे भी हमारे गाँव में सिर्फ़ दो ही लवर्स प्वॉइंट हुआ करते

थे—पहला, जंगलों से घिरा पुराना खँडहर और दूसरा, लहराते अरहर के खेत। बस थोड़ी दूर पर खँडहर दिखाई पड़ रहा था। मैं समझ गयी आज बारी इस लवर्स प्वॉइंट पर जाने की है। मैंने मुड़कर अमन की तरफ़ देखा तो वह भी मुस्कुरा दिया। मैंने कुछ-कुछ अन्दाज़ा लगा तो लिया था कि वह मुझे क्यों वहाँ लिये जा रहा था पर यूँ ही मज़ाक में पूछ लिया था, "यहाँ काहे जा रहे हो? तुम कह रहे थे कि तुम हमरे और अपने मा अन्तर बताओगे?"

' "हाँ, वही तो बताने चल रहे हैं हम।" उसने साइकिल तेज़ कर दी।

'अब जैसे-जैसे खंडहर पास आता जा रहा था, मेरे मन में पहले प्रेम की उमंग के साथ थोड़ा-थोड़ा डर भी भरता जा रहा था। दाँत कटकटाने लगे थे, मानो सर्दी का मौसम हो, होंठ और गला सूखने लगे थे मानो गर्मी पड़ रही हो। लेकिन मन में एक खुशी की ऐसी लहर दौड़ रही थी जो डर से तनिक भी भयभीत नहीं होने दे रही थी।

'हम दोनों उस खँडहर में घुसने लगे। दूर-दूर तक कोई आवाज़ नहीं सुनाई दे रही थी, सिर्फ़ चिड़ियों के चहकने के सिवाय। हर जगह पर घास-फूस ही दिखाई दे रही थी। हमें तो साँप-बिच्छू का भी डर लग रहा था। किसी तरह मैं अमन के पीछे-पीछे बच-बचा के जाने लगी। इमारत तो मज़बूत थी पर उसमें लगे पुर्ज़े ढीले हो चुके थे। सामने एक कमरा था, जिसमें लकड़ी के दरवाज़े लगे थे। अमन ने धक्का दिया तो 'चुर्र' की ज़ोर की आवाज़ के साथ दरवाज़ा खुल गया। मैं बड़े आहिस्ते-आहिस्ते कदम रख रही थी। अन्दर घुसे तो देखा कमरे में टूटी खिड़कियाँ लगी थीं जिसमें पतले लोहे की जालियाँ भी लगी थीं जो ज़ंग खाई हुई थीं। उन खिड़कियों में जाले-ही-जाले लगे हुए थे। मैं खिड़की के पास चली गयी और बाहर झाँकने लगी।

' "उधर क्या देख रही हो? यहाँ आओ," अमन ने इशारे से अपनी शर्ट की बाँह मोड़ते हुए नज़दीक आने को कहा।

'उसकी तरफ़ जा रही थी कि अचानक मेरी नज़र नीचे पड़ी। वहाँ दो सफ़ेद गुब्बारे पड़े हुए थे।

' "अरे, यहाँ गुब्बारा कौन खेलत है," कहते हुए मैं कौतुहलवश उन्हें उठाकर देखने के लिए थोड़ा झुककर हाथ बढ़ा ही रही थी कि अमन ने ज़ोर से मेरा हाथ पकड़कर खींच लिया अपनी तरफ़।

' "पगला गयी हो? ये बच्चोंवाला गुब्बारा नहीं है। समझीं?"

' "तो फिर?"

' "ये कंडोम है, जिसका उपयोग सैक्स के दौरान किया जाता है," उसने मुझे बताया।

'अब मेरी समझ में आया था कि दरअसल वो क्या चीज़ थी जिसका लोग बड़े चुपके से अफीम-गांजा की तरह नाम लेते थे और अपनी बातचीत से मुझे अलग कर देते थे, ताकि मैं उनकी बात किसी से न बता दूँ। वह एक फटे हुए गुब्बारे की तरह निकला।

'फिइइ... मेरी हँसी छूटने वाली थी कि पलक झपकते ही अमन ने मुझे दीवार से सटाकर खड़ा कर दिया। उसने अभी तक मेरा हाथ छोड़ा नहीं था और मेरे एकदम करीब आ गया। इतना करीब कि उसकी साँसों की गर्माहट मैं महसूस करने लगी। तभी उसने मेरे गालों को अपनी दोनों हथेलियों से पकड़कर आहिस्ते से मेरे होंठों को चूमा। एक अपूर्व एहसास से मेरी आँखें बन्द होने लगीं। उसके स्पर्श से मानो सैकड़ों बिजलियाँ दौड़ने लगी थीं मेरी रगो में। मैं उसके सीने से लिपट गयी थी। अपने दोनों मज़बूत हाथों से उसने मुझे कसकर पकड़ लिया था। फिर कब उसकी बाँहों से खुद को छुड़ाकर मैंने उसके शर्ट के बटन खोल दिए, कब मैंने उसकी शर्ट उतार दी, और कब मैंने उसके सीने को अपना दूसरा घर मान लिया था, मुझे पता ही न चला। कुछ ही क्षणों में हम दोनों खुद को एक-दूसरे को समर्पित कर बैठे। मैं आज होश में नहीं बल्कि आगोश में थी। थोड़ा-सा दर्द, थोड़ी-सी खुशी, थोड़ी-सी मोहब्बत लेकर हम घर वापस आने लगे। आज मुझे पता चल गया था कि मैं किन्नर क्यों हूँ और वह समलैंगिक क्यों...'

तभी मेरे कानों में आवाज़ सुनाई दी, "पापा क्या हुआ?"

सामने खड़े सूर्या ने मेरी आँखों के सामने हाथ हिलाकर मुझे विचारमग्न अवस्था से जगाया था। "हाँ, कुछ नहीं बेटा," मेरे मुँह से निकला।

फिर अपना सिर हिलाया और अपने बेटे को हाथ से अपनी गोदी में बैठाते हुए कहने लगा, "मैं सोच रहा था कि मेरा बेटा पहला ऐसा डिटेक्टिव बनेगा, जो गर्लफ्रेंड को किस नहीं करेगा।"

उसने अचंभित होकर पूछा, "ऐसा भी हो सकता है क्या पापा?"

"क्यों नहीं हो सकता है, जब बिना पैर के ब्लेड रनर ओलिम्पिक में दौड़ सकता है। बिना आँखों के एक शख्स साइकिल चला सकता है," मैंने उसे समझाते हुए पूछा, "तुमने भी तो देखा था उस दिन टीवी पर?"

उसने हाँ में सिर हिलाया, "हाँ, वो अँधा अपने आप साइकिल चला लेता था।"

फिर मैंने उसे प्रेरित किया, "तो मेरा बेटा भी गर्लफ्रेंड को किस किये बगैर डिटेक्टिव बन सकता है।"

वह भी एकदम से चहक उठा था, "यस, मैं बनूँगा!"

और हम दोनों खुशी-खुशी नीचे आ गये।

खेल-खेल में प्यार

मेरा और अनाया का प्रेम सम्बन्ध

बेंगलुरु

आजकल तीन तरह के प्यार किये जा रहे हैं। पहली तरह का प्यार ठीक वैसे ही होता है जैसे रोमियो जूलियट, हीर रांझा, लैला मजनूं या फिर किसी अद्‌भुत प्रेम कहानी की तरह। इस मोहब्बत को लेखकों का शुक्रगुज़ार होना चाहिए, यह प्यार सबसे कम लोगों के नसीब में होता है। फिर भी इसकी चर्चा अधिकांश किताबों में पढ़ने को मिलती है। यह प्यार असल में वह सुख देता है जो व्यक्ति सच में पाना चाहता है। जिसकी उम्मीद लेकर हम सभी प्यार करते हैं।

दूसरी तरह का प्यार कुछ उस तरह का होता है, जिसमें न कोई उम्मीदें हैं, न कोई कमिटमेंट और न ही कोई भावनाएँ जुड़ी हैं। यह प्यार सच में प्यार नहीं बल्कि प्यार की चादर ओढ़कर अपनी शारीरिक ज़रूरतों को पूरा करने के लिए बनाया गया सम्बन्ध होता है। यह ठीक वैसा ही होता है जैसे काले धन को सफ़ेद धन का नाम देकर यह कहा जाये कि यह मेहनत से कमाया हुआ पैसा है। इस तरह के सम्बन्ध भी कतई नुकसानदेह नहीं होते। इस तरह की मोहब्बत में दोनों ही व्यक्ति एक-दूसरे को जानते हैं, उन्हें भूत या भविष्य की कोई फ़िक्र नहीं होती और वे खुलकर जीते हैं। वैसे इस तरह

का प्रेम या तो चेतु भैया की किताबों में पढ़ने को मिलेगा या फिर कुछेक नसीब वाले लोगों को।

तीसरी तरह का प्यार वह होता है जिसे ज़्यादातर लोग महसूस करते हैं। यह पता ही नहीं होता, कब तुम्हें कोई फ्रेंड बना रहा है और कब महबूब? कब तुम्हें दुत्कार देता है और कब गले लगा लेता है। कब तुमसे मोहब्बत का इज़हार करने लगे और कब तुम्हें दोस्त के नाते कायदे में रहने को कह दे। कब तुम्हारे दिल की भावनाओं से जुड़ जाये और अगले ही दिन तुम्हें अपना अच्छा दोस्त समझकर अपने पुराने प्यार की याद आने की बात बताते हुए परेशान हो जाये। यह भी नहीं पता चल पाता कि आखिर सामनेवाला चाहता क्या है? उसे हमसे मोहब्बत है या दोस्ती?

हम दोनों का प्यार किस श्रेणी में आता है? यह मैं तो कभी समझ ही नहीं पाया। उम्मीद है कि आप लोग अन्त में हमारे प्यार को किसी-न-किसी श्रेणी में रखने में सफल हो जायेंगे।

खैर, मेरा और अनाया का प्रेम सम्बन्ध अपने चरम पर था। बिलकुल अपने चेतु भैया की किताब *टू स्टेट्स* की तरह, अपना भी प्रेम दिन प्रति दिन परवान चढ़ रहा था। हम दोनों ऑफ़िस में बैठकर दिन भर बातें करते, काम करते और एक-दूसरे को निहारते रहते। उसकी नज़रों से नज़रें मिलाये रहने से अब दिल भी नहीं रोकता था। अब उसे भी इन नज़रों से मोहब्बत हो चुकी थी। एक-दूसरे को देर तक एकटक देखते रहते। साथ में बात करते या कभी माइक्रोसॉफ्ट लिंक पर चैट करते और एक-दूसरे के चेहरे के भाव पढ़ते जाते। उसका चैट के साथ मुस्कुराकर बातें करना, कोई अच्छा जवाब लिख देने के बाद कनखियों से मेरी तरफ़ देखना और मेरे चेहरे में उस जवाब को लेकर कुछ देर की मायूसी को निहारना और उसके बाद वह फिर चैट पर लग जाती। साथ में लंच करना, बेशक उसका लंच मुझसे अलग हुआ करता था, वह ठहरी टिपिकल साउथ इंडियन और मैं कनपुरिया छोरा। वह नॉन-वेज और चावल ज़्यादा खाती थी। मैं ठहरा शुद्ध शाकाहारी व्यक्ति। लेकिन खाने में इतनी असमानताएँ होने के बावजूद हम दोनों साथ में लंच बॉक्स खोलते और खाते। मुझे याद है, एक सफल प्रेमिका की भाँति जब भी वह वेज लंच लाती तो पहला निवाला मुझे ही खिलाया करती थी, वह भी अपने हाथों से।

उसे तमिल गाने सुनना पसन्द था, मुझे बॉलीवुड के। पर इससे हमें कोई फ़र्क नहीं पड़ता था। हम दोनों एक-दूसरे में खोये हुए थे। शायद वह ज़्यादा खोयी थी, वह भूल ही गयी थी कि उसके अन्दर कोई कमी है। उसे किसी और से अब मतलब ही न था। बस अपने काम से और मुझसे। मानो उसे दूसरे लोग दिखते ही न हों। ऐसा प्रेम किसी जादू से कम नहीं होता। अब वह खुलकर जी रही थी। ठीक वैसे जैसे वह चाहती थी। आखिर उसने जीना सीख लिया था। हम दोनों बैठकर देर तक गेम खेला करते। कभी-कभी झगड़ा भी करते।

उस दिन शुक्रवार ही तो था। जैसा कि मैंने आपको बताया था कि इस दिन को हम पार्टी डे के नाम से जानते हैं। उस दिन कुछ ज़्यादा काम नहीं रहता है। हुआ यूँ कि हम दोनों ऑफ़िस के बाहर कैफ़े कॉफ़ी डे में बैठे हुए थे। दोनों ने अपनी-अपनी पसन्दीदा कॉफ़ी मँगा ली थी यानी मेरे सामने 'कॉफ़ी निर्वाना' और अनाया के सामने 'ट्रॉपिकल आइसबर्ग' रखी हुई थी। कॉफ़ी की चुस्की के साथ अनाया को पता नहीं क्या सूझा उसने गेम खेलने का प्रस्ताव रख दिया, "रात तक पार्टी मनाने का इन्तज़ार क्यों करें? चलो यहाँ बैठे-बैठे कोई गेम खेलते हैं।"

मेरी आँखों में सवाल थे—गेम? पहला गेम जो मेरे दिमाग में आया, वह था, 'ट्रुथ एंड डेयर'। यही वह गेम है, जिसे लड़कियाँ अधिक खेलना पसन्द करती हैं। इसी गेम से ज़्यादातर रिश्ते बनते व बिगड़ते हैं। मुझे याद आया, जब हम लोगों को बचपन में मोहब्बत हुआ करती थी, तो उसमें लुका-छिपी का बहुत बड़ा हाथ हुआ करता था। आज बड़े होकर कॉर्पोरेट वर्ल्ड में रिश्ते बनाने की ठीक वही जगह 'ट्रुथ एंड डेयर' ने ले ली है।

अनाया भाँप गयी मेरे दिल की बात। बोली—"हाँ, चलो कुछ नया करते हैं। मान लो कि तुम मेरे घर आये हो मुझे देखने के लिए। और हम दोनों में कुछ ऐसी बातचीत होगी जिससे पता चलेगा कि हम दोनों एक-दूसरे को जानने की कोशिश कर रहे हैं। शादी से पहले ये सब ज़रूरी होता है न? ठीक है?"

मैं खामोश उसकी बात सुन रहा था।

"अरे, कुछ बोलोगे भी? लड़के हो यार! ऐसे खामोश बैठोगे तो कैसे चलेगा? पूछ लेना, जो चाहे। अच्छा सुनो। शर्त यह है कि एक सवाल तुम करोगे, एक मैं।"

मैं समझ गया, यह तो 'ट्रुथ एंड डेयर' टाइप का ही गेम है। बस परिस्थिति बदल दी गयी है। जैसे चाउमीन को बदलकर मैगी बना दिया जाये। जैसे योग को बदलकर योगा कर दिया जाये।

"ओके" मेरे पास और कोई चारा भी नहीं था। अगले ही पल मन में प्रश्न आया, 'क्या पूछूँ?' मन बस खाना बनाने और बॉयफ्रेंड तक ही घूम रहा था। मैं उस पर लाइन तो मार नहीं रहा था, मुझे पता है कि उसका बॉयफ्रेंड मैं ही हूँ। मेरी जुबान से यही निकला—"तुम्हें खाना बनाना आता है?"

अनाया हँस पड़ी, "वही टिपिकल क्वेश्चन! हाँ, आता है। और तुम्हें?"

"हम्म। बस यूँ ही बना लेता हूँ कभी-कभार। कुक न आये तो।"

तभी मुझे मम्मी की वह बात याद आयी जब बगल के वर्मा जी की बहू जो कि प्राइमरी टीचर थी, उसने एक दिन घर में ही वर्मा जी और उनकी पत्नी के न रहने पर चिकन बनाया तो उसकी महक हमारे घर तक आ रही थी। मम्मी ने तुरन्त पल्लू से मुँह ढकते हुए बड़बड़ाना शुरू किया था, "ये आजकल की बहुरियाँ, इतनी बिगड़ैल होती हैं कि माछ-मछली, दारू सब करती हैं। अगर हमरे घर कौनो एसए आगये तो तोहार बाबू जी मारए डाले।" मैं वहीं पर बैठा उनकी बात सुन रहा था और मेरे मन में भी यह भर गया था कि मांसाहार का सेवन करना बहुत बुरी बात है। इसे सिर्फ़ बिगड़े लोग या फिर दूसरे धर्म के लोग ही करते हैं।

इसलिए मेरे घर की बहू बनने के लिए इस प्रश्न की चुनौती पर खरा उतरना ज़रूरी था, "तुम्हें खाने में क्या अच्छा लगता है?"

"चिकन बिरियानी," अनाया ने सहजता से जवाब दिया, "और आपको नॉन-वेज अच्छा लगता है?"

यह सुनते ही मेरे मन ने तुरन्त अन्दाज़ा लगा लिया कि अगर यह मेरे घर आयी तो घर के क्या हालात बनने वाले हैं!

और मैंने मना करते हुए उसे जवाब दिया, "नहीं, मुझे शाही पनीर और बटर नान पसन्द है।"

तभी मुझे याद आया, अभी पिछले दिनों ही मैं फ़िल्म देखने गया था, सलमान की फ़िल्म आयी थी। बगल में एक लड़की बैठी थी जो बड़े गौर से सलमान को देख रही थी और उसके बगल में उसका बॉयफ्रेंड, उससे

मोहब्बत करने की कोशिश कर रहा था पर लड़की थी कि सलमान के आगे उसे छूने तक नहीं दे रही थी। आखिर, कोई किसी को हमसे ज़्यादा मोहब्बत करे तो हमारे दिल पर क्या गुज़रेगी भले ही वह कोई सेलिब्रिटी ही क्यों न हो, "तुम फ़िल्में देखती हो?"

"फ़िल्में किसे नहीं अच्छी लगतीं? मैं तमिल फ़िल्में देखती हूँ और रजनी की बहुत बड़ी फ़ैन हूँ और आप?"

मेरे मन में तुरन्त बगल में बैठे प्रेमी और प्रेमिका की तस्वीर उभर आयी। अगर इसे लेकर रजनी की कोई फ़िल्म दिखाने ले गया तो मेरा भी यही हाल होने वाला है। मैं मुस्कुराया, "मैं भी देखता हूँ पर बॉलीवुड फ़िल्में ज़्यादा देखता हूँ। शाहरुख खान की फ़िल्में ज़्यादा पसन्द हैं।"

तभी उसने उत्साहित स्वर में अगला प्रश्न दाग दिया था, "वैसे, आप क्रिकेट मैच देखते होंगे?"

"बिलकुल, मैं एक भी क्रिकेट मैच नहीं छोड़ता!"

मेरे पड़ोस में वर्मा जी के घर हमेशा इसी बात को लेकर झगड़ा हुआ करता था कि उनकी बीवी सास-बहू के सीरियल देखना चाहती थी और वे क्रिकेट की एक बॉल छोड़ दें तो शायद उस दिन मैदान में मैच ही बन्द हो जाये! सचिन तेंदुलकर मैच खेलना छोड़कर अनशन पर ही बैठ जाये कि अगर वर्मा जी मैच नहीं देखेंगे तो हम मैच नहीं खेलेंगे।

"शादी के बाद भी ऐसा ही करोगे क्या? तुम डे-नाईट वाला मैच देखोगे। और मैं?" अनाया की आँखों में शरारत थी।

जिसका मुझे डर था, उसने वही सवाल कर दिया था। उसकी बातों से मुझे लगने लगा था कि कहीं-न-कहीं अनाया शादी को लेकर सचमुच गम्भीर है।

अब मैंने ऐसा प्रश्न किया, मुझे मालूम था कि उसका जवाब अनाया के पास नहीं होगा। मैं किसी के अरमान बढ़ाकर उसे दुःख नहीं पहुँचाना चाहता था। यह तो धोखा होगा, तभी मुझे याद आया कि अनाया को हिन्दी आती ही नहीं है और मेरी माँ को हिन्दी के सिवाय और कोई भाषा नहीं आती। इसीलिए मैंने उसके सामने ऐसा प्रश्न रख दिया जिससे उसके सपनों पर ब्रेक लग जाये।

"मैं चाहता हूँ कि रात में सोते समय मेरी बीवी मुझे हिन्दी गाने सुनाये?

क्या आपको हिन्दी गाने आते हैं?''

अनाया का चेहरा मुरझा-सा गया था—''नहीं।'' उसने मायूसी में जवाब दिया और कुछ देर खामोश हो गयी। मैंने उसकी खामोशी देखते हुए उसे उठने के लिए कहा। मैं बात यहीं पर खत्म करना चाहता था, क्योंकि मैं उसकी आँखों में आँसू भी नहीं देख सकता था। मैं उससे मोहब्बत करता था। पर वह आज बहुत गम्भीर थी। उसने धीरे से मेरा हाथ पकड़ा और पलकें झपकाते हुए बैठने का इशारा किया। मैं बैठते हुए बोला, ''देखो अनाया, हम दोनों एक दूसरे से बेइन्तहा मोहब्बत करते हैं, पर सिर्फ़ मोहब्बत से तो दो परिवारों का मिलन नहीं हो सकता? और इस मामले में हमारे परिवार बहुत अलग हैं। यह बात तुम भी जानती हो।''

मैंने अभी बात पूरी भी नहीं की थी कि उसने मेरी हथेलियों पर अपनी हथेली रखकर याद दिलाया, ''अभी हम दोनों ने एक-दूसरे के गोल्स के बारे में बात नहीं की। हम दोनों को एक-दूसरे के गोल्स के बारे में जानना चाहिए।'' मैं खामोश बैठा हुआ था, मुझे बोलता न देख उसी ने शुरुआत कर दी, ''वैसे लाइफ़ में आपके गोल्स क्या हैं?''

अब उसने सवाल किया था तो जवाब देना भी मेरा कर्तव्य था—''मैं व्यापार करना चाहता हूँ।'' मैं फिर से उठने लगा था, उसने मेज़ पर रखा मेरा हाथ दबा लिया था। मैं चाह कर भी अपना हाथ छुड़ाकर नहीं उठ पाया था। पता नहीं आज उसके कोमल हाथों में जान कहाँ से आ गयी थी? फिर मैंने उसे समझाने की फिर से कोशिश की, ''देखो, अनाया हम दोनों बिलकुल अलग हैं, हम दोनों एक-दूसरे से प्रेम करते हैं और करते रहेंगे, पर शादी का जो बंधन होता है, अकेले नहीं लिया जाता। यह दो परिवारों का और उनकी संस्कृति का मिलन होता है। तुम नहीं देखतीं हम दोनों में कितनी असमानताएँ हैं? दूर-दूर तक कहीं कोई समानता ही नहीं है। प्रैक्टिकलि...'' कहते-कहते मैं रुक गया। वैसे भी शादी का नाम सुनते ही शाहरुख मेरे अन्दर से निकलकर कहीं बाहर भाग जाया करता था और मेरे अन्दर प्रैक्टिकैलिटी (व्यावहारिकता) का चुतियापा भर जाया करता था।

कभी कुछ ऐसे शब्द होते हैं, जो हम बोलना चाहते हैं पर वे शब्द जुबान पर आते ही नहीं। हम काफ़ी सोचते हुए उस शब्द को बोलना चाहते हैं पर

याद ही नहीं आता। ऐसे समय में एक वाक्य ब्रह्मास्त्र का उपयोग करता है। ज़रा-सी भौंहें सिकोड़ो और थोड़ा नाक चढ़ाकर हाथ से इशारा करते हुए कह दो, "समझ रही हो न! जो मैं कहना चाह रहा हूँ?"

ठीक उसी तरह प्रैक्टिकलि के आगे मुझे कुछ समझ नहीं आ रहा था। मैंने भी इस ब्रह्मास्त्र का उपयोग कर दिया। थोड़ी भौंहें सिकोड़ीं, नाक चढ़ाई, और हाथ से इशारा करते हुए मन में न आ रहे शब्द को रिप्लेस कर दिया।

उसने भी नज़रें मिलाकर, सिर हिला दिया और मैं खुश हो गया। आखिर उस शब्द को मैंने इस वाक्य से रिप्लेस कर दिया था।

पर उसकी आँखें भरी हुई थीं, उसके सिर हिलाने में सहमति नहीं, ज़बर्दस्ती थी। तभी उसने खामोशी तोड़ दी, "आखिर मुझसे मेरे 'गोल्स' तो पूछ लीजिये। प्रैक्टिकल जनाब!"

मैंने अनाया का मन रखने के लिए प्रश्न पूछ लिया, "अच्छा, अपने गोल बताओ।"

वह मेज़ पर रखे मेरे हाथ को थामे हुए थी। आँखें भरी हुई थीं, ऐसा लग रहा था कि वह सच में मुझमें अपने भावी पति को देखने लगी है। उसकी नज़रों में मोहब्बत का सागर था, मैं उन्हें देखता रहना चाहता था पर वह सागर सिर्फ़ आँखों के अन्दर ही अच्छा लगता है। बाहर आ जाये तो सीधा हमारे दिल को ठेस पहुँचती है। कुछ देर की खामोशी के बाद उसने मेरी नज़रों से नज़रें मिलाकर जो जवाब दिया था, वह जीवन भर मेरे कानों में गूँजता रहेगा। बगल में रखे रुमाल से मुँह पोंछकर उसने बोलना शुरू किया, "मैं शाही पनीर-बटर नान खाना चाहती हूँ। रजनीकांत की जगह शाहरुख की फ़िल्म देखना चाहती हूँ। मैं सास-बहू सीरियल छोड़कर सचिन की बैटिंग देखना चाहती हूँ। मैं तुम्हें हर रोज़ रात में हिन्दी गाने सुनाना चाहती हूँ। मैं चाहती हूँ कि तुम्हारे परिवार को वे सब खुशियाँ दूँ, जिनकी उम्मीद वो एक बहू से करते हैं।"

उसकी भरी आँखें देख, मैंने खुद को सँभाला और उसे फिर से समझाने लगा, "देखो, मैंने पहले ही तुमसे कहा है कि हम दोनों एक-दूसरे से प्यार करते हैं पर शादी..." मैं बोलते-बोलते रुक गया था।

उसकी नम आँखों में एकाएक चमक आ गयी, गम्भीर चेहरे पर मुस्कुराहट छा गयी और उत्तेजित स्वर में उसने मुझसे पूछा, "कैसा लगा, मेरा परफ़ॉरमेंस?"

मैं अवाक् रह गया। मैं कुछ बोलने की स्थिति में नहीं था। मैंने क्या-क्या सोच डाला था कि वह शादी के लिए गम्भीर है, वह मुझसे चिपक रही है। तरह-तरह के ख़याल आ चुके थे इस बीच!

मैंने खुद को किसी तरह सँभालकर जवाब दिया, "तुम्हारी एक्टिंग ने मुझ तक को धोखा दे दिया है। इससे ज़्यादा अब क्या कहूँ?"

जाते समय एक बार उसने मेरी तरफ़ पलटकर देखा और अपनी भौंहें नचाकर बड़े ही मीठे और नाटकीय अन्दाज़ से मुस्कुराते हुए कहा, "हमारी मोहब्बत की शराब ऐसी है सनम, गर खत्म हो भी गयी तो ज़िन्दगी बीत जायेगी इसका हैंगओवर उतारने में!"

आज याद करता हूँ तो समझ आता है कि उस समय मेरे और अनाया में सिर्फ़ इतनी ही असमानताएँ नहीं थीं। बल्कि सबसे बड़ी असमानता तो यह थी कि मैं उस व्यक्ति की तरह था जो सदैव अच्छी परिस्थिति का इन्तज़ार करता रहता है या यूँ कहें जिसे पका-पकाया खाने की आदत थी। यानी मुझे शादी के लिए वह लड़की चाहिए थी जो स्वभाव में मुझसे मिलती-जुलती हो। लेकिन वह अलग तरह की लड़की थी, उसे पकाकर खाने की आदत थी। यानी उसके लिए समानताओं से ज़्यादा ज़रूरी था, एक-दूसरे को समझना, एक-दूसरे की मोहब्बत और एक-दूसरे के लिए इज़्ज़त। उसके सामने स्वभाव का अलग होना, पृष्ठभूमि का अलग होना कोई वजूद ही नहीं रखता था।

कस्तूरी का सच

मैं, हर्षा और सूर्या
मुम्बई

हमारी ज़िन्दगी खुशी-खुशी कट रही थी। मैं उस गलती को कतई नहीं दोहरा रहा था, जो बाबू जी ने हर्षा के साथ की थी। यूँ ही एक बार मैं ऑफ़िस से वापस आते हुए अपने घर के पास पहुँचने वाला था। अपनी धुन में गाड़ी चलाता हुआ गाँधी नगर चौराहे से निकल ही रहा था कि मेरी नज़र चौराहे पर खड़े एक किन्नर पर पड़ी और किन्नर के साथ बात करता हुआ एक लड़का दिखा। उसके घुंघराले बाल जिसकी एक छोटी-सी लट कान पर होकर जाती

थी, मुझे जानी-पहचानी सी लगी। मैंने अब गाड़ी की रफ़्तार धीमी कर ली थी, इस बीच उससे आगे निकल आया था। मैं तुरन्त अपने बगलवाले शीशे को एडजस्ट करके पीछे देखने लगा। जब उस लड़के ने बात करते हुए चेहरा मेरी तरफ़ किया तो शीशे में साफ़ दिख रहा था कि यह तो सूर्या ही है। इससे पहले वह देख पाता, मैंने गाड़ी स्टार्ट की और चल दिया। अपने जैसे लोग किसे पसन्द नहीं होते? एक लेखक दूसरे लेखक से मिलना चाहता है। उसे समझना चाहता है। एक एक्टर दूसरे एक्टर से मिलना चाहता है। विदेश में रह रहे भारतीय, दूसरे भारतीयों से मिलना चाहते हैं। वह चाहे सूर्या हो या हर्षा, हर कोई अपने जैसे लोगों से मिलना चाहता है। तभी मुझे हर्षा की डायरी के कुछ पन्ने याद आने लगे...

'मैं और भैया बाज़ार गये थे। अपना मनपसन्द सामान लेकर दोनों घर लौटे। घर के दरवाज़े पर ही देखा कि हमारे घर में कोई मेहमान आये हुए हैं। छप्पर के नीचे चारपाई पर बैठे हुए हैं। वैसे चारपाई पर रात के सिवाय चादर नहीं बिछायी जाती थी। जब मेहमान आते तो चारपाई पर चादर बिछा दी जाती थी। चारपाई पर झक्क सफ़ेद चादर बिछा दी गयी थी, सिरहाने पर तकिया भी लगा दिया गया था, वह वाला तकिया जो सिर्फ़ बहुत खास रिश्तेदारों के लिए बक्से के अन्दर रखा रहता था। उनके नाश्ते के लिए कटोरी में पेठा रखा हुआ था। मतलब, मम्मी ने अपनी रसोई की उस सफ़ेद पुड़िया से पेठा निकाला होगा जिसे एक बार मैंने चुरा कर खाया था तो मुझे बड़ी डाँट सुननी पड़ी थी। वैसे आम लोगों को सिर्फ़ बतासा ही दिया जाता था। इससे यह ज़रूर अनुमान लगाया जा सकता था कि मेहमान कोई बड़ी शख्सियत है, जिसकी इतनी आवभगत हो रही थी। मेहमान की मूँछें नहीं थीं, यानी वह तीसरी श्रेणी वाले बिना मूँछों वाले लोगों में से थे। मैंने उन्हें अपने गाँव में इससे पहले कभी देखा भी नहीं था। इस लिहाज़ से यह अन्दाज़ा लगाया जा सकता था कि वह कानपुर से आये होंगे। मेरी नज़र चारपाई के नीचे गयी तो लोटे में पानी और साथ में गिलास भी रख दिया गया था। वर्ना बाबू जी हमारे तो जनम भर लोटा से चुल्लू लगा के ही पानी पिये हैं।

'जैसे ही हम दोनों छप्पर के नीचे गये, बाबू जी ने बड़े ही गर्व के साथ ज़ोरदार आवाज़ में मेहमान से भैया का परिचय कराया था, ''या हमार बेटवा

है, अनमोल।'' उन्होंने अनमोल भैया की कलाई पकड़ते हुए कहा, ''चलो चच्चू के पैर छुओ,'' उनके हर शब्द से इतना गर्व चू रहा था कि सामनेवाले व्यक्ति को यह जानने में कतई दिक्कत न हो कि यह उनका होनहार बेटा ही है।

'भैया जैसे ही पैर छूकर खड़ा हुआ, मैं भी उनके पैर छूने जाने लगी। लगभग झुक ही गयी थी बाबू जी ने मेरा हाथ पकड़कर पीछे की तरफ़ घसीट लिया और दहाड़ने लगे, ''चल तू अन्दर जा।'' उस समय मैं बिना कुछ बोले खिन्न मन से बैग टाँग कर वापस आने लगी। मुझे बड़ा दुःख हुआ, ऐसा क्या है मेरे अन्दर कि मेरे बाबू जी मुझे न ही किसी से मिलवाते हैं और न ही कहीं घुमाने ले जाते हैं। प्यार करना तो दूर हमेशा डाँटते रहते हैं। जैसे ही मैं अन्दर जाने लगी तो वह मेहमान मेरी तरफ़ इशारा करते हुए पूछ बैठे, ''ये को है?''

'बाबू जी रहे बड़े होशियार। उन्होंने बात काटते हुए अनमोल को अपने पास बुलाकर तारीफ़ों के पुल बाँधना शुरू कर दिया, ''बारहवीं, अभी फ़र्स्ट डिवीज़न पास भा है। अरे गणित मा डिस्टिंक्शन है। अब सोच रहे हैं आईआईटी करा दें।'' मैं अन्दर जाकर कोने में खड़ी हो गयी थी और दरवाज़े की दरारों से यह सब दृश्य देखते हुए अपने अभागे नसीब को कोसने लगी।

'इतने में चच्चा का चेहरा देखते बनता था, ''लड़का का आईआईटी मा हुई गया का?'' ऐसा लग रहा था जैसे उनके कानों में किसी ने गरम तेल डाल दिया हो। एकदम से यह आवाज़ निकली थी।

'शुक्र था अनमोल भैया का जिन्होंने बात सुधारते हुए जवाब दिया था, वर्ना आज चच्चू की रात की नींद तो ले ही डाली थी बाबू जी ने, ''नहीं, आईआईटी की तैयारी कराने के लिए कह रहे हैं।''

'चच्चू ने बगल में रखा गिलास उठाकर पानी पिया, वर्ना लगता है बाबू जी का पेठा गले में ही फँस गया था। वैसे भी बाबू जी का पेठा आसानी से किसी के गले नहीं उतरने वाला।

'अब बाबू जी ने आगे बोलना शुरू किया था, ''उस पाण्डेय का लड़िकवा है न! आईआईटी की तैयारी किया रहे। आईआईटी मा तो नहीं हुआ पर यूपीटीयू के बाबू जी वाराणसी दास से बी-टेक किया रहा।''

'चच्चू ने अब थोड़ी राहत की साँस ली। वे खुद को ज़्यादा योग्य समझ रहे थे, बीच में टोक दिया, ''बाबू जी वाराणसी दास, उसके बाबू जी का नाम होगा।''

'भैया को एक बार फिर से बीच में बोलना पड़ा, "नहीं, नहीं कॉलेज है, कानपुर में।"

'फिर बाबू जी की बातें शुरू हो गयीं, "आजकल बेंगलुरु मा कौनो कंपनी मा काम करता है और जब भी घर आवत है, व का कहत हैं..." बाबू जी अपने बेटे के भविष्य की बातें करके गर्व से पुलकित हो रहे थे।

'भैया ने उन्हें याद दिलाया था, "फ्लाइट।"

' "हाँ, उसी से आता-जाता है," बाबू जी ने बात पूरी की।

'पर चच्चू का ध्यान बाबू जी के बेटे की तारीफ़ की तरफ़ था ही नहीं। इस बार उन्होंने ज़ोर देकर पूछ लिया था, "ये लड़का को है, जो अन्दर गवा?"

'आखिर बाबू जी कब तक बचते? अब बाबू जी के पास कोई चारा नहीं था सिवाय मेरा परिचय देने के। मेरा परिचय देते समय उनके चेहरे पर मायूसी छा गयी, उनकी आवाज़ मंद हो गयी। आँखों में लज्जा थी और होंठों पर से मुस्कान गायब हो गयी थी। मुझे बाबू जी पर नहीं, खुद पर क्रोध आ रहा था। मैंने आखिर ऐसा क्या किया था, जिससे समाज के सामने उन्हें सिर झुकाना पड़ता है, मेरे एक अंग के ढंग से विकसित न होने से ऐसा क्या हुआ था कि बाबू जी की निगाहें शर्म से झुक गयी थीं! जो जुबान अनमोल भैया की तारीफ़ें करते नहीं थकती है, वह मेरा नाम बड़े ही धीमे शब्दों में लेती है! जो आँखें भैया में सपने देखती हैं, वे मेरे लिए शर्म से झुक जाती हैं। जो चेहरा भैया को देखते ही खिल उठता है, वह चेहरा मुझे देखते ही मुरझा जाता है। मेरी समझ से बाहर था कि आखिर मेरे पास क्या नहीं है जिसकी वजह से मैं अपने बाबू जी के सपने पूरे नहीं कर सकती? अपने परिवार का नाम नहीं रोशन कर सकती? अपनी माँ के बुढ़ापे की लाठी नहीं बन सकती? इस समाज की सेवा नहीं कर सकती? मुझे तो सब कुछ दिख रहा था, बस शायद इस समाज को ही मुझमें एक कमी दिख रही थी। शायद वह क्षण हर बेटे या बेटी के लिए सबसे बुरा होता है, जब उसकी वजह से उसके पिता को लज्जित होना पड़े।

'कुछ ही देर में भैया अन्दर आने लगा। मैं वहीं खड़ी थी, भैया जैसे ही अन्दर आया, "यहाँ का कर रहे हो?"

' "कुछो नहीं!" मैंने बड़े ही उदास मन से जवाब दिया।

'भैया मेरी बात को समझ गया था। उसने मेरा मूड सुधारने के लिए

तुरन्त एक प्लान बनाया, "चल लुका-छिपी खेलत हैं।"

'मैं भी खुश हो गयी थी, तुरन्त खेल का नाम सुनके। फिर मैंने तुरन्त भैया से पूछ लिया, "यो आदमी कौन है?"

' "कुछो नहीं, वकील है। खेत का बाबू जी का कौनो लफड़ा है। उसी लिए आया है।" वह मेरे कन्धे पर हाथ रख के ले जाने लगा, "पर हमें का लेना-देना। चल खेल खेलत हैं।"

'लुकाछिपी के साथ एक और बात थी जो मेरे चेहरे पर खुशी लाने के लिए काफ़ी थी। कल मुझे अपनी सहेलियों से भी तो मिलने जाना है। नहीं समझे? यानी कल मुझे अपनी तरह के लोगों से मिलने जाना है। इस सोच ने खेल के साथ मेरे मुरझाये और दुखी चेहरे पर उत्सुकता और प्रसन्नता के भाव ला दिए थे। अपने लोगों से मिलने की खुशी किसे नहीं होती? कल स्कूल जाने के बहाने मैं पास के ही कस्तूरी के मोहल्ले में भी घूम आऊँगी। साथ ही यह भी पता लगा लूँगी कि आखिर वे अलग क्यों रहते हैं, सड़क पर भीख क्यों माँगते हैं? मन में तरह-तरह के सवाल आ रहे थे, बस किसी तरह सुबह होने का इन्तज़ार था।

'आखिर रात किसी तरह कट गयी। मैं स्कूल जाने के लिए बैग लेकर तैयार होकर घर से निकली। कस्तूरी के मोहल्ले में जाना तो चाहती थी पर इसी उधेड़बुन में थी कि जाऊँ या नहीं। बाबू जी का डर भी था। कहीं उन्हें पता चल गया तो, मार-मारकर मेरा क्या हाल करेंगे, उसकी कल्पना से ही सिहर उठी। लेकिन पता नहीं कैसे मेरे कदम कस्तूरी के मोहल्ले तक खिंचे चले गये और मैं उसके घर के सामने कब खड़ी हो गयी, मुझे पता ही न चला। मैंने अक्सर उसे आते-जाते देखा था, इसलिए उसका घर मुझे पता ही था। जैसे ही मैं कस्तूरी के घर पहुँची थी, सामने एक बड़ा-सा तखत पड़ा हुआ था। जिस पर कस्तूरी अपने दो तीन साथियों के साथ बैठी हुई थी।

'अभी तक तो मैं उनसे मिलने के लिए उत्सुक थी लेकिन उनके घर के पास पहुँचते ही डर गयी। मन में कुछ इस तरह के ख़याल आने लगे थे—किसी ने देख लिया तो? कस्तूरी पूछेगी तो मैं क्या बताऊँगी? मेरे कदम भी मेरे खिलाफ़ हो गये थे, उन्होंने चलने से इनकार कर दिया। मेरा मन भी डरपोक सिपाही की तरह भागने के बहाने खोजने लगा था। मैं मुड़कर वापस जाने को ही थी

कि कस्तूरी की नज़र मुझ पर पड़ गयी, "यहाँ क्या घूर रहा है? इधर आ!"

'जैसे ही कस्तूरी ने बुलाया, मन के पास भागने का कोई बहाना ही नहीं बचा और मेरे पैरों के पास चलने के सिवाय कोई रास्ता भी नहीं था। मैं काँपते हुए पैरों से, हाथ सिकोड़े हुए, होंठों को दबाये हुए चल दी कस्तूरी के पास। हाथ इस तरह से सिकोड़े हुए थी, जैसे कोहरा पड़ रहा हो। जैसे ही मैं पहुँची थी, उसने फिर से पूछ लिया था, "इधर का कर रहा है?"

'मैं बोलना चाहती थी, पर मारे डर के मेरे मुँह से कोई आवाज़ ही नहीं निकल रही थी। मुझे चुप देख उसने एक और सवाल दागा, "किसका बेटा है?"

'मैंने डरते-हकलाते हुए उन्हें अपने बाबू जी का नाम बताया, "श्री... श्री राम...राम लखन..."

'कस्तूरी की बाँछें खिल गयी थीं, "तू राम लखन का छोटा वाला बेटा है?"

'मैंने सहमति में सिर हिला दिया था।

' "तो फिर वहाँ काहे खड़ा है? इधर आ," उसने तखत पर बैठने के लिए इशारा किया।

'मेरी पीठ पर हाथ फेरते हुए वह मुझे समझाने लगी, "इतना डरा हुआ काहे है? हम तुम्हारी सहेली, भाई या जो तू माने वो हैं," उसने मुझसे नज़रें मिलाकर बात करनी शुरू की, "हमसे कबहुँ डरने का नहीं। हम तुम्हारे हितैषी हैं। चल अच्छा ये बता, स्कूल काहे नहीं गया? इधर काहे आ गया?"

'मैं पीठ पर बैग टाँगे हुए वैसे ही बैठी हुई थी, "बस जाय का मन नहीं हुआ। तुमसे मिलने का मन रहे।"

' "हमसे मिलाये का मन रहे?" उसने थोड़ा गम्भीर चेहरा बनाते हुए बात पूछी और साथ ही मुँह में रखे पान को बगल में पड़े पीकदान में थूक दिया था। "अच्छा बतावा क़ौनो तकलीफ़?"

' "नहीं, कौनो तकलीफ़ नहीं। बस मिलये का मन रहे।"

' "कौनो बात नहीं। तोहार बाप बढ़िया है, कम-से-कम तुझे पढ़ा-लिखा रहा है। वर्ना हमारा बाप जनम लेते ही निकाल दिया था हमें घर से!"

'यह सुनकर मैं चौंक गयी थी। आखिर किसी के पापा उसे घर से कैसे निकाल सकते हैं?

' "बाबू जी ने निकाल दिया!" मेरे मुँह से एकदम से निकला।

' "हाँ, का हमें भीख माँगे मा बड़ा नीक लागत है? तुमही बताओ भीख माँगना किसे नीक लागत है? हाँ, हम अपने दिलासा के लिए इसे नेग और आशीर्वाद के नाम पर पैसा माँगते हैं पर है तो एक तरह का भीख ही!"

'उसके मुँह से ये सब सुनकर मुझे उसके अनकहे दर्द का एहसास हो गया था। आखिर उस दर्द को मैं भी तो भोगती थी। रोज़ सुबह से शाम तक, मुझे झेलना पड़ता था। खाने से लेकर पीने तक, सोने से लेकर जागने तक, पढ़ने से लेकर खेलने तक हर जगह एहसास दिलाया जाता था कि मैं अलग हूँ।

'बोलते-बोलते कस्तूरी की आँखों में आँसू आ गये थे, "बस इतना सुख है। यहाँ हमारा गैंग है, किसी के मजाल नहीं है कौनो कुछ कह जाये।"

'यह बात तो सही थी, कस्तूरी के गैंग को कोई कुछ कह नहीं सकता था। सबमें ज़बर्दस्त एकता थी, सब एक-दूसरे के लिए जीने-मरने को तैयार थे।

' "कौनो बात नहीं, तुम वहीं रहो। बढ़िया पढ़ो-लिखो नौकरी करो। यहाँ की ज़िन्दगी कोई बहुत अच्छी नहीं है। इस सबके अन्दर भी बहुत कुछ चलत है।" उसने अपनी आँख से आँसू पोंछते हुए बात पूरी की, "फिर भी अगर तुम्हें कबहु लागे, वहाँ तुम चैन से नहीं जी पा रहे हो, तो हम तुम्हारी बहनें ही हैं। यह घर हमेशा तुम्हारे लिए खुला है। हम तुम्हें वैसे ही रखेंगे जैसे ये सब लोग रहती हैं!"

'मैं उस दिन कस्तूरी से मिलकर तो आ गयी थी पर उस मुस्कुराते चेहरे के अन्दर के दर्द को महसूस कर मैं बेचैन हो गयी थी। यूँ तो वह हमेशा नाचती-गाती रहती थी। उसके अन्दर का दर्द सिर्फ़ वही जानती थी। समाज से अलग-थलग, उसके हाशिये पर रहना भला किसे पसन्द होगा?'

ब्रेकअप सैक्स

मैं और अनाया
बेंगलुरु

जब हम ज़िन्दगी के बेहतरीन पल जी रहे होते हैं तो ऐसा लगता है कि वक्त ठहर जाये, वहीं रुक जाये। कुछ देर हमें यह ज़िन्दगी जी लेने दे पर उस पल

को जीने में हम इतना व्यस्त हो जाते हैं या यूँ कहें कि इतना मगन हो जाते हैं कि हमें पता ही नहीं चलता कि वक्त बीता जा रहा है। फिर एकाएक ठोकर लगती है और हम चेत जाते हैं। तब एहसास होता है कि कितनी जल्दी यह वक्त निकल गया। ऐसा ही कुछ मेरे साथ भी तो हुआ था।

मैंने और अनाया ने बेहतरीन पल जिए थे। मैंने उस प्रेम को जिया था जो बिना शर्तों का था। हम दोनों पर कोई बंदिशें नहीं थीं, फिर भी हम दोनों एक-दूसरे के प्रति बहुत ईमानदार थे। शायद इसे ही प्रेम कहते हैं, जब शर्तों और बंदिशों के बगैर एक-दूसरे के प्रति समर्पण की भावना मन में हो।

जब वह मेरे साथ रहती तो हल्की-सी एक मुस्कान उसके होंठों पर रहती। चेहरा किसी ताज़े फूल के समान खिला-खिला रहता था। तब मुझे उन दिनों की याद कभी-कभार आ जाती थी जब उसने नया-नया ऑफ़िस ज्वाइन किया था। कितना गुमसुम रहती थी तब वह। पर अब? और मैं?? मैं भी तो कितना खुश रहने लगा था। ऐसा लगता था कि अनाया के साथ से ज़्यादा हसीन मेरे लिए कुछ भी नहीं है।

पर पिछले कुछ दिनों से अजीब-सा महसूस हो रहा था मुझे। मैं देख रहा था कि अनाया ज़्यादातर खामोश रहती थी, ठीक पहले की तरह। अब मैं उसे अच्छे से समझने लगा था, उसकी खामोशी उसकी उदासी बयान कर देती थी। हम दोनों सड़क पर हाथ पकड़े हुए जा रहे थे। आमतौर पर जब वह मेरे साथ चलती तो वह मुझे कनखियों से देख लेती, मुस्कुराती और कुछ-न-कुछ शरारत कर लेती थी लेकिन आज वह बहुत चुप थी। बिलकुल खामोश! जैसे उसके मन में कुछ चल रहा हो। ऐसा कुछ जो उसे भीतर-ही-भीतर खाये जा रहा हो लेकिन मुझसे बता न पा रही हो। वह थी तो मेरे साथ पर उसका मन कहीं और खोया हुआ था, वह चल तो रही है मेरे साथ पर उसका दिमाग किसी और की बातों में उलझा हुआ था।

आखिर मुझसे रहा नहीं गया, ''तुम पिछले कुछ दिनों से बहुत उदास दिख रही हो?''

चेहरे पर बनावटी मुस्कान लाते हुए उसने कहा—''नहीं तो''

''देखो अनाया, मैं तुम्हें बेहतर जानता हूँ। शायद तुम्हारे बाद सबसे अच्छे से, तुम उदास तो हो।'' माराथहल्ली के आगे कुंदनहल्ली पुल पार

करके हम गोली वड़ापाव की दुकान पर पहुँच गये थे, क्योंकि चेतु भैया की बात हमें समझ आ गयी थी, उन्होंने तमिलियन लड़की से शादी भी की है। उन्होंने शादी के पहले के बारे में लिखा पर शादी के बाद के बारे में नहीं। उन्होंने कतई इसका ज़िक्र नहीं किया कि शादी के बाद उनकी अनन्या खाने में इडली-सांभर बनाती थी या रोटी-दाल?, रात में तमिल गाने बजते थे या हिन्दी गाने। घर में तमिल बोली जाती थी या हिन्दी? पर हम दोनों को समझ आ गया था कि अपने चेतु भैया मुम्बई में क्यों रह रहे हैं? न वे इडली-सांभर खाते होंगे, न रोटी-दाल। न वे दोनों नॉर्थ इंडिया में रहे न ही साउथ इंडिया में। न ही हिन्दी बोली और न ही तमिल। बड़े चालाक हैं अपने चेतु भैया, बीच का रास्ता निकाला, रहने लगे मुम्बई में! न नॉर्थ इंडिया है न ही साउथ इंडिया। न रोटी-दाल का झंझट, न इडली-सांभर का, बढ़िया वड़ापाव खाओ और सेहत बनाओ। वहाँ चाहे हिन्दी बोलो या तमिलियन, हर तरह के लोग बसते हैं। चाहे दिवाली मनाओ या पोंगल। अब हम भी उसी रास्ते पर चल दिए थे। वड़ापाव की दुकान पर सीढ़ियों में बैठ गये।

सीढ़ियों पर बैठे हुए मैं उसकी मखमली हथेलियों को सहलाते हुए उसकी आँखों की तरफ़ देख रहा था। मेरी हमेशा से यह आदत थी कि मैं उसके उस गाल की तरफ़ बैठता था जो सही था। वह इसलिए कि हर किसी की ज़िन्दगी उसके गालों की तरह 50-50 होती है पर हर कोई अपनी कमियों को छुपा लेता है और अच्छाइयाँ देखता है, दिखाता है। मैं भी बस उसकी अच्छाइयों में ही खोया रहना चाहता था।

मेरे बहुत कोशिश करने के बाद आखिर वह बताने को तैयार हुई कि आखिर बात क्या है!

उसने मेरी तरफ़ देखा, पलकें झपकाईं। उसकी आँखों को देखकर ही मैं उसके मनोभाव को पढ़ लेता था। उसकी आँखों में आज अजीब-सा दर्द था, शायद कोई ऐसा दर्द था जो मुझे भी ग्रसित करने जा रहा था। उसकी नज़रें मेरे चेहरे से हटकर दूसरी तरफ़ चली जाती थीं। एकदम गुमसुम थी वह... फिर कुछ देर में कोशिश करती, "अनमोल..."

लेकिन उसकी ज़ुबान उसे धोखा दे रही थी। शायद इस बात को न कहने के लिए उसकी ज़ुबान ने उसके मन से बगावत कर ली थी। आखिर कहते हैं,

जिसके पास सारे अधिकार होते हैं जीत उसी की होती है। एक राजा की भाँति उसके मन ने ज़बर्दस्ती अपनी जुबान से काम करवाया था। शायद पूरी बात कहने के बाद ज़ुबान अपनी दशा पर खूब रोई होगी। आखिरकार वह बोली, ''अनमोल, मैं तुम्हें बहुत दिनों से बताना चाहती थी पर बता नहीं पा रही थी।''

आखिर ऐसी क्या बात थी जो वह मुझसे छुपा रही थी।

उसने एक गहरी साँस ली और बोलना शुरू किया, ''मैं तुम्हारे साथ ही रहना चाहती हूँ। उम्र भर। लेकिन शादी की बात आते ही तुम चुप्पी साध लेते हो। मैं समझ सकती हूँ कि तुम्हारे घरवाले इसकी इजाज़त नहीं देंगे। पर एक बार कोशिश करके देखने में क्या हर्ज़ है। अनमोल, हमारा प्यार, बिना किसी शर्त के हम जी रहे हैं। पहली बार और शायद आखिरी बार तुमसे कुछ चाहती हूँ। तमिलियन हूँ पर मेरे घरवाले तुम्हें ज़रूर अपनायेंगे। तुम अपने घरवालों से बात करो। वरना।...''

''वरना क्या अनाया?''

''मेरे पापा मेरी शादी पक्की करने वाले हैं। परसों मेरी सगाई है। सुबह फ़्लाइट से निकलना होगा मुझे।''

''क्या! तुम्हारी सगाई होने वाली है!!''

ऐसा लगा मानो मेरे पैरों तले की ज़मीन खिसक गयी हो। मानो किसी ने मेरे सिर पर पत्थर मार दिया हो। मानो किसी ने धक्का देकर मुझे गिरा दिया हो। अनाया की शादी तय हो रही है! इस बात के लिए मैं कतई तैयार नहीं था और मेरे मुँह से एकाएक निकला, ''परसों?''

''हाँ,'' उसने सहमति जता दी थी।

मन एकाएक कुछ सोच नहीं पाया। सुन्न पड़ गया था मैं। मानो सामने से कुछ दिखाई ही न दे रहा हो। मानो ज़िन्दगी का वक्त रुक सा गया हो। मेरा मन कंप्यूटर की तरह 'हैंग' हो गया था।

थोड़ी देर यूँ ही खामोशी छायी रही, फिर उसने मेरे दिल को चीर कर रख दिया, ''कल से ऑफ़िस नहीं आऊँगी।''

''मतलब?'' मेरे मुँह से सिर्फ़ ''मतलब'', ''क्या'' और ''क्यों'' जैसे शब्द निकल रहे थे।

वह अब भले ही दुखी मन से बोल रही हो पर उसके मुँह से सारी बातें

निकलने लगी थीं, "मैं नौकरी छोड़ रही हूँ।"

"क्यों? इतने बड़े फ़ैसले कर लिये तुमने और मुझे खबर तक न होने दी!" मेरी हालत एक फुटबाल की गेंद की तरह हो गयी थी। उसका हर शब्द मुझ पर चोट करके निकल जाता था। उसके हर वाक्य के साथ मैं और अचंभित और दुखी होता जा रहा था।

ज़िन्दगी की स्क्रिप्ट सबसे बेहतरीन लेखक ने लिखी होती है, हिन्दी फ़िल्मों से भी बेहतर। फ़िल्मों में तो हम अक्सर अन्दाज़ा लगा लेते हैं कि आगे क्या होने वाला है लेकिन ज़िन्दगी में यह अनुमान लगाना उतना ही मुश्किल है।

"हर फ़ैसला तुमसे पूछकर तो कर नहीं सकती। जैसे तुम अपने परिवार के फ़ैसले को तवज्जो देते हो वैसे ही इस मामले में मैंने भी अपने परिवार के फ़ैसले में तुम्हारी भागीदारी की ज़रूरत नहीं समझी," उसने बड़े ही कठोर शब्दों से मुझ पर एक और प्रहार किया।

"अनमोल! अब भी वक्त है। तुम चाहो तो अपने घरवालों से बात कर सकते हो," अनाया की आँखें भी मुझसे मिन्नतें कर रही थीं।

"अनाया!" भीगे-से स्वर में मैं इससे आगे कुछ बोल न सका। फिर थोड़ी देर बाद मैंने उसे अपने परिवार के बारे में बताने की कोशिश की, "बात सिर्फ़ तुम्हारे तमिलियन होने की नहीं। मैं तुम्हारे कहने से पहले ही घर पर यह सब कह देता। पर वजह कुछ और है।"

मैं उसे अपने घर की कुछ बातें बताना नहीं चाहता था पर शायद खुद को रोकना बेवकूफ़ी होती।

"कौन-सी वजह अनमोल? आखिर कौन-सी वजह है जो तुम घरवालों से हमारी शादी की बात तक नहीं कर सकते।"

"बताता हूँ अनाया।" एक गहरी साँस लेते हुए मैंने बात शुरू की, "मेरा एक भाई है। गाँव में रहता है बाबू जी के पास। हर्षा नाम है उसका। मेरा वह भाई किन्नर है।"

"किन्नर है!" अनाया के मुँह से ये शब्द एकदम से ऐसे निकले कि मैं चौंक पड़ा।

"हाँ, अनाया। मेरा वह छोटा भाई एक किन्नर है। पर उसका किन्नर होना मानो हमारे परिवार के लिए कोई अभिशाप था। उसके जन्म के बाद शायद ही

कोई दिन ऐसा हो जो हमने चैन से गुज़ारा हो। इसका ज़िम्मेदार न वह था, न ही मेरे माता-पिता। पर उसके किन्नर होने को एक अभिशाप में बदल दिया था हमारे तथाकथित समाज ने। मेरा भाई जन्म से ही सामान्य नहीं था, जो भी उसे देखता तो नाक-भौं सिकोड़ लेता था। ऐसी कानाफूसी, ऐसे कमेंट्स कि बाबू जी का राह चलना मुश्किल हो गया था। माँ बेचारी किंकर्तव्यविमूढ़-सी रहती। पर माँ के दिल को तो तुम समझ सकती हो न। अपने बेटे को कभी अपने स्नेह से वंचित नहीं होने दिया उसने।

"पर बाबू जी?" मैं एक लम्बी साँस भरते हुए सूनी आँखों से आसमान की ओर ताकने लगा।

"पर बाबू जी क्या, अनमोल?" अनाया की आँखें फटी हुई थीं।

मेरी ज़िन्दगी के अनकहे दर्द को वो आज सुन लेना चाहती थी। हालाँकि इतने दिनों की दोस्ती के बाद भी मैंने अनाया के सामने कभी अपने भाई का ज़िक्र नहीं किया था।

"मेरे बाबू जी को भी लोगों से तरह-तरह की बातें सुननी पड़ती थीं। जहाँ भी जाते थे उनके कानों में एक ही बात पड़ती थी—देखो, हिजड़े का बाप जा रहा है। उसके बाद उपहास के कुछ ऐसे शब्द कि बाबू जी धीरे-धीरे अपनी सहनशक्ति खोने लगे। धीरे-धीरे उनके बर्ताव में एक अजीब-सा बदलाव देखने को मिला। वे दिन-ब-दिन ज़्यादा हिंसक होते गये। उनके सारे दुःख, क्षोभ और आक्रोश का शिकार मेरा छोटा भाई बनने लगा। बात-बात पर ऐसे मारते-पीटते कि पत्थर का भी कलेजा पिघल जाये। पर एक बात कहूँ अनाया।"

"हाँ, कहो।"

"जब मैं छोटा था तो बाबू जी के इस हिंसक व्यवहार को देखकर मुझे उनसे नफ़रत होने लगी थी। इस कदर कि कभी-कभी यह भी सोचता कि वे नहीं होते तो शायद हमारी ज़िन्दगी चैन से गुज़रती। पर अब जब भी बाबू जी के बारे में सोचता हूँ तो सहानुभूति से भर उठता हूँ। पीटने के बाद बाबू जी चुपचाप अपने कमरे में बन्द हो जाते थे। बिलख-बिलख कर देर तक बच्चों की तरह रोते थे। यहाँ तक कि उठकर खाना भी नहीं खाते थे। माँ भी नहीं खाती थी। एक तरह से हमारी ज़िन्दगी बद-से-बदतर होती जा

रही थी। रोज़-रोज़ की बेइज़्ज़ती सहते हुए बाबू जी का आत्मविश्वास और हिम्मत बिलकुल टूट गयी थी। उनके जीवन में बस खुशी का एक कारण बचा था—वह था मैं। और आज जब तुम्हारे बारे में अपने घरवालों को बताने की बात सोचता हूँ तो बाबू जी का वह चेहरा याद आ जाता है। और अब इतनी हिम्मत मुझमें नहीं बची है कि मैं जाकर उनसे कहूँ कि मैं एक तमिल लड़की से शादी करना चाहता हूँ।''

देर तक चुप रहने के बाद अनाया ने मेरे कन्धे पर हाथ रखा और मेरे हाथ को पकड़कर उँगलियों को देखते हुए कहने लगी, ''अनमोल मैं समझ सकती हूँ तुम्हारे दर्द को। तुम्हारे भाई और परिवारवालों ने जो दर्द झेला है, उसे भी। देखो, मुझ में भी कमी है। लोगों ने आज तक एक भी ऐसा मौका नहीं गँवाया जिससे मेरा मज़ाक उड़ाया जा सके। आखिर ये लोग क्यों नहीं समझते कि शारीरिक कमियों के लिए हम खुद ज़िम्मेदार नहीं होते! क्या ऐसा कोई रास्ता नहीं कि ऐसे संवेदनहीन लोगों में थोड़ी-सी संवेदना जाग जाये, और मेरे और हर्षा जैसे तमाम लोग एक सामान्य जीवन बिता सकें ?'' अनाया की आँखों में आँसू थे।

''अनमोल! मैं इतनी स्वार्थी भी नहीं कि तुम्हारे पिता जी की रही सही खुशी भी छीन लूँ। तुम शादी मत करो। जितना प्यार तुमने मुझे दिया है, वह कुछ कम नहीं। इसी प्यार के सहारे मैं अपनी पूरी उम्र बिता सकती हूँ।''

सच कहूँ, मैं इतनी जल्दी कोई फैसला करने की हालत में भी नहीं था। एकदम से आये इस सुनामी की कल्पना मैंने अभी तक नहीं की थी। वैसे भी सुनामी की फितरत में है कि वह कभी बताकर नहीं आते, अक्सर सुनामी तभी आता है जब लोग निश्चिन्त हों और वह इसी मौके का फ़ायदा उठाकर अधिक-से-अधिक विनाश कर सके। मैं मुँह लटकाये हुए उन यादों में खोता जा रहा था, जिन यादों ने मुझे अब तक ज़िन्दगी के बेहतरीन पल दिये थे अब वह किसी और की होने जा रही थी, यह सोचकर ही मैं सिहर गया। शाहरुख खान की फ़िल्मों पर अब मुझे गुस्सा आने लगा। उसी ने तो एक फ़िल्म में कहा था, ''हर हिन्दी फ़िल्म की तरह, अन्त तक सब कुछ ठीक हो जाता है और अगर ठीक न हो तो वह 'द एंड' नहीं...''

ज़िन्दगी के अन्त में सिर्फ़ मौत होती है। मोहब्बत का आखिरी मुकाम

क्या है ? विछोह ? मिलन ? विछोह में तो दुःख है ही, क्या मिलन में आखिर में सब कुछ ठीक हो जाता है। मैं सोच ही रहा था कि उसने मेरा हाथ पकड़ते हुए मेरी आँखों में आँखें डालकर कहा, "मेरी एक बात मानोगे ?"

"हाँ।"

"मैं चाहती हूँ कि आज रात तुम मेरे साथ बिताओ," उसकी आँखें नम थीं, "मेरे घर में।"

मुझे याद है, उस समय मुझसे कुछ भी कहा नहीं गया। बीते दिनों के दुःख और आज अनाया से दूर होने के दुःख ने मुझे जड़वत् कर दिया था। मेरी समझ में ही नहीं आ रहा था कि वह क्या कह रही है।

कैसी होगी मेरी दुनिया इसके बगैर! कैसे होगी सुबह, बिना इसकी "गुड मॉर्निंग" के! कैसा होगा लंच जब इसका चेहरा सामने नहीं होगा। कैसे कटेगी रात, जब फ़ोन पर इससे बात नहीं होगी।

"बताओ, चलोगे न ?"

"हाँ।" मुझे कुछ नहीं समझ आया था, वह किसलिए पूछ रही है। बस मैंने "हाँ" कह दिया था।

हम दोनों चल दिये थे, जहाँ मुझे वह ले जा रही थी। मुझे कुछ नहीं पता था, मैं बस यूँ ही उसके साथ चल रहा था। कुछ ही देर में हम उसके फ़्लैट तक पहुँच गये।

"आज कोई नहीं है।" उसने दरवाज़ा खोलते हुए मुझसे कहा था।

मुझे इससे कोई मतलब नहीं था, मैं कहाँ जा रहा हूँ। क्या होने जा रहा है। बस मैं सिर्फ़ कल के बाद अपने नीरस जीवन की कल्पना कर रहा था। यह जीवन ठीक वैसा ही तो होगा, जैसे बिना चीनी के खीर खाना, जैसे बिना साउंड के फ़िल्म देखना, जैसे बिना किसी साथी के शराब पीना। उसके बगैर ज़िन्दगी भी तो कुछ ऐसी ही होगी। ज़िन्दगी, उसके बगैर सिर्फ़ वक्त काटना ही होगा। और वह किसी और के साथ होगी, किसी और की ज़िन्दगी का अहम हिस्सा।

2-बीएचके फ़्लैट में उसके कमरे में बैठ गया था। बस मैं नज़रें झुकाये बैठा था, कुछ ही देर में मैंने नज़रें ऊपर उठायीं तो देखने पर पाया कि हम दोनों की एक बड़ी-सी फ़ोटो लगी हुई थी जिस पर एक लाइन अंग्रेज़ी में

लिखी हुई थी, जिसे भूल पाना मेरे वश की बात नहीं, 'हमारी मोहब्बत की शराब ऐसी है सनम, गर खत्म हो भी गयी तो ज़िन्दगी बीत जायेगी इसका हैंगओवर उतारने में।'

वह मुझे बेइन्तहा प्यार करती थी। इसका अन्दाज़ा मुझे भी न था। यह पोस्टर इस बात का सबूत था। यह वही पंक्ति थी, जो हमारे रिश्ते की शुरुआत में, मैंने उससे कही थी। वह रात में सोने से पहले और सुबह जागने के बाद उसी पोस्टर को देखा करती होगी। उसके जीवन का मकसद ही मुझे पाना रहा होगा पर मेरी कुछ सीमाएँ थीं। खैर, वह किचन में रखे फ्रिज से मेरे लिए पानी की बोतल लायी थी। मेरा गला सूख गया था शायद, वह इस बात को पहले ही भाँप गयी थी।

मुझे इतना उदास देख घुटनों के बल बैठकर उसने मेरा चेहरा ऊपर किया और मेरे हाथों को पकड़कर बोली, ''शायद यह हमारी आखिरी मुलाकात है। क्या तुम इस दिन को अपने चेहरे की मुस्कुराहट के साथ हसीं नहीं बना सकते?'' उसके चेहरे पर मिन्नतें थीं और मन में प्रेम।

इस बात ने मेरे दिल पर एक दवा का काम किया था। मुझे भी लगा कि अब जब आज वह मेरे साथ है तो इस पल को हसीं बनाना मेरा फ़र्ज़ है। अगर आज भी मैं दुखी रहा तो उस हसीं पल को हमेशा के लिए खो दूँगा, जो शायद मेरी ज़िन्दगी में हमेशा एक फूल की तरह महकता रहेगा। एक एहसास की तरह, हमेशा मेरे दिल के करीब रहेगा।

जिस लड़की ने कभी मेरे सिवाय कुछ सोचा नहीं, जिस लड़की ने खुद को बिना किसी शर्त मुझे सौंप दिया, उसके लिए अब अपनी भावनाओं पर कंट्रोल तो कर ही सकता था।

वह अपना सिर उठाकर वैसे ही मुझसे बात कर रही थी। मैंने उसके कोमल हाथों को पकड़कर उसे उठाया और अपनी बगल में बैठा लिया। हम दोनों एक-दूसरे का हाथ थामे एक-दूसरे को निहार रहे थे। ऐसा लग रहा था, उसे देखता ही रहूँ, उसकी नज़रों में अपने लिए प्रेम का सागर उमड़ता हुआ देखता ही रहूँ। तभी, मेरी नज़र उसकी नज़रों से हटकर गालों पर पड़ी थी, कुछ बाल जो उसके गालों पर आ रहे थे, मैंने उन्हें सँवारते हुए कान के पीछे किया। फिर उसके दोनों गालों को अपने हाथों में पकड़कर उसके माथे

को चूम लिया। उसकी आँखें भरी हुई थीं और मेरे आँसू आँखों की हदों को तोड़कर कब बाहर आ गये, मुझे पता ही नहीं चला। फिर उसकी नम आँखों पर जैसे ही मैं अपने होंठ ले गया उसने अपनी आँखें बन्द कर लीं, उसकी आँसू भरी पलकों को मेरे होंठों ने छू लिया।

न जाने क्यों मैंने उसकी नाक से नाक भिड़ा दी। मैं अक्सर उसके साथ यह हरकत किया करता था। और यह हरकत उसे थी भी बहुत पसन्द। मुस्कान की एक हल्की-सी लकीर उसके होंठों पर खिंच जाती थी। और उस मुस्कान से उसके गाल पर डिंपल पड़ जाता था। इससे पहले वह मुस्कान नॉर्मल होती, डिंपल कहीं गायब हो जाता। मैंने डिंपल को चूम लिया था।

हम दोनों के प्रेम मिलन की शुरुआत शुरू ही हुई थी कि तभी किसी ने डोरबैल बजायी। हम दोनों धीरे से एक-दूसरे से अलग हुए। वह रूमाल से अपने होंठ पोंछते हुए बोली, "शायद पिज़्ज़ावाला आया होगा।" और निकल गयी दरवाज़े की तरफ़।

कुछ देर बाद वह एक हाथ में पिज़्ज़ा और दूसरे हाथ में कोक लेकर वापस आयी। सच यह था कि वड़ापाव, बर्गर, पिज़्ज़ा ही कुछ ऐसे चीज़ें थीं जो हम दोनों को पसन्द थीं। आखिरी दिन शायद इसलिए उसने इसे मँगाया हो ताकि हम दोनों एक ही व्यंजन खा सकें। उसने वहीं पर पिज़्ज़ा खोल दिया, उस पर सॉस और चिल्ली फ़्लेक्स भी डाले और मेरे सामने एक पैर समेटकर दूसरा बैड के नीचे रखे बैठ गयी।

चीज़ से भरा पिज़्ज़ा उसने उठाया और मेरी तरफ़ बढ़ा दिया था। मैं उसे हाथ से पकड़ना चाहता था पर उसने आँखों से ही खाने का इशारा किया था। मैंने उसके हाथ से पिज़्ज़ा खाया और वह खिलाते समय मुझे ही निहारे जा रही थी। वह इस कशिश से मुझे देख रही थी, मानो वो ही पिज़्ज़ा का स्वाद ले रही हो—ठीक दो शरीर एक आत्मा की तरह। वह उसी पिज़्ज़ा को खाती और फिर मुझे खिलाती। इस तरह से हम दोनों पिज़्ज़ा का लुत्फ़ उठा रहे थे।

पिज़्ज़ा खाने के बाद वह उठी और पिज़्ज़ा बॉक्स उठाते हुए बोली, "तुम थोड़ा आराम करो। मैं अपना काम निपटाकर आती हूँ, थोड़ा सामान पैक करना है।"

मैं वहीं बैठे किसी मैगज़ीन के पन्ने पलटता रहा। लगभग 15 मिनट

बाद अनाया आयी। उसे देखकर मेरी आँखें खुली की खुली रह गयीं। एक हल्के गुलाबी शॉर्ट्स में अद्‌भुत लग रही थी वह! उसकी बड़ी-बड़ी आँखों में काजल की लकीर दूसरे दिनों से कुछ ज़्यादा ही गहरी लग रही थी। होंठों पर लगाया लिप ग्लॉस कमरे की रोशनी में कुछ ज़्यादा ही चमक रहा था। मैं सम्मोहित-सा उसे देखता रह गया। मानो करीने से कटी कोई मूर्ति जिसमें अभी-अभी जान फूँक दी गयी हो, साक्षात मेरे सामने खड़ी हो।

मुझे भौंचक्का देख अनाया एकदम से खिलखिलाकर हँस पड़ी, ''ऐसे क्या देख रहे हो?''

उस तन्द्राछन्न अवस्था से स्वयं को मुक्त करते हुए मैंने जवाब दिया, ''कुछ नहीं।''

अनाया ने जाकर अपने कमरे की खिड़की खोल दी। हवा के झोंके से पर्दे उड़ रहे थे। उसने कमरे में लगी लाइट को ऑफ़ कर दिया। बाहर की चाँदनी पर्दों से छनकर पूरे कमरे में फैलने लगी। उस हल्की रौशनी में भी मैं अनाया को साफ़ देख सकता था। वह आकर मेरे करीब बैठ गयी।

''मैं यह नहीं कहूँगा कि तू शादी मत कर, पर कितने दिनों से उदास लग रही थी तू! पहले बता दी होती शादी की बात,'' उसकी आँखों में आते बालों को हटाते हुए मैंने कहा।

उसने मेरे हाथ को थाम लिया और धीरे-धीरे मेरी उँगलियों से खेलने लगी, ''एक बात जानते हो?''

''क्या?'' मैं उसके और नज़दीक पहुँच गया था।

उसके माथे से मेरा माथा छू रहा था। मैंने उसकी कमर पर हाथ रखा और उसकी चिकनी टाँगों पर अपना दाहिना पैर। उसकी नाक से अपनी नाक फिर से लड़ाई थी।

उसने मेरी शर्ट के ऊपर के बटन खोलकर मेरे सीने के बालों को प्यार से सहलाते हुए जवाब दिया था, ''मेरा पति कोई भी हो, पर तुम्हारी जगह कोई नहीं ले सकता।''

उसके मुँह से यह सुनकर मुझे अच्छा लगा, एक अजीब गौरव का एहसास हुआ।

मैंने उसे कमर से पकड़कर अपनी तरफ़ खींचा, ''आउच!'' मेरे हाथ

के तेज़ दबाव के कारण उसके मुँह से बेसाख्ता निकला। मैं उसके गालों को चूमते हुए उसके कान में फुसफुसाया, "सच?"

उसने सिर हिला दिया था और अपने हाथ से मेरे गालों को सहलाने लगी।

अब मुझसे रहा नहीं गया, मेरा रोम-रोम उसके प्रेम से पुलकित था। मैं उसके प्रेम में उत्तेजित था, रोमांचित था लेकिन रह-रह कर यह ख़याल भी आ जाता कि शायद यह हमारा पहला और अन्तिम मिलाप हो। अजीब स्थिति थी—पल भर के लिए इस ख़याल से दिल धक्का-सा रह जाता। फिर अगले ही पल सोचता—इस वक्त वह है, वह मेरे साथ है, इस पल को पूरी तरह जी लूँ। मेरा यह पहला सम्बन्ध था जिसकी सिहरन मुझे मेरे शरीर के रोम-रोम में महसूस हो रही थी।

मेरा मन मेरे बस में नहीं रहा। मैंने उसे ज़ोर से अपनी बाँहों में भींच लिया। उसकी नाक से मेरी नाक छू रही थी, होंठों से होंठ, उसके उभरे हुए वक्ष मेरे सीने पर नियत स्थान पर थे, मेरे पैर उसके पैरों को सहलाते हुए खेल रहे थे। उसकी आँखें बन्द हो गयी थीं। उसकी तेज़ धड़कनें मुझे महसूस हो रही थीं। मेरी गर्दन पर उसकी बाँहों की जकड़न से उसकी मोहब्बत और बेसब्री ज़ाहिर थी। अब मेरे होंठ बेतहाशा उसके होंठों को चूम रहे थे। उसकी कमर पर मेरे बाजुओं का बंधन और कस गया। उसके मुलायम वक्ष का दबाव अब मैं महसूस कर सकता था। एक अजीब-सी झुरझुरी पूरे बदन में दौड़ रही थी...प्रेम की उत्तेजना में भरकर उसके होंठों को चूमते हुए मैंने सारे बंधन तोड़ डाले। अब मैं उसके ऊपर था, उसमें था, दो शरीर एक हो गये थे। दर्द की हल्की-सी चीख के साथ अनाया की बाँहों ने मुझे और तेज़ी से कस लिया। मेरा रोम-रोम उसे महसूस कर रहा था। आज उसने मुझे वह सुख दिया था जो मैं सिर्फ़ बातों में सुनता था, किताबों में पढ़ता। सच कहूँ, सुनी हुई बातों से कहीं बेहतर सुख था यह! वह पूरी तरह से मुझे समर्पित हो गयी थी और साथ-ही-साथ पूर्ण सहयोग भी दे रही थी। वह निढाल सीधी लेट गयी और मैं हाँफता हुआ उसके बाजुओं में लेट गया था। इस परम सुख के बाद कब हमें नींद आ गयी पता नहीं चला और सुबह भी हो गयी थी।

सुबह जब आँख खुली, सूरज की किरणें मेरे पैरों पर आ रही थीं। यह मेरे लिए नयी सुबह थी। एक ऐसी सुबह जिसका इन्तज़ार हर कोई करता

है; यह सुबह मुझे ऐसी लग रही थी मानो सूर्य हमारे पूर्ण मिलन की बधाई देने खिड़कियों से गुज़रता हुआ मेरी चादर तक आ पहुँचा था। मैंने अपनी प्रेयसी की तरफ़ हाथ बढ़ाया, पर चौंक गया। वहाँ पर अनाया थी ही नहीं। मैं तुरन्त उठा, चादर हटाकर कपड़े पहने। मन में खुशी और उमंग की लहरें तो दौड़ ही रही थीं। तभी मुझे याद आया—आज अनाया को अपने घर जाना है, कल उसकी सगाई है। वह मेरी नहीं रही, अब किसी और की हो जायेगी। सुबह-सुबह खुशी और उमंग से मेरा खिला हुआ चेहरा सहसा मुरझा गया। मैं इस गम में डूबने ही वाला था कि एक और ख़याल आया। आखिर अनाया है किधर? मैंने धीरे से आवाज़ लगायी, ''अनाया'' पर कोई उत्तर नहीं आया। मैं किचन में गया, वॉशरूम गया पर वह कहीं नहीं मिली। आखिर वह गयी कहाँ? मैं उदास होकर बिस्तर पर बैठने ही वाला था कि मेज़ पर मुझे एक कागज़ रखा हुआ दिखाई दिया।

मैंने पढ़ना शुरू किया तो मेरे होश उड़ गये। पिछले 12 घंटे में मेरे साथ हैरान करने वाली घटनाएँ हुई थीं, जिनके बारे में मैंने सपने में भी नहीं सोचा था; एक के बाद एक कुल्हाड़ियों की बौछार मेरे दिल पर हो रही थी और मैं था कि सिर्फ़ सहने के सिवाय कुछ नहीं कर सकता था।

''अनमोल, जब तुम जागोगे तो मुझे ढूँढोगे, पर मैं तब तक जा चुकी होऊँगी। सच में पिछले दो साल मेरी ज़िन्दगी का बेहतरीन वक्त था। इनके सहारे अब मैं पूरी ज़िन्दगी बिता सकती हूँ। खैर, तुम सोच रहे होगे कि मैंने जाते समय तुम्हें क्यों नहीं जगाया। क्योंकि मैं खुद को रोक नहीं सकती थी, मैं तुमसे बहुत प्यार करती हूँ और करती रहूँगी। तुम भी करते हो, तुम शायद मुझे हमेशा के लिए विदा होते देख भी न पाओ। इसलिए मैं बिना बताये ही जा रही हूँ। तुम अपना ख़याल रखना, मैं एक ख़याल, एक याद के तौर पर हमेशा तुम्हारे साथ रहूँगी और हाँ, तुम भी मेरी रूह में हमेशा मेरे साथ रहोगे।''

अब एक दिन अचानक किसी मोड़ पर
तुम्हारे खो जाने का भय नहीं सताता मुझे
एक रास्ता
तुम्हारे खो जाने के बाद भी
मेरे रास्ते से कभी जुदा नहीं होगा

चलता रहेगा तुम्हारे साथ
जुड़ा रहेगा
उम्र के आखिरी पड़ाव तक ही नहीं
उसके आगे भी।

मेरी आँखें बरस रही थीं। कुछ सूझ नहीं रहा था। मैं वहीं बिस्तर पर बैठ गया था।

मेरे मन में कई विचार आ रहे थे, मुझे अंतिम बार देखने का मौका तो दिया होता। मुझे कम-से-कम जाते समय अपना चेहरा तो दिखाया होता। शायद उस समय मैं तुम्हें जाते हुए न देख पाता और तुम्हें हमेशा के लिए रोक लेता। हमेशा के लिए अपनी प्रेयसी को जाते हुए देखना सच में बहुत मुश्किल है और मैं शायद उसे रोकने की कोशिश करता। आगे पढ़ना शुरू किया, "कल रात जो कुछ भी हुआ, वह सब मेरी मर्ज़ी से हुआ। तुमने मुझे हमेशा के लिए अपना बना लिया है। अब मुस्कुरा भी दो क्योंकि तुम्हारी जगह मेरी ज़िन्दगी में कोई नहीं ले सकता। अगर किसी ने ली भी तो वह तुम्हारे जैसा ही होगा।

"तुम न मिले तो क्या गम, हम तो ऐसे आशिक हैं सनम, ढूँढेंगे भी तो तेरा डुप्लीकेट ही।"

उसके इस प्रेम को देखकर मेरे मन में उसे हमेशा के लिए अपना बनाने की इच्छा जाग्रत हो गयी। मन में ख़याल आ गया था कि बात करूँगा अपनी माँ से। अगर मान गयी तो मैं हमेशा के लिए उसे अपना बना लूँगा। बगल में रखा फ़ोन उठाकर अनाया का नम्बर डायल किया तो आवाज़ आयी, "आपने जिस नम्बर को डायल किया है, वह बन्द है।"

अब तो मानो मेरे ऊपर दुखों की बिजली गिर गयी हो। मुझे मालूम हो गया कि उसने हमेशा के लिए अपना फ़ोन बन्द कर लिया है। मैं चाह कर भी कुछ नहीं कर सकता था। यूँ ही पलंग पर बैठा हुआ, उसके प्रेम को याद कर रहा था और रो रहा था; वह समय, जब मैंने उसे बादलों के घर में प्रोपोज़ किया था; वह समय जब धुएँ के बीच में वह मुझे पहली बार सिगरेट पीना सिखा रही थी; वह समय जब मेरी बगल में बैठी हुई तिरछी निगाहों से देखा करती थी। लग रहा था कि जीने के लिए कोई वजह ही बाकी नहीं है लेकिन मुझे जीना था, एक लम्बा वीरान जीवन, उसके बगैर।

हर्षा बनी हर्षिता

मैं, सूर्या और हर्षा
मुम्बई

अगर आपको रोज़ आपके नाम से नहीं बल्कि किसी दूसरे के नाम से पुकारा जाये? अगर मुझे मेरे नाम 'अनमोल' से नहीं 'बकलोल' से पुकारा जाये तो कैसा लगेगा? बेशक बहुत बुरा लगेगा पर अगर आपसे यह कहा जाये कि नाम के साथ आपको वह ज़िन्दगी जीनी है जो आप जीना ही नहीं चाहते, तो? यह लगभग ठीक उसी तरह होगा मानो किसी मछली को जल में रहने की बजाय ज़मीन पर रहने के लिए कह दिया जाये। जैसे किसी पंछी को उड़ने की बजाय पानी में तैरने के लिए कह दिया जाये! जैसे शेर को उड़ने के लिए कह दिया जाये। आप ही बतायें मछली जल से बाहर कैसे जियेगी? पंछी जल में कैसे तैरेगा! अगर तैरेगा भी तो क्या वह उस तरह से तैर पायेगा जिस तरह से वह उड़ लेता था? अगर यही बातें किसी इन्सान के साथ हों। कुछ इसी तरह की ज़िन्दगी हर्षा ने भी तो जी थी।

लेकिन मैंने सूर्या को हर काम की आज़ादी दी थी—मुझे मालूम था कि उसके अन्दर अलग तरह के हार्मोन्स जन्म ले रहे थे, जो हमारे शरीर के हार्मोन्स से बिलकुल अलग थे। खाने-पीने, पहनने से लेकर मिलने तक। मैं उसे किसी भी तरह इस बात का एहसास नहीं होने देता था कि वह हम सबकी तरह सामान्य नहीं है। उसे ऐसा महसूस होता था कि अगर वह ऐसा कर रहा है तो यह उसकी स्वतंत्रता है, उसकी अपनी पसन्द है, उसका जीवन है और उसकी सोच है। इससे उसके मन में हम सबसे अलग होने की भावना भी नहीं पनप रही थी। मैंने उसे कभी खुद के चश्मे से देखने की कोशिश नहीं की बल्कि हमेशा उसके नज़रिये से उसे देखने का प्रयास किया। यही तो दुनिया है, हम अपने हिसाब से दूसरों के लिए फ़ैसले करते रहते हैं जबकि हमें उनके फ़ैसले उनके ऊपर छोड़ने चाहिए या कम-से-कम उनके हिसाब से फ़ैसले लेने चाहिए। मैं इस मामले में कोई भी गलती नहीं कर रहा था। हमारा वक्त अच्छे से गुज़र रहा था। कभी-कभी मुझे वह वक्त याद आ जाता था जब अनाया के जाने के बाद मैंने मुम्बई ट्रांसफर ले लिया था। यहीं पर

तो हर्षा भी रह रहा था, वह भी अपने समुदाय के साथ। वह साड़ी पहनता था, लोगों को दुआएँ देता था और अपनी ज़िन्दगी खुशी-खुशी बिता रहा था। एक दोपहर की ही बात है, जब मैं सोफ़े पर बैठा हुआ था और दिन के डेढ़ बजने को थे। अभी-अभी अपने गाँव से वापस आया था। हमारे बाबू जी का स्वर्गवास हो गया था। उनकी तेरहवीं करके मैं एक दिन पहले ही तो वापस आया था। साथ ही अपनी माँ को भी मुम्बई ले आया था। अकेली वे कैसे रहतीं? उस भरी दोपहरी में किसी ने दरवाज़े की बैल बजायी। मैं सोफ़े पर से उठा और दरवाज़ा खोला तो देखा कि सामने एक किन्नर खड़ा है। उसकी आँखें आँसुओं से लबालब थीं।

किन्नर को देखकर मेरे दिमाग में बस एक ही बात आयी थी। हमारे घर में कोई खुशखबरी भी तो नहीं हुई कि ये लोग दरवाज़े पर आयें। न ही कोई खुशखबरी आने वाली है।

''क्या है भाई?'' मैंने पूछा।

रोते हुए दबी ज़ुबान में उसने पूछा, ''आप ही अनमोल हो?''

वह क्यों रो रहा है और वह भी मेरे घर आकर? मेरे मन में तरह-तरह के ख़याल चलने लगे थे, ''हाँ।''

वह कुछ देर खामोश रहा। ऐसा लग रहा था कि वह बहुत-कुछ मन में भरे हुए था, बोलना चाह रहा था पर बोल नहीं पा रहा था। उसकी भरी लाल आँखें देखकर यह तो समझ आने लगा था कि कुछ तो गड़बड़ है। ''बताओ न क्या हुआ?'' उसका हाल देखकर मेरे सब्र का बाँध टूटने लगा।

''हर्षिता...''

''हर्षिता क्या? आगे बोलो,'' मैंने उसका कॉलर पकड़ लिया था।

''हर्षिता नहीं रही!'' और वह फूट-फूट कर रोने लगा।

''क्या!'' मेरे मुँह से सिर्फ़ इतना ही निकल पाया।

कुछ बातों की प्रतिक्रिया ऐसी ही होती है। दुःख सैकड़ों बिजलियों की ताकत के साथ कौंधता है और हम बस एक शब्द के आगे कुछ कहने के लायक नहीं बचते। मेरे साथ भी वैसा ही हुआ था।

वह वैसे ही फूट-फूट कर रोते हुए बोला, ''कुछ दिनों पहले हर्षिता ने फाँसी लगा ली!''

मैं हतप्रभ रह गया। मेरे मुँह से बस "क्या" निकला और मुँह खुला का खुला रह गया।

"हर्षिता ने आपको यह डायरी देने के लिए कहा था तो आपको यह देने आयी हूँ, बस।" उसने मेरे हाथों में डायरी थमा दी और रोते हुए वह चला गया।

मैं निःस्पंद खड़ा रहा दरवाज़े पर। असहाय और अवाक्। उसके प्रश्नों का जवाब देना यहाँ तक कि उसका मेरे हाथ में डायरी थमाना, यह सब मुझे पता ही न चला। मैं बस यही सोच रहा था कि जब सब कुछ उसकी ज़िन्दगी में ठीक-ठाक चलने लगा था, तभी क्यों? मैं कब दरवाज़ा बन्द कर सोफ़े पर आकर धंस गया, मुझे खुद पता नहीं चला। हर्षा का चेहरा रह-रह कर मेरी आँखों के सामने नाचने लगा, उसका मेरी छिंगुनिया से अपनी छिंगुनिया लड़ाना, उसके बाद चेहरे पर वह मुस्कुराहट। अक्कड़-बक्कड़ करना, घर-घर खेलना। मुझसे अपनी हर बात शेयर करना और जब वह मुस्कुराता था तो उसके हल्के से निकले हुए मोती से दाँत मेरे मन में एक खास खुशी और सन्तोष भर देते थे। वह मेरा भाई था या बहन, यह तो मुझे नहीं पता पर उसने भाई और बहन दोनों के कर्तव्यों का बखूबी निर्वाह किया था। मेरे आँसू थमने का नाम ही नहीं ले रहे थे। बेशक कई सालों से वह अपने समुदाय के साथ रह रहा था पर वह मुझसे मिलने ज़रूर आया करता था। अपनी ज़िन्दगी के बारे में खुलकर बताया करता था। काफ़ी खुश भी तो था वह, फिर क्यों उसने ऐसा कदम उठाया? आखिर हुआ क्या कि हर्षा ने चुपचाप, बिना किसी आभास के मुझसे, इस दुनिया से अचानक नाता तोड़ने का कठोर निर्णय ले लिया। ज़िन्दगी भर उसने दर्द झेले, ऐसे-ऐसे दर्द कि कभी-कभार लगता था कि बाबू जी उसे बचपन में मारने की जो कोशिश कर रहे थे, कुछ गलत नहीं कर रहे थे। बच तो गया था पर क्या इसी दिन के लिए? तरह-तरह के ख़याल मुझसे ही प्रश्न पूछ रहे थे और मैं किसी प्रश्न का जवाब देने की हालत में नहीं था।

अभी बाबू जी के स्वर्गवास के दुःख से उबरा नहीं था कि हर्षा भी चल बसा। भगवान मेरी लगातार परीक्षा ले रहा था। और मैं उसकी चाल समझ भी न पा रहा था। मैं सोफ़े पर बैठा था, आँखों में आँसू और दिल में उसकी याद लेकर। उसका चेहरा रह-रह कर सामने आ रहा था। तभी मेरा ध्यान उसकी डायरी पर गया। शायद यह वही डायरी हो जिसमें वह अपनी दिनचर्या

के बारे में लिखता हो। मुझे ऐसा लगा कि यह डायरी ज़रूर मेरे सवालों के जवाब देगी। मैंने इसी उम्मीद से वह डायरी खोली। यह तो वही डायरी थी, जो मैंने दो-तीन बार छुप-छुप कर पढ़ी थी! मैंने तुरन्त उसके पन्ने पलटना शुरू किया—

'आज मैं स्कूल से थोड़ा लेट हो गयी थी। होमवर्क न करने की वजह से स्कूल में ही रोक लिया गया। मैं पीठ पर भारी स्कूल बैग टाँग कर पैदल घर वापस आ रही थी। मन में घर जाने की उत्सुकता बढ़ती जा रही थी। घर जाकर अपने प्रिय खेल खेलने की और माँ के हाथों का ज़ायकेदार खाना खाने की कल्पना करते हुए घर की तरफ़ तेज़ कदमों के साथ बढ़ती चली जा रही थी। स्कूल के बीच में एक ऐसा रास्ता पड़ता था जहाँ पर आस-पास झाड़ियाँ थीं और बहुत कम लोग उस रास्ते से गुज़रते थे। मैं उस रास्ते से गुज़र ही रही थी कि मेरे पैर अचानक रुक गये। मानो सामने से एक ज़हरीला साँप गुज़र गया हो। सामने से वह आदमी आता हुआ दिखाई दिया, जो मुझे बुरी तरह घूरता है। आते-जाते, हर पल मानो मेरी निगरानी रखता है। आज तो मैं अकेली थी। और सभी दोस्त पहले से ही जा चुके थे। मेरे साथ भी कोई नहीं था। मैंने पलटकर देखा तो दूर-दूर तक कोई दिखाई नहीं दे रहा था। मैं एकदम सहम गयी थी। मेरी धड़कनें बढ़ गयी थीं। डर के मारे हाथ-पैर काँपने लगे। मन में बस यही ख़याल आ रहा था कि कैसे इससे छुटकारा पाऊँ। वह मुझसे 50 मीटर आगे खड़ा मुझे ज़हरीली आँखों से निहारता हुआ मुस्कुरा रहा था। जैसे शेर अपना शिकार पाकर लपकने से पहले थोड़ी देर घूरता है। मैं उसी जगह पर ठिठक कर खड़ी रह गयी थी, एक मेमने की तरह।

'उसके कदम मेरी तरफ़ धीरे-धीरे बढ़ने लगे थे, मेरे दाँत काँप रहे थे। मुझे समझ ही नहीं आ रहा था कि क्या करूँ? कभी ख़याल आता कि भाग जाऊँ। तभी लगता कि अगर भागी तो यह खदेड़ कर पकड़ लेगा। वह नज़दीक और नज़दीक आ रहा था। अब मेरे मन में एक ही ख़याल आया कि बचानेवाला मारनेवाले से अधिक मज़बूत होता है। मैं तुरन्त पलटकर स्कूल की तरफ़ भागने लगी। उसके भी कदम तेज़ हो गये थे। मेरी साँस फूलने लगी थी, डर के मारे मेरे पैर भी उतना तेज़ नहीं भाग पा रहे थे जितना मैं चाहती थी। मैंने भागते हुए पीछे पलटकर देखा, वह भागते हुए बिलकुल मेरे पास

आ चुका था। डर के मारे मेरे रोंगटे खड़े हो गये। इस डर का नतीजा यह हुआ कि मैं लड़खड़ा गयी। इससे पहले कि मैं गिरती, उसने मेरे ऊपर एक तेज़ झपट्टा मारा और मैं सड़क के किनारे झाड़ियों में औंधे मुँह गिर पड़ी। खटाक! जबड़े में ऐसा लगा मानो किसी ने पत्थर मार दिया हो। हाथों में काँटे चुभ गये। मेरे घुटने ज़मीन पर जा धँसे। मैं झाड़ियों के काँटों के बीच ऐसे फँस गयी थी जैसे कोई मछली मछुआरे के जाल में फँस गयी हो। मेरी शर्ट काँटों में फँसी होने के कारण उसको खींचते समय थोड़ी-थोड़ी फटने लगी थी और मेरे हाथों में काँटे चुभने लगे थे।

' "दर्द हो रहा है, रुक जाओ," मैं कराहते हुए गिड़गिड़ाने लगी।

'पर वह मेरी कहाँ सुनने वाला था। मेरी चीख और दर्द का उसके ऊपर कोई असर नहीं पड़ रहा था। मेरे घुटनों में बहुत तेज़ दर्द हो रहा था। शायद गिरने की वजह से वे छिल गये होंगे। मैं दर्द के मारे तड़प रही थी और उसे अपनी तड़प के आगे मेरी तकलीफ़ दिखाई नहीं दे रही थी। उसकी इस हवस को देखकर मेरे शरीर में लगी चोटों का दर्द कहीं दूर भाग गया। मैं बस आगे होने वाले दर्द से डरकर उससे हाथ जोड़कर गिड़गिड़ाने लगी, "भैया छोड़ दो। बहुत चोट लग गयी है।"

'हमारी ज़िन्दगी भी ऐसी ही होती है, हम भविष्य में दुःख की सम्भावना से पहले से ही डर जाते हैं, दुखी हो जाते हैं और कमज़ोर पड़ जाते हैं। अगर हम उससे साहस से लड़ें तो यह डर गायब हो सकता है।

'मैं उससे विनती कर रही थी, उसके सामने हाथ जोड़ रही थी, पैर पड़ रही थी। शायद एक और प्रयास करती तो वहाँ से निकल सकती थी। लेकिन मैं कमज़ोर पड़ चुकी थी। मेरे आँसुओं का मोल वह न समझने वाला था। वह मुझे सीधा करके मेरे चेहरे से खेलने लगा और मैं लगातार गिड़गिड़ा रही थी। वह कभी इस गाल को चूमता कभी उस गाल को, "बड़े दिन बाद मौका मिला है। कब से खोजत हूँ तुम्हें।"

' "छोड़ दे भैया।"

' "भैया होगा तेरा बाप!! मैं नहीं!"

'वह कहाँ सुनने वाला था। वह करता रहा अपना काम और मैं गिड़गिड़ाती रही। अपने बदबूदार मुँह को मेरे चेहरे के पास लाकर कभी चूमता, कभी

गंधाते हुए होंठों को मेरे होंठ पर रखके रगड़ देता। ऐसा लगता जैसे किसी राजा ने मुझे नाली में मुँह डालकर कुल्ला करने की सज़ा दे दी हो। तभी डूबते हुए को तिनके का सहारा मिल गया था। मेरी नज़र दूर से आ रहे साइकिल पर सवार एक व्यक्ति पर पड़ी जो हमारी ही तरफ़ आ रहा था। मानो उम्मीद की किरण खिल गयी। मैं शान्त हो गयी और बेसब्री से उसके पास आने का इन्तज़ार करने लगी।

'हर पल के साथ वह नज़दीक आ रहा था और मैंने गहरी साँस लेकर चिल्लाने की पूरी तैयारी कर ली थी। उसके नज़दीक आते ही मैंने चिल्लाने की कोशिश की लेकिन यह आदमी बहुत शातिर था। उसने तत्काल अपने मांसल हाथों से मेरे जबड़े को इतनी ज़ोर से दबाया कि मेरी आवाज़ ही न निकल पायी। उसका हाथ था या लोहे का हथौड़ा। मुझे ऐसा लगा कि मेरा जबड़ा टूटा जा रहा हो। बस मेरी हड्डियों के 'खटाक' से टूटने की ही देर थी। मैं उसके दमदार हाथों की कैद से खुद को छुड़ा भी नहीं सकती थी। मेरी आँखों से आँसू निकलने लगे थे। मैं तड़पती रही और वह मुझे अनसुना करता रहा। साइकिल सवार मेरे सामने से धीरे-धीरे गुज़र गया। ऐसा लग रहा था जैसे मेरा मसीहा मेरे सामने से गुज़र गया, मानो इस हैवान के सामने भगवान ने भी आँखें बन्द कर ली हों। अब मेरा कोई सहारा न था। अब सब कुछ जो था इसी आदमी के हाथ था, मैं तो एक कठपुतली थी उसके लिए। वह जैसे चाहे नचा सकता था। तभी वह मेरे कान में आकर फुसफुसाया, "हम जानते हैं तुम और अमन का-का गुल खिलाते हो! अगर किसी से कुछ भी बताने की कोशिश की तो हम सारी खबर पूरे गाँव मा फैला देंगे।"

'यह सुनते ही मेरे कान खड़े हो गये। बिलकुल अवाक् रह गयी। एक के बाद एक मेरे दिल को, मेरे ज़हन और मेरे शरीर को झकझोर देने वाली बातें हो रही थीं। उसे यह कैसे पता? मेरा मन तुरन्त उससे दूर भाग जाना चाहता था। वह एक हैवान था और मुझे पता चल गया था कि वह किस तरह मेरा इस्तेमाल करने वाला है। अगर मैंने अब इसका विरोध किया तो पूरे गाँव के सामने यह मुझे बदनाम कर देगा। अब मैं चाह कर भी कुछ नहीं कर सकती थी। वैसे भी मेरी ज़िन्दगी कोई कम दुख:भरी नहीं थी, अगर इसने बता दिया तो वह नरक से भी बदतर बन जायेगी। मैं जानती थी कि समाज मेरे बाबू

जी का जीना हराम कर देगा और बाबू जी मेरा। मेरा स्कूल आना भी बन्द हो जायेगा और पढ़ाई भी। अब मेरी आँखों से सिर्फ़ दर्द के आँसू निकलते रहे और वह हैवान मेरे शरीर से मज़े लेता रहा। मैं पेट के बल लेटी रही, मेरा हाथ सीने के नीचे दबा था। और उस पर कंकड़-पत्थर चुभ रहे थे। मैं चीख रही थी, वह इस चीख का आनन्द ले रहा था। कुछ देर बाद उसने मुझे झिड़क कर फेंक दिया, जैसे कोई संडास में इस्तेमाल के बाद टिश्यू पेपर फेंक देता है, ''कपड़े पहन के चुपचाप घर चले जाना! और सुन, अगर कौनो से बताया तो तेरी और अमन की कहानी जगज़ाहिर कर दूँगा।''

'वह चला गया और मैं वहीं पड़ी रही। एक फेंके हुए कपड़े की तरह। उसने मेरी चीखों का, मेरे दर्द का आनन्द लिया और रफूचक्कर हो लिया। मैं वहीं रोती-बिलखती पड़ी थी, उठने की कोशिश कर रही थी पर उठ नहीं पा रही थी। शरीर की चोटें, हाथ-पैर में लगे काँटे, उसके ऊपर से उस 80 किलो के ज़ालिम ने मेरे साथ एक जानवर की तरह बर्ताव किया था। उठने में तकलीफ़ हो रही थी, आँखों से सिर्फ़ आँसू निकल रहे थे। मेरे सीने के नीचे दबा हाथ, बिलकुल अकड़ गया था। उसे सीधा करने में बहुत दर्द हुआ। मेरे घुटनों से खून बह रहा था। मुझसे कपड़े भी अपने हाथों से नहीं पहने जा रहे थे। फिर भी किसी तरह मैंने रोते-बिलखते हुए, दर्द सहते हुए कपड़े पहने। उसकी हैवानियत के कारण चलने में काफ़ी तकलीफ़ हो रही थी, पैर जोड़कर नहीं चल पा रही थी। सीधा चलने में भी दिक्कत हो रही थी, किसी तरह काँटे निकालकर झुककर चलना पड़ रहा था। अगर पूरा ध्यान शरीर के कष्ट और दर्द पर होता, तो भी ठीक था। ये तो सिर्फ़ शरीर का दर्द था। लेकिन इस दर्द और मेरे दिल पर पड़ी इस काली छाया को मुझे सभी से छिपाना भी था। मुझे इस तरह घर पहुँचना था कि मेरे बाबू जी, अम्मा और भैया को रत्ती भर भी शक न हो पाये कि मेरे साथ कोई अनहोनी हुई है। इस बात ने मेरी पीड़ा को और भी बढ़ा दिया कि जिस पाशविक हरकत को मुझे दुनिया के सामने लाना चाहिए था, उसी को मैं सबसे कैसे छिपाऊँगी, मैं यह सोच रही थी।

'मैं रो नहीं सकती थी, अगर रोई तो सब पूछने लगेंगे, क्यों रो रही है? अगर बता दिया तो वह ज़ालिम मेरी और अमन की बात पूरे गाँव में फैला देगा। और एक बार फिर मेरे बाबू जी का सिर मेरी वजह से शर्म से झुक

जायेगा। मैंने अपने आँसू भी पोंछ लिये। अपनी खरोंचों पर मरहम भी नहीं लगा सकती थी, बड़ी मुश्किल से मैंने खुद ही सभी काँटे निकाले ताकि कोई भी काँटा कहीं लगा न रह जाये। इससे अधिक दु:ख की बात मेरे लिए कुछ न थी कि इस कुकृत्य के लिए मैं कतई ज़िम्मेदार नहीं थी और इसे ही छिपाने का मैं बहाना खोज रही थी।

'मैं किसी की बाँहों में खूब ज़ोर से रोना चाहती थी पर आँसुओं पर काबू रखना था। इन चोटों पर मरहम लगाना था पर किसी को बताने की हिम्मत न थी। इस ज़ालिम को सज़ा दिलवाने का मन कर रहा था पर बाबू जी की इज़्ज़त का ख़याल था।

'जैसे-जैसे घर पास आता गया। मैं और सहज होकर चलने लगी। सतर्क होती जा रही थी। मैंने अपने हाथ-पैर एक बार फिर से झाड़ लिये थे, माथे और चेहरे को पोंछ लिया था। मैं पूरी तरह आश्वस्त होना चाहती थी कि किसी तरह कोई पहचान न पाये। मैं और सहज होकर चलने की कोशिश करने लगी थी। मन में कुछ और चल रहा था तथा बाहर कुछ और दिखाना था। मन में दुखों का अम्बार लगा हुआ था और चेहरे पर मुस्कुराहट दिखनी चाहिए थी।

'बाबू जी छप्पर के नीचे पान चबाये बैठे हुए अपनी बड़ी-बड़ी मूँछों पर ताव दे रहे थे। मन भयभीत था कहीं पकड़ी न जाऊँ। जैसे-जैसे उनके पास से जा रही थी, मेरी साँसें फूली जा रही थीं। मैं अधिक सहज होकर चलना चाह रही थी, लेकिन दर्द के मारे बुरा हाल था। मेरे हर अंग में बहुत तेज़ दर्द हो रहा था, साथ-ही-साथ ज़बर्दस्ती किये गये बर्ताव से मेरी गुदा में बड़ी तेज़ पीड़ा हो रही थी। मैं बाबू जी के पास पहुँच गयी थी, उनसे बिना नज़रें मिलाये, मुँह नीचे करके चल दी। मैंने धीरे से कनखियों से उन्हें देखा। कहीं वे मेरी तरफ़ ही तो नहीं देख रहे? वे मेरी ही तरफ़ देख रहे थे। दिल धक् से हो गया, अब तो जल्दी से भाग जाने का मन हुआ। मैंने जैसे ही कदम तेज़ किये, पीछे से आवाज़ आयी, ''पीछे इतनी धूल काहे लगी है कपड़ा मा?'' शायद मैं अपने पीछे कपड़ों की धूल नहीं झाड़ पायी थी।

'अब तो मेरे पैर थम गये, साँसें रुक-सी गयीं। होंठ सूख गये। मैंने धीरे से पीछे पलटकर देखा। बाबू जी को देखते ही मेरे हाथ-पैर काँपने लगे। बाबू जी चेहरा लाल करके आँख तरेरे हुए मुझसे पूछ रहे थे। मेरे मुँह से कोई

आवाज़ ही नहीं निकल पायी, "क क ...।" मैं हकलाने लगी।

"क्या क...क कर रहा है। जल्दी बोल!"

'बाबू जी के सामने दहशत से मेरी बोलती ही बन्द हो जाती थी। बहुत सोचकर निकली थी कि बहाना बना दूँगी पर बहाना तो दूर की बात, मेरी ज़ुबान से कुछ निकल ही नहीं रहा था। मुझे कुछ न बोलते देखकर ही वह समझ गये थे कि कुछ तो गड़बड़ है। वह चारपाई से उठे और झपटकर मेरी तरफ़ आने लगे। मैंने डर के कारण हाथ सिकोड़ लिये थे, दरवाज़े के पास दुबककर चिपक गयी। उन्होंने आकर मेरे कान पकड़ कर मरोड़ दिये। उनके कान मरोड़ने से अधिक दर्द मेरे शरीर की अन्य जगहों पर हो रहा था पर उनका भय इतना अधिक था कि मैं ज़ोर-ज़ोर से रोने लगी।

'मेरी पैंट में ही मेरा पेशाब निकल गया। चाह कर भी मैं अपनी ज़ुबान को अपने वश में न कर पायी और मेरे मुँह से अपने आप सच निकलने लगा। जैसे-जैसे मेरा मुँह सच बोल रहा था, वैसे-वैसे मेरे बाबू जी के लात-घूँसे मुझ पर बढ़ते जा रहे थे। जैसे ही मैंने अपनी बात खत्म की, बगल में रखी लाठी भी मेरे ऊपर बरसने लगी। मैं ज़ोर-ज़ोर से चिल्ला रही थी लेकिन बाबू जी पर कोई असर नहीं हुआ। इस दुनिया में मेरी कोई सुनने वाला नहीं था। यहाँ तक कि मेरा बाप भी नहीं। मेरे साथ कुछ भी होता, उसके लिए मुझे ही ज़िम्मेदार ठहराया जाता था। मेरे ऊपर ही लात-घूंसों की बारिश हुआ करती थी। इन सब के बाद मुझे जो सुनने को मिलता वह और भी खौफ़नाक हुआ करता था। आज अम्मा बीच में आ गयीं और उन्होंने बचा लिया। इसके बाद बाबू जी का चिल्लाना शुरू हुआ, "हम उस समय एखा मारे जा रहे थे, तब तू ही आके बचायी थी न! लो आज पूरे गाँव मा हमार लुटिया डुबो के आया है। हमारी इज़्ज़त पानी मा मिला के आ गया है। अब तो लागत है एखा मार ही डालो। अब हम कहेऊ लाइक न बचे।"

'मार के साथ ये शब्द मुझे काँटों से ज़्यादा चुभ रहे थे। क्या सच में मैं इतनी बुरी हूँ? क्या समाज में मुझ जैसे लोगों को जीने का कोई हक नहीं? वही समाज जिसका एक व्यक्ति मेरे साथ कुकृत्य करता है और उसका दोष भी मुझे दिया जाता है! वही समाज, जो अपने से अलग लोगों की इज़्ज़त करना नहीं जानता। क्या यह सभ्य समाज है?

' "मैंने परत-दर-परत कुरेदा दुखों को
जमे हुए थे जो सदियों से
समय की अदृश्य दीवार पर
हर परत के नीचे थी
कुछ कहानी और कुछ नमक
सब कुछ वैसा ही तो था
जैसा सदियों से है
बस कहानी और नमक दोनों में से
जो गायब था वह कुछ और नहीं
पानी ही तो था...।"

'इतने वर्षों में मैं यह समझ गयी थी कि यह समाज मुझे प्यार तो छोड़ो, मुझे समझने की भी कोशिश नहीं कर सकता। आखिर मेरी गलती क्या है? मेरा एक अंग अविकसित है। बस इतनी-सी! शायद इस तथाकथित समाज में सारा फसाद सिर्फ़ इसी अंग को लेकर होता है। लड़ाई-झगड़ा, प्रेम-मारपीट सब इसी अंग के कारण तो होती है। मेरे शरीर का हर अंग आहत था, चोट थी, मेरा शरीर टूट रहा था, हाथ-पैर से लेकर गुदा तक। मैं बिलख रही थी। मेरे आँखों के सामने अपने भविष्य का अंधकार मंडरा रहा था। मैं ऐसी कठपुतली बन गयी थी, स्कूल से लेकर घर, बाहर, हर कोई मेरा मज़ाक उड़ाता। गाहे-बगाहे मुझे हिजड़ा कहने से नहीं चूकता। खेलने-कूदने यहाँ तक कि लिखते-पढ़ते वक्त मुझ जैसों के लिए एक अलग ही कॉलम होता है। पुरुष, महिला या अन्य। हर वक्त मुझे यह एहसास दिलाया जाता कि मैं हर किसी से अलग हूँ। रही-सही कसर अगर बच जाती तो बाबू जी अपनी भड़ास निकाल कर पूरी कर लेते। जब मैं इतनी ही अलग हूँ तो इस सभ्य समाज ने मुझ जैसे अलग व्यक्ति को जन्म क्यों दिया? आखिर इनकी ही तो गलती का परिणाम हूँ मैं! ये अपनी गलती मुझ पर क्यों थोपते हैं!

'तभी मुझे कस्तूरी के वे शब्द ध्यान आये, "जब भी तुझे वहाँ अच्छा न लगे तो तेरे लिए यह द्वार हमेशा खुला है।"

'अब मुझे समझ आ रहा था कि कस्तूरी जैसे लोग समाज से बाहर अपने समुदाय में क्यों रहते हैं। मैंने भी ठान लिया, कब तक इस समाज में

मर-मर के जीती रहूँगी! भले ही अलग रहूँ लेकिन पल-पल मरते हुए जीना मुझे मंज़ूर नहीं।

'आखिर मैं पहुँच गयी अपने समुदाय में। मेरे लिए यह मिला-जुला सा एहसास था। एक तरफ़ मैं अपनी ज़िन्दगी उस तरह से जी सकती थी, जैसी मैं अन्दर से हूँ, लेकिन दूसरी तरफ़, यह एक नया समुदाय था, बाबू जी के घर से अलग यहाँ का रहन-सहन बिलकुल अलग और मेरे लिए नया था। यह मेरे लिए बिलकुल वैसी ही स्थिति थी जैसे मायका छोड़कर नयी ब्याही लड़की अपने ससुराल आ जाती है। अब यही मेरे लिए अपना घर था और इस घर की सास कस्तूरी थी, जो अपने घर के सारे नियम-कानून मुझे बता रही थी।

'उस 6 मीटर की साड़ी को लपेटना उतना आसान नहीं है जितना सुन कर लगता है। भले ही अन्दर से उसे पहनने में खुशी हो रही हो पर बदलाव हमेशा कष्टदायक होता है। मेरे साथ भी बिलकुल वैसा ही था। अब मैं बोलती भले ही सहजता से थी, लेकिन अपनी स्मृतियों से बेचैन हो हाथों में पहनी हुई अँगूठियों को बात करते-करते घुमाती रहती थी। हर्षा से हर्षिता बनना मेरे लिए मजबूरी और ज़रूरत दोनों थी। हर्षा की काया में मुझे छटपटाहट होती थी, मगर कोई नहीं था जो इसे समझ सकता। परिवारवाले भी नहीं। अम्मा चाहकर भी कुछ नहीं कर सकती थीं। कुछ भी नहीं। आखिर इस ऊहापोह से निकलकर अन्तत: हर्षिता के अस्तित्व में मैं आ ही गयी। ऐसा कौन है जो अपनी पहचान नहीं चाहता। लोगों को नाम से पहचान बनानी होती है पर मुझे तो पहले अपनी शारीरिक पहचान बनाने में ही कई साल लग गये।

'मैं खूबसूरत नीली साड़ी में पहली बार अपनी फोटो खिंचवाने से पहले अपने लम्बे बाल समेट कर दायें कन्धे पर लेती और अदा से खड़ी हो जाती। मैं अब चैन से वह पहन सकती थी जो मेरा दिल दरअसल पहनना चाहता था। मैं तरह-तरह के मुँह बनाती, फ़ोटो अच्छी भी आनी चाहिए! खुद को व्यवस्थित करने के क्रम में हाथों की चूड़ियाँ इधर-उधर सरकती हैं और हल्की खनखनाहट उनकी खूबसूरत मुस्कुराहट के साथ घुल-मिल जाती है। बड़ी बिन्दी चमकती और कान के झुमके हौले से गालों को छूकर, सहला कर अलग हो जाते। मैं बार-बार अपनी फोटो खिंचवाती, बार-बार देखती और खुश होती अपनी खूबसूरती को देखकर।

'मेरी ज़िन्दगी अच्छे से कट रही थी। ऐसा नहीं कि बाबू जी लेने नहीं आये थे, बाबू जी लेने आये थे पर कस्तूरी के सामने टिक न पाये और उन्हें मुँह लटकाकर लौटना पड़ा। असल में उन्हें मेरी चिन्ता नहीं थी, अपनी इज़्ज़त की चिन्ता थी, उन्हें अपनी तनी हुई बड़ी मूँछों की चिन्ता थी, वर्ना मैं चली जाती। खैर, हमारी दिनचर्या कुछ इस तरह से हो गयी थी—सुबह तीन बजे ही हम घर से सज-धज कर शादी तलाशने के लिए निकलते। अगर कहीं शादी हो रही होती तो वहाँ आशीर्वाद देकर नेग लेते थे। दिन में हम किसी के यहाँ लड़का हुआ हो, मुंडन हुआ हो, उनकी खबर लिया करते थे। उसके बाद हम रोड पर लोगों से भी नेग लेते थे। फिर सारे दिन के कमाये हुए पैसों में से आधा पैसा हम कस्तूरी को देते और आधे में अपना खर्च चलाते थे। इस तरह अपनी ज़िन्दगी पहले से बेहतर कट रही थी। बेशक घर की, बाबू जी की, अनमोल भैया की और अम्मा की बड़ी याद आती थी पर साथ ही उन बुरे पलों की याद भी आ जाती और मैं सहमकर खुद को रोक लिया करती।

'आज शाम को मुझे बहुत बुरा लगा, मैं रोड पर सवारियों से पैसे वसूल रही थी। एक बस रुकी। मैं एवं मेरी बहनें उस पर चढ़ गयीं।

'बिलकुल वैसे ही जैसे आप रोज़ देखते हैं सड़क पर, बसों में, अपने घर के पास या फिर मार्किट में। साड़ी पहने हुए, होंठों पर लाल लिपस्टिक, हाथों में चूड़ियाँ, मटकती कमर और ताली बजाते हाथ। मैं चढ़कर लोगों से पैसे वसूल रही थी, लोगों के चेहरों पर हाथ फेर रही थी, वैसे भी मुझे चिकने लड़के अच्छे लगते हैं। इसी बहाने उन्हें छूने का मौका भी तो मिल जाता है, "क्यों चिकने दे न!!"

'कुछ लोग शर्माकर तुरन्त दे देते और कुछ नौटंकी करते। उनके सामने हम भी नौटंकी करने लगते। कोई कहता है, "हम बहुत गलत करते हैं।" आखिर तुमने अपने समाज से हमें निकाला है तो खाने का इन्तज़ाम तुम ही करोगे न! इसमें बताइये हम क्या गलत करते हैं? अच्छा-खासा पढ़ रही थी, पढ़ के नौकरी करती। अब निकाल दिया अपने समाज से तो हमें खाने के लिए तो देना पड़ेगा न! हम मुफ़्त में थोड़े न कुछ लेते हैं, आपको दुआएँ भी तो देते हैं।

'मैं इस तरह से हर किसी से पैसे लेती जा रही थी। कोई पाँच रुपये

देता, कोई दस और कोई पचास। तभी मेरी नज़र एक बुज़ुर्ग पर पड़ी, वह मेरी ही तरफ़ देख रहा था, उसकी आँखें भरी हुई थीं और सिर झुकाये हुए था। उन्हें देखते ही मेरे दिल में अजीब-सी हलचल उठी। मैं उनकी आँखों में आँसू नहीं देख पायी। मैं समझ गयी, उनकी आँखों में आँसू क्यों हैं? वह मेरे बाबू जी थे। अपने बाबू जी की आँखों में आँसू अपनी बेटी या बेटे के कारण आयें तो ऐसे बेटे या बेटी का जीना धिक्कार है। मैं खुद को कोस रही थी। मैं समझ गयी कि मेरा भीख माँगना उन्हें बर्दाश्त नहीं हुआ, उनकी इज़्ज़त मिट्टी में मिल रही थी और वह कुछ कर नहीं सकते। आखिर उन्हें इस तथाकथित समाज में जीना भी तो है। वह मेरी तरह अलग किसी समुदाय में भी तो नहीं रह सकते। सच मध्यम वर्गीय परिवार के लिए समाज में जीना तलवार की नोक पर जीना है। तनिक भी इधर-उधर हुआ तो वे गुदा काटने से नहीं चूकते।

'मैं उनके मन की बात समझ गयी। मैं अब अपने समुदाय में तो आ ही गयी थी। मुझे हर्षिता बने रहना ही अच्छा लग रहा था, पर एक बेटी का फ़र्ज़ निभाते हुए मैंने निर्णय किया कि कहीं दूर चली जाऊँगी, जहाँ मैं सुखी रहूँ और मेरे बाबू जी की इज़्ज़त का यूँ मखौल भी न उड़े। आखिर मैंने मुम्बई जाने का निर्णय ले ही लिया।'

बाबूपुरवा वाले खेत

वक्त भी कितनी जल्दी बीत जाता है! देखते-ही-देखते सूर्या बड़ा हो गया था। ऐसा लगता था जैसे उसका जन्म अभी कल ही तो हुआ था! अभी ही तो उसने पढ़ाई शुरू की थी! लेकिन उसने मुम्बई के एक कॉलेज से क्रिमनॉलॉजी की पढ़ाई भी पूरी कर ली है। मैंने उसे कतई अपनी ज़िन्दगी या बिना मूँछों वाले उन लोगों के बेटों की ज़िन्दगी जीने के लिए विवश नहीं किया। मैंने अपने सपनों का बोझ उसके कन्धे पर नहीं रखा। यही तो मेरी जीत थी, मैंने जो गलतियाँ कीं उन्हें उसके साथ नहीं दोहराया। मैंने उसे किसी भी चीज़ के लिए नहीं रोका। भरपूर आज़ादी और प्यार दिया। इससे अधिक किसी को क्या चाहिए? वह जहाँ जाना चाहता, जाता, अपने समुदाय में भी घूम आता। उसके बॉयफ्रेंड हैं या नहीं, इस बारे में भी मैंने कभी नहीं जानना चाहा। यह उसकी निजी ज़िन्दगी है, उसकी निजी ज़िन्दगी में झाँकने का मुझे कोई हक नहीं। वह जो पहनना

चाहता, जो करना चाहता, करता। मैंने कभी कोई पाबन्दी नहीं लगाई। हाँ, इस बात को लेकर ज़रूर सजग रहता था कि वह जीवन में कभी गलत रास्ते पर न जाये। अपने लक्ष्य की ओर अग्रसर होने के लिए मैं उसे सदा प्रेरणा देता रहता था। अभी-अभी तो उसने बताया था कि वह एक प्राइवेट डिटेक्टिव एजेंसी खोलना चाहता है। इसके लिए पुलिस कमिश्नर के पास उसने एप्लीकेशन भी दे दी थी। मुम्बई पुलिस हम लोगों के घर जाँच-पड़ताल भी कर गयी थी।

एक दिन मैं और सूर्या बैठे हुए इसी विषय पर बात कर रहे थे कि तभी उसके फ़ोन की घंटी बजी। वह फ़ोन लेकर थोड़ा दूर हट गया, "हाँ, गुड मॉर्निंग सर!"

"जी, मैं सूर्या ही बोल रहा हूँ।"

मुझे सिर्फ़ सूर्या की ही आवाज़ सुनाई दे रही थी। उसकी बातों में उत्साह और उमंगों का सैलाब नज़र आने लगा। मैंने उसकी तरफ़ देखा, उसकी आँखों में अजीब सी चमक थी। चेहरा जोश से भरा हुआ लग रहा था। मैंने अनुमान लगाया, ज़रूर कोई बड़ी खबर है और फ़ोन पर बात खत्म करके वह ज़रूर कोई चौंका देनेवाली बात बताएगा।

"कल सर?"

"ठीक, बिलकुल पहुँच जाऊँगा।"

जैसे ही उसने फ़ोन काटा, उसने मुट्ठी बाँध कर उत्साह में हाथ उठाकर जीतने का जश्न मनाया।

"पापा! पुलिस कमिश्नर का फ़ोन था। कह रहे थे कि बहुत सारी एप्लीकेशन्स आयी थीं पर खूब जाँच-पड़ताल के बाद दो लोगों को कल बुलाया गया है, मिलने के लिए।"

"अरे वाह!"

"उन्होंने कहा कि वह फिलहाल उस क्षेत्र में सिर्फ़ एक ही लाइसेंस दे सकते हैं। इसलिए कल हम से बात करने के बाद फ़ैसला करेंगे कि लाइसेंस किसे दिया जाये," उसने पूरी बात बताई।

"कोई बात नहीं, तुमको ही मिलेगा," मैंने अपने बेटे को आशीर्वाद दिया।

सच यह मेरे लिए बहुत बड़ी बात थी। मेरे, आप जैसे कई लोगों की निगाहों में जो असामान्य व्यक्ति होता है, जिसे अक्सर समाज से बहिष्कृत

कर दिया जाता है आज वही व्यक्ति अपनी ज़िन्दगी के सपने को पूरा करने जा रहा था। अपने सपनों के पंखों पर सवार हो अब वह सफलता के बहुत नज़दीक पहुँच चुका था।

अगले दिन वह सुबह जल्दी उठा। स्नान-ध्यान करने के बाद, नाश्ता करने टेबल पर आया। मैंने देखा एक अजीब-सी चमक है उसके चेहरे पर। खाते-खाते हम दोनों में बातें शुरू हो गयीं। खूब तर्क-वितर्क भी होने लगे लाइसेंस की सम्भावना को लेकर। पर उसकी बातों में आज उल्लास था, उमंग थी। बावजूद इसके नर्वसनेस की जो हल्की-सी रेखा उसके चेहरे पर उभर आती थी, बातों के दौरान वह मुझसे न छिप पायी।

"क्या हुआ आज तुम्हें सूर्या?"

"कुछ नहीं पापा। उन लोगों ने पहले से ही कह दिया है कि बस दो लोगों में से किसी एक को लाइसेंस मिलेगा। मुझे यह इंटरव्यू की तरह लग रहा है। इसलिए थोड़ा नर्वस हूँ। वैसे मुझे अपनी काबिलियत पर पूरा भरोसा है।"

मैंने उससे सकारात्मक और उत्साहपूर्ण बातें कीं। मेरे लिए भी आज का दिन खास था, जिसका मुझे अर्से से इन्तज़ार था। अपने भाई के लिए मैं वो सब कभी नहीं कर पाया जिसका वह असली हकदार था। भगवान ने मुझे दूसरा मौका दिया था, उसे अपने बेटे के रूप में पालने के लिए। वे सभी गलतियाँ जो हमारे बाबू जी, समाज और मुझसे हुई थीं, उनको सुधारने का वक्त आ गया था। आज का दिन बड़े सालों बाद आया था, यह सिर्फ़ सूर्या के जन्म के 25 साल का इन्तज़ार नहीं था, बल्कि यह इन्तज़ार उस दिन से ही शुरू हो गया था, जब हर्षा को बाबू जी के सामने मैंने तड़पते देखा था। जैसे ही सूर्या पुलिस कमिश्नर के पास जाने के लिए मेरे पैर छूने आया, मेरे आँसू निकल पड़े, मैंने उसे गले से लगा लिया। सच कहूँ, मैंने सिर्फ़ सूर्या को ही गले से नहीं लगाया, बल्कि हर उस व्यक्ति को गले से लगाया जो किसी कमी से गुज़र रहा है और अपने सपनों को पाने की कोशिश कर रहा है, "जा बेटा, तेरे पापा का आशीर्वाद है तेरे साथ। आज तेरे सिवाय कोई इस एजेंसी का लाइसेंस नहीं पा सकता।"

उसने माँ का भी आशीर्वाद लिया और चला गया।

इधर मेरा मन अपने बेटे की सफलता का इन्तज़ार करने लगा था। आखिर किस पिता को यह इन्तज़ार नहीं होता? मैं तो बस उस वक्त का इन्तज़ार कर रहा था, जब सूर्या आयेगा और मेरे गले लगकर मुझे वह खुशी देगा जिसके सपने मैं उसके जन्म के पहले दिन से ही देखने लगा था। मुझे अपने बेटे के साथ अपने पिता होने पर भी गर्व होगा कि मैंने समाज से लड़कर दिखा दिया कि ये किन्नर भी सामान्य लोगों जितने काबिल होते हैं। इन्हें भी प्यार दो, अपने जैसा मानो। आखिर ये भी इस धरती पर प्रेमपूर्वक रहने और अपने सपनों को पूरा करने के हकदार हैं। यह सोचते हुए मैंने आशिका को पुकारा, "एक चाय बनाना!"

"बनाती हूँ!" पीछे से चूड़ियों की खनखनाहट के साथ आवाज़ आयी।

बैठे-बैठे मैं अपने उस वक्त में खो गया, जब शायद हर्षा को भी ऐसी सुविधाएँ और ऐसा प्रेम मिलता तो वह भी अपनी ज़िन्दगी खुशी-खुशी हमारे साथ बिता सकता था। मैं चला गया हर्षा की नीले पैन से लिखे गोल-गोल अक्षरों वाली डायरी में—

हर्षा की ज़ुबानी, मुम्बई की कहानी—

'मैं मुम्बई आ गयी थी। यहाँ पर मलाड के पास राधिका नाम के एक किन्नर के समुदाय में शामिल भी हो गयी थी। मेरे उस छोटे-से गाँव गोपालपुर और मुम्बई में ज़मीन-आसमान का फ़र्क था। यहाँ की इमारतें भले ही आसमान से बातें करती हों पर इनमें रहने वाले सभी लोग अपने-अपने जीवन में इस कदर व्यस्त थे कि अपने पड़ोसी से बात करने तक की फ़ुर्सत इनके पास नहीं थी। लोगों के फ़ेसबुक पर भले ही पाँच हज़ार दोस्त हों पर पड़ोसी से बात हुए कई साल बीत जाते हैं। दूसरे के जीवन में क्या गलत हो रहा है और क्या सही, इससे किसी को कोई लेना-देना नहीं। इसका फ़ायदा था और नुकसान भी। फ़ायदा यह था कि मैं किन्नर हूँ या महिला, कोई पूछने वाला नहीं था। मेरा बाप कौन है, इसमें किसी को कोई दिलचस्पी थी ही नहीं। मेरा बाप बड़ी मूँछों वाला गाँव का ज़मींदार है या छोटी मूँछों वाला मज़दूर—इससे किसी को कोई लेना-देना नहीं था।

'और नुकसान यह कि अगर हमारे फ़्लैट में चोरी हो रही हो और पड़ोसी की नज़र पड़ जाये, तो वह पूरी कोशिश करेगा, इसे नज़रअन्दाज़

करने की। आस-पास के घरों के दरवाज़े, खिड़कियाँ सब बन्द हो जायेंगे। अगर किसी भलेमानस की पत्नी ने यह कहा भी, "देखो जी, कोई है क्या, सामनेवाले फ़्लैट में?" तो वह व्यक्ति अपनी बीवी को झिड़क देगा, "अपने काम से काम रख।"

'दूसरी तरफ़ हमारे गाँव की रीति यह थी कि मोहल्ले में अपनी नाक ऊँची रखने के लिए प्रतियोगिता सी चलती रहती थी। अपने घर के हाल-चाल ठीक से मालूम हों या न हों, पड़ोसी की खोज-खबर खूब रहती थी। चार पहिये की गाड़ी खरीदने से पहले उसे खड़ी करने के लिए जगह बनाई जाती। यानी बड़ा-सा हॉल या बरामदा हो, उससे भी बड़ा गेट लगे। यह कहावत मशहूर थी कि हाथी खड़ा करने से पहले उसके बाँधने का इन्तज़ाम कर दो। जिसके यहाँ पर जितना बड़ा गेट लगता था, वह उतना ही समृद्ध माना जाता था। इसके उलट यहाँ गेट छोड़ो, एक-एक बिल्डिंग में ही 100 परिवार रहते थे। लेकिन गाड़ी खड़ी करने की जगह तक नहीं है। सब बाहर ही खड़ी करते हैं हमारे यहाँ, जब किसी के यहाँ कोई प्रोग्राम होता तो रात में वीसीआर लगा करता था, यहाँ तो ससुरा हर किसी के पास अपना-अपना वीसीआर था। यानी यहाँ की ज़िन्दगी हमारी अब तक की ज़िन्दगी से ठीक उलट थी।

'खैर, अपने समुदाय में आने पर मुझे एक बात और पता चली थी। एक बार जब रामालक्ष्मी, जो कर्नाटक से थी, रात में कहीं जा रही थी तो मुझे याद है, बड़े भोलेपन से मैंने पूछा था, "इतनी रात को तुम कहाँ जा रही हो? ऐसा क्या काम आ गया है कि सुबह तक इन्तज़ार नहीं कर सकतीं?"

' "अरे, धंधा करने जा रही हूँ। अपना धंधा दोनों टाइम होता है, दिन में भी रात में भी। सड़क पर भी, कमरे के अन्दर भी!" वह अपना पल्लू सँवारते हुए बोली थी।

' "कैसा धंधा? तू किस धंधे की बात कर रही है?" मैं अचंभित रह गयी।

' "अरे, तू सब जान जायेगी। थोड़ा वक्त तो होने दे।" अपनी नागिन जैसी चोटी को पीछे की तरफ़ कर कमर मटकाती हुई रामालक्ष्मी वहाँ से चली गयी।

'मैं अवाक् रह गयी थी। यह किस धंधे की बात कर रही थी? मेरी जानकारी में बस यही बात थी कि धंधे तो सिर्फ़ कोठेवालियाँ करती हैं। यहाँ भी यह?? मन तरह-तरह के विचारों में डूबने-उतराने लगा कि मेरी सबसे अच्छी सहेली रजनी आ पहुँची।

' "तेरे को क्या हुआ?"

'मैं चुप-सी बैठी हुई थी। मैंने कोई जवाब न दिया। उसने मुझे हिलाते हुए पूछा, "अरे बोल न! तेरे को क्या हुआ?"

' "रामालक्ष्मी कहाँ गयी है? ये धंधा क्या होता है?"

' "ओह! धंधे के बारे में जानना है। जानती है, ये मुम्बई है, यहाँ कई बड़े-बड़े प्रोड्यूसर, डायरेक्टर 'गे' हैं। उन्हें कोई 'गे' चाहिए होता है पर वे कहाँ से ढूँढें? अब हम ही मिलते हैं, इसके बदले में। वे हमें बहुत सारा पैसा देते हैं।" वह मुझे ऐसे समझा रही थी, जैसे वह *रामायण* का कोई पवित्र छंद सुना रही हो।

' "पर यह तो गलत है?" उसकी बात को काटते हुए मैंने बात रखी।

' "इसमें क्या गलत लगता है तेरे को?" वह हाथ लहराकर पूछने लगी।

' "ये सब तो कोठेवाली करती हैं?"

' "यहाँ बड़ी-बड़ी हीरोइनें भी यह सब करती हैं। यह गाँव नहीं तेरा कि कोई जान जायेगा। यहाँ किसी को कोई फ़ुर्सत नहीं। अधिकतर लोग यहाँ सैक्स और पैसे के लिए ही दोस्ती करते हैं। बाकी किसी से कोई मतलब नहीं," वह बोले जा रही थी।

'मुझे उसकी बात समझ में नहीं आयी। या यूँ कहो कि मैं समझना ही नहीं चाहती थी। जितना भी समझ में आ रहा था उसे स्वीकार करने में मेरा विवेक मेरा साथ नहीं दे रहा था।

'मुझे चुप देख, वह मुझे समझाने के लिए एक प्रश्न पूछ बैठी, "अच्छा, तू ही बता, तेरे को लौंडे पसन्द हैं न?"

'मैंने सहमति में सिर हिलाया, "हाँ, पर...।" मैं कहना चाहती थी कि मैं अमन से प्यार करती हूँ। और किसी लौंडे के बारे में सोचना भी नहीं चाहती। पर बात गले में ही अटक गयी। कहीं मेरा मज़ाक न उड़ाया जाये।

' "पर क्या? तेरे को लौंडे पसन्द हैं। उनके साथ समय बिताने को

मिलेगा और इसके बदले में ढेर सारे पैसे। एक काम दो बाम।'' बात तो वह ठीक ही कह रही थी पर ऐसे घटिया तरीके से पैसा कमाया जाये? कहाँ मेरे बाबू जी सड़क पर पैसा माँगने को भी बुरा समझते थे और यह तो... छि: ! छि: !! मैंने घृणा से मुँह फेर लिया।

' ''अरे, देख न इधर। मुँह फेर लेगी तो कैसे होगा? कम-से-कम यहाँ।'' रजनी ने समझाने के अन्दाज़ में कहा।

' ''चाहे जो बात हो रजनी, मैं न करूँगी,'' मैंने रजनी का हाथ पकड़ लिया था।

'वह थोड़ी देर चुप बैठी रही। फिर मेरी नज़रों में नज़रें डालते हुए, मेरे हाथों को पकड़कर बोली, ''कोई नहीं, तेरे को नहीं अच्छा लगता, मत कर! कोई दिक्कत नहीं है,'' वह उठी, ''चल खाना खाते हैं।''

'यह कहना आसान था, पर इसे झेलना उतना ही मुश्किल। मुझे नहीं पता था कि यह न करना भी मुझे यहाँ दूसरों से अलग खड़ा कर देगा। पहले तो हर किसी ने मुझे मनाने की कोशिश की, जब मैं नहीं मानी तो सबने तंग होकर कहना ही छोड़ दिया। मैंने सोचा, 'अब कोई दिक्कत नहीं होगी,' पर असल में दिक्कतें अब शुरू होने वाली थीं। राधिका को सब मुझसे कई गुना अधिक पैसे देते थे क्योंकि उनका धंधा चलता था, मेरे पास सिर्फ़ भीख में माँगी हुई रकम हुआ करती थी। यह सब कुछ दिनों तक तो ठीक रहा पर जब मेरे पास से लगातार राधिका को कम पैसे मिलने लगे तो वह मुझसे अलग तरह का बर्ताव करने लगी। ठीक वैसे ही जैसे बेरोज़गार लड़के को बाप भी कम प्यार करने लगता है और कभी-कभी हिस्सेदारी में भी कम देने की धमकी देता है। वह भी शादी-बारात में मुझे छोड़कर जाने लगी। खाना भी सबसे बाद में दिया जाता। यहाँ तक कि सबके लिए तखत था पर मुझे ज़मीन पर सोने की जगह दी गयी। हर जगह पर मेरी तौहीन होने लगी। लेकिन मैं कहीं इससे भी ज़्यादा बुरा देख चुकी थी, इसलिए यह मेरे लिए उतना कष्टदायक नहीं था। मुझे इसी में खुशी मिलने लगी थी। क्या फ़र्क पड़ता है मैं तखत पर लेटूँ या नीचे? क्या फ़र्क पड़ता है मुझे एक घंटे बाद खाना मिले या एक घंटा पहले। मेरी ज़िन्दगी में कोई दखलंदाज़ी तो नहीं करता था। मुझे किसी दूसरे की

ज़िन्दगी जीने पर विवश तो नहीं किया जा रहा था। मुझे किसी दूसरे नाम से तो नहीं पुकारा जा रहा था! कोई मेरा रेप करने वाला भी नहीं था। मैं अपने उस रूप में रह रही थी, जैसे मैं रहना चाहती थी। इससे ज़्यादा एक इन्सान को क्या चाहिए? मेरी ज़िन्दगी पटरी पर ही तो चल रही थी। एक दिन मैं मलाड स्थित ओबेरॉय मॉल के नज़दीक सिग्नल पर पैसे माँग रही थी। मैं ज़्यादातर उन्हीं लोगों के पास जाती थी जो लड़की के साथ होते थे। ऐसे लोग शर्माकर तुरन्त पैसा दे दिया करते। ऑटो और बाइक पर सवार लोगों के पास कम ही जाती थी। कारवाले तो कभी-कभी शीशा ही नहीं खोलते थे। ऑटोवाले से होते हुए एक कार में बैठे युवक पर मेरी नज़र गयी, काला चश्मा लगाये हुए वह युवक मुझे जाना-पहचाना लगा था। मैंने तुरन्त शीशे पर दस्तक दी, "चिकने, शीशा खोल न!"

'वह थोड़ी देर मेरी तरफ़ खामोशी से देखता रहा फिर अपना दायाँ हाथ अपने नितम्बों की तरफ़ ले जाने लगा। मैं समझ गयी कि वह पैसा निकाल रहा होगा। पीछे से बटुआ निकालते समय उसका चेहरा देखते ही बन रहा था। उसकी आँखें बन्द हो गयी थीं, होंठ हल्के कष्ट से फैल गये थे, जिसके कारण आँखों पर झुर्रियाँ पड़ गयीं। फिर शीशा खोलते हुए मेरी तरफ़ एक कागज़ बढ़ाया। जैसे ही मैंने कागज़ हाथ में लिया, उसने मेरा हाथ छूते हुए कहा था, "मेरे साथ आजा! तेरा भीख माँगना छूट जायेगा।"

'मैंने देखा, उसने मुझे अपना पर्सनल कार्ड थमाया था। मैंने तुरन्त उसे पुल के किनारे फेंकते हुए जवाब दिया, "चल जा, तेरे जैसे बहुत आये, गये!" और ताली बजाते हुए आगे बढ़ गयी।

'उसी दिन मुझे बुरी खबर मिली कि बाबू जी का बाबूपुरवा वाले खेत का जो केस चल रहा था, वे हारने वाले हैं। यह उनके लिए बहुत बड़ी बात थी क्योंकि उनके पास उन चार बीघे खेतों के सिवाय कुछ था भी तो नहीं। यह खबर भैया ने ही तो दी थी। इस खबर ने मुझे परेशान कर दिया था।'

"लो चाय," आशिका ने मुझे हिलाया तो मेरी खुली आँखों से दिख रहा अतीत का स्वप्न अचानक टूट गया। "चाय नहीं पीनी?"

"अरे हाँ!" मैंने मेज़ पर रखी चाय की प्याली की तरफ़ हाथ बढ़ाया।

मैं चाय की चुस्की लेने लगा और वह चली गयी अन्दर, किचन की तरफ़।

चाय पीते-पीते मुझे ध्यान आया कि हर्षिता आयी तो थी मेरे पास। वह अक्सर मेरे फ़्लैट पर आकर मिल जाया करती थी। उसकी बातों में थोड़ा-सा दर्द रहता और अब थोड़ी-सी खुशी भी, शायद खुद की आज़ादी की खुशी थी वह। किसे आज़ादी नहीं चाहिए? किसे खुशियों में जीना अच्छा नहीं लगता? किसे डर-डर के जीना अच्छा लगता है? वह भी हम सबसे कोई अलग थोड़े ही थी।

"आजकल कैसा चल रहा है?" मैंने उससे पूछा था।

"सब सही है," उसने हँसते हुए जवाब दिया था।

"रह कहाँ रही हो?"

"मलाड के पीछे राधिका के बंगले के बगल में हमारे समुदाय के लिए रहने की काफ़ी जगह है।" उसने चाय पीते हुए अपनी बात बताई थी।

"कैसी चल रही है वहाँ ज़िन्दगी? खाने-पीने से लेकर रहन-सहन सब कुछ? दिनभर क्या करती हो तुम वहाँ? तुम्हारी तरह और कितनी वहाँ पर हैं? ज़िन्दगी पहले से आसान है न वहाँ?" मैंने एक साथ कई प्रश्नों की बौछार कर दी थी।

आप सोच रहे होंगे कि मैं पहले उसे पुल्लिग से सम्बोधित करता था पर अब स्त्रीलिंग क्यों? मैं उसकी डायरी पढ़कर समझ गया था कि उसे स्त्रीलिंग से सम्बोधित होना अच्छा लगता है। तभी मैंने खुद में बदलाव कर लिया था।

मेरी बात सुनकर उसने कहा—

"अभी नयी आयी हूँ न! तो ज़मीन पर ही सोती हूँ..." कहते हुए उसने नज़रें झुका लीं।

"अच्छा! सुनो, तुम यहाँ क्यों नहीं चली आतीं? हमारे साथ रहने। यहाँ जगह भी तो है। जहाँ तक आशिका की बात है, उसे भी कोई एतराज नहीं होगा।"

"नहीं भैया, अब मैं फिर से सामान्य लोगों के बीच आना नहीं चाहती। भूल गये वे दिन? हालाँकि यहाँ किसी का वास्ता किसी से नहीं, पर अपनी वजह से मैं तुम्हें किसी परेशानी में नहीं डालना चाहती।"

"अरे, कोई परेशानी नहीं होगी मुझे। तुम आओ तो सही। अपने भाई से दूर रहोगी?" मुँह बनाते हुए मैंने उसे मनाने की छोटी-सी कोशिश की।

"नहीं, मेरी बातों को एकदम से काटते हुए हर्षिता ने कहा, "हम अपने तरीके से जीते हैं वहाँ। कोई रोक-टोक नहीं, कोई बंदिश नहीं। मेरी जैसी कुछ और लड़कियाँ भी वहाँ हैं। इतने कम दिनों में मेरा मन भी वहीं रम गया है। अब अपने समुदाय को छोड़कर कहीं जाने के बारे में मैं सोचना भी नहीं चाहती।"

मेरी बातों का तनिक भी असर उस पर नहीं हुआ।

"ठीक है! जैसी तेरी मर्ज़ी। अच्छा सुन, बिस्तर के लिए पैसे न हों तो मैं दे दूँ?" मैंने उसके सामने मदद करने का प्रस्ताव रखा था।

"पैसे की कोई बात नहीं, पैसे बहुत हैं।" उसने बड़ी ही शेखी बघारते हुए जवाब दिया था।

यूँ ही हमारी बातों का सिलसिला जारी था, तभी मेरे फ़ोन की घंटी बजी।

"हैलो"

"हम तोहार बाबू जी बोल रहे हैं," उधर से आवाज़ आयी।

"पाये लागूं, बाबू जी"

"खुश रहो।"

"कैसे हो आप?"

"अब का बताऊँ? बहुत बुरी खबर है बेटवा।"

मैं अचरज में पड़ गया था, आखिर ऐसा क्या हो गया। बाबू जी जैसे सख्त मिज़ाज वाले इन्सान आखिर ऐसे क्यों बोल रहे हैं। मैं तुरन्त सोफ़े से खड़ा हुआ, "का हुआ बाबू जी! बताओ।"

"उई जो बाबूपुरवा वाले खेत रहे न!!"

"कौन बाबूपुरवा वाले खेत?" मुझे खेतों की अधिक जानकारी थी ही नहीं...मुझे हमेशा पढ़ाई पर ही ध्यान देने को कहा जाता था। और मेरी भी कोई खास दिलचस्पी नहीं थी खेतों में।

"जिन पर अपना केस चलत रहे?" उन्होंने मुझे याद दिलाने की कोशिश की।

"अच्छा-अच्छा," तभी मुझे वह क्षण याद आ गये, जब वकील साहब घर आये थे और उनके हलक में पेठा फँस गया था। वो ही तो हमारे खेतों का केस लड़ रहे थे।

"अगले महीना उसका फैसला निकलना है। उई गडरिया ने जज का बहुत पैसा दे दिया है। अब हमें लागत है हमार खेत, हमरे हाथ से चले जाये!"

मैं ठहरा शहर का लड़का। खेत-वेत से हमें क्या लेना-देना, हमारी अपनी अलग ही दुनिया चलती थी, जिसमें खेतों का अस्तित्व नहीं था। मैंने अपना राग छेड़ा, "अरे बाबू जी, ठीक है खेत चला जाये, चला जाये दो। आप परेशान न हों, दिक्कत हो तो बम्बई आ जाओ। हमरे साथ रहो।"

"आपन बुद्धि अपने पास रख! बुजुर्गों के खेत हैं वो, ऐसे कैसे जाने दें!" वे मेरे ऊपर चिल्लाये, "जब अपनी नींव का ही ध्यान न रखिया, तो मंज़िल धराशायी हो जायेगी तोहार!"

"बाबू जी, तो हम का कर सकत हैं?"

"हमें 5 लाख रुपये चाहिए, अगर होए तोरे पास तो दे दे। मैं जज का पैसा देके, खेत का अपने नाम ही रखा चाहत हूँ।"

"अच्छा-अच्छा।"

मेरे पास उस समय, उतने रुपये थे तो पर अपनी प्राथमिकताएँ भी तो मायने रखती हैं। मैंने 40 लाख रुपये का घाटकोपर में फ़्लैट देखा था। मुझे वह लेना ज़्यादा ज़रूरी लग रहा था क्योंकि मुझे नहीं लगता था कि खेती से कोई बहुत बड़ी आमदनी होने वाली है। मैं जानता था कि बाबू जी थोड़े दिन परेशान होंगे फिर मुम्बई आ जायेंगे और हमारे साथ रहने लगेंगे।

"बाबू जी, पहले बताये होते। अभी दो दिन पहिले ही हमने फ़्लैटवाले को सारे रुपये दे दिए। फिर भी कोई बात नहीं, हम देखत हैं कुछ हो सकत है तो।"

"ठीक है बेटवा, तोहारे भरोसे है," उन्होंने यह कहकर फ़ोन काट दिया था।

मैंने जैसे ही फ़ोन काटा, सामने बैठी हर्षिता तुरन्त मुझसे पूछने लगी, "बाबू जी का फ़ोन था?"

"हाँ" मैं सोफ़े पर बैठ गया।

"क्या बात है?"

"कुछ नहीं, किसी खेत की बात कर रहे थे। उनका केस चल रहा है, किसी गडरिया ने जज को पैसे दे दिए हैं तो वह बोल रहे हैं कि खेत चले गये। 5 लाख रुपये माँग रहे हैं।"

वह मेरी बात को ध्यान से सुन रही थी, "अच्छा, बाबूपुरवा वाले खेत होंगे।"

"हाँ, हाँ।" मैंने सहमति जताई, "ये बताओ आजकल खेतों में पैसा लगाना कहाँ तक ठीक है? व्यापार में लगाओ। वैसे भी अभी मेरे पास पैसा नहीं है। वो क्या कहते हैं..." कहते-कहते रुक गया।

फिर से मेरे मन में वह शब्द आ ही नहीं रहा था जो बोलना चाह रहा था। अब यही समय था, अपनी भौंहें सिकोड़कर, नाक चढ़ाने के बाद हाथ से इशारा करते हुए, अपने ब्रह्मास्त्र का उपयोग करना, "समझ रही हो न! जो मैं कहना चाह रहा हूँ?"

उसने मेरी बात पर ठीक उसी तरह, पलकें झपकाते हुए सिर हिला दिया। मुझे लगा कि वह मुझे समझ रही थी, "तुम मुम्बई में रहती हो। जानती हो खेत का कितना वजूद है यहाँ पर?"

इस तरह से बात चलती रही पर उसका ध्यान कहीं और ही था। उसने बीच में ही मुझे टोका भी, "आखिरी तारीख कब है?"

"कुछ यही बोले थे कि 1 महीना बाद है।"

"अच्छा, बाबू जी ने मेरे बारे में कुछ पूछा क्या?" उसके सवाल में बच्चों की-सी उत्सुकता थी। आसभरी नज़रों से वह मेरी ओर ताकने लगी।

मैं चुप रह गया। क्या बोलता कि बाबू जी ने उसका ज़िक्र तक नहीं किया?

मुझे खामोश देख वह समझ गयी।

उसकी आँखों में करुणा उमड़ने लगी...मुँह छिपाकर अपनी नम आँखों के कोरों को उँगलियों से पोंछते हुए उसने बातों का रुख दूसरी ओर मोड़ दिया। कुछ देर यूँ ही बात चली और फिर वह चली गयी। सामने लगी घड़ी में 10 बजने के घंटे की आवाज़ से मैं मानो नींद से जागा। खोया हुआ था हर्षिता और बाबू जी में। मुझे याद आया कि 10 बजे से सूर्या की पुलिस कमिश्नर से मीटिंग है। मैंने आँखें बन्द कीं और भगवान से प्रार्थना करने लगा। भगवान सूर्या और उन सभी लोगों के लिए बहुत बड़ा दिन है, जिन्हें समाज अपने साथ रहने के काबिल नहीं मानता। उन्हें यह दिखाने का कि हम भी समाज की भलाई के लिए काम शुरू कर सकते हैं। मेरी चाय खत्म हो गयी थी। बस

दिल में बार-बार यही ख़याल आ रहे थे कि सूर्या किस तरह पुलिस कमिश्नर से बातें कर रहा होगा! उसके मन में क्या चल रहा होगा, और क्या जवाब दे रहा होगा। बस यह सोचकर मन रह-रहकर काँप उठता था कि कहीं उसे आज सफलता न मिली तो उसे कैसे सांत्वना दूँगा?

फिर मैं खुद को समझाता कि नहीं, ऐसा नहीं हो सकता। भगवान इतना निर्दयी नहीं हो सकता। इस तरह से कई शंकाएँ दिमाग में आ रही थीं। मैं उनका जवाब देता और फिर दूसरे विचारों के फेर में पड़ जाता। अनमना-सा होकर मैंने फिर हर्षिता की डायरी के पन्नों को पलटना शुरू कर दिया—

' ''मैं समझ रही थी कि बाबू जी के ऊपर क्या बीत रही होगी। ये भैया के बस की बात नहीं कि वे समझ पायें। वे आईआईटी और पढ़ाई के चक्कर में घर से काफ़ी दूर हो गये थे। उन्हें तो बस अपनी ज़िन्दगी और अपने करियर में आगे बढ़ने की चिन्ता थी। उन्हें परिवार से अधिक पैसे कमाने और उसे खर्च करने की चिन्ता थी। खेत, घर-परिवार और मोहल्ला कहीं पीछे छूट चुका था। ऐसा हो भी क्यों न? बाबू जी भी तो यही चाहते थे। इसमें उनकी कोई गलती नहीं, बाबू जी अपनी शानो-शौकत के लिए उन्हें पढ़ाते गये और खुद से दूर करते गये। बेशक भैया बाबू जी से प्यार करते थे पर ज़मीन से जुड़ी बाबू जी की भावनाओं, गाँव की मिट्टी को समझना उनके बस की बात नहीं थी। उन्होंने तो शुरू से फ़्लैट, कार और बँगले के सपने देखे थे। उन्हीं को पूरा करने के लिए जी तोड़ जुटे हुए थे।

'मैं समझ सकती थी कि बाबू जी के लिए ये खेत कितने महत्त्वपूर्ण हैं। हमारे गाँव में आज भी किसी की समृद्धि का पता उसके खेतों की संख्या से लगाया जाता है। ये खेत दो तरह से बाबू जी के लिए महत्त्वपूर्ण थे। पहले ये पीढ़ी-दर-पीढ़ी चली आ रही बुजुर्गों की अमानत थी, जिसे खोने का दर्द सिर्फ़ और सिर्फ़ वही समझ सकते थे। दूसरा, कि इन्हें खोने के बाद तिवारी जी की तनी हुई मूँछें झुक जायेंगी। यह सिर्फ़ उनकी मूँछें ही नहीं झुकेंगी बल्कि उनका सम्मान झुकेगा, उनका अभिमान झुकेगा, उनकी इज़्ज़त झुकेगी।

'बाबू जी को अगर कभी सिर झुकाने की नौबत आती थी तो वजह सिर्फ़ मैं ही होती थी। मेरी वजह से कई जगह उन्हें अपमानित होना पड़ता था। मैं ही बाबू जी की वह दुखती रग थी जिसका इस्तेमाल उनसे जलनेवाले

हमेशा बेझिझक किया करते थे। हमेशा वह मेरे कारण लज्जित हुए, हमेशा मेरे लिए ही उनके चेहरे की मुस्कान एक अनजान खामोशी और निराशा में तब्दील हो जाती थी। मेरे गाँव छोड़ने के कई कारणों में से एक कारण यह भी था कि हमेशा मैं बाबू जी के अपमान का कारण बनी। बेचारे बाबू जी निर्दोष होते हुए भी इस अपमान को ज़हर के घूँट की तरह पी लेते थे और पल-पल मर कर भी जीवित रहते थे। एक संतान के लिए इससे बड़ी दु:ख की बात भला क्या हो सकती थी!

'मैं उनसे दूर थी, पर उनसे अलग नहीं। उनके सम्पर्क में नहीं थी, पर दिल के तार टूटे नहीं थे। मैंने हमेशा उन्हें लज्जित किया था पर समय हमेशा एक जैसा थोड़ी रहता है। वह औलाद ही क्या जो जीवन में अपने पिता के चेहरे पर मुस्कान न ला सके। हालाँकि मुझे बाबू जी से कभी वह प्यार नहीं मिला जिसकी मैं हकदार थी, परन्तु मेरे सामने अब मेरा कर्तव्य साफ़ था। मेरे कारण उन्हें जितने दु:खों और अपमान का सामना करना पड़ा था, उसकी भरपाई करने का इससे वाजिब वक्त हो ही नहीं सकता था। उनके चेहरे पर अपने खेत मिल जाने से जो सुकून आयेगा, जो रौनक आयेगी, उस खुशी का अन्दाज़ा सिर्फ़ मैं ही लगा सकती थी। उन्होंने मुझे बेटा या बेटी कुछ नहीं समझा पर मैंने हमेशा उन्हें अपना बाबू जी समझा और माना है। आज वक्त आ गया था उस बाबू जी के लिए कुछ कर दिखाने का।

'मैं तुरन्त एटीएम गयी और वहाँ जाकर अपना बैंक बैलेंस चेक किया तो निराशा ही हाथ लगी। मेरे अकाउंट में सिर्फ़ 50 हज़ार रुपये ही थे। अपने बाबू जी के चेहरे पर खुशी देखने की जो उत्सुकता थी वह एक ही पल में काफूर हो गयी। मन फिर निराशा में डूबने लगा था। मैं किससे मदद लूँ, क्या करूँ? मेरा मन चारों तरफ़ दौड़ने लगा था। बस मेरा मकसद एक महीने के अन्दर किसी तरह बाबू जी को पैसा इकट्ठा करके देना था। मैं किसी भी तरह उनकी मदद करना चाहती थी। कहते हैं जब आप किसी चीज़ पर पूरा ध्यान लगा देते हो तो उसका कोई-न-कोई रास्ता निकल ही आता है। मैंने भी राधिका से बात करना उचित समझा। मैंने उससे पैसे माँगे। उसने पैसे तो नहीं दिये पर यह ज़रूर कहा, "अगले एक महीने तक जो तू कमाएगी, वह पूरा तू ही रख लेना।"

'मैं जीतोड़ मेहनत कर रही थी। दिन-रात एक कर दिया। बस, सिर्फ़ एक पल को महसूस करने की आस में। यहाँ से बाबू जी के चेहरे की खुशी देख पाना तो मुमकिन नहीं था। इसे सिर्फ़ मैं महसूस ही कर सकती थी। मैं दिन भर सड़क पर भीख माँगती रहती, फिर रात में कुछ जगहों पर नाचने भी जाती। 29 दिन में मैंने लगभग 1 लाख रुपये और जोड़ लिये। लेकिन मेरे पास सिर्फ़ 1 लाख 50 हज़ार रुपये थे। अब एक दिन में क्या होगा? मैं कैसे अपने बाबू जी की मदद कर पाऊँगी? कैसे एक औलाद का फ़र्ज़ निभा पाऊँगी? मैं क्या करती? तभी मुझे उस कारवाले लड़के की बातें याद आयीं, "मेरे साथ आ जा, तेरा भीख माँगना दूर कर दूँगा।" यह आवाज़ दिमाग में ऐसे गूँजने लगी मानो यही हर प्रश्न का जवाब हो। कभी मेरा मन कहता, "नहीं, यह सब बुरा है।" कभी अन्तर्मन कहता कि क्या बुरा, क्या सही? समाज को देखकर कब तक जीते रहेंगे? समाज ने ही तो हमें भीख माँगने पर विवश कर दिया। अब मैं किस समाज की फ़िक्र करूँ? कभी मन तर्क देता, "उन्होंने गलत किया तो किया पर हम गलत करके खुद को पाप का भागी क्यों बनायें?" मुझे रजनी के वे शब्द याद आये, "जब तेरे को लौंडे पसन्द हैं, उनके साथ सैक्स करना अच्छा लगता है, इसके बदले पैसे मिल रहे हैं तो क्या बुरा है?"

'मैं सोच ही रही थी कि अनमोल भैया का फ़ोन आ गया।'

अजीब संयोग था कि तभी मेरे फ़ोन में भी घंटी बजी। मैं फिर से अपनी सपनों की दुनिया से बाहर आया और जेब से फ़ोन निकालकर देखा तो सूर्या का फ़ोन था।

"हैलो" उधर से आवाज़ आयी।

"हाँ, बेटा क्या हुआ?" मैंने उत्सुकता और बेचैनी से पूछा।

"पापा, अभी कमिश्नर साहब नहीं आये। थोड़ा लेट हैं, मैं बैठा हुआ हूँ।"

"अच्छा! कोई बात नहीं। आ जायेंगे। जैसे ही तुम्हें लाइसेंस मिले, मुझे बताना," मैंने अपनी बात कहकर उसे उत्साहित करने की कोशिश की।

"पापा, बात दूसरी है," गहरी निराशा भरी हुई थी उसकी आवाज़ में।

"क्या हुआ बेटा?" एक पिता का मन काँप उठा।

"यहाँ एक महिला आयी हैं। उनके साथ में उनका लड़का भी है। उन्हें

सभी पुलिसवाले जानते हैं। यहाँ तक कि कमिश्नर साहब भी। एक पुलिसवाले ने तो यहाँ तक कह दिया है, 'आप इत्मीनान रखिये...लाइसेंस तो मैडम आप ही को मिलेगा'।'' उसने अपनी व्यथा बताई।

अब मुझे कुछ समझ नहीं आ रहा था, उसे क्या समझाऊँ? आखिर आजकल ऐसा ही तो होता है, किसी भी चीज़ को पाने के लिए सबसे ज़रूरी होता है, जान-पहचान का होना। मुझे शंका हो रही थी कि मेरे बेटे का सपना कहीं उस जान-पहचान की भेंट न चढ़ जाये। फिर भी मैंने खुद पर काबू किया क्योंकि अभी मौका गया नहीं था। भले ही कम चांस हो पर मौका तो था ही। वैसे भी किसी की मीटिंग से पहले यह कहना अच्छा नहीं होता कि तुम्हारा तो अब बिलकुल चांस नहीं है। ऐसे मौके पर मैंने उसका साहस बढ़ाना उचित समझा। इस समय उसे सकारात्मकता की ज़रूरत थी, ''बेटे, एक बात बता, अगर कमिश्नर साहब को महिला के बेटे को ही लाइसेंस देना होता तो तुम्हें क्यों बुलाते? वह सिर्फ़ जान-पहचान के आधार पर लाइसेंस नहीं देना चाहते। तुम्हें अब दिखा देना है कि तुम उस महिला के बेटे से अधिक काबिल हो।''

मैंने उसका साहस बढ़ाने का भरसक प्रयास किया। अब फ़ोन कट चुका था पर मन में निराशा छाने लगी थी। लगा मानो कुछ क्षण के लिए मुट्ठी में बालू पकड़कर मैं सोच बैठा था कि इसे हमेशा पकड़े रहूँगा लेकिन वो तो मुट्ठी में आते ही फिसलती चली गयी। क्या भगवान सच में इतना निर्दयी होगा? क्या मुझे मेरे भाई यानी हर्षिता की तरह एक बार फिर से सूर्या को भी इस समाज से हारते हुए देखना पड़ेगा? एक बार का हारा हुआ भाई क्या पिता के रूप में भी हार जायेगा? मन में यह भय था, कहीं सूर्या का हाल भी हर्षिता की तरह...अरे, नहीं, नहीं! मैं ये क्या सोच रहा हूँ...!

एकाएक मेरे मन में एक ख़याल आया और मैंने तुरन्त सूर्या को दोबारा फ़ोन किया, ''बेटा, वह महिला तेरे पास है क्या?''

''नहीं, वह तो चली गयी!''

''तो उसका कोई नाम, पता? अगर कुछ देखा या सुना हो तो?'' मैंने पूछा।

''हाँ, लड़के के रेज़्यूम में उसका पता देखा है,'' थोड़ा याद करते हुए वह बोला, ''104-सी ब्लॉक ऑर्चर्ड रेज़ीडेंसी, विक्रोली वेस्ट।''

''ओके, तुम परेशान मत होना! अच्छे से बात करना। तुम्हें ही लाइसेंस मिलेगा।'' यह कहते हुए मैं तुरन्त दौड़ पड़ा गाड़ी की तरफ़। और चल दिया उस महिला के घर की तरफ़। मैंने ठान लिया था कि उसे समझाऊँगा कि यह लड़ाई मेरी और तुम्हारी नहीं है। यह लड़ाई मेरे और इस समाज के बीच है। इस बच्चे का आज सफल होना बहुत ज़रूरी है। मैंने ठान लिया था कि उस महिला को मैं किसी-न-किसी तरह से समझा दूँगा और उसे जान-पहचान के आधार पर किसी तरह लाइसेंस नहीं लेने दूँगा। मैं चल दिया था अपनी गाड़ी लेकर। गाड़ी ड्राइव करते हुए मुझे हर्षिता की डायरी के वे पन्ने याद आये, जिन्हें पढ़कर मैं सिहर गया था। अगर सूर्या के साथ ऐसा हो गया तो मैं क्या करूँगा? मेरे ज़ेहन में हर्षिता के शब्द दौड़ने लगे—

' ''जैसे ही भैया का फ़ोन कटा, मेरे दिमाग में गाँव के चित्र चलने लगे। आखिर बाबू जी की तबियत क्यों खराब हुई होगी? उनके अन्दर की अपार पीड़ा को मैं समझ रही थी। अपने बुज़ुर्गों की ज़मीन खोने का दर्द सिर्फ़ वही जानते थे। साथ ही बाबू जी हमारे, आप लोगों जैसे सामाजिक प्राणी थे और लोगों की बातों को लेकर कुछ अधिक ही संवेदनशील रहते थे। हर बात पर, ''समाज क्या सोचेगा''—इसी को ध्यान में रखकर ही कोई निर्णय लिया करते थे। बाबू जी अभी तक बड़ी शेखी बघार के बताया करते थे कि उनके पास कितने बीघे खेत हैं। जब भी वे यह बताते, उनकी मूँछें कुछ और तन जातीं। अब वे यह भी नहीं बता पायेंगे, बगल के यादव जी, टेलर बाबू, दुकानदार सब उन्हें आते-जाते सलाम ठोंकते थे। अब शायद उनकी आँखों में बाबू जी की प्रतिष्ठा कम हो जाये। यही वजहें उनके मन में चिन्ता की तरह घर कर गयी होंगी। वैसे भी चिन्ता चिता के समान होती है। यह मैंने सुना था, पर बाबू जी के साथ घटित हो रहा था। मैंने निर्णय ले लिया था, मुझे चाहे जो करना पड़ जाये। मैं बाबू जी को वह ज़मीन दिलवा कर रहूँगी।

'मेरे मन में बस बाबू जी के मुस्कान भरे चेहरे की खुशी को महसूस करने की तड़प थी जो उन्हें अक्सर अनमोल भैया के चेहरे को देखकर होती थी। उनका मूँछें घुमा-घुमाकर हँसना, अनमोल भैया को गोदी में बैठाकर कहना, ''मेरा नाम करेगा रोशन जग में, मेरा राज दुलारा।''

'मेरी आँखों के सामने वह बड़ी मूँछों वाले बाबू जी घूमने लगे, जो

किसी से न डरते थे, किसी को कुछ न समझते थे, अपने मन के मौजी थे, हर तरफ़ उनको सलाम ठोंकनेवाले मिल ही जाते थे। फिर वह अपनी मूँछों पर ताव देते हुए आगे निकल पड़ते थे। शाम के समय पान की दुकान पर राजनीति पर चर्चा होती थी, किसी माई के लाल की हिम्मत नहीं थी कि उस समय उनकी बात काट दे। वह खेतों पर जब सिंचाई करते थे, ट्यूबवैल ऑपरेटर सबसे पहले उन्हें ही पानी देता था। उनका सिर हमेशा ऊपर उठा रहता था। सिर्फ़ मेरी वजह से ही...मेरी आँखें नम हो गयीं।

'मैंने ठान लिया कि अब कुछ भी हो जाये, बाबू जी के चेहरे से वह हँसी गायब नहीं होने दूँगी। पुरखों की ज़मीन उनसे छिनने नहीं दूँगी। इसके लिए मुझे कुछ भी क्यों न करना पड़े!

'ये सब सोचते हुए मैंने कस्तूरी का नम्बर मिलाया। बहुत दिनों के बाद मेरी आवाज़ सुनकर कस्तूरी एकदम से चौंक पड़ी।

' "अरे, मेरी लाडो! तेरी आवाज़ में तो मदहोश कर देने वाली खनक है! लगता है मुम्बई जाकर बड़े ही खुशी से दिन गुज़ार रही हो!"

'उससे कुछ बातें कर मैंने गडरिये मनोहर का फ़ोन नम्बर लिया और उसे कॉल लगा दी। मेरे अन्दर कुछ भी गलत-सही समझने की शक्ति नहीं थी। मैं किसी अँधेरे में जा रही हूँ या दलदल में—यह सोचना मेरे लिए निरर्थक था। मन में बस बाबू जी के लिए पैसा जुटाने की धुन ही चल रही थी।

' "हैलो"

' "सुनिए, मैं राम लखन का बेटा अनमोल बोल रहा हूँ। मुझे उन खेतों को खरीदना है, जो तू कल जीतने वाला है।"

' "खरीद लो," वह हँसते हुए बोला था।

' "8 लाख रुपये लगेंगे।" उसने ऐसे बोला मानो इतनी रकम हमारी सामर्थ्य के परे है। उसे अन्दाज़ा नहीं था कि जिन किन्नरों को वे समाज में रखने के काबिल नहीं समझते वे अगर अपने पर आ जायें तो अच्छे अच्छों की सड़क पर ही ऐसी की तैसी कर देते हैं।

' "ठीक है, मिल जायेंगे। कुछ वक्त लगेगा।"

' "ठीक है।" और फ़ोन कट गया।

'मैंने कह तो दिया था पर कहाँ से लाऊँगी इतने कम समय में इतने

पैसे? कैसे दूँगी उसे पैसे? फिर ध्यान आया उस कारवाले आदमी का। पर उसका कार्ड तो उस समय वहीं पर फेंक दिया था! मुझे अफ़सोस हुआ अपनी अदूरदर्शिता पर! ...बेतहाशा मैं भाग खड़ी हुई एक आस में कि शायद सड़क पर कहीं वह कार्ड पड़ा मिल जाये। मैं हाँफ गयी थी, जहाँ फेंका था वहाँ झुककर पागलों की तरह इधर-उधर कार्ड को ढूँढा। पर वह कार्ड सड़क पर कहाँ मिलता? जाने कितनी गाड़ियाँ रोज़ आती-जाती हैं। वह जाने कहाँ उड़ गया होगा! मेरे पास सिर्फ़ वही तो एक सम्पर्क सूत्र था जिससे मैं उस व्यक्ति तक पहुँच सकती थी। अपने आप को कोसती हुई, वहाँ से चल दी। जाते समय मेरी नज़रें अभी भी व्याकुल होकर खोज रही थीं...जब भी कोई कार्ड दीखता तो तुरन्त चेहरा खिल उठता। भाग खड़ी होती उसे उठाने के लिए। उसे तुरन्त झाड़ती और उलट-पुलट के देखती...पर मेरा दुर्भाग्य, निराशा ही हाथ लगी। जब से पैदा हुई, कभी कोई खुशी नहीं मिली...मैंने खुद को कोसना शुरू कर दिया। एक ऐसा दिन नहीं बीता जो पूरा का पूरा खुशी से भरा हो...आज जब बाबू जी के लिए कुछ करना चाह रही हूँ तो कागज़ का एक टुकड़ा भी मेरी किस्मत में नहीं है! आखिर मैंने उसे फेंक क्यों दिया उस दिन। भले ही उस व्यक्ति के साथ न जाती पर कार्ड रख लेती तो क्या बिगड़ जाता? उस कागज़ को इतने दिन बाद ढूँढना भूसे के भण्डार में सूई ढूँढने के बराबर था।

घंटों उस सड़क पर इधर-उधर भटकने और हर छोटे-मोटे कागज़ को उलटने-पलटने के बाद आखिरकार मेरी नज़र एक कागज़ पर पड़ी जो मिट्टी में दबा था। थोड़ा मोटा कागज़ जान पड़ता था। मैंने उसे उठाकर उस पर से धूल हटाई। कुछ-कुछ नज़र आ रहा था। मैं रोमांचित हो उठी। यह उसी का कॉन्टेक्ट था! मुझे आज भी उस कार्ड का रंग याद था। बेशक थोड़े धब्बे पड़ गये थे लेकिन यह वही कार्ड था। मेरे चेहरे पर रौनक आ गयी। उमंग की लहर दौड़ गयी। अपने बाबू जी का मुस्कुराता चेहरा अब मेरी आँखों के सामने नाचने लगा। मैं चल दी वह कार्ड लेकर अपने समुदाय की तरफ़।

अब मुझे अपने लिए एक तखत मिल गया था। मुझे अलग, नीचे नहीं सोना पड़ता था क्योंकि अब मैं राधिका को सबके बराबर पैसे कमाकर देती थी। मुझे वे सारी सुविधाएँ उपलब्ध कराई गयीं जो ज़्यादा पैसे देने पर मिलती

थीं...अब दिन के साथ अपना भी रात का धंधा शुरू हो गया था। दिन में सड़क पर लोगों से भीख माँगती और रात में ऐरे-गैरे लोगों से लेकर मुखौटाधारी नामी हस्तियों के साथ धंधा करती।

ज़िन्दगी 50-50

मैं, अनाया, सूर्या और अनमोल
मुम्बई

कुछ ही देर में मैं ऑर्चर्ड रेज़ीडेंसी पहुँच गया था। मैं कार से उतरा और चल दिया फ़्लैट नम्बर 104 की तरफ़। 104 से तो यह समझ आ गया था कि यह ग्राउंड फ़्लोर पर ही है। मेरे मन में दृढ़ निश्चय था कि आज मुझे इस समाज से जीतना ही है। चाहे कुछ भी हो जाये, मैं अपने बेटे के सपने साकार करने में कोई भी कसर बाकी न रखूँगा। मैं उस महिला को भी रेफरेंस लगाने से रोकूँगा ताकि सुयोग्य व्यक्ति को ही यह लाइसेंस मिले। मैं चल दिया उस फ़्लैट की तरफ़। सोच में डूबा, आगे बढ़ता ही जा रहा था। बड़ी-बड़ी बिल्डिंगों वाले उस अपार्टमेंट में चार विंग्स थे। इसमें से मुझे ए-विंग के फ़्लैट नम्बर 104 में जाना था। मैं ए-विंग के 104 नम्बर फ़्लैट पर पहुँच गया। अपना कॉलर सँभाला और गले की खराश मिटाकर जब खुद को आत्मविश्वास से लबरेज़ पाया तो मैंने डोरबैल बजा दी। मैं अपने मन में बातों को दोहराने लगा; कैसे उस व्यक्ति से या महिला से मुझे बात करनी है और किस तरह उसे समझाना है। मैं इस बारे में सोच ही रहा था कि दरवाज़ा खुल गया। पहले से ही मेरे मन ने जिस तरह तय कर लिया था कि सबसे पहले हाथ जोड़कर नमस्ते करूँगा बिलकुल वैसा ही मैंने किया। मेरे हाथ जुड़ गये थे पर नमस्कार पूरा नहीं निकल पाया, "नमस्कार..." कहते हुए रुक-सा गया।

उसका चेहरा देखते ही मैं हैरान रह गया। मेरे आश्चर्य का ठिकाना नहीं था। वह भी बड़ी-बड़ी आँखों से मुझे निहारे जा रही थी। मेरी एकटक नज़रें उसी के चेहरे पर थीं। लगा, जैसे कुछ समय के लिए मेरे मन के साथ समय ने भी विराम ले लिया हो। वह सब भूल गया जो सोचकर मैं यहाँ आया था। यह तो वही महिला थी जो मेरी माँ और मेरे बीवी के बाद मेरे सबसे करीब थी।

"अनाया!" एकाएक मेरे मुँह से निकला।

"अनमोल तुम?" उसका हाल भी कुछ मेरे जैसा ही था।

जैसे ही उसने मेरा नाम लिया, मैं निश्चिन्त हो गया कि यह अनाया ही है।

"अनाया, तुम यहाँ," मैं अभी भी आश्चर्यचकित मुद्रा में खड़ा था।

"तुम यहाँ क्या कर रहे हो?"

जैसे ही उसने यह सवाल किया, मेरे मन में तुरन्त यहाँ आने का कारण कौंध गया। मैं यहाँ नाइंसाफी के खिलाफ़ लड़ने आया था। पर यह क्या? मैं जिसके सामने खड़ा था, उसे यह सब बताना मुझे ठीक नहीं लगा, "...कुछ नहीं, बस एक काम से आया था और गलती से तुम्हारी...।" कहते-कहते रुक गया। मेरा मन अनाया को "तुम" कहने का ही आदी था पर अब तो इतना वक्त बीत गया था। वह एक दूसरी अनाया थी। मैंने अपनी बात सुधारते हुए जवाब दिया, "आपकी डोरबैल बज गयी।"

यह बात सुनकर उसके चेहरे पर कोई भाव नहीं आये थे। वह बस मुझे निहार रही थी और मैं उसे।

उसे अट्ठाईस वर्ष के बाद भी तो देख रहा था। बिलकुल वैसी ही दिखती थी, एक तरफ़ वह दाग और दूसरी तरफ़ सुन्दरता का प्रतिरूप। बस उसकी आँखों के नीचे हल्की-हल्की झुर्रियाँ पड़ गयी थीं। बिलकुल वैसी ही थी, बस थोड़ा-सा शरीर मोटा हो गया था। बाल डाई के कारण काले तो दिख रहे थे पर जड़ों में सफ़ेदी आ गयी थी।

उसने बिना एक लफ़्ज़ बोले दरवाज़े पर रखा हाथ हटा लिया और पलटकर अन्दर जाने को हुई। इसका साफ़ संकेत था कि उसने मुझे घर में आने का आमंत्रण दे दिया था। मैं धीमे कदमों के साथ उसके पीछे चल दिया। बिना मेरी ओर देखे वह बढ़ते हुए कदमों के साथ पूछ बैठी, "चाय पियोगे या कॉफ़ी?"

"आप तो जानती हैं, मैं कॉफ़ी पीता हूँ," मैं सोफ़े पर बैठ गया।

वह मेरी तरफ़ देख भी नहीं रही थी और किचन में घुसकर चिल्लाते हुए बोली, "सोचा! इन अट्ठाईस सालों में शायद तुम्हारा टेस्ट बदल गया हो!"

इस व्यंग्य का मेरे पास कोई जवाब न था। मैं यूँ ही चुप बैठा रहा। इतने थोड़े समय में मेरे साथ कुछ ऐसा हुआ था कि अपने बेटे के साथ होने वाली

नाइंसाफी को भूलकर मैं वक्त में बहुत पीछे चला गया था।

कुछ देर तक उसके कमरे को ही ध्यान से देखता रहा। कुछ भी तो नहीं बदला अनाया के कमरे की सजावट में। ठीक वैसे ही झीने पर्दे खिड़कियों पर, दरवाज़े पर। हल्की-हल्की चाँदनी इन पर्दों से छनकर ज़रूर आती होगी, ठीक उसी तरह जैसे कई सालों पहले उस रात के हमारे अन्तरंग क्षणों में आ रही थी। अट्ठाईस सालों बाद उससे मुलाकात! सच में यह सब कुछ स्वप्न की तरह लग रहा था।

मैं अपने विचारों में खोया हुआ था कि पायलों की छम-छम करीब आने लगी। वह मेरी तरफ़ आ रही थी। उसने मेज़ पर एक सफ़ेद रंग की ट्रे रख दी जिसमें कॉफ़ी के दो बड़े-बड़े मग रखे हुए थे। वह मेरे बिलकुल सामने सोफ़े पर बैठ गयी और बिना कुछ बोले हाथों से कॉफ़ी की तरफ़ इशारा किया। मैंने जैसे ही कॉफ़ी की चुस्की ली। मैं फिर हैरान था। "अरे इसे अभी भी मेरा स्वाद याद है।"

"तुम्हें तो कॉफ़ी निर्वाना पसन्द नहीं थी?"

उसने कॉफ़ी का एक सिप लिया और कुछ देर चुप रही। फिर खामोशी को तोड़ते हुए बोली, "मेरे बेटे और उसके पापा को यह टेस्ट बहुत पसन्द है तो मैं भी अब पीने लगी हूँ।"

अब मेरे मन में उत्सुकता जागी, "क्या करते हैं, तुम्हारे पति?"

वह कुछ देर रुककर जवाब दे रही थी। शायद अब बहुत गम्भीर हो गयी थी, "व्यापार करते हैं, दिल्ली में रहते हैं। कभी-कभी इधर आते हैं।"

इससे पहले कि मैं कोई प्रश्न करता उसने पूछा, "तुम्हारी शादी को कितने साल हो गये?"

"जब तुम्हारी सगाई हुई थी। उसके बाद मैं मुम्बई चला आया और यहाँ आने के 3-4 साल बाद ही मैंने शादी कर ली।"

"अच्छा," वह अब बहुत स्ट्रॉन्ग महिला दिख रही थी मुझे।

शायद उसने अब जीना सीख लिया था।

पहले वह मुझसे अंगेज़ी में ही बात किया करती थी पर आज वह हिन्दी में धाराप्रवाह बात कर रही थी।

"तुम अब पहले से बहुत अच्छी हिन्दी बोल लेती हो। सच कहूँ तो

अब कोई तुम्हें कह ही नहीं सकता कि तुम हिन्दी भाषी क्षेत्र से नहीं हो।''

''मैंने बताया तो पति दिल्ली में रहते हैं, तो हिन्दी में ही बातचीत होती है इसलिए सीख गयी।''

''बहुत बढ़िया,'' मैंने तारीफ़ की।

''वैसे आपका बेटा तो बड़ा हो गया होगा?''

''हाँ, आज कमिश्नर के यहाँ एक लाइसेंस के चक्कर में गया हुआ है।''

मेरे दिमाग में तभी ख़याल आया कि अब कम-से-कम अनाया से इस विषय पर तो कोई बात नहीं करूँगा। आखिर दोनों मेरे बेटे समान हैं, किसी को भी लाइसेंस मिले, अच्छा ही है।

काफ़ी देर हो गयी थी वहाँ बैठे हुए। सो, मैंने चलते हुए अनाया को अपना कार्ड थमा दिया, ''अब तुम भी मुम्बई में रहती हो। ये लो मेरा कार्ड। कभी घर आना अपने पति को लेकर। मुझे और आशिका को भी अच्छा लगेगा।''

मन में एक खुशी थी कि अनाया से इतने वर्षों बाद मिला, उसे देखा, वह ठीक है, सुरक्षित है और अपनी ज़िन्दगी से खुश है। और तो और, अब वह नज़दीक भी रहती है। एक दोस्त की तरह उसके पति और उससे मुलाकात तो होती ही रहेगी। यह सोचते हुए मैं बाहर निकल आया। लेकिन जब मैं अपनी कार में चाभी लगा रहा था तो मुझे लगा कि मुझे विदा करते वक्त उसकी आँखें भीगी हुई सी थीं। फिर इस ख़याल को झटक दिया, हो सकता है, यह मेरा भ्रम हो। गाड़ी स्टार्ट करते हुए याद आया, वापस आते समय जब मैंने उससे हाथ हिलाकर बाय किया था तो सामने एक चित्र लगा हुआ था। यह चित्र मुझे कहीं देखा-देखा सा लग रहा था। मेरे मन ने कई जगहों से उस चित्र को मिलाया। आखिरकार थककर गाड़ी चलाते हुए आगे बढ़ने लगा। गाड़ी जैसे ही आगे बढ़ी कि अचानक मुझे याद आया। एकदम से कार रोक दी थी मैंने। यह तो वही चित्र था जो मैंने अनाया के कमरे में उस रात देखा था। उस समय उस तस्वीर में मेरे साथ उसी की फ़ोटो तो थी। बस फ़र्क इतना था कि उस वक्त उस पर अंग्रेज़ी में लिखा हुआ था और अब हिन्दी में था। 'हमारी मोहब्बत का जाम कुछ ऐसा है सनम, गर खत्म हो भी गया, तो ज़िन्दगी बीत जायेगी इसका हैंगओवर उतारने में!'

कोई भी अपने प्रेमी और अपना चित्र घर पर अपने पति के रहते हुए नहीं लगा सकता। दाल में कुछ काला ज़रूर है। उसे कॉफ़ी निर्वाना भी पसन्द है। हिन्दी भी इतनी अच्छी बोल लेती है और विदा करते समय उसकी आँखों में आँसू कुछ तो कह रहे थे। मैं ही नहीं समझ पा रहा। मैंने तुरन्त गाड़ी मोड़ ली। गाड़ी से उतरा और उस फ़्लैट की तरफ़ दौड़ पड़ा। मुझे अनाया के जीवन की एक-एक परत सामने नज़र आने लगी थी। वह अपने चेहरे पर नकली भाव लेकर मेरी उन आँखों को धोखा देने की कोशिश कर रही थी जो शायद एक समय उसके चेहरे को सबसे अधिक पढ़ती थीं।

दरअसल, वो चेहरा कहीं अधिक कठोर था। लेकिन अपने भीतर कितने सैलाब संजोये था, यह मुझे अभी नहीं मालूम था। पर यह तो साफ़ था कि इस सैलाब की थाह लेना मेरे-आपके बस की बात नहीं थी। मेरे आने से जिसके हावभाव बिलकुल नहीं बदले थे, असल में उसके भीतर भूचाल आ गया था, जिसे सिर्फ़ वही महसूस कर रही थी।

उसकी आँखें जो मुझे भरी हुई लग रही थीं, अब इतनी कठोर हो चुकी थीं कि उन्होंने आँसुओं को अपने बाँध में ही रोक लिया था। मैंने उसकी डोरबैल बजाई और बेसब्री से दरवाज़ा खुलने का इन्तज़ार करने लगा। मैं अपने एक पैर को ज़ोर-ज़ोर से हिला रहा था, "जल्दी खोलो!" मेरी बेचैनी बढ़ती जा रही थी।

शायद वह आँसू पोंछ रही होगी, इसलिए उसने काफ़ी वक्त लगा दिया था, दरवाज़ा खोलने में।

जैसे ही उसने दरवाज़ा खोला, वह भौंचक्की रह गयी, "तुम फिर से?"

उसकी आँखों में देखने पर मुझे महसूस हो गया था कि वह आँसू पोंछकर आयी है। उसे देखकर मेरी आँखों में जाने क्यों आँसू आ गये थे।

मैंने उसकी बाँहों को अपने हाथों से पकड़ लिया। भरी हुई आँखें उसकी तरफ़ ही देख रही थीं, "आखिर क्यों किया ऐसा? क्यों बोला मुझसे झूठ?"

मुझे लग रहा था कि वह मेरी बाँहों में लिपटकर रोना चाहती थी। वह अब तक की अपनी सारी ज़िन्दगी की कहानी मुझे सुनाना चाहती थी पर खुद को बहुत मज़बूत दिखाती हुई चुप खड़ी थी। "क्यों छुपा रही हो मुझसे?"

"मैं क्या छुपा रही हूँ?" उसने बड़ी मज़बूत आवाज़ के साथ बोलने

की कोशिश की लेकिन उसका गला रुँध गया था।

"मुझसे मत छिपाओ यह।" मैंने दीवार पर टँगे उस चित्र की तरफ़ इशारा किया, "तुम्हारी इस तस्वीर में लगी फ़ोटो मेरी और तुम्हारी है। तुम्हारा इतनी बेहतरीन हिन्दी बोलना, कॉफ़ी निर्वाना पसन्द करना, कोई इत्तेफाक नहीं है।" मैंने साँस ली और उसके चेहरे को थामकर समझाने की कोशिश की, "तुम इन नज़रों को धोखा देना चाह रही हो, जो तुम्हें बहुत अच्छे तरीके से पहचानती हैं।"

उसने जैसे ही मेरी नज़रों की तरफ़ देखा, मेरी भरी हुई आँखें देखकर वह टूट गयी। मुझसे एकदम से लिपट गयी और फ़फ़क-फ़फ़क कर रोने लगी। मैं भी उसे अपनी बाँहों में लेकर उसकी पीठ सहलाने लगा। वह कुछ बोलना चाहती थी पर रोने की वजह से कोई आवाज़ नहीं निकल रही थी। मैं उसे रोने देना चाहता था। उसके दिल में सालों से भरे गुबार को निकलने देना चाहता था। कुछ देर बाद अचानक वह मुझसे अलग हो गयी और चिल्लाकर बोली, "अब क्यों आये हो मेरे पास? मेरी हँसती-खेलती दुनिया बर्बाद करने?"

"मैं आया नहीं, यह बस इत्तेफाक था। भगवान ने मुझे मिलाया ही तुमसे इसलिए कि मुझे असलियत का पता चल सके।" मैं उसके नज़दीक गया और उसके कानों में धीरे से कहा, "भगवान नहीं चाहता था कि मैं खुशी-खुशी मर सकूँ और हमेशा इस भ्रम में रहूँ कि मैंने ज़िन्दगी में कुछ खोया ही नहीं।"

मेरा इतना बोलना था कि वह फिर से चिल्ला पड़ी, "खामोश!! अगर दोबारा मरने का नाम लिया।" और फिर से मेरी बाँहों में आकर रोने लगी।

उसकी सिसकियाँ कुछ हल्की हुईं तो मैं उसके गालों पर लगे बालों को हटाते हुए बोला, "क्या तुम मुझे कुछ अपने बारे में नहीं बताओगी? कैसे बिताये तुमने ये 28 साल?"

वह मुझसे अलग हुई और थोड़ा दूर चली गयी। अपने पल्लू से आँसू पोंछकर मुड़ी और मेरे नज़दीक आ गयी। मैं फिर से सोफ़े पर बैठ गया। वह कुछ देर खामोश रही फिर बोलना शुरू किया।

अनाया की कहानी उसी के शब्दों में—

उस समय जब भी मैं घर जाती तो पापा मेरे लिए एक रिश्ता ढूँढकर रखते और मुझे देखनेवाले आते। एक-एक कर सब मना कर जाते। मेरे घर में हर कोई मेरी शादी के लिए बहुत परेशान था। पापा-मम्मी, हर समय बस इसी विषय पर बात किया करते थे। आखिर मुझसे दो साल छोटी मेरी बहन भी थी। उसकी भी शादी मेरी वजह से लेट होती जा रही थी। यह सबसे बड़ी चुनौती थी, उनके लिए। आखिर अगली बार जब मैं अपने घर गयी तो फिर से एक बार मुझे देखनेवाले आये हुए थे। मुझे तुरन्त कमरे में जाने को कहा गया और मेरी छोटी बहन मुझे सजाने लगी। हर तरह से मेरी बहन यह कोशिश करने लगी कि मुझे बदसूरत से खूबसूरत बना दे। पर प्रकृति की बनाई चीज़ों को कौन ढक सकता है। हर बार की तरह मैं भी सज-सँवर कर बाहर आयी। मेरे साथ मेरी बहन थी। मेरे हाथ में चाय की ट्रे थी। मैंने आते ही चाय की ट्रे सामने रख दी। मैं सामने रखी कुर्सी पर बैठ गयी और मेरे बगल में बहन खड़ी हो गयी थी। मैं नज़रें झुकाये हुए बैठी हुई थी। तिरछी निगाह से इस तरह मैं सामने बैठे लोगों को देख रही थी ताकि मेरी नज़र भी न पकड़ी जाये और मैं सामने बैठे लोगों को भी देख लूँ। सामने के सोफ़े पर तकरीबन साठ वर्ष के बड़ी-बड़ी मूँछों वाले प्रौढ़ बैठे थे। उनकी बगल में सजी सँवरी लगभग पचपन वर्ष की महिला। ऐसा लग रहा था कि वह आज भी उसी तरह सजती-सँवरती है जैसे शादी के पहले दिन। उनके बगल में एक 25-26 वर्ष का साँवले रंग का नौजवान बैठा हुआ था। मुझे इन तीनों लोगों को देखकर समझ आ गया था किसका मुझसे क्या रिश्ता होने वाला है?

उन मूँछों वाले अंकल ने पूछा, "क्या करती हो बेटी?"

"जी...।" कहते-कहते रुक गयी, "एक्सेंचर सर्विसेज़ कंपनी में सॉफ्टवेयर इंजीनियर हूँ।"

मुझसे पूछने के बाद उनकी निगाहें तुरन्त मेरी बहन पर चली गयीं, "बेटी तुम?"

"जी मैं...मैंने अभी-अभी सैमसंग ज्वॉइन किया है।"

मैं इससे पहले कुछ सोच पाती कि उन्होंने अगला प्रश्न पूछा। पहले वह मुझसे सवाल पूछते फिर मेरी बहन से। मेरी बहन से वे क्यों सवाल कर रहे हैं, मेरी समझ में आ गया था। कुछ देर बाद मैं उठकर अपनी बहन के

साथ अपने कमरे में चली आयी थी।

मैं धीरे-धीरे अपने कपड़े उतारने लगी थी। तभी बाहर से मेरे कानों में आवाज़ गूँज गयी। "देखिये सुब्रमण्यम साब! मेरे बेटे की सरकारी नौकरी है। मानते हैं आपकी दोनों बेटियाँ नौकरी करती हैं पर हम इतने गिरे हुए थोड़े ही हैं कि पैसे के पीछे अपने बेटे की किसी से भी शादी कर देंगे। आपकी छोटी बेटी और मेरे बेटे की जोड़ी सही बैठेगी। हाँ, अगर आपको बड़ी बेटी की फ़िक्र हो तो गाँव में ऐसे बहुत से लोग मिल जायेंगे जो पैसे के लिए शादी कर लेंगे। उसके पास नौकरी भी है। अपने लिए एक जंवाई ढूँढ लीजिये।"

उसका इतना बोलना था कि मैं आग बबूला हो गयी। तुम्हारे साथ रहकर मैंने जीना सीख लिया था। उन लोगों के लिए परेशान होना छोड़ दिया था जिन्हें मेरी कोई फ़िक्र न हो। टेंशन लेना नहीं बल्कि टेंशन देना सीख गयी थी। ऐसे लोगों को जवाब देना मेरा कर्तव्य था। मैंने ढंग से अभी लहंगा भी नहीं उतारा था पर ताव में वहाँ पहुँच गयी, "सुन बूढ़े! तेरे बाल सफ़ेद हो गये हैं। ज़्यादा गौर से लड़कियाँ ताकना बन्द कर। उसके चेहरे में क्या कमी है, उसकी आँखें कैसी हैं? अब तेरी उम्र चली गयी। यह सब देखने की। जहाँ तक रही बात तेरे बेटे की तो ये फ़ोटो देख," मैंने तुरन्त अपने फ़ोन से तुम्हारी फ़ोटो निकालकर दिखाई, "सुन तेरे चिरकुट लौंडे से लाख गुना अच्छा मेरा बॉयफ्रेंड है। और हाँ, तेरे सरकारी नौकरी वाले बेटे से दस गुना अधिक कमाता भी है।"

मैं बोले जा रही थी। मेरी माँ और मेरे पापा मुझे चुप कराने की कोशिश कर रहे थे। किसी तरह वे मुझे अन्दर ले गये। मैं अन्दर घुसते ही रोने लगी। खुद पर मैं काबू ही न कर पायी। बिस्तर पर लेट गयी और चादर को पकड़ कर अपनी भड़ास निकालने लगी। मैंने तय कर लिया था कि मैं अब ज़िन्दगी में कभी शादी नहीं करूँगी। क्या सिर्फ़ शादी ही जीवन है? यह जीवन का एक अंग है पर पूरा जीवन तो नहीं। जिसकी वजह से मुझे अपना जीवन ही नष्ट करना पड़ जाये, उस शादी को करके मैं पछताना नहीं चाहती थी।

पर दूसरी तरफ़ यह ख़याल आया कि कुछ सालों बाद तुम भी किसी और के हो जाओगे, तब? तब क्या होगा मेरा? कैसे जीवन गुज़ारूँगी मैं? क्या करूँगी मैं?

इसीलिए मैंने फ़ैसला किया कि नौकरी छोड़कर मैं मुम्बई आ जाऊँगी। असल में वह मेरी सगाई नहीं थी। दरअसल मैं मुम्बई आ रही थी। सब कुछ छोड़ कर, बस तुम्हारी यादों के सहारे। तुम्हारी मोहब्बत के सहारे। तुम्हारी सीख के सहारे और तुम्हारे उपहार के सहारे।

"उपहार?" मैं बीच में ही बोल पड़ा।

"हाँ, उपहार नहीं बल्कि ज़िन्दगी जीने का सहारा दे दिया था तुमने मुझे!"

मैं आश्चर्यचकित था, आखिर ऐसा क्या मैंने जीने का सहारा दे दिया, "आखिर दिया क्या?"

वह थोड़ी देर रुकी रही फिर बोली, "मेरा जो बेटा पुलिस कमिश्नर के पास गया है, वह तुम्हारा ही बेटा है।"

यह सुनते ही मेरे होश उड़ गये, "क्या?"

"हाँ।"

मेरा सिर घूमने लगा था। मेरे पैरों तले की ज़मीन खिसक गयी। मुँह खुला का खुला रह गया। मुँह से एकाएक निकला, "क्या यह मेरी ही संतान है?" मैं अभी तक समझ रहा था कि मेरा एक ही बेटा है पर मेरे दो बेटे थे! मैं कितना अभागा पिता था कि अपने बेटे से अट्ठाईस सालों से नहीं मिला था। वह मेरे बगल में आकर बैठ गयी और मुझे सँभालते हुए बात बताने लगी।

"जब मैं मुम्बई आयी तो मुझे पता चला कि तुम मेरी संतान के रूप में मेरे भीतर ज़िन्दा हो। मुझे एक नयी उमंग मिल गयी जैसे डूबते हुए को तिनके का सहारा। मैं अब उसमें तुम्हारी परछाईं देखने लगी। मेरे लिए वह उतना ही अनमोल था, जितने तुम। मैंने उसका नाम भी 'अनमोल' रख दिया था।" उसने बात खत्म की ही थी कि फ़ोन की घंटी बजी। वह फ़ोन की तरफ़ चली गयी।

उसके प्रेम के सामने मैं नतमस्तक था। मैं जो थोड़ी देर पहले उससे माफ़ी माँगने की सोच रहा था, अब माफ़ी माँगने के काबिल भी न बचा था। मैं उसके सामने कौन-सा चेहरा लेकर माफ़ी माँगूँ? मेरी आँखें तो भरी थीं लेकिन उससे माफ़ी माँगने की भी हिम्मत नहीं थी। मैं असहाय सोफ़े पर ही बैठा रहा और अपने दोनों हाथों से सिर पकड़कर फ़फ़क-फ़फ़क कर रोने लगा।

वह फ़ोन काट कर वापस आ गयी थी। इस बार वह मेरे लिए कुछ और आँसू लेकर आयी थी। ऐसे आँसू जिन्हें ज़िन्दगी भर सँभाल पाना मेरे लिए बहुत मुश्किल होगा।

''बेटे का फ़ोन था, वह वापस आ रहा है। अब तुम जाओ।''

उसने जैसे ही यह बोला तो मैं और हैरान हो गया, ''क्यों जाऊँ? अभी मेरा और कितना इम्तेहान लेना है?'' मैं रोते-रोते ही गिड़गिड़ाया। मैं एक प्रेमी नहीं एक बाप के तौर पर अपने बेटे से मिलना चाहता था, उसे गले लगाना चाहता था।

''मेरा बेटा तुमसे बहुत नफ़रत करता है। ऐसी नफ़रत करता है कि अगर तुम सामने मिल जाओ तो वह कच्चा चबा जाये तुम्हें।''

''मिलने दो न!!''

उसकी आँखों में भी आँसू भर आये थे। ज़िन्दगी कभी-कभी इतना बेबस कर देती है कि रोने के सिवाय हम कुछ नहीं कर पाते।

''मैं समझ सकती हूँ कि तुम्हारा उससे मिलने का मन कर रहा होगा लेकिन यह मुमकिन नहीं है। पिछले अट्ठाईस सालों में तुमसे उसे बहुत नफ़रत हो गयी है जो अब खत्म नहीं हो सकती।''

मैं कुछ समझ नहीं पा रहा था और वह कहती रही, ''अगर तुम्हें तनिक भी मेरी मोहब्बत पर विश्वास है तो आज तुम्हें मेरी दो शर्तें माननी पड़ेंगी।'' उसने रोते हुए मेरे हाथ पकड़ लिये।

''क्या?''

''पहले बताओ, मानोगे या नहीं?''

मैंने ''हाँ'' में सिर हिला दिया।

''अगर तुम नहीं माने तो मैं समझूँगी कि तुम्हें मेरे प्यार की कद्र करना नहीं आता,'' वह बेतहाशा रोने लगी थी, ''आज के बाद कभी तुम मुझसे नहीं मिलोगे?''

''क्या,'' मेरे मुँह से स्वतः निकला।

''हाँ, यह तुम्हारे परिवार के लिए ठीक रहेगा। अब तुम्हारी दाढ़ी भी सफ़ेद हो गयी है। अगर ज़िन्दगी के अंतिम पड़ाव पर हम अपने परिवार को धोखा दें तो यह ठीक नहीं होगा।'' उसके मौन आँसुओं से साफ़ था कि उसे

भी बहुत दु:ख हो रहा है पर अब यही एकमात्र चारा था।

"और दूसरी?" मैंने पूछा।

"दूसरी यह कि मैं तुमसे बहुत प्यार करती हूँ। और तुम्हारी बेइज़्ज़ती होते नहीं देख सकती। इसलिए तुम आज के बाद कभी हमारे बेटे से मिलने की कोशिश मत करना।"

यह सुनकर मैं आहत और हतप्रभ था।

मैं कैसा अभागा पिता था कि अट्ठाईस सालों तक अपने बेटे का मुँह तक नहीं देख पाया और जब उससे मिलने का वक्त आया तो यह सौगंध! आखिर क्या बुरा किया था मैंने ईश्वर!

बार-बार मेरे मन को यह बात कोंच रही थी कि दुनिया में मुझसे बुरा कौन पिता होगा जिसे अट्ठाईस सालों तक अपने बेटे के बारे में कुछ पता ही न हो और उस माँ के बारे में क्या कहेंगे जिसने बिना किसी शिकायत के अकेले ज़िन्दगी बिताई, अकेले अपने बेटे को पाला? पिछले अट्ठाईस सालों में कितना बदल गया हूँ मैं! शायद ही मैंने अट्ठाईस बार भी अनाया के बारे में सोचा हो। इसके ठीक उलट वह हर क्षण मुझे याद करती हुई, हर पल को मेरे सहारे जीती हुई, हर पल दुनिया से अकेली लड़ती हुई अपने बेटे को पालती रही। हर पल उस बेटे में मेरा अक्स देखती रही। क्या इसे मोहब्बत कहेंगे? नहीं, मैं तो इसे खुदा का नाम दूँगा, वह खुदा, जिसे पाना, जिसे महसूस करना कम-से-कम मेरे बस की बात नहीं थी। कहते हैं खुदा अलग-अलग रूप में आता है, पहचान पाओ तो पहचान लो। और मैं इतने सालों में सिर्फ़ अपने बारे में ही सोचता रहा! हालाँकि सूर्या मेरी ज़िन्दगी, मेरी दुनिया था पर उसके आगे कभी मैंने किसी के बारे में कैसे नहीं सोचा? उसके लिए इस कठोर समाज से लड़ते-लड़ते मैं यह भी भूल गया कि उसी समाज में मुझसे बेइन्तहा प्यार करनेवाली अनाया भी तो थी। आखिर कहाँ है वह, किस हाल में, उसका पति उसके साथ कैसा सलूक करता होगा—एक बार भी तो नहीं सोचा! वही अनाया जिसे मैं इतना प्यार करता था। जिसके जाने के बाद लगा था कि ज़िन्दगी की सारी खुशियाँ गँवा दी हैं मैंने।

अजीब इत्तेफाक था कि आज कमिश्नर के यहाँ पर मेरे दोनों बेटों के बीच कम्पिटीशन था। क्या अजीब दुनिया है! ईश्वर कब समय फेर दे—कुछ नहीं कह सकते!

मैं खड़ा ही था कि वह हाथ जोड़कर मुझसे विनती करने लगी, "अनमोल, प्लीज़ अब जाओ! अगर मेरे प्रेम की तनिक भी परवाह हो, तो अब चले जाओ!"

उसका कहना था कि मैं आँखों में आँसू लिये निकल पड़ा। जाते हुए मैंने उसकी आँखों में वे आँसू देखे जो सच्चे प्रेम के थे। मेरे परिवार की खुशी के लिए उसने मुझे खुद से दूर कर दिया था। मेरी खुशी के लिए उसने खुद के जीवन में आयी खुशी का बलिदान कर दिया था।

आखिर हम वक्त रहते लोगों को क्यों नहीं पहचान पाते? हम खुद के रिश्तेदारों को, खुद के भाई-बहन को उनकी अच्छाइयों से पहचानते हैं और दूसरों को उनकी बुराइयाँ देखकर उन्हें दूर कर देते हैं। क्या अनाया जैसी लड़की किसी की बहन हो तो क्या वह उसे नहीं अपनाएगा? अगर मेरी बेटी होती तो क्या मैं नहीं अपनाता? मैंने सूर्या को समाज से लड़कर अपनाया पर अनाया को अपनाने में क्यों हिचक गया? सूर्या के लिए मैं कहाँ-कहाँ नहीं लड़ा? थोड़ी लड़ाई अपने घर से अनाया के लिए भी कर सकता था। अब मुझे समझ आ गया था कि हम दूसरों में कमियाँ देखते हैं और अपनों में अच्छाइयाँ। अगर मैंने उस समय अनाया के अन्दर की वे अच्छाइयाँ देखी होतीं तो आज मैं उसकी मोहब्बत और उसके प्रेम को पराया बनकर सिर्फ़ देख नहीं रहा होता बल्कि उसे जी रहा होता।

मैं बाहर निकल आया और उसने तुरन्त ही दरवाज़ा बन्द कर लिया था। जैसे ही मैं मुड़कर अपार्टमेंट से बाहर आया, एक सत्ताईस-अट्ठाईस साल का नौजवान मेरे बगल से गुज़रा। मैंने उसकी तरफ़ देखा और उसकी नज़रें भी मुझसे मिलीं। मुझे पहचानते देर नहीं लगी। यह तो मेरा ही बेटा था! कितना बड़ा हो गया था वह! उसे देखकर मुझे अपनी जवानी के दिनों की याद आ गयी। ऐसा ही तो लगता था मैं! वही कद-काठी! उसको अपने गले से लगाने का मन कर रहा था। मेरा मन उसे पुचकारने का कर रहा था। मैं उसे प्यार करने और माफ़ी माँगने के बारे में सोच ही रहा था कि तभी मेरे कानों में अनाया की आवाज़ गूँज गयी, "मैं तुमसे बहुत प्यार करती हूँ। इसलिए तुम्हारी बेइज़्ज़ती होते नहीं देख सकती। इसलिए तुम आज के बाद कभी अपने बेटे से मिलने की कोशिश मत करना।"

जैसे ही अनाया की आवाज़ मन में कौंधी, मैंने उससे बात करने का विचार त्याग दिया। मुझे वह क्षण कभी नहीं भूल सकता जब वह बिलकुल मेरे बगल से मुझे देखते हुए गुज़रा था। उससे बात नहीं कर सकता था पर उसकी आवाज़ तो सुन सकता था। मेरे मन में उसकी आवाज़ सुनने की इच्छा प्रबल हो चली थी। आखिर मेरा बेटा है, वह! उस विंग के बाहर बगल में जगह थी जहाँ पर थोड़े से पेड़-पौधे लगे थे। उसके बाहर खिड़की थी जहाँ से अनाया के कमरे में झाँका जा सकता था। मैं वहीं गुलमोहर के पेड़ की आड़ में छुप गया। तभी मेरा फ़ोन वाइब्रेट हो उठा।

यह सूर्या की कॉल थी, ''हैलो! पापा, मुझे लाइसेंस मिल गया!''

मेरी खुशी का ठिकाना न रहा। मेरा सपना पूरा हो गया था जो मैं पिछले पच्चीस सालों से देखता आ रहा था। हर क्षण लोगों से, समाज से लड़ाई और अपने बेटे की हिफ़ाज़त करने का फल आज मिला था। हर्षिता के साथ हुए अन्याय का हर पल मुझे झकझोरता रहा, उस एक-एक क्षण को जीना मेरे लिए कितना भारी था, शायद मैं ही समझ सकता था। सच में ज़िन्दगी अनाया के चेहरे की तरह ही होती है। एक तरफ़ सुन्दरता है और दूसरी तरफ़ कुरूपता। पर ज़िन्दगी का दिल बहुत बड़ा होता है, शायद इतना बड़ा कि हम सभी सोच भी नहीं सकते, जैसे अनाया का प्रेम। अजीब विरोधाभासी भावनाओं से गुज़र रहा था मैं! एक तरफ़ मेरे बेटे की सफलता राहत देने वाली खुशी थी, तो दूसरी तरफ़ एक ऐसा बाप होने की बेबसी, जो अपने बेटे को सामने पाकर भी उसे अपने गले नहीं लगा सकता था। एक तरफ़ मुझे हर्षिता की गलती सुधारने का मौका मिला था वहीं दूसरी तरफ़ मैं उस औरत के लिए कुछ भी नहीं कर सका था, जिसने मेरे प्यार के लिए अपनी पूरी ज़िन्दगी वार दी। सच में ज़िन्दगी 50-50 होती है। मेरी आँखों में एक तरफ़ खुशी के आँसू थे और दूसरी तरफ़ अनाया के साथ किये गये अन्याय का पछतावा। तभी सूर्या की आवाज़ मेरे कानों में गूँजी, ''पापा आओ न! मुझे लेने!''

मैंने तुरन्त अपने आँसू पोंछे, ''हाँ बेटा, आ रहा हूँ,'' भर्राये स्वर से कहते हुए मैंने फ़ोन काट दिया। अब मैं अपने दूसरे बेटे के बोलने का ही इन्तज़ार कर रहा था। थोड़ी देर में वह अनाया के साथ कमरे में बैठ गया, ''हाँ, अनमोल, कमिश्नर से तुम्हारी मीटिंग थी, क्या हुआ?'' अनाया ने पूछा।

उसका हल्का-सा स्वर मेरे कानों में पड़ा।

"अरे मम्मी, छोड़िये न मीटिंग-वीटिंग!"

"बता न क्या हुआ?" अनाया ने ज़ोर दिया। अब मैं भी जानने के लिए उत्सुक हो गया था। आखिर बेटा बेटा ही होता है। मेरा सारा ध्यान अपने बेटे की आवाज़ सुनने में लगा था।

"कुछ नहीं मम्मी, जो दूसरा लड़का था, वह मेरे बगल में ही बैठा था। मेरी नज़र उसके रेज्यूम पर चली गयी। मैंने देखा तो पाया, सैक्स के कॉलम में वह 'अन्य' में टिक किये हुए था। यह देखते ही आपकी वह कहानी याद आ गयी जो आपने एक बार अपने प्रेमी अनमोल के भाई हर्षा की सुनाई थी। मैं वहाँ पर बैठा हुआ था पर रह-रहकर मुझे हर्षा के साथ की गयीं ज़्यादतियाँ याद आ रही थीं। मेरा मन मुझे झकझोर रहा था। मैं उस व्यक्ति को और दु:ख में नहीं भेजना चाहता था, जो समाज से अभी तक लड़कर यहाँ तक पहुँचा है। अगर उसे यहाँ पर लाइसेंस नहीं मिला तो वह किस मनोदशा से गुज़रेगा? उसके बाद वह क्या करेगा? अगर वह भी सड़क पर भीख माँगते हुए आ गया तो इसके ज़िम्मेदार सिर्फ़ हम होंगे! इसलिए मेरा भी एक कर्तव्य था। मैंने सामाजिक व्यक्ति होने का कर्तव्य पूरा किया। मेरा क्या है? मेरी कहीं-न-कहीं तो जॉब लग ही जायेगी," बोलते-बोलते वह रुक गया।

अनाया की आँखों में भी आँसू आ गये थे। उसने अपने बेटे को गले लगा लिया, "बेटा, मुझे आज ऐसा लग रहा है कि मेरी दी हुई शिक्षा सार्थक हो गयी! तू सच में बड़ा हो गया है।"

अनाया ने उसे सचमुच एक बेहतरीन इन्सान बना दिया था। मुझसे कहीं बेहतर। मैं अपने आँसुओं को सँभाल नहीं सकता था। मेरे एक बेटे को मेरे दूसरे बेटे के लिए अपनी सफलता की कुर्बानी देनी पड़ी!

हे भगवान! मेरा एक बेटा इतना समझदार हो चुका था और दूसरे ने वह मुकाम हासिल कर लिया था जो वह चाहता था। मैंने अब उसकी आवाज़ भी सुन ली थी। वह आवाज़ जिसकी मैं कल्पना भी नहीं कर सकता। एक बेहतरीन इन्सान की आवाज़!

मैं मन में एक तरफ़ फिफ्टी परसेंट खुशी और फिफ्टी परसेंट अपने किये पर पछतावा करता हुआ कार के पास जाने लगा। मन में बार-बार अनाया का चेहरा ही कौंध रहा था और अपने बेटे का। बस मन यही सोच रहा था, कैसे बिताये होंगे इसने अट्ठाईस साल? कैसे पाला होगा समाज से लड़कर इसने अपने बेटे को? इस बेटे का मुझसे नफ़रत करना लाज़िमी था। स्कूल में पेरेंट्स मीटिंग के दिन पिता का न होना कितना अखरता होगा इसे! जब लोग इससे इसके पिता के बारे में पूछते होंगे तो क्या जवाब देता होगा? फ़ॉर्म में अपने पिता के कॉलम में मेरा नाम लिखते समय किस मनोभाव से गुज़रता होगा? आखिर गलती मेरी थी, और मुझसे नफ़रत करने का उसे पूरा-पूरा हक था। सबसे बड़ी बात तो यह कि अब इस गलती को सुधारने का मेरे पास कोई विकल्प भी नहीं था। मैं अजीब मनःस्थिति में गाड़ी चला रहा था। आज पच्चीस वर्ष पुराना मेरा सपना साकार हुआ था। लेकिन अनाया के लिए मन में एक टीस थी। फिर याद आये हर्षा की डायरी के अन्तिम पन्ने...।

बाबू जी की अन्तिम मुस्कान

मैं, बाबू जी, सूर्या और हर्षिता
मुम्बई

'मेरी ज़िन्दगी यूँ ही गुज़र रही थी। सिर्फ़ एक आस में कि कब मैं एक संतान होने का कर्तव्य पूरा कर अपने बाबू जी के चेहरे पर मुस्कान देखूँ। मैं दिन दूनी रात चौगुनी मेहनत कर रही थी। सब कुछ ठीक-ठाक ही चल रहा था। पर मुझे क्या पता था कि मेरा जीवन समुद्र की तरह है। जब सब कुछ शान्ति से चल रहा हो तो समुद्र की खामोशी से तूफ़ान आने का अन्दाज़ा लगाया जा सकता है। बिलकुल उसी तरह मेरे जीवन में भी होने वाला था। पता नहीं क्यों कुछ दिनों से मेरे शरीर में हल्का-हल्का दर्द होने लगा था। कल यह दर्द कुछ अधिक ही बढ़ गया। हल्की-सी खाँसी भी आ रही थी। जैसे-तैसे उस दिन अपने काम के बाद अपने घर गयी। मुझे लगा अधिक मेहनत की वजह से यह सब हो रहा है। ''कोई बात नहीं, अब तो आराम करने के दिन आ गये,'' मैंने मन-ही-मन कहा। कुछ खाने को मन नहीं

कर रहा था। बस बिस्तर पर लेटे-लेटे नींद का इन्तज़ार करने लगी। बाबू जी का चेहरा बार-बार आँखों के सामने नाच रहा था। पर नींद न जाने क्यों आज आँखों से कोसों दूर थी। उठकर मैंने पानी की बोतल उठाकर दो घूँट पानी पिया। लेकिन सिर चकराने लगा। किसी तरह अपने आप को सँभालते हुए मैं बिस्तर तक गयी। सुबह उठी तो बदन बुखार से तप रहा था। उठना भी मुश्किल हो रहा था। अपनी सहेली से टैक्सी बुलाने को कहा, फिर चल पड़ी डॉक्टर के पास। शाम को जो रिपोर्ट आयी उसे पढ़कर लगा मानो एक साथ सैकड़ों बिजलियाँ मेरे ऊपर गिर पड़ी हों। एकाएक मैं यह सँभाल नहीं पायी, वहीं पर मुझे चक्कर आ गया। उसके बाद मुझे होश नहीं। कुछ समय बाद जब मेरी नींद खुली, मैं अस्पताल में ही लेटी हुई थी। सच कहूँ तो जागने के बाद यह सवेरा नहीं बल्कि मेरी ज़िन्दगी का अँधेरा था। मैंने दोबारा टैस्ट करवाये लेकिन फिर से उस रिपोर्ट में कुछ अलग न पाया। कहीं मैंने कुछ गलत तो नहीं पढ़ लिया? फिर से देखा। बार-बार पढ़ा उस रिपोर्ट को। नहीं, कुछ भी गलत नहीं पढ़ा था। अब मेरे मन को स्वीकार करना पड़ा कि मेरे किये का अंजाम आखिर मुझे ही तो भुगतना था। वैसे भी कहते हैं गलत काम का नतीजा गलत ही होता है। मैं एचआईवी पॉजिटिव थी। अपने सामने मौत दिख रही थी। कुछ सालों बाद यह कीड़ा मुझे खा डालेगा। मन एकाएक मौत से भयभीत होने लगा था।

'तभी मेरे मन में एक अजीब-सा ख़याल आ गया था। अपने बाबू जी को जो खुशी देने की सौगंध ली है, उसे भी तो पूरा करना है। आखिर मौत तो हर किसी की होती है, मेरी भी हो जायेगी पर कुछ ऐसा करके जाऊँ कि स्वर्ग या नरक कहीं भी जाऊँ, वहाँ पर मलाल न रहे। मैं तुरन्त उठ खड़ी हुई। अगर बाबू जी के चेहरे पर मेरी वजह से एक मुस्कान भी आ जाती है तो इससे बड़ी जीत मेरे जीवन के लिए कुछ न होगी। मैं सोच ही रही थी कि तभी दूसरे ख़याल ने तो मानो मेरी जान ही निकाल दी। जब बाबू जी को पता चलेगा कि अनमोल ने 'नाईट शिफ़्ट्स', से नहीं, बल्कि उनकी दूसरी संतान ने दूसरी वाली 'नाईट शिफ़्ट्स' के धंधे से पैसे कमाए हैं और एड्स का शिकार हो गयी है तो उनके मन पर क्या बीतेगी? फिर से उनका चेहरा शर्म से झुक जायेगा। फिर मेरे इस कर्तव्य का क्या वजूद कि उनके चेहरे पर

एक मुस्कान के बाद उन्हें ज़िन्दगी भर के लिए निराश कर दूँ? जब-जब वे उस खेत की रोटी खायेंगे तो उन्हें याद आयेगा कि वे किस काम की रोटी खा रहे हैं। कहते हैं जैसा आप खाते समय सोचते हैं, उस भोजन का प्रभाव भी वैसा ही पड़ता है। हमारे यहाँ एक कहावत है "जैसा खाए अन्न वैसा होए मन।" उनका मन खाते समय किस नकारात्मकता से गुज़रेगा! मैं इसे सहन नहीं कर सकती थी।

' "नहीं, नहीं। ऐसा नहीं होने दूँगी," मैं खुद पर झल्ला उठी।

'अब मौत की फ़िक्र कहीं दूर भाग चुकी थी। अब सिर्फ़ एक ही धुन चढ़ी थी कि मेरी किसी गलती की वजह से बाबू जी की मुस्कान शर्म में नहीं बदलनी चाहिए। तभी मेरी आँखें चमक उठीं। मुझे रास्ता दिख गया था।

'मैंने ठान लिया था कि इससे पहले किसी और को पता चले कि मुझे एड्स है, मेरा किसी गुमनामी में खो जाना ही बेहतर होगा। ऐसी गुमनामी कि किसी को भनक तक न लगे कि मैं कहाँ हूँ, क्या कर रही हूँ...मैंने उसी वक्त ही फ़ैसला कर लिया था कि मुझे क्या करना है। ज़िन्दगी भर इतनी मुश्किलों का सामना कर चुकी थी कि अब मेरी सहन शक्ति ने जवाब दे दिया था। अब किसी से भी लड़ने की हिम्मत खत्म हो चुकी थी—न समाज से, न खुद से।

'मेरे साथ जितना बुरा हो सकता था, हो चुका। अब कुछ ऐसा भी घटित नहीं होने वाला था कि मुझे ज़िन्दगी से मोह हो जाये। बस एक बात की फ़िक्र थी—बाबू जी को मेरे बारे में कुछ भी न पता चले। मैंने अपने आप को मानसिक रूप से मज़बूत बनाया। वैसे भी जीवन ने मुझे इतनी ठोकरें मारी थीं कि अब इन ठोकरों का असर मुझ पर अधिक न पड़ता था। बल्कि ठोकरें ही मुझसे लड़तीं और हार मान कर वापस चली जातीं। मैं तुरन्त एटीएम गयी और वहाँ पर अपना बैलेंस चेक किया। 7 लाख 56 हज़ार रुपये। मतलब सिर्फ़ 44 हज़ार रुपये और कम हैं। कोई बात नहीं, मैंने अनुमान लगाया इतने रुपये मैं सिर्फ़ दिन के धंधे से 20 दिन में कमा सकती हूँ। आप सोच रहे होंगे रात का धंधा? मैं आपकी तरह उस सामान्य शख्स जितनी बुरी नहीं हूँ जिसने मुझे यह रोग दिया। मैं दूसरों में भी यह रोग फैलाऊँ—यह मेरे सिद्धान्तों

का हिस्सा नहीं था। मैं जुट गयी पैसा कमाने में। दिन भर काम करती। मेरी तबियत खराब रहती, मैं दवा खाती, फिर काम पर जाती। कभी खाँस-खाँस कर बुरा हाल होता। धूप में तपती, बुखार आता, फिर अपनी दवा खाती और चल पड़ती सड़क पर। दवा खा-खा कर मैं काम करती रही और बाबू जी की खुशी का इन्तज़ाम होता रहा। मैं अन्दर से खोखली होती जा रही थी पर जब भी मन कमज़ोर होता, बाबू जी के चेहरे पर मुस्कान की कल्पना, मेरी आँखों में चमक ला देती। उनकी यह मुस्कान एक दवा की तरह थी जो खोखले होते शरीर में नया जोश पैदा कर देती।

'आखिर वह दिन आ ही गया, जब मैंने 8 लाख रुपये इकट्ठा करके उस गडरिये को देकर बाबू जी के नाम खेत करवा दिये।

'उसके अगले ही दिन मैंने फ़ैसला किया कि मुझे इस दुनिया को छोड़ कर जाना है। आज मेरे जीवन का अन्तिम दिन है। अधिकतर लोगों को पता नहीं होता कि उनका अन्तिम दिन कब है। लेकिन मुझे पूरी तरह से पता है कि आज के बाद इस दुनिया से मेरा कोई लेना-देना नहीं होगा। आज मुझे तीन काम करने हैं, पहला भैया से मिलने जाना है, दूसरा बाबू जी को खुशी देनी है और तीसरा मुझे इस जीवन से मुक्ति पानी है।'

तभी मुझे पीछे से गाड़ी का हॉर्न सुनाई दिया और मैं एक बार फिर अपनी तंद्रा से जागा। किसी तरह अपनी कार को सँभाला। मुझे याद आया कि हर्षिता आयी तो थी मेरे पास। हम दोनों घर के सोफ़े पर बैठे हुए थे। शाम के चार बज रहे थे। पर इस बार पता नहीं वह किस बात पर उदास थी! हर बार वह जाती तो मुस्कुराती हुई अपनी भाभी के पैर छूती जाती। उनसे मज़ाक करती। पर इस बार चुपचाप बैठी हुई थी। बिलकुल खामोश, उसकी आँखों में दर्द था। वह दर्द, जो शायद मैं समझ लेता तो यह घटना न घटित हुई होती।

यूँ ही बातें शुरू हुई थीं तो उसने मुझसे पूछा था, "बाबू जी की तबियत कैसी है?"

"उनकी तबियत दिन-ब-दिन बिगड़ती जा रही है। मेरी समझ में नहीं आ रहा आखिर क्या करूँ?" मैंने अपनी असमर्थता जताई, "सोच रहा हूँ,

मुम्बई लाकर उन्हें किसी अच्छे डॉक्टर को दिखा दूँ।"

वह मेरी बात पर हल्का-सा मुस्कुराई थी, यह मुस्कुराहट शायद मेरी नासमझी पर थी। वह मुझसे उम्र में छोटी ज़रूर थी लेकिन मुझसे अधिक समझदार हो चुकी थी, "बाबू जी को किसी दवा की ज़रूरत थोड़े न है।"

"तो फिर?" मैंने हैरान होकर सवाल किया था।

"अरे कुछ नहीं!" उसकी आँखें भरी हुई थीं। बड़ी बेचैन सी लग रही थी।

"अब इतनी दूर रहकर मैं कुछ कर भी तो नहीं सकता। प्राइवेट नौकरी है, मेरी अपनी मजबूरियाँ हैं। छोड़कर जा भी तो नहीं सकता। अब यहीं बुला लूँ। यही चारा है।" मैं खुद को सही साबित करने की पूरी कोशिश में था।

मुझे याद है, वह ज़्यादा कुछ बोल नहीं रही थी। आँखें भरी हुई थीं, कुछ देर यूँ ही खामोशी छायी रही थी। उसे चुप देख मैंने खामोशी को चीरते हुए उससे पूछा था, "कुछ कमा लेती हो? अगर पैसों की ज़रूरत हो तो बताना।" मुझे लगा था शायद उसे पैसों की दिक्कत हो, पर यहाँ बात कुछ और थी।

उसकी आँखें गीली थीं, गला पानी पीने के बावजूद भी सूखा हुआ था। लग रहा था, उसका मन कहीं और है और बातों का रुख कहीं और, "जब व्यक्ति कमाने पर उतारू हो जाता है तो पैसा एक कठपुतली बन जाता है। जब चाहे कमाए और जब चाहे भगाए!"

मैंने होंठ दबाकर उसकी दाद दी थी, "अरे वाह! अच्छा! तुमने आखिर अपने लिए बैड ले ही लिया?"

उसके होंठों पर फीकी-सी एक मुस्कान तैर गयी। मुझे कुछ समझ नहीं आया। काश, उस दिन मैंने उसे समझने की कोशिश की होती!

"मैंने बैड भी खरीद लिया और बाबू जी के मर्ज़ के इलाज के लिए दवा भी!"

"क्या?" मेरे मुँह से अचानक निकला, मैं उसकी बातों से बिलकुल अनभिज्ञ था।

"हाँ, मैं अब चलती हूँ। पर जाते-जाते यही कहूँगी कि बाबू जी को बाबू जी के चश्मे से देखने की कोशिश कीजिये, अपने नज़रिये से नहीं।" वह फिर उदास मुस्कान लिये गयी।

अब मुझे समझ आया था कि बाबू जी की दवा क्या थी। बाबू जी की दवा खेत थे, डॉक्टर की दवाइयाँ नहीं और उसको बैड मिलने की वजह पैसे नहीं थे पर रात का धंधा था। असहनीय आत्मग्लानि से मानो मेरा मन किसी दलदल में धँसता जा रहा था। लेकिन बीते पल को बदला नहीं जा सकता था, पर खुद को सुधारा तो जा सकता है। भगवान ने सूर्या के रूप में एक मौका दिया था खुद को बदलने का। लेकिन अनाया के लिए दूसरा मौका? कभी न मिलेगा। हर मौका दुबारा नहीं मिलता। एक बार फिर मेरी स्मृति में हर्षिता की डायरी के पन्ने कौंधने लगे—

'मैं भैया के घर से बाहर निकल आयी थी। घर से निकलने के बाद फूट-फूट कर रोई। भैया को पलटकर देखना चाहती थी। पर आँखों से आँसू इतने बह रहे थे कि मैं उन्हें देख भी नहीं सकती थी। उनके कन्धे पर सिर रखकर मैं खूब रो लेना चाहती थी। आखिरी बार फिर से छिंगुनिया लगाकर वादा करवाना चाहती थी। मैं एक बार फिर से उनके माथे को चूम लेना चाहती थी। वे बचपन से आज तक मेरे हमदर्द बने थे। आज भी वे गलत नहीं थे, पर उनकी दिशा गलत हो गयी थी। बहरहाल, आखिरी बार अपने भैया को देख लिया था। आखिरी बार उनसे बातें भी कर ली थीं।

'अब मुझे अपना फ़र्ज़ याद आया। मेरा चेहरा तुरन्त चमक उठा, आज मैं संतान होने का कर्तव्य पूरा करने जा रही थी। मैंने तुरन्त बाबू जी को फ़ोन लगाया।

' "पाय लागूं बाबू जी। हम अनमोल बोल रहे हैं।" मैंने अनमोल भैया की आवाज़ में बात की। मेरी आवाज़ और नाम सुनकर तो शायद वो मुझसे बात भी नहीं करते।

'उनकी आवाज़ में भीषण गर्मी में भी जाड़े की-सी थरथराहट थी, पहले जितनी जानदार आवाज़ में होती थी, अब मरियल सी बहुत धीमी और मंद पड़ गयी थी...शब्द अस्पष्ट थे...जिन्हें समझ पाना मेरे लिए बहुत मुश्किल था, "हाँ बेटवा," कहते-कहते वे रुक गये, शायद साँस फूल रही थी, "कैसे हो?"

' "सब बढ़िया है बाबू जी, आपका आशीर्वाद है।"

'कई सालों बाद मैंने बाबू जी की आवाज़ सुनी थी। उनकी आवाज़ में एक दिन ऐसा बदलाव आयेगा यह मेरी कल्पना से भी परे था...। उनकी इस

आवाज़ ने मेरे हृदय को छलनी कर दिया। आखिर उस सफलता, उस पढ़ाई और उस करियर का ज़िन्दगी में क्या फ़ायदा जब अन्तिम समय में आपका बेटा ही आपके साथ न हो, आपकी सेवा न कर पाये! क्या सिर्फ़ पैसा कमाना ही जीवन में सब कुछ है? आखिर हम पैसा कमाकर अपनी ज़िन्दगी की खुशियों और कर्तव्यों को त्यागकर दिखाना क्या चाहते हैं? साबित क्या करना चाहते हैं। बस इतनी ही खुशी मिलती है कि आप मूँछों में ताव देते हुए कह सकते हैं, "मेरा बेटा इंजीनियर है।" लेकिन वह बेटा कभी आपके साथ नहीं खड़ा हो सकता। न आपके सुख-दुःख में भागीदार बनता है...

'मैंने अपनी ऊर्जा में बदलाव किया और थोड़ा जोश के साथ पूछा, "आपकी तबियत कैसी है?"

'उन्होंने हारे हुए स्वर में कहा, "बस अब दिन गिन रहे हैं।"

'उनका इतना कहना था कि मैं अपनी भावनाओं पर काबू नहीं पा सकी। मेरी आँखों से आँसू बह निकले। मैं चाह कर भी कुछ न कर सकी। मेरी आँखों के सामने उस बाबू का चेहरा घूमने लगा जो किसी से हार नहीं मानते थे, हर मुसीबत के सामने सीना तान कर खड़े हो जाते थे। आज उन्होंने अपने ही जीवन से हार मान ली थी। वक्त अपने क्रूरतम रूप में अट्टहास कर रहा था...एक मज़बूत इन्सान को पूरी तरह खोखला बनाकर रख दिया था। एक औलाद होने के नाते यह सब मैं कैसे सहन कर सकती थी।

'मैंने अपनी साँस बाँधी, आँसुओं को रोका और पूरे साहस के साथ अपनी बात कही, "बाबू जी, उस गडरिया को मैंने रुपये दे दिये हैं। आपके काबिल बेटे के होते हुए आपके खेत आपसे कोई नहीं छीन सकता...खेत आप ही के नाम हुए हैं। आपका यह बेटा अपने पुरखों की ज़मीन कैसे दूसरों के हाथों में जाने देगा!"

' "इतने सारे रुपयों का इन्तज़ाम तुमने कैसे किया बेटा?" अबकी बार बाबू जी की आवाज़ में उत्तेजना और उत्साह था।

"झूठ बोलने के भरसक प्रयत्न करते हुए मैंने कहा, "बाबू जी, कुछ ज़्यादा काम किया। नाईट शिफ़्ट में गया और अधिक पैसे कमाए!" अब मैं खुद को भूलकर उन्हें महसूस करने लगी। मैं कल्पना कर रही थी कि उनका

मन हर्षोल्लास से भर गया होगा। उनकी झुकी हुई मूँछें तन गयी होंगी। उन्हें अपनी संतान पर बेहद फख्र हो रहा होगा। उन्हें वह हासिल हो गया था, जो उनका सम्मान था, उनके बुज़ुर्गों की देन थी। मेरे कानों में सिर्फ़ उनके खुशी के आँसुओं से भरे शब्द सुनाई दे रहे थे लेकिन मेरा मन उनके मन को पढ़ पा रहा था। वह खुद को आज सबसे नसीब वाला पिता समझ रहे थे। उनकी आवाज़ रुँध गयी, "हैलो, बाबू जी!" मैं भी अपने फ़र्ज़ को पूरा करके संतुष्ट थी।

'उधर से कोई आवाज़ नहीं आयी। फ़ोन कट गया था और मेरा फ़र्ज़ पूरा हो गया था। आज मेरे लिए ज़िन्दगी का सर्वोत्तम दिन था और अन्तिम भी...'

हे भगवान! हर्षिता ने इस वजह से खुद को खत्म कर डाला!! मुझे याद आया वो दिन जब बाबू जी को उसने फ़ोन किया था। बाबू जी की खुशी का ठिकाना नहीं था। वे फ़ोन पर कुछ बोल ही नहीं पाये थे। वजह यह थी कि उस हर्ष की तीव्रता को वह सँभाल नहीं पाये थे और उनकी धड़कनें इस खुशी और उमंग में रुक गयी थीं। उनकी साँसों ने हमेशा के लिए विश्राम ले लिया था। फ़ोन पर आवाज़ न जाना दरअसल उनकी आत्मा का इस संसार से विलीन हो जाने का संकेत था। मैं भी कितना अभागा था कि अन्त समय में यह भी न बता पाया कि उनकी इस खुशी की असली वजह हर्षिता थी, मैं नहीं। काश, हर्षिता को उनके न बोलने से यह पता चल जाता कि उनकी साँसें रुक गयीं तो शायद वह बच जाती और ज़िन्दगी को कुछ दिन और जी लेती क्योंकि उसके पास बाबू जी के चेहरे की हँसी छोड़कर कुछ भी नहीं था खोने के लिए। मेरे जैसा अभागा कोई नहीं था। काश, मैंने हर्षिता की उस मुस्कान और उसके आँसुओं के मर्म को पहचान लिया होता। मेरी हर्षिता शायद अब तक जीवित होती। मैं खुद को कोस ही रहा था कि सूर्या सामने दिखा। मैंने गाड़ी रोकी और दौड़ कर सूर्या को गले लगा लिया, "देखा बेटा, अगर किसी चीज़ को शिद्दत से चाहो तो वह मिल ही जाती है!"

जब कभी मैं सूर्या को खुश देखता मुझे हर्षिता की याद आ ही जाती थी। उसका मायूस और गमगीन चेहरा। मन के दर्द को छिपानेवाली उसकी फीकी मुस्कान। काश, उसे हम वह सब देते जिसकी वह हकदार थी। बीच

सड़क में ड्राइव करते हुए मुझे उसकी डायरी के अन्तिम पन्नों में लिखी चिट्ठी याद आयी...याद आ गया किशोरावस्था में किया गया हर्षिता का वह प्यार जिसे, उसके साथ गाँव में रहकर भी मैं कभी जान नहीं पाया था। वह प्यार, जिसे मरते वक्त उसने खूब ढूँढा होगा। बेचारी ज़िन्दगी भर थोड़े से प्यार के लिए ही तरसती रही! मन भीतर तक आर्द्र हो गया। आँखें सजल हो उठीं।

हर्षिता की चिट्ठी—

'भैया, चरण स्पर्श...जितना प्यार आपने मुझे ज़िन्दगी में दिया है शायद ही मुझे किसी और से मिला हो...गाँव में आपका स्नेह और साथ न मिलता तो न जाने आज ज़िन्दा होती भी या नहीं...बाबू जी से कहना, मेरा जैसा जन्म हुआ उसमें मेरी गलती नहीं थी, न ही उनकी...मैं एक सामान्य जीवन बिता सकती थी...परन्तु इस समाज ने उतना भी नहीं होने दिया। भले ही उन्होंने मुझे कभी नहीं अपनाया...मैंने हमेशा उनको अपना बाबू माना था लेकिन शायद बाबू जी, आप मेरी कमी की वजह से मुझे अपनाने में हिचक गये, उस समाज को महत्त्व दिया जो आपको नहीं बल्कि आपकी समृद्धि का सम्मान करता है। जो आपको सलाम नहीं, बल्कि आपकी खेती को सलाम करता है, मेरी एक कमी की वजह से तालियाँ पीट-पीट कर आपका मज़ाक उड़ाता है। क्या हो जाता यदि आप अपने दम पर टिके रहते और उस समाज की परवाह न करते हुए मुझे थोड़ा-सा प्यार देते...प्यार से मेरे माथे को सहलाते? तो शायद आज मैं इस हालत में न आती। आप भैया के बारे में यह बताते हुए मूँछों पर ताव देते थे कि आपके बेटे का पैकेज इतने लाख रुपये है पर उससे आपको आखिर मिला ही क्या? ज़िन्दगी में हर किसी में कमी होती है। ज़िन्दगी 50-50 होती है। जैसे दिन और रात...अँधेरा और प्रकाश...आपने हमेशा मेरे शारीरिक पक्ष को ही देखा...मेरी कमज़ोरी ही आपको दिखी... समाज की परवाह करते-करते आप यह भी भूल गये कि मैं भी एक इन्सान हूँ...आपके स्नेह-प्यार की भूखी हूँ...मेरी ज़िन्दगी के इस हिस्से को आपने अनदेखा ही कर दिया...नतीजा यह हुआ कि मैं इस भयंकर दलदल में आज फँस गयी हूँ। इसीलिए मैं छोड़कर जा रही हूँ, आपको आपके समाज के साथ!

'भैया, मैंने कभी आपको अमन के बारे में नहीं बताया। अपने भाई को भला कैसे बताती? हो सके तो कभी मेरी ये चिट्ठी अमन तक पहुँचा देना।

'अमन, तुम्हें क्या कहकर सम्बोधित करूँ मुझे नहीं पता। मौत के करीब आज उद्विग्न होकर मन जिन लोगों को ढूँढ रहा है उनमें तुम भी हो। ज़िन्दगी की धूप में झुलसी हुई ज़मीन पर बारिश बनकर मेरे जीवन को एक दिन अपने स्पर्श से तुमने ही तो हरा-भरा बना दिया था। दर्द के एकांत क्षणों में मन भूल जाता है शरीर के सारे कष्ट और तुम्हारी साइकिल पर सवार हो गाँव की उन पतली पगडंडियों पर सरपट दूर तक निकल पड़ता है। खंडहरों के पत्थरों पर दर्ज मेरे और तुम्हारे नाम को ढूँढता रहता है। उन अच्छे पलों के अलावा जीवन में कुछ और अच्छा है ही नहीं जिसे याद कर सकूँ।

'मेरे प्यार!'

'एक किन्नर के मुँह से प्यार नाम का शब्द शायद हर किसी को खटक सकता है पर इस शरीर में बसे उस स्त्री-मन पर मेरे खुद के ही शरीर का कोई बस नहीं है। एक लड़की के जीवन को मंत्रमुग्ध कर देने वाले सपने तुमने मेरी हथेलियों में थमा दिये थे। उन सपनों को मुट्ठियों में कसकर पकड़े हुए जीवन की कठोरताओं से जूझते-जूझते मौत की कगार पर बेहाल अब भी तुम्हारे स्पर्श को महसूस कर रही हूँ। यह नहीं कहूँगी कि मुझे तुम्हारा इन्तज़ार है। इस प्यार के शब्दकोश में इन्तज़ार नाम का कोई शब्द दर्ज नहीं है। मुझे पता है तुम नहीं आओगे। उसकी आशा भी नहीं है। लेकिन आज मेरा मन तुम्हारे लिए ही सजना-सँवरना चाहता है। धंधे के लिए निकलती हूँ तो आँखों में आँसू भर आते हैं। मेकअप की जो किट है मेरे लिए वस्तु भर ही है। जिसका उपयोग अपने ग्राहकों को आकर्षित करने के लिए मैं किया करती हूँ। मेरा मन खुद के प्रति घृणा भाव से भर उठता है कि यह कैसा रास्ता अपना लिया। पर मेरे सामने और कोई चारा नहीं था। काश, इस वक्त तुम मेरे सिरहाने बैठे होते।' मेरी आँखें भर आयी थीं। इसके आगे के शब्द धुँधले होने लगे थे—

'किन्नर होना इतना बड़ा अभिशाप क्यों है? बस मेरा अधूरापन ही तो न? कैसे-कैसे पल आये! इस शरीर ने सब भुगता, सब सहा। जिस शरीर का लोग मज़ाक उड़ाते हैं, उसे ही रात को अपने मन बहलाने का ज़रिया बना लेते हैं। अच्छा है इन लोगों से दूर अपना एक समुदाय है। मेरे शारीरिक अस्तित्व में दुहरापन है। लेकिन उस तथाकथित समाज के व्यक्तित्व के दुहरेपन पर

मैं थूकती हूँ। बचपन में मेरे बाबू जी को ये लोग न सताते तो आज मैं भी पढ़-लिख कर कुछ बन जाती। खींसें निपोरकर सड़क पर भीख माँगती नज़र नहीं आती। उस पर एक के बाद एक इस शरीर पर हुए अत्याचार! याद आता है तो खौफ़ से सिहर जाती हूँ।

'बस भैया, मैं जा रही हूँ मगर एक बार फिर आऊँगी आपके इस जीवनकाल में। इस बार वे गलतियाँ मत दोहराना। इस बार किसी किन्नर को देखते ही आपके मन में एक ज्वाला उठनी चाहिए जो लोगों के रवैये में बदलाव ला दे।'

''पापा, आपका आशीर्वाद था,'' सूर्या कह रहा था।

मैं उसकी बात सुन रहा था। कुछ नहीं बोला, मैंने आँखें बन्द कीं भगवान का शुक्रिया अदा किया। हर्षिता के साथ जो अन्याय हुआ था, जितनी ज़्यादतियाँ हुई थीं, भगवान ने उनका प्रायश्चित करने का मौका दिया था और उसमें मैं सफल भी हुआ था। सुख के उस क्षण में मैंने आसमान की तरफ़ देखा और हर्षिता से माफ़ी माँगी। मुझे लग रहा था मानो हर्षिता मुस्कुराते हुए ऊपर से मुझे देख रही हो। उसकी आँखों में भी खुशी के आँसू हैं अपने भतीजे की सफलता पर। बस, एक कसक रह गयी—अनाया के साथ हुए अन्याय की भरपाई नहीं कर पाया। खुशी के साथ भी सालता हुआ दुःख ज़िन्दगी आखिरकार होती ही है 50-50!

❑❑❑